iLike就业
AutoCAD 2010中文版实用教程

刘小伟　薛思奇　王　萍　编著

電子工業出版社·
Publishing House of Electronics Industry
北京·BEIJING

内 容 简 介

本书通过AutoCAD 2010应用基础、行业应用范例和就业技能实训指导3大环节，全面介绍了AutoCAD 2010中文版的主要功能和面向工程绘图领域的实际应用技巧，并循序渐进地安排了一系列行之有效的实训项目。"应用基础"部分每课都围绕实例进行讲解，步骤详细、重点突出，可以手把手地教会读者进行实际操作。"行业应用范例"部分列举了多个实际的工程制图实例，重点培养工程制图的实用技能。"就业技能实训指导"部分精心安排了一系列实训项目，其中包括用于进行AutoCAD 2010功能巩固训练的基础实训和用于进行工程制图的综合训练项目。此外，在"应用基础"部分的每课最后都安排了一定数量的习题，在"行业应用范例"部分的每课最后都安排了举一反三强化训练项目，在"就业技能实训指导"部分的每个实训项目最后都安排有思考与练习，读者可以用来巩固所学知识。

本书适合作为各级各类学校和社会短训班的教材，同时也是广大工程技术人员学习计算机绘图的相当实用的自学读物。

图书在版编目（CIP）数据

iLike就业AutoCAD 2010中文版实用教程/刘小伟，薛思奇，王萍编著.—北京：电子工业出版社，2010.2
ISBN 978-7-121-10219-6

Ⅰ．i⋯　Ⅱ．①刘⋯ ②薛⋯ ③王⋯　Ⅲ.计算机辅助设计—应用软件，AutoCAD 2010—教材
Ⅳ．TP391.72

中国版本图书馆CIP数据核字（2010）第006604号

责任编辑：李红玉
印　　刷：北京天竺颖华印刷厂
装　　订：三河市鑫金马印装有限公司
出版发行：电子工业出版社
　　　　　北京市海淀区万寿路173信箱　邮编：100036
　　　　　北京市海淀区翠微东里甲2号　邮编：100036
开　　本：787×1092 1/16　印张：23　字数：580千字
印　　次：2010年2月第1次印刷
定　　价：44.00元

凡所购买电子工业出版社图书有缺损问题，请向购买书店调换。若书店售缺，请与本社发行部联系，联系及邮购电话：（010）88254888。

质量投诉请发邮件至zlts@phei.com.cn，盗版侵权举报请发邮件至dbqq@phei.com.cn。

服务热线：（010）88258888。

前　言

在生产实践中，无论是设计还是产品制造、安装、维修、建造房屋、修路架桥等都离不开工程图样。它不仅用来表达设计者的设计意图，也是指导实践、研究问题、交流经验的主要技术文件，因而图样被誉为工程界的"技术语言"。它作为工程信息的载体，准确地表达了工程对象的形状、尺寸及其技术要求，是进行建筑工程施工、机械制造与加工等的主要依据。

AutoCAD 2010中文版是由Autodesk公司推出的集二维图形绘制、三维设计、渲染显示、数据管理和互联网通信为一体的通用计算机辅助设计软件，广泛应用于机械、建筑和电子等工程设计领域。

长期以来，由于AutoCAD功能强大、工具与命令繁多，不少学习者望而生畏。为了使初学者快速上手，具备实际绘制工程图纸的职业能力，本书遵循初学者的认知规律和学习习惯，以AutoCAD的最新、最高版本——AutoCAD 2010中文版为蓝本，结合作者多年的教学和实践经验，以"短期内轻松学会AutoCAD 2010的主要功能，掌握工程制图技能，进行必要的模拟岗位实践训练"为目标，精心安排了"应用基础"、"行业应用范例"和"就业技能实训指导"3部分内容，用新颖、务实的内容和形式指导读者快速上手，十分便于教师施教、读者自学。

本书融合了传统教程、实例教程和实训指导书的优点，但又不是简单的三合一，而是根据读者的实际需要和今后可能的应用，使三个环节相辅相成、巧妙结合。既有效地减轻了读者的学习负担，又能让读者高效地学会用软件解决工程图样绘制问题。

全书共分为以下3篇：

- 第1篇（AutoCAD 2010应用基础）：本篇安排了9课内容。着重介绍了AutoCAD 2010工程制图的基础知识、二维图形的绘制、精度工具的使用、图形的编辑与填充、图层与对象特性设置、尺寸与文字标注、提高绘图效率的捷径、三维建模和输出图形等内容。这些内容既是绘制各类工程图形的基础，也是学习第2篇的前提。同时，与第3篇的实训项目相对应。
- 第2篇（AutoCAD 2010行业应用范例）：本篇安排了两课内容。着重通过6个完整的范例介绍了AutoCAD 2010在机械制图和建筑制作两大领域的典型应用。这些范例既融入了AutoCAD 2010的主要知识点，又体现了软件最主流的应用，较系统、全面地应用了AutoCAD 2010的主要功能，可以给读者较大的启发。
- 第3篇（AutoCAD 2010就业技能实训指导）：本篇安排了两课内容。着重通过10个基础实训项目和两个综合实训项目来进行强化训练。这些精心设计的实训项目采用了"任务驱动"和"模拟实战"的手法，各个实训项目都有很强的针对性、实用性和可操作性，并能引导读者在熟悉软件功能的基础上面向实际，绘制出规范、美观、实用的工程图样。

当然，无论AutoCAD 2010的功能多么强大，它都只是一种辅助绘图的工具。要面向实际绘制出规范、标准的工程图样，既要全面掌握AutoCAD 2010的各项功能，更需要深入工程实际，具备画法几何的知识，熟悉工程制图有关的国家标准，如图纸的幅面和格式、比例、字体、图线和尺寸标注等，在绘制图样过程中严格遵守国家标准中的各项规定。此外，还要尽量通过多种途径进行工程图纸读图和测绘的强化训练。

本书由刘小伟、薛思奇、王萍等执笔编写。此外，刘晓萍、朱琳、胡乃清、刘飞、向丹波、李清、陈昌涛等也参加了本书实例的制作、校对、排版等工作，在此表示感谢。由于编写时间仓促，加之编者水平有限，书中疏漏和不妥之处在所难免，欢迎广大读者和同行批评指正。

为方便读者阅读，若需要本书配套资料，请登录"北京美迪亚电子信息有限公司"（http://www.medias.com.cn），在"资料下载"页面进行下载。

<IV>

目　　录

第2篇　AutoCAD 2010行业应用范例

第3篇 AutoCAD 2010就业技能实训指导

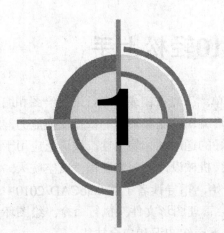

AutoCAD 2010应用基础

CAD是Computer Aided Design（计算机辅助设计）的英文缩写，主要是指利用计算机及相关图形设备帮助设计人员进行计算、信息存储和制图等设计工作，其目标是减轻设计人员的劳动，缩短设计周期和提高设计质量。

AutoCAD是一种用于进行计算机辅助设计的软件，它是由美国Autodesk（欧特克）公司所开发的，是目前世界上应用最广泛、技术最领先的CAD软件之一，被广泛应用于机械、电子、宇航、建筑、纺织、化工等产品的总体设计、造型设计、结构设计、工艺过程设计等环节，是常用的工程绘图工具，是各行各业设计人员最基本的从业技能之一。

AutoCAD 2010是现今为止Autodesk公司推出的AutoCAD的最新、最高版本，它将直观强大的概念设计和视觉工具结合在一起，促进了2D设计向3D设计的转换。要具备AutoCAD 2010工程绘图的就业技能，需要先掌握AutoCAD 2010的基本概念和基本功能，熟悉AutoCAD 2010的具体应用方法和技巧。为此，本篇将介绍以下内容：

📖 AutoCAD 2010的基础知识和基本操作。

📖 二维图形的绘制。

📖 二维图形的编辑和填充。

📖 辅助绘图工具的应用。

📖 图层和对象特性的设置。

📖 尺寸和文字标注。

📖 使用高效绘图工具。

📖 绘制三维实体。

📖 图形的输出。

第1课 AutoCAD 2010轻松上手

　　AutoCAD具有良好的用户界面，可以通过交互式菜单、工具按钮或命令行进行绘图和编辑操作，既具有完善的图形绘制功能，又具有强大的图形编辑功能和较强的数据交换能力，还可以采用多种方式进行二次开发或用户定制，具有良好的通用性和易用性，被广泛应用于土木建筑、装饰装潢、城市规划、园林设计、电子电路、机械设计、服装鞋帽、航空航天、轻工化工等领域。为了使读者轻松上手，本课将从零开始，指导读者了解AutoCAD 2010中文版的基础知识，熟悉AutoCAD 2010的工作空间，学会管理图形文件、执行命令、绘图环境设置、设计视图切换等基本操作。通过学习，掌握以下应知知识和应会技能：

- 了解AutoCAD工程制图的基本概念。
- 了解AutoCAD 2010的新增功能和增强功能。
- 熟悉AutoCAD 2010用户界面。
- 掌握图形文件的常用操作。
- 熟悉执行AutoCAD 2010命令的方法。
- 初步掌握绘图环境的基本设置方法。
- 掌握设计视图的基本操作方法。

1.1 AutoCAD工程制图基础

　　作为全球著名的通用工程制图软件，AutoCAD从最初的基本二维绘图软件发展成一个集三维设计、渲染显示、数据管理和互联网通信为一体的大型计算机辅助设计软件，其功能相当丰富，下面先简要介绍AutoCAD的一些最基本的功能。

- 二维制图功能：使用AutoCAD 2010提供的正交、对象捕捉、极轴追踪、捕捉追踪等绘图辅助工具、绘图工具或命令，可以精确地绘制出各种平面图形，如图1-1所示为使用AutoCAD 2010绘制的一个简单的工程图形。
- 图形编辑功能：AutoCAD 2010具有强大的编辑功能，可以对选定的图形对象进行删除、复制、镜像、阵列、移动、旋转、缩放、打断、修剪、延伸、倒角、圆角、拉伸、偏移、分解等编辑操作。
- 图形显示功能：AutoCAD可以任意调整图形的显示比例，以便观察图形的全部或局部，并可以使图形上、下、左、右移动来进行观察。该软件为用户提供了6个标准视图（6种视角）和4个轴测视图，可以利用视点工具设置任意的视角，还可以利用三维动态观察器设置任意的视觉效果。
- 尺寸标注功能：在AutoCAD 2010中，可以创建多种类型尺寸，标注外观可以自行设定，如图1-2所示为一个标注了尺寸的二维图形。
- 添加注释功能：在AutoCAD 2010中，可以轻松地在图形的任何位置、沿任何方向书写文字，还可设定文字字体、倾斜角度及宽度缩放比例等属性，如图1-3所示为一幅工程图纸中的文字注释。

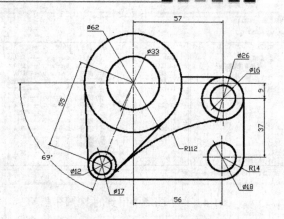

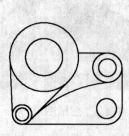

图1-1　二维图形

图1-2　标注了尺寸的二维图形

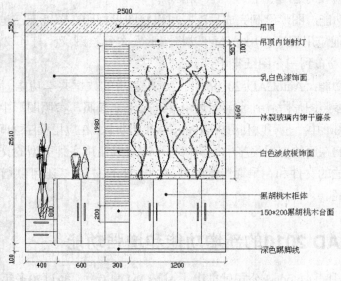

图1-3　文字注释

- 图层管理功能：在AutoCAD 2010中，可以将不同图形对象安排在不同的图层中，可以单独设定图层的颜色、线型、线宽等特性，以便于组织、管理和控制不同类别的对象。如图1-4所示为一个图形中用到的多个图层。
- 三维建模功能：AutoCAD 2010不但具有强大的平面图形绘制功能，还可以在三维空间中绘制出各种三维立体图形，能轻松创建出三维实体及表面模型，能对实体本身进行编辑。可以从任意角度观察三维立体图形，也能自动生成可靠的标准或辅助二维视图、创建二维轮廓，还能消除隐藏线并进行真实感着色，甚至能输出模型来创建动画。如图1-5所示为一个使用AutoCAD 2010绘制的简单三维图形。
- 网络功能：使用AutoCAD 2010，可将任何图形在网络上发布，也可以通过网络访问AutoCAD资源。
- 数据交换功能：AutoCAD 2010提供了多种图形图像数据交换格式及相应命令。
- 二次开发：AutoCAD允许用户定制菜单和工具栏，并能利用内嵌语言Autolisp、Visual Lisp、VBA、ADS、ARX等进行二次开发。

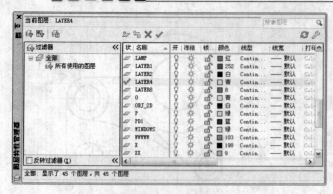

图1-4　一个图形中用到的多个图层

图1-5　三维图形

- 图形管理功能：AutoCAD 2010具有强大的图形管理功能。比如，使用"图纸集管理器"就能方便地创建、整理和管理图纸。
- 图形输出功能：图形绘制完成后，既可以将图形打印在图纸上，也可以创建成图形文件以供其他应用程序使用，还可以将图形发布到绘图仪、打印文件，也可以将多个DWF文件发布到一个图纸集中。
- 数据共享功能：AutoCAD 2010提供了一些实用的数据共享功能。比如，可以将整个图形作为参照图形附着到当前图形中，通过外部参照，参照图形中所进行的修改会反映在当前图形中。也可以利用Windows的OLE功能，在应用程序之间复制或移动信息，同时不影响在原始应用程序中编辑信息。还可以使用多种类型的文件，包括由其他应用程序创建的文件和在早期版本的程序中创建的文件。还可以指定图形和支持文件的搜索路径。

1.2　AutoCAD 2010的新增功能和增强功能

早在1982年1月，Autodesk公司就推出了AutoCAD 1.0版。经过20多年的发展，AutoCAD不断丰富和完善，并连续推出多个新版本。2009年3月新推出的AutoCAD 2010将直观强大的概念设计和视觉工具结合在一起，将许多重要功能自动化，使用户的绘图工作更加有效。下面简要介绍AutoCAD 2010的主要新增功能和增强功能。

1. 新增初始化安装功能

AutoCAD 2010新增了一个"初始化安装"功能，可以轻松定制自己的AutoCAD工作环境。安装好AutoCAD 2010后，在第一次启动时，将出现如图1-6所示的3个"初始化安装"界面，可分别选择一种行业、工作空间和图形模板参数。

2. 改进的应用程序菜单

AutoCAD 2010将菜单浏览器改为应用程序菜单，【应用程序】按钮█位于AutoCAD界面的左上角。单击该按钮，将出现如图1-7所示的应用程序菜单，以便方便地访问创建、打开、保存、打印和发布等公用工具，还可进行图形维护、查询信息等工作。

3. 升级的功能区

AutoCAD 2010对功能区进行了升级，提供了更为灵活、简便的访问工具的方法。具体升级内容有：

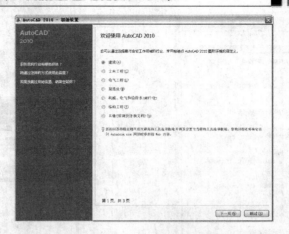

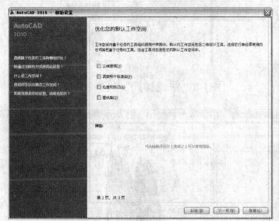 

图1-6 "初始化安装"界面

- 可将功能区面板拖动到功能区外作为可停靠式面板显示。
- 功能区可以不以水平的方式显示,而将选项卡名称显示在侧面。
- 可使用自定义用户界面编辑器中的迁移选项卡轻易地将自定义的工具选项卡面板转移成新的功能区面板。
- 可让用户自定义上下文关联的功能选项卡状态,它可基于图形窗口中选定的对象类型或激活的命令来控制显示的功能区选项卡和面板。

4. 增强的快速访问工具栏

AutoCAD 2010增强了快速访问工具栏的功能。如【放弃】和【重做】工具包括了历史支持,右键菜单包括了新的选项,可以轻松从工具栏中移除工具、在工具间添加分隔条、以及将快速访问工具栏显示在功能区的上面或下面。除了右键菜单外,快速访问工具栏还包含了如图1-8所示的弹出菜单,该菜单显示一个常用工具列表,可选定工具并置于快速访问工具栏内。

5. 更新的新功能专题研习

AutoCAD 2010的"新功能专题研习"也进行了更新,其中提供了AutoCAD 2010功能介绍的交互式学习工具,可在【帮助】按钮右边的信息中心工具栏的下拉菜单中访问"新功能专题研习",如图1-9所示。

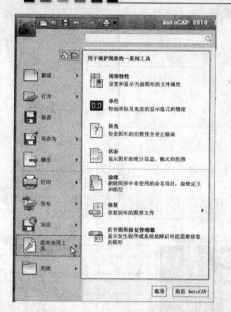

图1-7　应用程序菜单

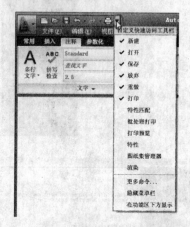

图1-8　快速访问工具栏的弹出菜单

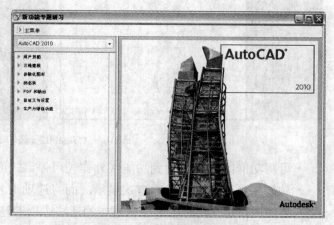

图1-9　访问"新功能专题研习"

6. 新增参数化绘图功能

　　AutoCAD 2010中新增了强大的参数化绘图功能，可以通过基于设计意图的图形对象约束来大大提高绘图效率。具体功能主要有：

- 几何约束建立和维持对象间、对象上的关键点和坐标系间的几何关联。同一对象上的关键点对或不同对象上的关键点对均可约束为相对于当前坐标系统的垂直或水平方向。例如，可指定两个圆始终同心、两条直线一直水平、矩形的一边一直水平等。
- 几何关系通过几何约束来定义，它位于功能区的"参数化"选项卡的"几何"面板上。使用约束后，光标的旁边会出现一个图标以帮助用户记住所选定的约束类型。
- 可使用"自动约束"功能来进行自动约束，它也位于"参数化"选项卡的"几何"面板上。自动约束将自动应用约束到指定公差内的几何形状。
- 约束标记显示了应用到对象的约束。可以通过"参数化"功能区选项卡的"几何"面板上的"显示"、"全部显示有"、"隐藏"选项来控制。

- 尺寸关系设置的是几何体尺寸的限制。可使用尺寸约束来指定圆弧的半径、直线的长度或两个平行线间的距离一直保持一定的距离。
- 在功能区的参数管理，除了可管理尺寸约束外，还可以创建和管理自定义参数。可为某一参数提供一个有意义的名称并给出数值或带表达式的公式。

7. 增强的动态图块

AutoCAD 2010的动态图块功能也有极大的增强，它也支持几何和尺寸约束，支持定义动态图块的变量表，以及图块编辑环境的一些常用功能的增强。

8. 增强的查找和替换功能

AutoCAD 2010对查找和替换功能进行了增强，可使用【缩放】按钮来编辑高亮的文字对象，也可以在结果列表中双击指定的项目。

9. 增强的拼写检查功能

在AutoCAD 2010的"拼写检查"对话框中新增了【撤销】按钮，可撤销前面进行的拼写错误更正。还可以直接通过【选择对象】按钮来进行检查，而无需先在下拉列表中选择"选择对象"选项再选择对象。

10. 增强的多重引线

AutoCAD 2010增强了多重引线的编辑功能，只需在按住【Ctrl】键的同时选择多重引线中的线段，就可以利用属性窗口单独编辑线段的属性，且其引线文字的每个角都提供了夹点。此外，多重引线样式也得到了增强，提供了更多控制引线连接功能。

11. 改善的多行文字

AutoCAD 2010的多行文字中提供了带有手动高度的动态默认列模式，多行文字对象的角夹点和表对象的角夹点也能一致。

12. 增强的标注样式和属性

AutoCAD 2010的标注样式和属性有所增强，提供了更多控制标注文字的显示和位置功能。

13. 全新的测量工具

AutoCAD 2010新增的measuregeom命令可用于测量选定对象或一序列点的距离、半径、角度、面积和体积。可以从常用功能区选项卡的实用程序面板中访问这些工具。

14. 新增反转命令

AutoCAD 2010新增的reverse命令可反转直线、多段线、样条曲线和螺旋线的方向，从而方便控制线型的显示方向。

15. 增强的外部参照功能

AutoCAD 2010提供统一的界面和更多灵活性，可以使用更多的外部参照文件格式，包括DWG、DWF、DGN、PDF和图像文件等。

 AutoCAD 2010的新增功能还有很多，可以通过"新功能专题研习"获得更多的信息。

1.3 AutoCAD 2010用户界面

在AutoCAD的窗口界面中，将菜单、工具栏、选项板、功能区面板等部分进行了编组，并将这些部分组织成一个面向任务的绘图环境。所有绘图和输出操作都是在相应的用户界面中完成的。

1.3.1 工作空间及其切换

为满足不同用户和不同图形绘制的需求，AutoCAD 2010提供了几种基于任务的工作空间，可以根据需要随时进行切换。使用工作空间时，只会显示与任务相关的菜单、工具栏和选项板。此外，工作空间还可以自动显示功能区，即带有特定任务的控制面板的特殊选项板。

1. 工作空间的模式

AutoCAD 2010提供了"二维草图与注释"、"AutoCAD经典"和"三维建模"3种不同模式的工作空间：

- "二维草图与注释"工作空间模式：这是AutoCAD 2010默认的工作空间模式，其中包含二维绘图特有的工具、功能区和菜单栏等界面元素，如图1-10所示。

 本书将以"二维草图与注释"工作空间模式为主，介绍工程绘图的方法和技巧。

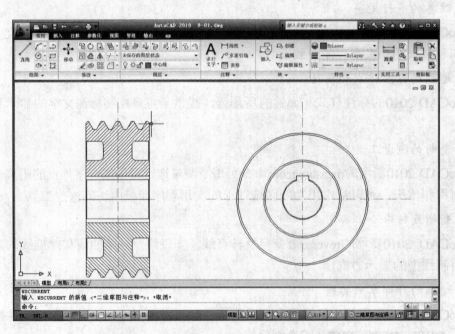

图1-10　"二维草图与注释"工作空间模式

- "AutoCAD经典"工作空间模式：这是传统的AutoCAD工作空间模式，适合那些习惯使用AutoCAD传统界面的用户使用。工作空间主要由菜单栏、工具栏、绘图窗口、文本窗口与命令行、状态行等元素组成，如图1-11所示。

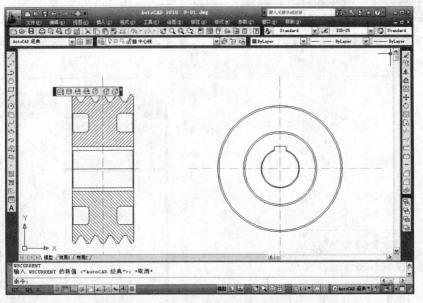

图1-11　"AutoCAD经典"工作空间模式

• "三维建模"工作空间模式：这是一种采用三维视图的"三维建模"界面，其中包含了各种三维建模特有的工具、功能区、菜单栏和"工具选项板"窗口，如图1-12所示。

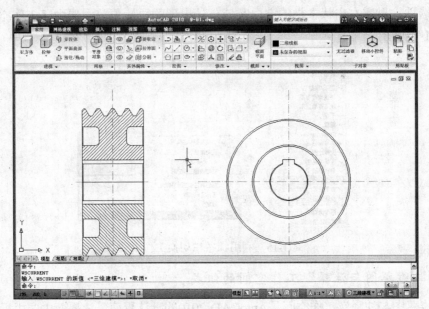

图1-12　"三维建模"工作空间模式

2. 切换工作空间

默认情况下，选择【开始】|【程序】|【Autodesk】|【AutoCAD 2010-Simplified Chinese】|【AutoCAD 2010】命令，将启动AutoCAD 2010并自动创建一个暂名为Drawing1.dwg的空白图形文件，并进入"二维草图与注释"工作空间模式。

要在不同工作空间之间进行切换，只需从菜单栏中选择【工具】|【工具栏】|【AutoCAD】|【工作空间】命令，打开"工作空间"工具栏，再从"工作空间"下拉列表中选择需要的工作空间即可，如图1-13所示。

如果AutoCAD 2010的主界面中没有菜单栏，只需单击"快速访问工具栏"右下角的█按钮，从出现的下拉菜单中选择【显示菜单栏】命令即可，如图1-14所示。

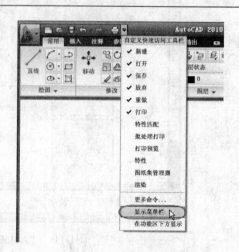

图1-13 "工作空间"下拉列表　　　　　　　图1-14 显示菜单栏

还可以通过状态栏的"工作空间"列表进行工作空间的切换。如果状态栏上没有显示"工作空间"选项，只需右击状态栏的空白区域，从出现的快捷菜单中选中【工作空间】选项即可，如图1-15所示。

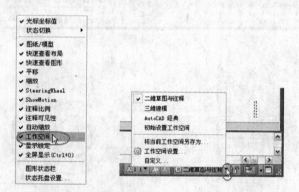

图1-15 利用状态栏切换工作空间

1.3.2 "二维草图与注释"工作空间的组成

"二维草图与注释"工作空间是AutoCAD 2010的默认界面，该界面主要由标题栏、【应用程序】按钮、快速访问工具栏、信息获取栏、菜单栏、功能区、绘图窗口、"命令行"与"文本"窗口和状态栏等部分组成，如图1-16所示。还可以根据需要在窗口显示工具栏、工具选项板等部分。

1. 【应用程序】按钮

【应用程序】按钮（█）位于AutoCAD 2010窗口的左上方，单击该按钮，将出现如图1-17所示的下拉菜单，其中集成了AutoCAD 2010的一些通用操作命令。在【应用程序】菜单的顶部有一个搜索框，可以在其中输入与菜单有关的关键字，系统会提供包括菜单命令、基本工具提示、命令提示文字字符串或标记的搜索结果。菜单命令显示在标有"根菜单"的列表中，而命令提示文字字符串和标记则显示在标有"相关结果"的列表中。如图1-18所示为关键字"单位"的搜索结果。

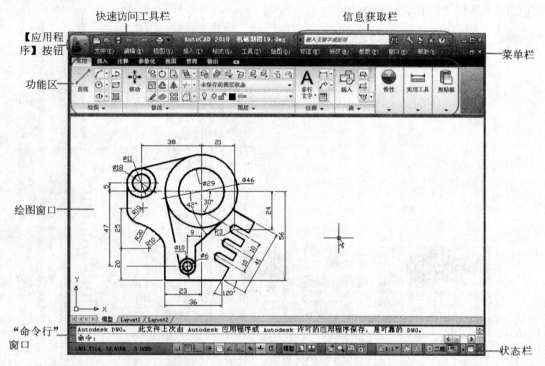

图1-16　"二维草图与注释"工作空间的组成

图1-17　【应用程序】菜单

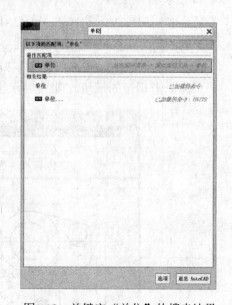

图1-18　关键字"单位"的搜索结果

2. 快速访问工具栏

快速访问工具栏中提供了最常用的命令，它们分别是【新建】、【打开】、【保存】、【放弃】、【重做】、【打印】。

可以根据需要在快速访问工具栏上添加、删除和重新定位命令。具体方法是，右击快速访问工具栏，从出现的快捷菜单中选择【自定义快速访问工具栏】命令，打开"自定义用户界面"对话框，从"命令"列表中选择要添加到快速访问工具栏上的命令，然后将其拖放到快速访问工具栏上即可，如图1-19所示。

图1-19　在快速访问工具栏上添加命令

3. 信息获取栏

信息获取栏用于搜索和接收AutoCAD 2010的相关信息。

· 搜索信息：在搜索框中输入关键字或短语，然后按下【Enter】键或单击搜索框右侧的【搜索】按钮，将出现如图1-20所示的"搜索"面板，其中显示了多个帮助资源，只需单击相应的链接，即可显示出"帮助"主题、文课或文档。

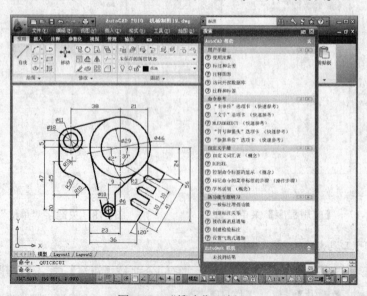

图1-20　"搜索"面板

- 速博应用中心：单击【速博应用中心】图标 ，可以注册为速博应用中心的会员并访问速博应用中心的各种服务。速博应用中心是Autodesk公司为用户提供的更新设计工具，是学习最新技能的最佳途径。
- 通信中心：单击【通信中心】图标 ，可以打开"通信中心"面板。通过"通信中心"面板中的链接，可以及时获得软件的更新信息、产品的相关文课及提示、产品的支持信息和RSS提要信息。
- 收藏夹：单击【收藏夹】图标 ，将显示"收藏夹"面板，其中包含了已保存的指向主题或网址的链接。

4. 菜单栏

菜单栏位于标题栏的正下方，其中包含了软件的主要命令，AutoCAD 2010提供了如图1-21所示的12个主菜单项。单击某个菜单项，即可出现相应的下拉菜单，如图1-22所示。

| 文件(F) | 编辑(E) | 视图(V) | 插入(I) | 格式(O) | 工具(T) | 绘图(D) | 标注(N) | 修改(M) | 参数(P) | 窗口(W) | 帮助(H) |

图1-21 菜单栏

AutoCAD 2010的下拉菜单中的命令主要分为以下3种类型：

- 普通菜单命令：这类下拉菜单项无任何标记，只需直接单击即可执行相应的命令，比如图1-22中的【厚度】等命令。
- 子菜单命令：这类下拉菜单项的右面带有一个小三角形标记，表示该类子菜单中还包含有多个子菜单命令选项，比如图1-22中的【图层工具】等命令。
- 对话框菜单命令：这类下拉菜单项之后带有一个省略号"…"标记，表示选择此类子菜单后将打开一个对话框，比如图1-22中的【图层】等命令。

5. 功能区

图1-22 【格式】下拉菜单

AutoCAD 2010的功能区中集中了与当前工作空间相关的操作命令。引入功能区后，就不必在工作空间中同时显示多个工具栏，从而方便用户的绘图工作。功能区可以以水平或垂直方式显示，也可以显示为浮动选项板。

AutoCAD 2010的功能区提供了"常用"、"插入"、"注释"、"参数化"、"视图"、"管理"和"输出"7个按任务分类的选项卡，各个选项卡中又包含了许多面板。比如，在"常用"选项卡中，就提供了"绘图"、"修改"、"图层"、"注释"、"块"、"特性"、"实用工具"和"剪贴板"等面板。可以在这些面板中找到需要的功能图标。

默认情况下，功能区采用水平方式显示。水平功能区在图形窗口的顶部展开，每个面板均显示一个文字标签（如"修改"）。单击面板下方的箭头，可以展开该面板来显示其他工具和控件，如图1-23所示。

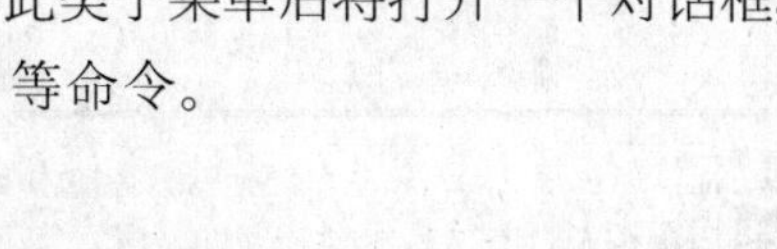

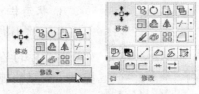

图1-23 展开面板的其他工具和控件

6. 绘图窗口

绘图窗口是AutoCAD 中用户绘制图形的工作区域，相当于手工绘图时所使用的图纸，可以根据需要在其中绘制各种形状的图形。

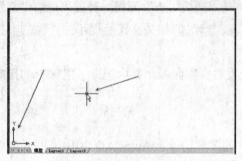

图1-24　绘图窗口及光标

在绘图窗口的左下角有一个坐标系图标，坐标系图标反应了当前所使用的坐标系形式和坐标方向。默认情况下，坐标系为世界坐标系（WCS）。

当光标在AutoCAD的绘图窗口内移动时，会显示为十字形状（如图1-24所示），十字线的交点为光标当前的位置。光标主要用于进行绘图、选择对象等操作。

7. "命令行"与"文本"窗口

"命令行"窗口位于绘图窗口的下方，主要用于接收用户输入的命令，并显示AutoCAD的相关提示信息。在AutoCAD 2010中，拖放该窗口左侧，可以将其变为浮动窗口，如图1-25所示。

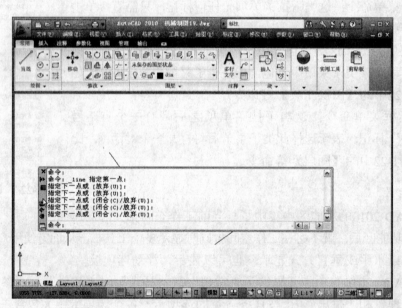

图1-25　使"命令行"窗口变为浮动窗口

图1-26　"文本"窗口

"文本"窗口用于详细记录AutoCAD已经执行的命令，也可以用来输入新命令。要显示"文本"窗口，最简单的方法是按【F2】键，如图1-26所示。

8. 状态栏

状态栏中显示了AutoCAD 当前的状态，如当前光标的坐标、命令和按钮的说明等，还提供了大量快捷工具，如图1-27所示。

图1-27 状态栏

状态栏中的快捷工具的功能和用法将在以后的内容中介绍。要显示或隐藏状态栏上的快捷工具，可右击状态栏的空白处，然后在出现的快捷菜单中选择要显示或隐藏的工具即可，如图1-28所示。其中，带有对钩的工具表示显示，没有对钩的工具表示隐藏。

图1-28 状态栏快捷菜单

状态栏上的快捷工具中有部分工具可以进行设置，要设置这些工具，只需右击相应的工具，从出现的快捷菜单中选择【设置】命令，打开相应工具的设置对话框，然后设置其中的参数即可。

1.3.3 "AutoCAD经典"工作空间的组成

"AutoCAD经典"工作空间如图1-29所示，主要由标题栏、菜单栏、工具栏、绘图窗口、控制选项卡、"命令行"窗口、选项板、状态栏等部分组成。下面仅介绍与"二维草图与注释"工作空间不同的部分。

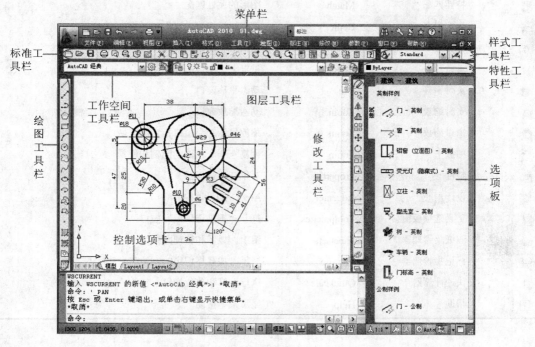

图1-29 "AutoCAD经典"工作空间

1. 工具栏

为了方便用户绘制和编辑图形，AutoCAD 2010提供了数十个不同功能的工具栏。下面以默认的"标准工具栏"、"样式工具栏"、"工作空间工具栏"、"图层工具栏"、"特性工具栏"、"绘图工具栏"和"修改工具栏"为例，简要介绍工具栏的基本功能。

• 标准工具栏：默认情况下，标准工具栏位于菜单栏的下方，以按钮的方式列出了Auto-CAD 2010的一些常用命令，如图1-30所示。标准工具栏主要图标的名称和功能见表1-1。

图1-30　标准工具栏

表1-1　标准工具栏主要图标及其功能

图标	名称	命令	主要功能
	新建	New	建立新的图形文件
	打开	Open	打开已存在的图形文件
	保存	Save	将图形文件保存到磁盘上
	打印	Plot	指定设备和介质设置，然后打印图形
	打印预览	Preview	显示当前图形的全页预览
	发布	Publish	将用于发布的图纸指定为多页图形集
	3DDWF	3DDWF	用于生成三维模型的DWF文件
	输入至Impression	Impression	指定用于将CAD图形转换为具有手绘效果的图例的设置
	剪切	Cutclip	将图形文件剪切到剪贴板
	复制	Copyclip	将图形文件复制到剪贴板
	粘贴	Pasteclip	将剪贴板上的内容粘贴至当前光标处
	特性匹配	Match	图形的属性匹配
	块编辑器	Bedit	调用"编辑块定义"对话框
	放弃	Undo	撤销上一次绘图操作
	重做	Redo	重复上一次绘图操作
	实时平移	Pan	动态平移窗口
	实时缩放	Zoom	动态缩放窗口
	窗口缩放	Zoom	缩放显示矩形窗口指定的区域
	缩放上一个	Zoom	恢复上一个视图的比例和位置
	特性	Properties	对象特性管理器
	设计中心	Adcenter	AutoCAD设计中心
	工具选项板窗口	Toolpalettes	打开"工具选项板"窗口
	图纸集管理器	Sheetseta	组织、显示和管理图纸集
	标记集管理器	Markup	显示已加载标记集的有关信息和状态
	快速计算器	Quickcalc	执行计算和单位换算
	帮助	Help	显示菜单帮助

- 样式工具栏：默认情况下，样式工具栏位于标准工具栏的右侧，如图1-31所示。其中的工具主要用于控制文字样式、标注样式、表格样式和多重引线的样式。

图1-31　样式工具栏

- 工作空间工具栏：默认情况下，工作空间工具栏位于标准工具栏的下方，如图1-32所示。该工具栏用于控制工作空间的模式，可以从下拉列表框中选择使用"二维草图与注释"模式、"三维建模"模式，还是"AutoCAD经典"模式来绘制和编辑图形，还可以选择设置或自定义工作空间。工作空间工具栏中的【工作空间设置】工具⚙用于调用"工作空间设置"对话框来设置工作空间；【我的工作空间】工具用于快速切换到自定义的工作环境。

- 图层工具栏：默认情况下，图层工具栏位于工作空间工具栏的右侧，如图1-33所示。该工具栏主要用于查看、创建、管理和控制图形中的图层。

图1-32　工作空间工具栏

图1-33　图层工具栏

- 特性工具栏：默认情况下，特性工具栏位于图层工具栏的右侧，如图1-34所示。该工具栏主要用于对图形对象的状态、颜色、线型和线宽等属性进行设置。

图1-34　特性工具栏

- 绘图工具栏：默认情况下，绘图工具栏位于AutoCAD 2010绘图区的左侧，如图1-35所示。其中集中了AutoCAD 2010的各种绘图命令，从中选择工具后即可进行绘图操作。

- 修改工具栏：默认情况下，修改工具栏位于AutoCAD 2010绘图区的右侧，如图1-36所示。其中集中了AutoCAD 2010的各种图形编辑命令，从中选择工具后即可进行图形编辑操作。

2. 选项板

选项板是一种快速进行常用编辑操作的浮动面板，AutoCAD 2010提供了多种不同功能的选项板，可以选择【工具】|【选项板】命令，从出现的子菜单中选择要在窗口中显示的选项板，如图1-37所示。

3. 控制选项卡

控制选项卡位于绘图窗口左下方，利用其中的"模型/布局"选项卡和相关按钮，可以在模型（图形）空间和图纸（布局）空间反复切换。一般情况下，可以先在模型空间创建图形，然后到图纸空间中创建布局，最后打印图纸空间中的图形。

图1-35　绘图工具栏　　　　图1-36　修改工具栏　　　　图1-37　【选项板】菜单

1.3.4 "三维建模"工作空间的组成

为了便于绘制和编辑三维图形，AutoCAD 2010还提供了一个"三维建模"工作空间，其中只包含与三维相关的功能区、命令行和选项板，如图1-38所示。

在功能区中，提供了"常用"、"网格建模"、"渲染"、"插入"、"注释"、"视图"、"管理"和"输出"等选项卡，各个选项卡中又分别提供了各种与三维绘图有关的面板，为绘制三维图形、观察三维图形、创建动画、设置光源和为三维对象附加材质等操作提供了便利的环境。

"三维建模"工作空间的具体用法将在第8课中详细介绍。

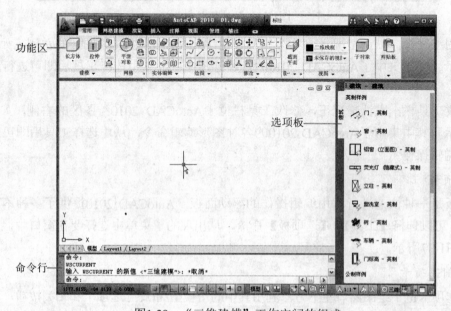

图1-38　"三维建模"工作空间的组成

1.4　图形文件及其管理

在计算机中，各种图形都是以图形文件的形式存储和管理的，要使用AutoCAD 2010绘制和编辑工程图形，首先要学会基本的文件操作。常用的文件操作包括创建新图形、打开图形、保存图形、关闭图形等。

1.4.1　新建图形文件

在AutoCAD 2010中，可以用多种方法来创建新的图形文件。

1. 自动新建图形文件

每次选择【开始】|【程序】|【Autodesk】|【AutoCAD 2010-Simplified Chinese】|【AutoCAD 2010】命令启动AutoCAD 2010时，都将按默认参数自动创建一个暂名为Drawing1.dwg的空白图形文件。

2. 用默认图形样板文件新建图形文件

启动AutoCAD 2010后，单击快速访问工具栏中的【新建】图标▢或从【应用程序】菜单中选择【新建】|【图形】命令，都将出现图1-39所示的"选择样板"对话框。选择一个样板后单击【打开】按钮，即可以进入新图形的工作界面，开始新的绘图作业。

图1-39　"选择样本"对话框

在"选择样板"对话框的右下角，有一个旁边带有箭头按钮的【打开】按钮。如果单击此箭头按钮，可以在两个内部默认图形样板（公制或英制）之间进行选择，如图1-40所示。

图1-40　选择公制或英制样板

默认情况下，新建的图形将依次被命名为drawing1.dwg、drawing2.dwg、drawing3.dwg。

3. 用"创建新图形"对话框新建图形文件

还可以使用"创建新图形"对话框来创建新的图形文件。但是，默认情况下单击快速访问工具栏中的【新建】图标▢（或从【应用程序】菜单中选择【新建】|【图形】命令）后出

现的都是"选择样板"对话框。要用"创建新图形"对话框来新建图形文件,应将startup系统变量设置为1,将filedia系统变量设置为1。具体方法如下:

(1) 在命令行窗口中,输入startup并按下【Enter】键,再输入变量值1,然后按下【Enter】键,如图1-41所示。

图1-41 将startup系统变量设置为1

(2) 输入filedia并按下【Enter】键,再输入变量值1,然后按下【Enter】键,如图1-42所示。

图1-42 将filedia 系统变量设置为1

图1-43 "创建新图形"对话框

(3) 单击快速访问工具栏中的【新建】图标 (或从【应用程序】菜单中选择【新建】|【图形】命令),出现如图1-43所示的"创建新图形"对话框,单击【从草图开始】图标将其选中。

(4) 在"默认设置"选项下,选择"英制"或"公制"选项。

(5) 单击【确定】按钮,即可创建一个新图形文件。

1.4.2 打开图形文件

对于已经保存的dwg格式的图形文件,可以将其直接用AutoCAD 2010打开后进行查看或编辑处理。AutoCAD 2010提供了多种打开图形文件的方法,这里先介绍两种最基本的方法。

1. 用"选择文件"对话框打开文件

单击快速访问工具栏中的【打开】图标 ,或者从【应用程序】菜单中选择【打开】命令,都将出现的如图1-44所示的"选择文件"对话框。在"选择文件"对话框中,选择一个或多个文件后单击【打开】按钮,即可打开指定图形文件。

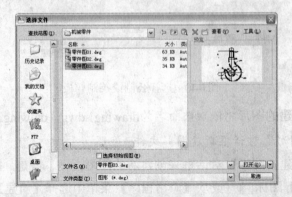

图1-44 "选择文件"对话框

单击【打开】按钮右侧的箭头按钮，将出现如图1-45所示的下拉菜单。比如，对于一些重要的图形文件，可以选择"以只读方式打开"选项，就能保护图形文件免受修改或破坏。

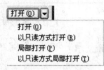

图1-45　下拉菜单

2. 用"Windows资源管理器"打开图形文件

用"Windows资源管理器"打开图形文件的方法又分为以下两种：

- 在"Windows资源管理器"中双击dwg格式的图形文件，可以自动启动AutoCAD 2010并打开图形文件。如果程序正在运行，将在当前任务中打开图形。
- 还可以将图形从"Windows资源管理器"中直接拖动到AutoCAD界面中。如果将图形放置到绘图区域外部的任意位置（如命令行或工具栏旁边的空白处），将打开该图形；如果将图形拖放到一个已打开图形的绘图区域，新图形将作为一个块参照插入。

1.4.3　保存图形文件

绘制和编辑图形过程中，应经常保存当前图形，以避免因停电或其他意外事件造成图形和相关数据丢失。AutoCAD 2010默认的图形文件的文件扩展名为.dwg。

要保存图形文件，可单击快速访问工具栏中的【保存】图标█，或者从【应用程序】菜单中选择【保存】命令，系统就会将当前编辑的已命名的图形以原文件名存入磁盘，而不再提示输入文件名。

如果是对当前所绘制的图形进行第一次保存，将出现如图1-46所示的"图形另存为"对话框。利用该对话框确定图形文件的存放位置、文件名和存放类型。

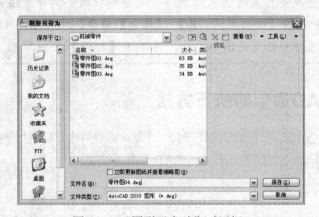

图1-46　"图形另存为"对话框

从【应用程序】菜单中选择【另存为】命令，同样会出现"图形另存为"对话框，可以利用该对话框将当前编辑和绘制的图形以新的文件名存盘。

1.4.4　关闭图形文件

AutoCAD 2010可以同时打开多个图形文件，不需要对某个图形进行编辑处理时，可以将其关闭。关闭图形文件的方法有以下几种：

- 从【应用程序】菜单中选择【关闭】命令，可以关闭当前图形文件。
- 单击绘图窗口右上角的【关闭】按钮✖，如图1-47所示。

关闭图形时，如果当前图形修改后没有保存，将出现如图1-48所示的询问框，提示是否保存改动。

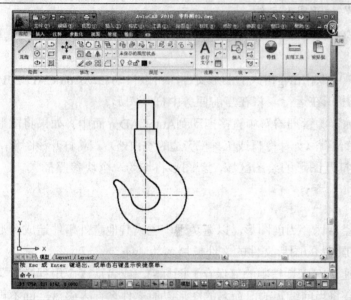

图1-47　绘图窗口中的【关闭】按钮　　　　　图1-48　系统询问框

AutoCAD 2010还提供了一个文件修复功能。当图形文件损坏后，可以使用【修复】命令查找并更正错误来修复部分或全部数据。具体方法是，从【应用程序】菜单中选择【图形实用工具】|【修复】命令，然后在出现的"选择文件"对话框中选择要修复的图形文件，再单击【打开】按钮即可。

1.5　AutoCAD命令的执行方法

使用AutoCAD 2010绘制和编辑图形时，需要从系统中选择并执行操作命令。执行操作命令的方式很多，下面介绍各种执行AutoCAD命令的方式。

1.5.1　用鼠标执行命令

AutoCAD支持使用鼠标左键、右键和滚轮来调用或执行操作命令。

1. 用鼠标左键执行命令

在AutoCAD 2010中，鼠标左键的主要功能是选取对象或命令，如单击鼠标左键就可以选择功能区面板中的工具，也可以从菜单栏中选择命令，还可以在绘图区选择图形对象。具体功能如下：

·指定位置：选择某个绘图命令后，在绘图区中将鼠标移动到某个点上单击，即可指定一个位置。比如，在功能区"常用"选项卡的绘图区中单击【直线】图标，在绘图区中将光标移动到合适位置后单击鼠标即确定直线的起点，再移动光标到下一个点，单击鼠标即可确定直线的第二个点，从而绘制一条直线，如图1-49所示。

- 选定编辑对象：将光标移动到绘图区中某个对象上，将出现一个虚线框，只需单击鼠标，即可将对象选定。如图1-50所示为选定一个图形中的一条直线的过程。

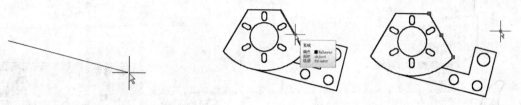

图1-49 使用鼠标指定直线起点和终点　　　　图1-50 选定对象

- 选择菜单命令、控件和工具：和其他Windows应用程序一样，使用鼠标左键可以从菜单中选择并执行相应的命令，也可以选择对话框中的控件，还可以直接选择面板或工具栏中的工具。
- 调用"特性"选项板或相关编辑窗口：在几何对象、标注等对象上双击鼠标将出现"特性"选项板（如图1-51所示）；在文字对象上双击鼠标则出现"文字编辑"对话框；在图案填充对象上双击鼠标将出现"图案填充编辑"对话框。

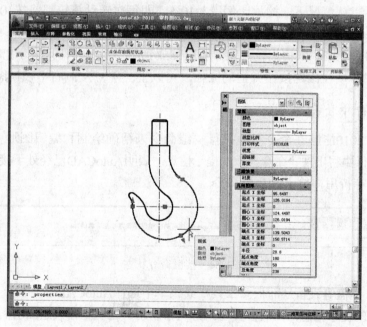

图1-51 调用"特性"选项板

2. 用鼠标右键执行命令

在AutoCAD 2010中，鼠标右键主要用于弹出快捷菜单，快捷菜单的内容将根据光标所处的位置和系统状态的不同而不同。比如，选中某一图形对象后单击右键将出现如图1-52所示快捷菜单；在功能区的面板上单击右键将出现如图1-53所示的快捷菜单。而在执行绘图等命令时，单击右键时相当于按下【Enter】键，确认并结束正在进行的命令。

3. 用鼠标滚轮执行命令

使用带有滚轮的鼠标，可以不选择任何AutoCAD命令，就能直接缩放和平移图形。其具体用法如下：

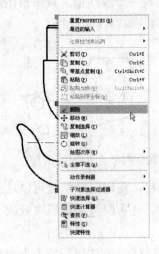

图1-52　选定对象的快捷菜单　　　　　　　　图1-53　功能区面板快捷菜单

- 放大/缩小图形显示比例：向上转动滚轮，将放大显示比例；向下转动滚轮，则缩小显示比例。默认情况下，缩放比例设为10%，即每次转动滚轮都将按10%的增量改变缩放级别。
- 缩放到图形范围：双击滚轮按钮，可以缩放到图形范围，即只显示出有图形的区域。
- 平移视图：按住滚轮按钮并拖动鼠标，可以上、下、左、右平移视图。

1.5.2　在命令行中执行命令

AutoCAD 2010能够在命令行中执行一组命令来精确绘制和编辑图形。启动AutoCAD 2010后，在命令行中将出现"命令："的提示信息，表明AutoCAD已经处于接受命令状态（如图1-54所示），等待用户输入和执行命令。

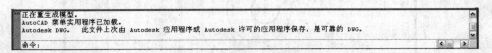

图1-54　接受命令状态

使用鼠标、键盘等设备从面板、工具栏或菜单中选择AutoCAD命令后，也会在命令行中显示出命令执行的提示信息，同时以交互式方式帮助用户进一步输入绘图所需的命令或参数。

比如，从功能区的"常用"选项卡的"绘图"面板中选择【矩形】工具后，命令行中将出现如图1-55所示的信息。

根据需要指定矩形参数，即可绘制一个矩形，如图1-56所示。具体参数如下：

命令：_rectang
指定第一个角点或 [倒角(C)/标高(E)/圆角(F)/厚度(T)/宽度(W)]：120,120
指定另一个角点或 [面积(A)/尺寸(D)/旋转(R)]：250,250

执行命令的过程中，按下【Esc】键可以取消操作。

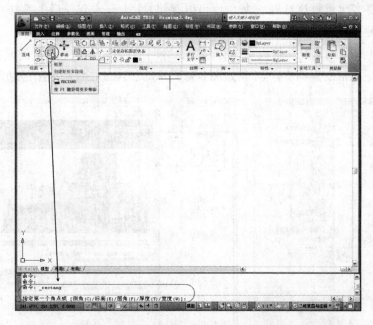

图1-55 选择【矩形】工具的提示信息

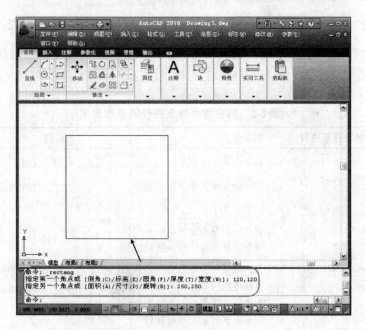

图1-56 绘制矩形的命令

在命令行中执行AutoCAD命令时，应注意以下事项：

- 有部分命令是通过对话框来完成的，比如输入bhatch命令并按下【Enter】键，将出现如图1-57所示的"图案填充和渐变色"对话框。如果不需要打开对话框，一般可以在命令前加上连字符"-"，例如输入-bhatch命令并按下【Enter】键，就不会出现对话框，而通过提示行来进行处理。

- 在命令行中输入命令时，不能在命令中间加入空格，这是由于系统将命令行中的空格视同于按【Enter】键。

- 如果需要多次重复执行同一命令，可以在第1次执行该命令后，直接按下【Enter】键或空格键来重复执行该命令，而无需再进行输入。
- 如果打开一个图形文件且没有执行任何命令时直接按下【Enter】键或空格键，系统将自动执行【帮助】命令，打开如图1-58所示的"AutoCAD 2010帮助"窗口。

图1-57　"图案填充和渐变色"对话框　　　　　图1-58　"AutoCAD 2010帮助"窗口

- 除了在"命令:"提示下需要输入命令外，命令提示中可能还会根据操作情况出现一些子命令选项（参数）及其一些特定的符号，这些符号的基本含义见表1-2。

表1-2　命令提示特定符号的基本含义

名称	特定提示符号	基本含义	实例
方括号	[ ]	表示选项	[直径(D)]
分隔符	/	分隔命令中各个不同的选项	[三点(3P)/两点(2P)/相切、相切、半径(T)]
圆括号	( )	选择括号前的选项时，只需输入括号内的字母即可选择该内容	三点(3P)
尖括号	< >	表示括号内为默认选项（数值）或当前选项（数值），如果未输入新的选项（数值），系统将按括号内的选项（数值）进行操作	直径(D)] <44>: 10

1.5.3　使用透明命令

透明命令是AutoCAD的一种很特殊的命令形式。在执行其他AutoCAD命令的过程中，可以随时调用透明命令。一般情况下，修改图形设置的命令、打开绘图辅助工具的命令等都可以作为透明命令来使用。

要以透明方式执行某个命令，需要在要输入的命令前面加上单引号"'"。执行透明命令后，在其提示前有一个双折号">>"说明符。透明命令执行结束后，系统将恢复到原来的命令执行状态。

比如，在绘制一个圆的过程中，为便于观察图形，需要适当调整视图的显示比例和位置，就可以在绘制时使用'zoom来实现。其命令行如下：

> 命令: _circle 指定圆的圆心或 [三点(3P)/两点(2P)/切点、切点、半径(T)]: 55.120
> 指定圆的半径或 [直径(D)] <336.4868>: 'zoom
> >>指定窗口的角点，输入比例因子 (nX 或 nXP)，或者
> [全部(A)/中心(C)/动态(D)/范围(E)/上一个(P)/比例(S)/窗口(W)/对象(O)] <实时>: c
> >>指定中心点: 150,150
> >>输入比例或高度 <309.7376>:
> 正在恢复执行 CIRCLE 命令。
> 指定圆的半径或 [直径(D)] <336.4868>:

在上述命令操作过程中，第2行"指定圆的半径或 [直径(D)] <336.4868>:"原本是绘制圆的提示项，要求指定圆的半径或直径，在此处插入"'zoom（缩放）"透明命令后，使圆的绘制过程暂时中断，转而执行zoom命令。在zoom命令执行结束后，将出现"正在恢复执行CIRCLE命令"的提示，恢复完成后重新提示"指定圆的半径或 [直径(D)] <336.4868>:"，只需按提示输入圆的半径即可。

1.6 绘图环境的基本设置

在实际绘制工程图形时，往往都是按对象的实际大小来创建图纸的。由于对象有大小差异，所使用的计量单位也会因为图纸的用途而有所不同。所以，在动手绘图之前，必须先在AutoCAD 2010中设置好绘图单位和绘图范围。

1.6.1 设置绘图单位

从菜单栏中选择【格式】|【单位】命令，或者在命令行中输入units并按下【Enter】键，都将出现如图1-59所示的"图形单位"对话框。利用该对话框，可以设置所需的长度单位、角度单位及其精度等。

图1-59 "图形单位"对话框

1. "长度"设置区

"长度"设置区用于设置测量的单位及其精度。

- "类型"下拉列表：用于设置测量单位的格式，可以选择"建筑"、"小数"、"工程"、"分数"和"科学"。 其中，"工程"和"建筑"格式提供英尺和英寸显示并假定每个图形单位表示1英寸。其他格式可表示任何真实世界单位。
- "精度"下拉列表：用于设置线性测量值显示的小数位数或分数大小。

2. "角度"设置区

"角度"设置区用于指定角度格式和角度显示的精度。

- "类型"下拉列表：用于设置当前角度格式。 "十进制度数"以十进制数表示；"百分度"附带一个小写g后缀；"弧度"附带一个小写r后缀；"度/分/秒"格式用d表示度，用'表示分，用"表示秒；"勘测单位"以方位表示角度，N表示正北，S表示正南。

"度/分/秒"表示从正北或正南开始的偏角的大小，E表示正东，W表示正西，且角度值始终小于90°。

- "精度"下拉列表：用于设置当前角度显示的精度。
- "顺时针"复选项：用于设置是否以顺时针方向计算正的角度值。系统默认的正角度方向是逆时针方向。

3. "插入时的缩放单位"设置区

"插入时的缩放单位"设置区用于控制插入到当前图形中的块和图形的测量单位。如果块或图形创建时使用的单位与该选项指定的单位不同，则在插入这些块或图形时，将对其按比例缩放。

图1-60 "方向控制"
对话框

缩放比例是源块或图形使用的单位与目标图形使用的单位之比。如果插入块时不按指定单位缩放，应选择"无单位"。

4. "输出样例"设置区

用于显示用当前单位和角度设置的范例。

5. 【方向】按钮

单击【方向】按钮，将出现用于设置测量角度方向的"方向控制"对话框，如图1-60所示，可以从中选择一种基准角度。

1.6.2 设置绘图范围

从菜单栏中选择【格式】|【图形界限】命令，或者在命令行中输入limits并按下【Enter】键，在命令行中将出现下面的提示：

指定左下角点或 [开(ON)/关(OFF)] <0.0000,0.0000>:

其中，"开(ON)"选项表示打开图形界限检查功能，如超出该界限，给出"**超出图形界限"的提示；"关(OFF)"选项表示关闭图形界限检查功能，所绘制的图形可以超过设置的界限。

左下角点的默认坐标值为（0.0000,0.0000），修改该值可以更改绘图区左下角的起始位置。比如，将左下角点的默认坐标值修改为（1.20001,2000），在命令行中将出现下面的提示：

指定左下角点或 [开(ON)/关(OFF)] <0.0000,0.0000>: 1.2000,1.2000
指定右上角点 <420.0000,297.0000>:

只需指定绘图区右上角的坐标位置，如（1220.0000,2880.0000），然后按下【Enter】键即可完成绘图界限的设置。

1.7 设置视图及其切换

在绘图过程中，为便于观察图形的局部区域，常常需要改变图形的显示范围和显示比例，有时也需要对图形进行平移或者在鸟瞰视图中观察图形。这些功能可以使用AutoCAD 2010的视图工具来实现。

1.7.1　缩放视图

使用缩放工具或命令，可以将窗口上的图形对象缩小或放大，缩放后对象的实际大小不会产生变化。

缩放视图的方法有很多，既可以从菜单栏中选择【视图】|【缩放】命令，也可以单击功能区"常用"选项卡的"实用程序"面板中的【范围】工具◎▾，还可以在命令行中输入zoom命令来缩放视图。

1. 用【缩放】命令缩放视图

从菜单栏中选择【视图】|【缩放】命令，将出现如图1-61所示的子菜单，其中提供了以下命令：

- 【实时】命令：拖动鼠标来放大或缩小显示当前视口中对象的外观尺寸。
- 【上一步】命令：恢复到前一次视图的比例和位置。
- 【窗口】命令：缩放显示该工具拖出的矩形窗口所指定的区域。
- 【动态】命令：缩放显示在视图框中的部分图形。视图框表示视口，可以改变它的大小，或在图形中移动。移动视图框或调整其大小，将其中的图像平移或缩放，以充满整个视口。
- 【比例】命令：以指定的比例因子缩放显示图形。
- 【中心】命令：缩放显示由中心点和放大比例（或高度）所定义的窗口。
- 【对象】命令：进行缩放以便尽可能大地显示一个或多个选定的对象并使其位于绘图区域的中心。
- 【放大】命令：按10%的比例放大视图。
- 【缩小】命令：按10%的比例缩小视图。
- 【全部】命令：缩放显示整个图形，以显示全部对象。
- 【范围】命令：缩放显示图形范围。

2. 用缩放工具缩放视图

单击功能区"常用"选项卡的"实用程序"面板中的【范围】工具◎▾，将出现如图1-62所示的工具按钮。其功能与【缩放】子菜单中对应的命令完全相同。

3. 用zoom命令缩放视图

在命令行中输入zoom并按下【Enter】键，在命令行中将提示：

> 指定窗口的角点，输入比例因子（nX或nXP），或者
> [全部(A)/中心(C)/动态(D)/范围(E)/上一个(P)/比例(S)/窗口(W)/对象(O)] <实时>:

以上各选项的含义如下：

- 指定窗口的角点，输入比例因子（nX或nXP）：可以直接利用窗口的角点或输入比例因子实现图形缩放。
- 全部(A)：将全部图形显示在窗口上。如果图形对象都没有超出图形设置的界限，AutoCAD将按图纸边界显示，否则显示的范围将扩大，以便将超出的图形边界部分显示在窗口中。

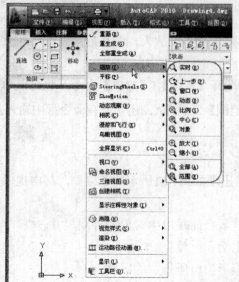

图1-61　【缩放】子菜单　　　　　　　　　　图1-62　缩放工具

- 中心(C)：选择"中心(C)"选项后，系统将按由中心和缩放比例所定义的窗口缩放显示图形。此时将出现下面的提示，如果输入的比例值大于当前值时，图形被缩小；反之图形被放大。

　　指定中心点：
　　输入缩放比例或高度值<320.0000>：

- 范围(E)：选择"范围(E)"选项，将把当前图形尽可能大地显示在窗口中。
- 上一个(P)：选择"上一个(P)"选项，将恢复上一次显示的图形。
- 比例(S)：用于按指定的缩放比例实现缩放。选择该选项，将出现下面的提示。此选项仅仅改变显示尺寸，而非实际标注的尺寸。也就是说，执行后，并不改变对象的尺寸，只改变图形的显示比例。

　　输入比例因子（nX or nXP）：

- 动态(D)：用于进行动态缩放，它可以方便地实现全部、中心点、范围、上一个和窗口等选项的功能。
- 窗口(W)：用于通过两个角点来确定作为观察区域的矩形窗口来实现图形的放大。执行该命令，将出现下面的提示，只需按提示依次确定窗口角点位置即可。

　　指定第一个角点：
　　指定对角点：（确定另一个角点）

- 对象(O)：对选定的一个或多个对象进行尽可能大的放大显示。显示时，所选对象将自动调整到视图的中心。

1.7.2　平移视图

　　可以在不改变窗口图形缩放比例及绘图界限的条件下，对窗口中显示的图形进行移动，从而使图形对象的特定部分位于当前显示的窗口中。

从菜单栏中选择【视图】|【平移】命令，或者单击状态栏中的"平移"工具，或者在命令行中输入pan命令，都可以执行平移操作。执行命令后，绘图区的光标将变为手形，只需拖动鼠标即可平移显示当前图形，如图1-63所示。

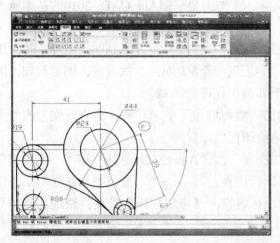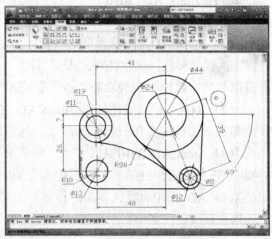

图1-63　平移视图

1.7.3　鸟瞰视图

要在一个独立的窗口中显示已有的图形对象，可以使用【鸟瞰视图】命令来实现。从菜单栏中选择【视图】|【鸟瞰视图】命令，或者在命令行中输入dsviewer命令并按下【Enter】键，都将出现如图1-64所示的鸟瞰视图窗口。

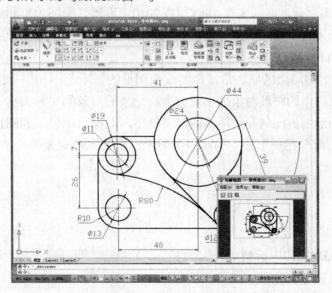

图1-64　鸟瞰视图窗口

鸟瞰视图窗口中主要选项的功能如下：

- 【视图】菜单：该下拉菜单有"放大"、"缩小"、和"全局"3个选项，可以在鸟瞰视图窗口中方便地控制图形的缩放比例。
- 【选项】菜单：其中提供了图形自动视口显示和动态更新的开关。

本课要点小结

要具备AutoCAD 2010工程绘图的就业技能，首先需要掌握AutoCAD 2010的基本概念和基本操作方法。下面对本课的重点内容进行小结：

（1）AutoCAD是一款大型的专业计算机辅助设计软件，具有二维制图、图形编辑、图形显示、尺寸标注、文字注释、图层管理、三维建模、网络发布、二次开发、图形管理、图形输出和共享数据等多种功能，被广泛应用于各种工程设计领域。

（2）2009年3月最新推出的AutoCAD 2010新增和增强了多项功能，将直观强大的概念设计和视觉工具结合在一起，为高效、高质地绘图提供了保障。

（3）AutoCAD 2010提供了"二维草图与注释"、"AutoCAD 经典"和"三维建模"3种基于任务的工作空间，可以根据需要随时进行切换。其中，"二维草图与注释"工作空间是AutoCAD 2010的默认界面，该界面主要由标题栏、【应用程序】按钮、快速访问工具栏、信息获取栏、菜单栏、功能区、绘图窗口、"命令行"与"文本"窗口和状态栏等部分组成。

（4）AutoCAD 2010常用的文件操作包括创建新图形、打开图形、保存图形、关闭图形等，可以使用快速访问工具栏、菜单栏、应用程序菜单来执行这些操作。

（5）使用AutoCAD 2010绘制和编辑图形时，需要从系统中选择并执行操作命令。执行AutoCAD命令的方式有用鼠标执行命令和在命令行中执行命令两种方式，也可以临时执行透明命令。

（6）动手绘图之前，必须先在AutoCAD 2010中设置好绘图单位和绘图的范围。"图形单位"对话框可以设置所需的长度单位、角度单位及其精度等；【图形界限】命令主要用于设置绘图区左下角和右上角的坐标。

（7）观察图形的局部区域，常常需要改变图形的显示范围和显示比例。可以使用缩放工具或命令，将窗口中的图形对象缩小或放大，缩放后对象的实际大小不会产生变化。也可以在不改变窗口图形缩放比例及绘图界限的条件下，对窗口中显示的图形进行移动。还可以使用【鸟瞰视图】命令在一个独立的窗口中显示已有的图形对象。

习题

选择题

（1）AutoCAD 2010中新增了强大的（　　）功能，可以通过基于设计意图的图形对象约束来大大提高绘图效率。

A. 应用程序菜单　　　　B. 多重引线

C. 参数化绘图　　　　　D. 快速访问工具栏

（2）如果AutoCAD 2010的主界面中没有菜单栏，只需单击（　　）右下角的▼按钮，从出现的弹出菜单中选择【显示菜单栏】命令即可。

A. 菜单栏　　　　B. 状态栏　　　　C. 工具面板　　　　D. 快速访问工具栏

（3）在AutoCAD 2010的信息获取栏上单击（　　）图标，可以注册为速博应用中心的会员并访问速博应用中心的各种服务。

A. ▨　　　　　　B. ◤　　　　　　C. ▦　　　　　　D. ☆

（4）（　　）工具栏主要用于对图形对象的状态、颜色、线型和线宽等属性进行设置。

A. 绘图　　　　　　B. 修改　　　　　　C. 工作空间　　　　　　D. 特性

（5）在命令提示行中，（　　）表示的含义是"选项"。

A. [ ]　　　　　　B. /　　　　　　C. ( )　　　　　　D. < >

（6）从菜单栏中选择【格式】|【单位】命令，或者在命令行中输入（　　）并按下【Enter】键，都将出现"图形单位"对话框。

A. graph　　　　　　B. unit　　　　　　C. units　　　　　　D. graphics

填空题

（1）AutoCAD 2010新增了一个_____功能，可以轻松定制自己的AutoCAD工作环境。

（2）AutoCAD 2010提供了_____、_____和"三维建模"3种不同模式的工作空间。

（3）"二维草图与注释"工作空间主要由标题栏、【应用程序】按钮、_____、_____、功能区、菜单栏、绘图窗口、_____和状态栏等部分组成。

（4）在绘图窗口的左下角有一个坐标系图标，坐标系图标反应了当前所使用的_____。默认情况下，坐标系为_____。

（5）_____是一种快速进行常用编辑操作的浮动面板。

（6）命令行中出现"命令："的提示信息，表明AutoCAD已经处于_____状态。

（7）在执行其他AutoCAD命令的过程中，可以随时调用_____命令。要用这种命令，需要在要输入的命令前面加上_____。

（8）要在一个独立的窗口中显示已有的图形对象，可以使用_____命令来实现。

简答题

（1）AutoCAD的主要功能有哪些？试举例说明。

（2）简述AutoCAD 2010的新增功能和增强功能。

（3）AutoCAD 2010提供了哪几种不同模式的工作空间？各有何特点？

（4）如何创建、打开、保存和关闭图形文件？

（5）AutoCAD命令的执行方法有哪几种？试举例说明。

（6）什么是透明命令？如何执行透明命令？

（7）如何设置绘图单位和绘图范围？

（8）如何缩放视图？如何平移视图？如何鸟瞰视图？

第2课　绘制二维图形

二维图形（也称2D图形）是指在由X和Y轴组成的二维空间中绘制的平面图形。组成二维图形的基本元素包括直线、射线、构造线、矩形、多边形、多段线、样条线、多线、圆、圆环、圆弧、椭圆等基本几何对象。利用AutoCAD 2010的图形对象绘制工具或命令，可以精确绘制出各种由几何对象构成的工程图形，如建筑平面图、建筑立面图、建筑剖面图、机械零件图、机械装配图等。本课将介绍AutoCAD 2010的二维图形绘制命令及其具体应用方法。通过学习，掌握以下应知知识和应会技能：

- 熟练掌握线性对象的绘制方法。
- 熟练掌握曲线对象的绘制方法。
- 掌握徒手绘制图形的方法。
- 熟悉面域的创建方法。
- 初步掌握其他二维图形对象的绘制方法。

2.1　绘制线性图形

线性对象是指由各种直线线段构成的图形对象，它们是组成复杂图形的基础。AutoCAD 2010提供了直线、矩形、多边形、多段线、样条线、多线等线性对象绘制工具和命令行命令，可根据需要精确地绘制各种线性图形。

2.1.1　直线的绘制

两点之间最短的路径称为直线线段，很多几何图形都是由直线线段组成的。

1. 调用直线绘制命令

绘制直线线段（或多条连续直线线段）的命令的调用方法有以下几种，可以根据需要任意选择一种方法来绘制直线。

- 使用菜单命令：从菜单栏中选择【绘图】|【直线】命令，如图2-1所示。
- 使用功能区工具按钮：单击功能区"常用"选项卡的"绘图"面板中的【直线】图标，如图2-2所示。
- 使用命令行命令：在命令行直接输入line命令并按下【Enter】键，如图2-3所示。

图2-1　【直线】命令

·使用绘图工具栏：从菜单栏中选择【工具】|【工具栏】|【AutoCAD】|【绘图】命令，将在窗口左侧出现如图2-4所示的"绘图"工具栏，在其中单击【直线】图标／，也将调用直线绘制命令。

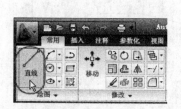

图2-2　【直线】图标

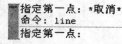

图2-3　line命令

图2-4　【直线】工具

2. 绘制直线

使用任何一种方法调用直线命令后，都可以通过指定直线的两个端点的方法来绘制一条直线线段。要绘制多条连续直线线段，只需要连续指定多个坐标点。指定坐标点时，既可以在命令行中直接输入各个点的绝对坐标（或相对坐标），也可以直接在编辑区中用定点设备来指定（或捕捉）坐标点的位置。

（1）用定点设备绘制直线

使用鼠标、轨迹球、数字化仪等定点设备，可以直接在绘图区中绘制出各种直线线段。下面举例说明具体绘制方法：

①单击功能区"常用"选项卡的"绘图"面板中的【直线】图标／，进入直线绘制状态，在命令行中将出现"命令：_line指定第一点："的提示，如图2-5所示。

②将十字形光标移动到线段的起点位置单击，即可指定线段的第1点，并在命令行出现"指定下一点或 [放弃(U)]："的提示，如图2-6所示。

③将十字形光标移动到线段的终点位置单击，可指定线段的第2点，绘制出第1条直线线段，并再次出现"指定下一点或 [放弃(U)]："的提示，表明并没有退出直线绘制状态，如图2-7所示。

④继续确定其他点，可以绘制出由多条直线线段组成的图形，如图2-8所示。

⑤最后1条线段绘制完成后，单击鼠标右键，从出现的快捷菜单中选择【确认】选项，即可完成一个由直线线段组成的图形的绘制，如图2-9所示。

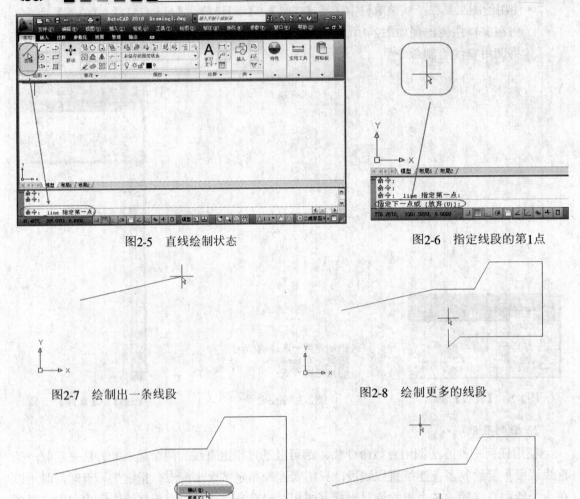

图2-5 直线绘制状态　　　　　　　　　　　图2-6 指定线段的第1点

图2-7 绘制出一条线段　　　　　　　　　　图2-8 绘制更多的线段

图2-9 确认绘制

（2）用绝对笛卡儿坐标绘制直线

由于没有精确指定直线线段各个起点和终点的坐标位置，直接使用鼠标等定点设备绘制的图形很不精确。要精确绘制直线线段，可以使用笛卡儿坐标在工作平面上指定线段起点和终点的精确位置，具体方法如下：

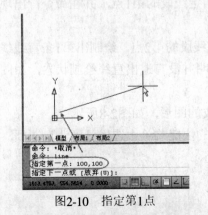

图2-10 指定第1点

①在命令行中输入line命令并按下【Enter】键，进入直线绘制命令状态。

②在命令行中的"命令: line 指定第一点:"提示后输入第1点的坐标值，如输入"100,100"，表示线段的起点坐标为（100,100），按下【Enter】键后将确定线段的第1点，如图2-10所示。

③在命令行中的"指定下一点或 [放弃(U)]:"提示之后输入第2点的坐标值（2000,2200），按下【Enter】键确定线段的第2点，如图2-11所示。

④用同样的方法指定第3点（4200,2200）和第4点（6300,100），然后在命令行的"指定下一点或 [闭合(C)/放弃(U)]:"提示之后输入字符C（表示将所有线段闭合为一个图形），按下【Enter】键后即可自动将第4点和第1点连接起来，形成如图2-12所示的图形。

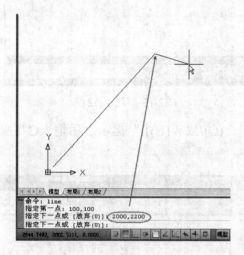

图2-11　确定第2点　　　　　　　图2-12　闭合图形

命令行中执行的命令序列如下：

命令: line
指定第一点: 100,100
指定下一点或 [放弃(U)]: 2000,2200
指定下一点或 [放弃(U)]: 4200,2200
指定下一点或 [闭合(C)/放弃(U)]: 6300,100
指定下一点或 [闭合(C)/放弃(U)]: c
命令:

（3）用相对笛卡儿坐标绘制直线

相对坐标是指某个点与相对点的相对位移值，在AutoCAD中相对坐标用"@"标识。如图2-13所示为一个图形的绝对坐标和相对坐标的表示方法。

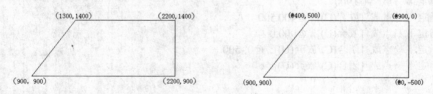

图2-13　绝对坐标和相对坐标

下面以图2-13为例，介绍使用相对笛卡儿坐标绘制由直线线段组成的图形的方法：

①在命令行中输入line命令并按下【Enter】键，进入直线绘制命令状态。

②在命令行中的"命令: _line指定第一点:"提示之后输入A点的绝对坐标值（900,900），按下【Enter】键后确定第1点，如图2-14所示。

③在命令行中的"指定下一点或 [放弃(U)]: "提示之后输入第2点的相对坐标值（@400,500），按下【Enter】键后确定第2点，如图2-15所示。

④用同样的方法指定第3点（@900,0）和第4点（@0,-500）的相对坐标，效果如图2-16所示。

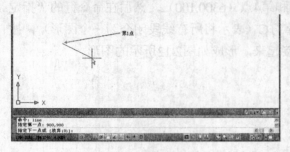

图2-14　确定第1点

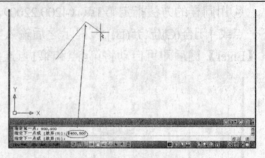

图2-15　确定第2点

⑤要闭合图形，只需在"指定下一点或　[闭合(C)/放弃(U)]:"提示之后输入C并按下【Enter】键即可，效果如图2-17所示。

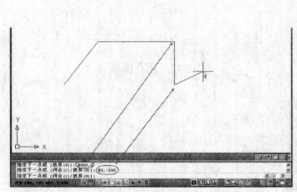

图2-16　指定第3点和第4点的相对坐标

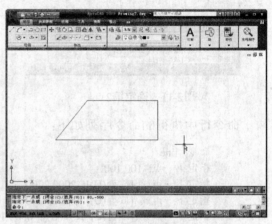

图2-17　闭合图形

在本例中，使用相对笛卡儿坐标所绘制的图形效果与使用绝对坐标绘制的效果完全相同，其命令行中所执行的命令序列如下：

命令: line
指定第一点: 900,900
指定下一点或 [放弃(U)]: @400,500
指定下一点或 [放弃(U)]: @900,0
指定下一点或 [闭合(C)/放弃(U)]: @0,-500
指定下一点或 [闭合(C)/放弃(U)]: c
命令:

（4）用绝对极坐标绘制直线

还可以使用极坐标来绘制直线。在平面内取一个定点O作为极点，引一条水平射线OX（极轴），再选定一个长度单位和角度的正方向，对于平面内任意一点M，可以用L表示线段OM的长度（极径），Θ表示OX到OM的角度（极角），AutoCAD用L<Θ表示M的极坐标，如图2-18所示。这样建立的坐标系叫做极坐标系，极坐标的角度值通常规定为逆时针为正、顺时针为负。

极坐标也分为绝对极坐标（如图2-19所示）和相对极坐标（如图2-20所示）两种表示方法。

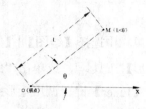

图2-18　极坐标系

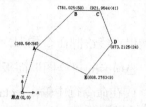

图2-19　绝对极坐标

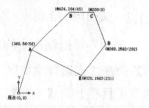

图2-20　相对极坐标

下面以图2-19为例，介绍使用绝对极坐标绘制直线的具体方法：

①在命令行中输入line命令并按下【Enter】键，进入直线绘制命令状态。在命令行中的"命令:_line指定第一点:"提示之后输入A点的绝对极坐标值（360.56<56），按下【Enter】键后确定A点，如图2-21所示。

②在命令行中的"指定下一点或 [放弃(U)]:"提示之后输入B点的绝对极坐标值（781.025<50），然后按下【Enter】键，绘制出第1条线段，如图2-22所示。

③用同样的方法指定C（921.9544<41）、D（873.2125<24）、E（608.2763<9）的绝对极坐标，最后在"指定下一点或 [闭合(C)/放弃(U)]:"提示之后输入C并按下【Enter】键即可完成图形的绘制，如图2-23所示。

图2-21　A点的绝对极坐标

图2-22　确定B点的绝对极坐标

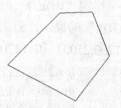

图2-23　闭合图形

本例的命令序列如下：

```
命令: _line 指定第一点: 360.56<56
指定下一点或 [放弃(U)]: 781.025<50
指定下一点或 [放弃(U)]: 921.9544<41
指定下一点或 [闭合(C)/放弃(U)]: 873.2125<24
指定下一点或 [闭合(C)/放弃(U)]: 608.2763<9
指定下一点或 [闭合(C)/放弃(U)]: c
命令:
```

（5）用相对极坐标绘制直线

要使用相对极坐标来绘制如图2-20所示图形，可指定A点的绝对极坐标值和其他各点的相对极坐标值。指定相对极坐标值来绘制直线的方法与使用绝对极坐标的方法相似，具体命令序列如下：

```
命令: _line 指定第一点: 360.56<56
指定下一点或 [放弃(U)]: @424.264<45
指定下一点或 [放弃(U)]: @200<0
指定下一点或 [闭合(C)/放弃(U)]: @269.2582<292
指定下一点或 [闭合(C)/放弃(U)]: @320.1562<231
指定下一点或 [闭合(C)/放弃(U)]: c
```

2.1.2 矩形的绘制

调用矩形绘制命令的方法与调用直线绘制命令相似，可以从菜单栏中选择【绘图】|【矩形】命令，或选择功能区"常用"选项卡的"绘图"面板中的【矩形】工具 ▭，或单击"绘图"工具栏上的【矩形】按钮 ▭，或在命令行中输入rectang并按下【Enter】键。调用矩形绘制命令后，在命令行中将出现下面的提示：

```
命令: _rectang
指定第一个角点或 [倒角(C)/标高(E)/圆角(F)/厚度(T)/宽度(W)]:
```

其中各选项的含义如下：

- 指定第一个角点：该选项是默认项，用于确定矩形第一个角点。
- 倒角：用于设定矩形四角为倒角及大小。
- 标高：确定矩形在三维空间内的某个面的高度。
- 圆角：设定矩形四角为圆角及半径大小。
- 厚度：设置矩形厚度，即Z轴方向的高度。
- 宽度：设置线条宽度。

指定"指定第一个角点"的坐标后，又将出现"指定另一个角点或 [面积(A)/尺寸(D)/旋转(R)]:"的提示，只需指定矩形的另一个角点坐标即可。比如，要绘制一个两个角点分别为（1700,2500）和（4200,400）的矩形，其命令序列如下：

```
命令: _rectang
指定第一个角点或 [倒角(C)/标高(E)/圆角(F)/厚度(T)/宽度(W)]:1700,2500
指定另一个角点或 [面积(A)/尺寸(D)/旋转(R)]: 4200,400
```

执行以上操作后，将绘制出如图2-24所示的矩形。

2.1.3 正多边形的绘制

调用多边形绘制命令的方法与调用矩形绘制命令或直线绘制命令相似。比如，选择功能区"常用"选项卡的"绘图"面板中的【正多边形】工具 ⬠，将在命令行中出现"命令: _polygon 输入边的数目 <4>:"的提示，要求输入正多边形的边数，如图2-25所示。

输入正多边形的边数后，将出现"指定正多边形的中心点或 [边(E)]:"的提示。在该提示下，既可以直接输入一点作为正多边形的中心，也可以输入字符E，然后利用输入正多边形的边长来确定正多边形。

1. 指定正多边形的中心

在"指定正多边形的中心点或 [边(E)]:"的提示后输入正多边形的中心点，比如（4000,2000），将出现"输入选项 [内接于圆(I)/外切于圆(C)] <I>:"的提示。如果直接按【Enter】键（即使用默认的I），将提示"指定圆的半径:"，输入半径值（如1500）后，将在指定半径的圆的外面构造出正多边形，如图2-26所示。命令序列如下：

```
命令: _polygon 输入边的数目 <4>: 6
指定正多边形的中心点或 [边(E)]: 4000,2000
输入选项 [内接于圆(I)/外切于圆(C)] <I>:
指定圆的半径: 1500
```

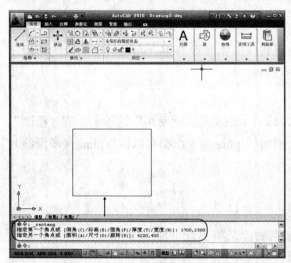
图2-24 绘制矩形

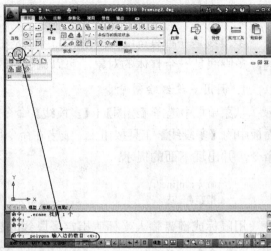
图2-25 调用多边形绘制命令

如果在提示"输入选项 [内接于圆(I)/外切于圆(C)] <I>:"时选择C，则会创建一个外切正多边形，如图2-27所示。

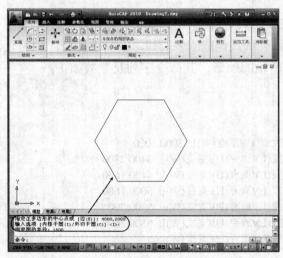
图2-26 创建内接于圆的正多边形

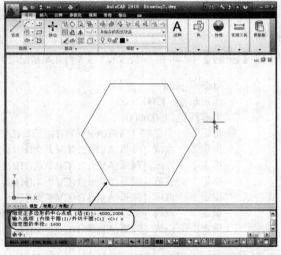
图2-27 创建外切于圆的正多边形

2. 指定正多边形的边

在"指定正多边形的中心点或 [边(E)]:"的提示后选择E，相应的提示信息如下：

```
命令: _polygon 输入边的数目 <6>: 9
指定正多边形的中心点或 [边(E)]: e
指定边的第一个端点: 2000,2000
指定边的第二个端点: 2300,950
```

执行上述操作后的效果如图2-28所示。输入边的两个端点指定一边长度的方法构造正多边形时，所输入的两个点的顺序确定了正多边形的方向。

2.1.4 多段线的绘制

多段线是一种有宽度的线段，它可以是由直线段、弧线段等组合而成。与连续的线段不同，多段线是一个整体的对象，可以调整其宽度或曲率。

1. 调用多段线绘制命令

从菜单栏中选择【绘图】|【多段线】命令，或者单击功能区"常用"选项卡下的"绘图"面板中的【多段线】工具按钮 ，或者在命令行中输入pline命令，都可以执行pline（多段线）命令，并出现下面的提示：

```
命令: pline
指定起点:
```

用鼠标或键盘输入坐标值指定多段线的起点后，又将出现下面的提示：

```
命令: _pline
指定起点: 1200,2000
当前线宽为 0.0000
指定下一个点或 [圆弧(A)/半宽(H)/长度(L)/放弃(U)/宽度(W)]:
```

2. 直接指定点绘制多段线

在"指定下一个点或 [圆弧(A)/半宽(H)/长度(L)/放弃(U)/宽度(W)]:"的提示下，如果直接输入一点作为线的一个端点，可以绘制由一系列折线构成的多段线，要结束绘制，只需直接按【Enter】键即可。比如，要绘制如图2-29所示的图形，其命令序列及参数如下：

```
命令: _pline
指定起点: 1200,2000
当前线宽为 0.0000
指定下一个点或 [圆弧(A)/半宽(H)/长度(L)/放弃(U)/宽度(W)]: 3000,1000
指定下一点或 [圆弧(A)/闭合(C)/半宽(H)/长度(L)/放弃(U)/宽度(W)]: 3400,2800
指定下一点或 [圆弧(A)/闭合(C)/半宽(H)/长度(L)/放弃(U)/宽度(W)]: 4400,1600
指定下一点或 [圆弧(A)/闭合(C)/半宽(H)/长度(L)/放弃(U)/宽度(W)]: 5000,1600
指定下一点或 [圆弧(A)/闭合(C)/半宽(H)/长度(L)/放弃(U)/宽度(W)]: 5300,700
指定下一点或 [圆弧(A)/闭合(C)/半宽(H)/长度(L)/放弃(U)/宽度(W)]: 6500,2600
指定下一点或 [圆弧(A)/闭合(C)/半宽(H)/长度(L)/放弃(U)/宽度(W)]:
```

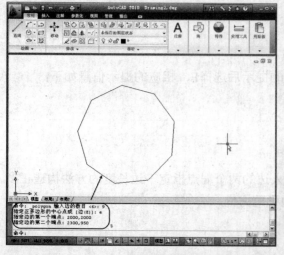

图2-28 指定多边形的边来创建多边形

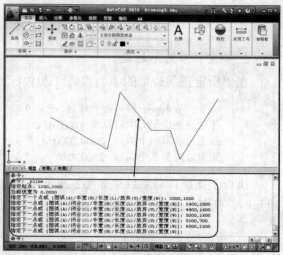

图2-29 绘制一个多段线

用pline命令绘制的多段线和用line命令绘制的连续直线段有本质的区别，直线段中每个线段是一个对象，可以单独选取并进行编辑，多段线则是一个整体的对象，如图2-30所示。

3. 在多段线中添加圆弧

如果在"指定下一个点或 [圆弧(A)/半宽(H)/长度(L)/放弃(U)/宽度(W)]:"的提示下，选择"圆弧(A)"选项，可以在多段线中添加圆弧。比如，要绘制如图2-31所示的图形，其具体操作过程如下：

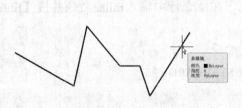

图2-30　多段线对象

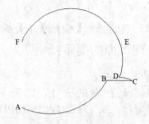

图2-31　在多段线中绘制圆弧

命令: pline
指定起点: 500,1400（指定A点）
当前线宽为 0.0000
指定下一个点或 [圆弧(A)/半宽(H)/长度(L)/放弃(U)/宽度(W)]: a
指定圆弧的端点或[角度(A)/圆心(CE)/方向(D)/半宽(H)/直线(L)/半径(R)/第二个点(S)/放弃(U)/宽度(W)]: 1620,1750　　（指定B点）
指定圆弧的端点或[角度(A)/圆心(CE)/闭合(CL)/方向(D)/半宽(H)/直线(L)/半径(R)/第二个点(S)/放弃(U)/宽度(W)]: l
指定下一点或 [圆弧(A)/闭合(C)/半宽(H)/长度(L)/放弃(U)/宽度(W)]: 1950,1750（指定C点）
指定下一点或 [圆弧(A)/闭合(C)/半宽(H)/长度(L)/放弃(U)/宽度(W)]: a
指定圆弧的端点或[角度(A)/圆心(CE)/闭合(CL)/方向(D)/半宽(H)/直线(L)/半径(R)/第二个点(S)/放弃(U)/宽度(W)]: ce
指定圆弧的圆心: 1780,1400（指定CD圆弧的圆心）
指定圆弧的端点或 [角度(A)/长度(L)]: 1780,1795（指定D点）
指定圆弧的端点或[角度(A)/圆心(CE)/闭合(CL)/方向(D)/半宽(H)/直线(L)/半径(R)/第二个点(S)/放弃(U)/宽度(W)]: a
指定包含角: 45
指定圆弧的端点或 [圆心(CE)/半径(R)]: 1780,2250（指定E点）
指定圆弧的端点或[角度(A)/圆心(CE)/闭合(CL)/方向(D)/半宽(H)/直线(L)/半径(R)/第二个点(S)/放弃(U)/宽度(W)]: 500,2250（指定F点）
指定圆弧的端点或[角度(A)/圆心(CE)/闭合(CL)/方向(D)/半宽(H)/直线(L)/半径(R)/第二个点(S)/放弃(U)/宽度(W)]:

（1）如果在"指定圆弧的端点或[角度(A)/圆心(CE)/方向(D)/半宽(H)/直线(L)/半径(R)/第二个点(S)/放弃(U)/宽度(W)]:"的提示下移动十字形光标，屏幕上将出现橡皮线，可以指定参数或拖动鼠标来绘制圆弧。
（2）如果在"指定下一个点或 [圆弧(A)/半宽(H)/长度(L)/放弃(U)/宽度(W)]:"的提示下，选择W选项，可以指定多段线的起点和端点宽度，此后将以该宽度来绘制图形。

　　（3）如果在"指定下一个点或 [圆弧(A)/半宽(H)/长度(L)/放弃(U)/宽度(W)]:"的
提示下选择"半宽(H)"选项，可以设置多段线段的起点半宽值和终点半宽值。
　　（4）在"指定下一个点或 [圆弧(A)/半宽(H)/长度(L)/放弃(U)/宽度(W)]:"的提
示下，选择L选项，可以通过指定长度来绘制多段线。

2.1.5　多线的绘制

　　多线是由多条平行直线所组成的一种特殊类型的直线。多线常用于建筑绘图和其他工程
绘图中。多线对象可以由1～16条平行线组成，这些平行线称为多线的元素。

1. 输入各点绘制多线

　　从菜单栏中选择【绘图】|【多线】命令，或者在命令行中输入mline命令并按【Enter】
键，都将出现下面的提示：

　　命令: _mline
　　当前设置: 对正 = 上，比例 = 20.00，样式 = STANDARD
　　指定起点或 [对正(J)/比例(S)/样式(ST)]:

　　可以通过指定坐标的方法来绘制由多线组成的图形。比如，要绘制如图2-32所示的图形，
其命令序列如下：

　　命令: mline
　　当前设置: 对正 = 上，比例 = 20.00，样式 = STANDARD
　　指定起点或 [对正(J)/比例(S)/样式(ST)]: 1000,1000　　　　　（指定图中A点的坐标）
　　指定下一点: 1000,2000　　　　　　　　　　　　　　　　　（指定图中B点的坐标）
　　指定下一点或 [放弃(U)]: 3000,2000　　　　　　　　　　　　（指定图中C点的坐标）
　　指定下一点或 [闭合(C)/放弃(U)]: 3000,1400　　　　　　　　（指定图中D点的坐标）
　　指定下一点或 [闭合(C)/放弃(U)]: 1800,1400　　　　　　　　（指定图中E点的坐标）
　　指定下一点或 [闭合(C)/放弃(U)]: 1800,1000　　　　　　　　（指定图中F点的坐标）
　　指定下一点或 [闭合(C)/放弃(U)]: c　　　　　　　　　　　　（将F点和A点闭合）

2. 根据多线的对正类型绘制多线

　　在"指定起点或 [对正(J)/比例(S)/样式(ST)]:"的提示下，如果选择"对正(J)"选项，可
以确定多线的方式。具体提示信息如下：

　　命令: mline
　　当前设置: 对正 = 上，比例 = 20.00，样式 = STANDARD
　　指定起点或 [对正(J)/比例(S)/样式(ST)]:
　　输入对正类型 [上(T)/无(Z)/下(B)] <上>:

　　可以利用提示行中各选项确定多线的方式，它们的具体含义分别如下：
- "上(T)"选项：在绘多线时，多线最顶端的线将随光标移动。
- "无(Z)"选项：在绘多线时，多线的中心线将随光标移动。
- "下(B)"选项：在绘多线时，多线最底端的线将随光标移动。

3. 根据多线各条平行线的间距绘制多线

　　在"指定起点或 [对正(J)/比例(S)/样式(ST)]:"的提示下，如果选择"比例(S)"选项，可
以确定多线的各条平行线之间的距离（默认值为20.00）。具体提示信息如下：

　　输入多线比例 <20.00>:

只需输入新的比例值后按【Enter】键即可。如图2-33所示分别为比例值为50、100和200时的绘制效果。

图2-32 多线组成的图形　　　　图2-33 比例值为50、100和200时的绘制效果

4. 设定多线线型样式

在"指定起点或 [对正(J)/比例(S)/样式(ST)]:"的提示下，如果选择"样式(ST)"选项，可以确定绘多线时所需的线型样式（默认的线型样式为STANDARD）。具体提示信息如下：

输入多线样式名或 [?]:

此时，可以输入已有的线型名然后按【Enter】键。也可以输入"？"，如果输入"？"，则显示AutoCAD中所有的多线线型样式，如图2-34所示。

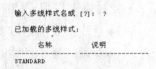

图2-34 多线线型样式

5. 自定义多线线型样式

使用mlstyle命令，可以自定义多线的线型。在命令行中输入mlstyle命令或者选择【格式】|【多线样式】命令，将弹出如图2-35所示的"多线样式"对话框。使用该对话框，可以定义多线线型式样，其中的主要选项有：

- "样式"列表：显示了当前的多线线型名称，可以从中选取已定义的多线作为当前绘图所用多线。
- 【重命名】按钮：用于给当前多线命名。
- "说明"文本框：用于对所定义的多线进行说明，所用字符不能超过256个。
- 【加载】按钮：从多线库文件中加载已定义的多线，单击该按钮，将出现如图2-36所示的"加载多线样式"对话框，可从中选取所需的样式。

图2-35 "多线样式"对话框

图2-36 "加载多线样式"对话框

- 【保存】按钮：将当前的多线线型存入多线文件中，线型文件的扩展名为.mln。
- 【新建】按钮：单击该按钮，将出现如图2-37所示的"创建新的多线样式"对话框，以便创建新的自定义多线样式。

输入"新样式名"后，单击【继续】按钮，又将出现如图2-38所示的"新建多线样式"对话框。

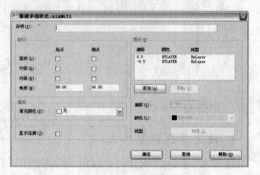

图2-37　"创建新的多线样式"对话框　　　　　图2-38　"新建多线样式"对话框

- "封口"栏用于控制多线起点和端点封口，包括下面的选项：
  ◆ 直线：显示穿过多线每一端的直线段。
  ◆ 外弧：显示多线的最外端元素之间的圆弧。
  ◆ 内弧：显示成对的内部元素之间的圆弧。如果有奇数个元素，中心线将不被连接。例如，如果有6个元素，内弧连接元素2和5、元素3和4。如果有7个元素，内弧连接元素2和6、元素3和5，元素4不连接。
  ◆ 角度：指定端点封口的角度。
- "填充"栏用于控制多线的背景填充，其中包括下面的选项：
  ◆ 填充颜色：设置多线的背景填充色。如果选择"选择颜色"，将显示"选择颜色"对话框。
- 显示连接：控制每条多线线段顶点处连接的显示。接头也称为斜接。
  ◆ "图元"栏用于设置新的和现有的多线元素的元素特性，例如偏移、颜色和线型等。其中包括下面的选项：
  ◆ 偏移、颜色和线型：显示当前多线样式中的所有元素。样式中的每个元素由其相对于多线的中心、颜色及其线型定义。元素始终按它们的偏移值降序显示。
  ◆ 添加：将新元素添加到多线样式。只有为除STANDARD以外的多线样式选择了颜色或线型后，此选项才可用。
  ◆ 删除：从多线样式中删除元素。
  ◆ 偏移：为多线样式中的每个元素指定偏移值。
  ◆ 颜色：显示并设置多线样式中元素的颜色。如果选择"选择颜色"，将显示"选择颜色"对话框。
  ◆ 线型：显示并设置多线样式中元素的线型。如果选择"线型"，将显示"选择线型特性"对话框，该对话框列出了已加载的线型。要加载新线型，可单击"加载"按钮，在出现的"加载或重载线型"对话框中加载新线型。

2.2　绘制曲线图形

曲线对象主要包括圆、圆环、圆弧、椭圆、椭圆弧、螺旋和样条曲线等，AutoCAD 2010

提供了一组专门用于绘制这些曲线对象的命令和工具，为绘制工程图形带来了极大的方便。本节将结合实例介绍这些对象的绘制方法。

2.2.1 圆的绘制

从菜单栏中选择【绘图】│【圆】命令，将出现如图2-39所示的子菜单，可以从子菜单中选择绘制圆的方式；单击功能区"常用"选项卡下的"绘图"面板中的【圆】按钮⚲，则会出现如图2-40所示的选项，可以选项其中某种工具来绘制圆。此外，还可以使用circle命令来绘制圆。

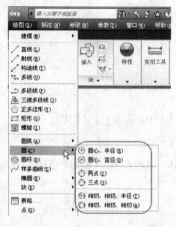

图2-39 【圆】子菜单

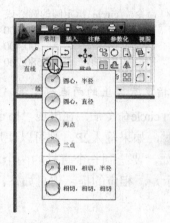

图2-40 绘制圆的工具

绘制圆的方法有多种，默认的方法是通过指定圆心和半径来绘制圆。

1. 指定圆心和半径绘制圆

选择圆的绘制命令，在出现"指定圆的圆心或 [三点(3P)/两点(2P)/相切、相切、半径(T)]:"的提示后，直接输入圆心的坐标值，再指定圆的半径或直径即可绘制一个圆。

比如，要绘制如图2-41所示的圆形，其提示信息如下：

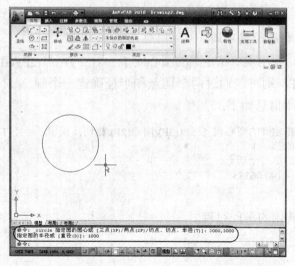

图2-41 指定圆心和半径绘制圆

命令: _circle 指定圆的圆心或 [三点(3P)/两点(2P)/切点、切点、半径(T)]: 3000,3000
指定圆的半径或 [直径(D)]: 1000

如果在提示 "指定圆的半径或 [直径(D)]:" 时输入D，则只需输入直径值即可绘制一个圆。

2. 指定圆上3点确定一个圆

执行circle命令后，在出现 "指定圆的圆心或 [三点(3P)/两点(2P)/相切、相切、半径(T)]:" 的提示时，如果输入3P，将通过指定3个位于圆上的点来绘制一个正圆。比如，要绘制一个通过（400，300）、（700，400）、（580，200）三点的圆形（如图2-42所示），相应的提示信息如下：

命令: _circle 指定圆的圆心或 [三点(3P)/两点(2P)/相切、相切、半径(T)]: 3p
指定圆上的第一个点: 400,300
指定圆上的第二个点: 700,400
指定圆上的第三个点: 580,200

3. 指定直径上的两点确定圆

执行circle命令后，在出现 "指定圆的圆心或 [三点(3P)/两点(2P)/相切、相切、半径(T)]:" 的提示时，如果输入2P，则可以使用直径上的两点来确定一个圆。

比如，要绘制一个直径的两个端点分别为（500，300）和（880，310）的圆形（如图2-43所示），相应的提示信息如下：

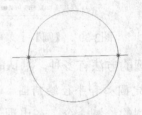

图2-42　通过3个指定点的圆形　　　　　图2-43　通过直径端点绘制圆形

命令: _circle 指定圆的圆心或 [三点(3P)/两点(2P)/相切、相切、半径(T)]: 2p
指定圆直径的第一个端点: 500,300
指定圆直径的第二个端点: 880,310

4. 通过两个切点和半径确定圆

执行circle命令后，在出现 "指定圆的圆心或 [三点(3P)/两点(2P)/相切、相切、半径(T)]:" 的提示时，如果输入T，则可以通过两个切点和半径确定一个圆。

此时，相应的提示信息如下：

命令: _circle 指定圆的圆心或 [三点(3P)/两点(2P)/相切、相切、半径(T)]: t
指定对象与圆的第一个切点:
指定对象与圆的第二个切点:
指定圆的半径 <190.0658>:
命令:

如图2-44所示为具体的操作过程。

2.2.2　圆环的绘制

圆环分为两种，一种是具有内径和外径的标准圆环，一种是内径为零的填充圆。下面分别介绍这两种圆环的绘制方法。

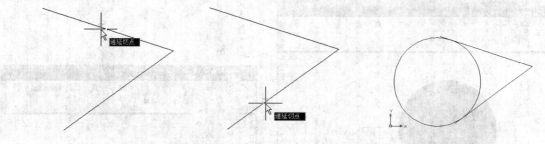

图2-44 由两个切点和半径确定圆的过程

1. 绘制圆环

在功能区的"常用"选项卡中展开"绘图"面板并选择其中的【圆环】工具◎（如图2-45所示），或者在命令行中输入donut命令并按【Enter】键。

进入圆环绘制状态后，在命令行的"指定圆环的内径 <0.5000>:"提示后输入圆环的内径，并按【Enter】键。再在"指定圆环的外径 <1.0000>:"提示后输入圆环的外径，并按【Enter】键。将出现"指定圆环的中心点或 <退出>:"的提示，可以输入中心点的坐标，再按【Enter】键即可绘制一个圆环，如图2-46所示。

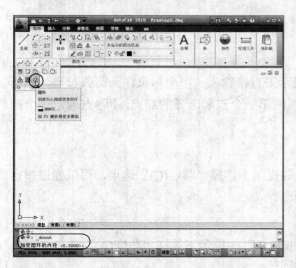

图2-45 选择【圆环】工具　　　　　图2-46 绘制圆环

如果继续输入中心点的坐标，将绘制一系列同样大小的圆环，直到按空格键或【Shift】键结束操作。

2. 绘制填充圆

填充圆是指内径为零的特殊圆环。执行donut命令后，在出现"指定圆环的内径:"的提示时输入0，即可绘制出填充圆，效果如图2-47所示。

2.2.3 圆弧的绘制

圆弧是一种非常常见的图形对象。要绘制圆弧，可以选择下面的方法之一：

· 在功能区的"常用"选项卡中单击"绘图"下的【圆弧】工具╭，再从如图2-48所示的【圆弧】子工具列表中选择一种绘制方法。

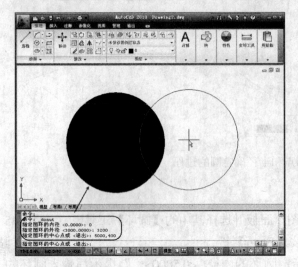

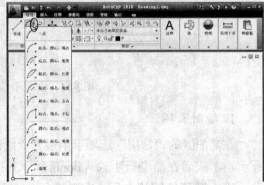

图2-47　绘制填充圆　　　　　　　　　　　　图2-48　【圆弧】子工具列表

- 在命令行中输入arc并按【Enter】键。

用任何一种方法进入圆弧绘制状态后，都将出现下面的提示：

> 命令: arc
> 指定圆弧的起点或 [圆心(C)]:

1. 指定起点绘制圆弧

在"指定圆弧的起点或 [圆心(C)]:"的提示下直接输入一个坐标点作为圆弧起点，则所绘制的圆弧将基于该起点，然后依次指定圆弧的第二个点和圆弧的端点，即3点确定一个圆弧，如图2-49所示。

2. 指定中心点绘制圆弧

如果在"指定圆弧的起点或 [圆心(C)]:"的提示下选择"圆心(C)"选项，可以通过指定圆心、起点和终点来绘制圆弧，如图2-50所示。

3. 指定角度绘制圆弧

如果在"指定圆弧的端点或 [角度(A)/弦长(L)]:"的提示下选择"角度(A)"选项，可以通过指定圆弧的角度来绘制圆弧，如图2-51所示。

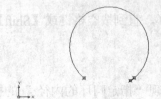

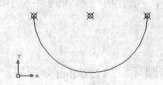

图2-49　3点确定的圆弧　　　　图2-50　指定中心点绘制圆弧　　　　图2-51　指定角度绘制圆弧

4. 指定弦长绘制圆弧

如果在"指定圆弧的端点或 [角度(A)/弦长(L)]:"的提示下选择"弦长(L)"选项，可以通过指定圆弧的弦长来绘制圆弧，如图2-52所示。

5. 指定圆心绘制圆弧

如果在"指定圆弧的第二个点或 [圆心(C)/端点(E)]:"的提示下选择"圆心(C)"选项，可以通过指定圆弧的圆心来绘制圆弧，如图2-53所示。

图2-52 通过圆弧的弦长绘制圆弧　　　　图2-53 通过圆弧的圆心绘制圆弧

2.2.4 椭圆的绘制

椭圆是一种中心到圆周的距离不是恒定的特殊的圆。可以使用下面的方法之一进入椭圆绘制状态：

- 在功能区的"常用"选项卡中单击"绘图"面板中的【椭圆】工具⬭，然后在出现的工具列表中选择一种绘制方法，如图2-54所示。
- 在命令行中输入ellipse命令并按【Enter】键。

进入椭圆绘制状态后，将出现下面的提示：

> 命令: ellipse
> 指定椭圆的轴端点或 [圆弧(A)/中心点(C)]:

1. 根据轴端点及另一轴的半长绘制椭圆

要根据椭圆上某一轴的两个端点的位置以及另一轴的半长绘制椭圆，可在"指定椭圆的轴端点或 [圆弧(A)/中心点(C)]:"的提示下直接输入某一轴的端点后，再输入另一轴的半长即可。比如执行下面的命令后，绘制效果如图2-55所示：

> 命令: _ellipse
> 指定椭圆的轴端点或 [圆弧(A)/中心点(C)]: _c
> 指定椭圆的中心点: 500,900
> 指定轴的端点: 50,900
> 指定另一条半轴长度或 [旋转(R)]: 420

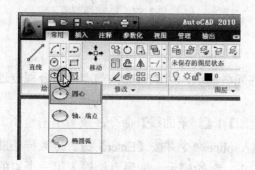

图2-54 【椭圆】工具

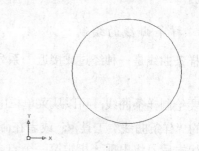

图2-55 根据轴端点及半长绘制椭圆

2. 根据轴上的两个端点及转角绘制椭圆

在"指定椭圆的轴端点或 [圆弧(A)/中心点(C)]:"的提示下输入A（即选择"圆弧"选项），可以根据椭圆某一轴上的两个端点的位置及一个转角来绘制椭圆。此时，只需输入某一轴的两个端点，再输入椭圆旋转角度即可。比如执行下面的命令后，绘制效果如图2-56所示。

```
命令: Ellipse
指定椭圆的轴端点或 [圆弧(A)/中心点(C)]: a
指定椭圆弧的轴端点或 [中心点(C)]: 380,450
指定轴的另一个端点: 820,450
指定另一条半轴长度或 [旋转(R)]: r
指定绕长轴旋转的角度: 50
```

此外，也可以根据椭圆中心点的坐标、某一轴上的一个端点及另一轴的半长来绘制椭圆。可以根据椭圆中心点的坐标、某一轴上的一个端点及转角来绘制椭圆。

3. 绘制椭圆弧

椭圆弧是在椭圆的基础之上绘成的，下面举例说明：

```
命令: _ellipse
指定椭圆的轴端点或 [圆弧(A)/中心点(C)]: _a
指定椭圆弧的轴端点或 [中心点(C)]: 300,800
指定轴的另一个端点: 800,1000
指定另一条半轴长度或 [旋转(R)]: r
指定绕长轴旋转的角度: 60
指定起始角度或 [参数(P)]: 30
指定终止角度或 [参数(P)/包含角度(I)]: 80
命令:
```

执行上面的命令后，即可绘制出如图2-57所示的椭圆弧。

图2-56　根据轴端点和转角绘制椭圆　　　　　　　图2-57　绘制椭圆弧

2.2.5　样条曲线的绘制

样条曲线是一种经过或接近一系列给定点的光滑曲线，可以对曲线与点的拟合程度进行控制。

要绘制样条曲线，可以从菜单栏中选择【绘图】|【样条曲线】命令，或者单击绘图工具栏上的"样条曲线"工具～，或者在命令行中输入spline命令并按【Enter】键。进入样条曲线绘制状态后，将出现"指定第一个点或 [对象(O)]:："的提示，如果直接输入第一个点的坐标值，可绘制一条样条曲线。下面举例说明：

```
命令: _spline
指定第一个点或 [对象(O)]: 10,8
指定下一点: 11,8.5
```

指定下一点或 [闭合(C)/拟合公差(F)] <起点切向>: 11.6,8.1
指定下一点或 [闭合(C)/拟合公差(F)] <起点切向>: 11,7.9
指定下一点或 [闭合(C)/拟合公差(F)] <起点切向>: c
指定切向:

执行上述命令后，将按照指定的点绘制出封闭的
样条曲线，如图2-58所示。

在出现"指定第一个点或 [对象(O)]::"的提示
时，如果选择O选项（即"对象"选项），将出现下面
的提示，并提示用鼠标在绘图窗口中选择对象。找到
对象后，既可以直接按【Enter】键，也可以继续选取

图2-58　按指定点绘制样条曲线

对象。如果选取的对象不是样条曲线拟合的多段线，则会出现下面的出错提示：

只有样条曲线拟合的多段线可以转换为样条曲线。
无法转换选定的对象。

2.3　徒手绘制图形

可以用鼠标、数字化仪等设备来徒手绘制一些不规则的图形。徒手绘图的方法如下：

（1）在命令行中输入sketch命令并按【Enter】键。

（2）出现"记录增量"的提示后，输入最小的线段长度。

（3）拖动鼠标绘制图形，绘制时可以单击起点放下"画
笔"，单击端点收起"画笔"，即可绘制出如图2-59所示的不规
则图形。

命令行中相应的提示信息如下：

图2-59　徒手绘制的
不规则图形

命令: sketch
记录增量 <1.0000>:
徒手画. 画笔(P)/退出(X)/结束(Q)/记录(R)/删除(E)/连接(C).　<笔 落>　<笔 提>
已记录 213 条直线。

2.4　创建面域

面域是一种具有物理特性（例如形心或质量中心）的二维封闭区域，可以将现有面域组
合成单个或复杂的面域。使用面域，可以应用填充和着色，也可以计算其面积，还可以提取
形心等设计信息。

1. 定义面域

定义面域的方法如下：

（1）从菜单栏中选择【绘图】|【面域】命令。

（2）在命令行中出现"选择对象："的提示后，在绘图区中选择需要创建面域的多个
对象，如图2-60所示。所选的对象必须各自形成闭合区域，例如圆或闭合多段线。

（3）按下【Enter】键，在命令行中将提示检测到的环及创建了多少个面域，具体提示
信息如下：

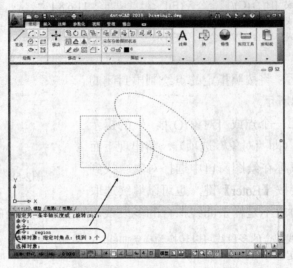

图2-60 选择对象

命令: _region
选择对象: 指定对角点: 找到 3 个
选择对象:
已提取 3 个环。
已创建 3 个面域。

2. 合并面域

可以合并多个面域为一个新的面域，具体方法如下：

（1）从菜单栏中选择【修改】I【实体编辑】I【并集】命令。

（2）出现"选择对象 ："的提示后，在绘图区中选择一个面域，再根据需要选择其他要合并的面域。

（3）选择结束后按【Enter】键结束命令，并将选定的面域转换为一个新的组合面域。相关提示信息如下：

命令: _union
选择对象: 指定对角点: 找到 3 个
选择对象:

合并面域后的效果如图2-61所示。

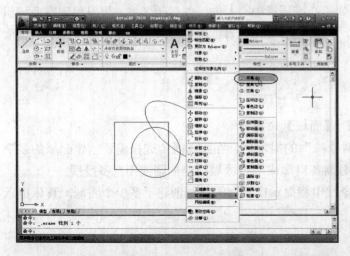
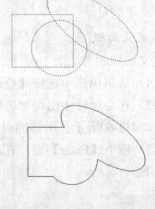

图2-61 合并面域

3. 获得差集的面域

可以从一个面域的面积中减去另一个选定的面域的面积，具体方法如下：

（1）从菜单栏中选择【修改】|【实体编辑】|【差集】命令。

（2）在绘图区中选择一个要从中获得差集的面域，并按【Enter】键，如图2-62所示。

（3）选择要减去的面域，如图2-63所示。

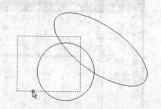

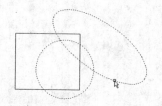

图2-62　要获得差集的面域　　　　　　　　　图2-63　选择要减去的面域

（4）按下【Enter】键，即可从第一个面域中减去第二个面域，如图2-64所示。

```
命令: _subtract 选择要从中减去的实体、曲面和面域...
选择对象: 找到 1 个
选择对象:
选择要减去的实体、曲面和面域...
选择对象: 找到 1 个
选择对象: 找到 1 个，总计 2 个
选择对象:
```

4. 获得交集的面域

选择【修改】|【实体编辑】|【交集】命令，还可以将选定的面域转换为按选定面域的交集定义的新面域，如图2-65所示。相应的命令行提示信息如下：

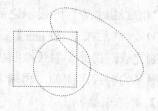

图2-64　差集运算效果　　　　　　　　　　　图2-65　获得交集的面域

```
命令: _intersect
选择对象: 指定对角点: 找到 3 个
选择对象:
```

2.5　绘制其他图形对象

除了基本的线性对象和曲线对象外，AutoCAD 2010还提供了射线、构造线、参照点、修订云线等特殊对象的绘制功能

2.5.1　射线的绘制

射线是一种以某个点为起点，另一端无限延伸的特殊直线。在绘制工程图形时，可以使

用射线来作为辅助线，从而实现对象的精确定位。下面以如图2-66所示的两条射线的绘制为例，介绍射线的绘制方法。

（1）在功能区的"常用"选项卡中展开"绘图"面板并选择其中的【射线】工具（如图2-67所示），或在命令行中输入ray命令并按下【Enter】键，都将进入射线绘制状态。

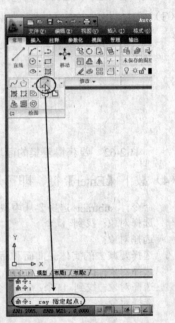

图2-66　两条射线　　　　　　　　　　　图2-67　【射线】工具

（2）在命令行中"指定起点:"的提示之后，输入起点的坐标值，本例输入（800，100），然后按下【Enter】键。

（3）在命令行中"指定通过点:"的提示之后，输入射线要通过的一个点的坐标值，本例输入坐标（1800，850），然后按下【Enter】键，即可绘制第1条射线。

（4）第1条射线绘制完成，仍处于射线绘制状态，如果在"指定通过点:"提示下继续指定点，则还可以绘制出更多的射线。比如，再输入坐标（1200，−100），便可以绘制出第2条射线，直到按【Enter】键结束绘制。

本例的命令序列如下：

```
命令: _ray 指定起点: 800,100
指定通过点: 1800,850
指定通过点: 1200,-100
指定通过点:
```

2.5.2　构造线的绘制

和射线不同，构造线是一种两端都能无限延伸、长度为无穷大的特殊直线。构造线在工程制图中也主要作为辅助线。绘制构造线的方法有多种，下面通过实例说明。

1. 由两点确定构造线

指定构造线上的两个点的坐标，即可确定一条唯一的构造线。具体方法如下：

（1）从菜单栏中选择【绘图】|【射线】命令，或在功能区的"常用"选项卡中展开"绘

图"面板并选择其中的【构造线】工具（如图2-68所示），或在命令行中输入xline命令并按下【Enter】键，都将进入构造线绘制状态。

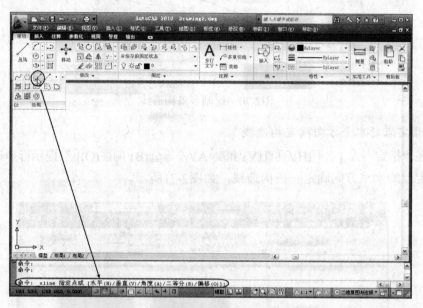

图2-68 选择【构造线】工具

（2）在"指定点或 [水平(H)/垂直(V)/角度(A)/二等分(B)/偏移(O)]:"的提示之后输入第1点的坐标，本例输入（700，800），然后按下【Enter】键。

（3）在命令行中"指定通过点:"的提示之后，输入另一点的坐标值，本例输入（1800，1000），然后按下【Enter】键，即可绘制完成如图2-69所示的构造线。

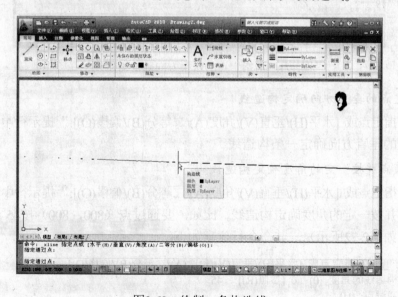

图2-69 绘制一条构造线

（4）第1条构造线绘制好后，仍处于构造线绘制状态，如果在"指定通过点:"提示下继续指定其他点，则还可以绘制出更多的构造线，直到按【Enter】键结束绘制，如图2-70所示为通过（700，800）点绘制多条构造线的效果。

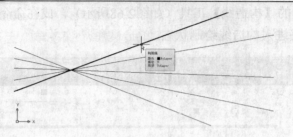

图2-70 绘制多条构造线

2. 沿指定点的水平方向确定构造线

如果在"指定点或 [水平(H)/垂直(V)/角度(A)/二等分(B)/偏移(O)]:"提示行中选择H选项,可以沿指定点的水平方向确定一条构造线,如图2-71所示。

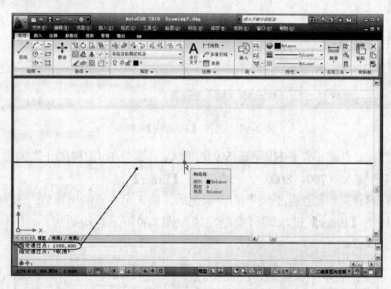

图2-71 沿指定点的水平方向确定构造线

3. 沿指定点的垂直方向确定构造线

如果在"指定点或 [水平(H)/垂直(V)/角度(A)/二等分(B)/偏移(O)]:"提示行中选择V选项,可以沿指定点的垂直方向确定一条构造线。

4. 通过某点并按一定的角度确定构造线

如果在"指定点或 [水平(H)/垂直(V)/角度(A)/二等分(B)/偏移(O)]:"提示行中选择A选项,可以通过某点并按一定的角度确定构造线。比如,要通过点(800,800)按45°的角度绘制一条构造线(如图2-72所示),其命令行信息如下:

命令: _xline 指定点或 [水平(H)/垂直(V)/角度(A)/二等分(B)/偏移(O)]: a
输入构造线的角度 (0) 或 [参照(R)]: 45
指定通过点: 0,0

5. 参照已有直线绘制构造线

如果在"指定点或 [水平(H)/垂直(V)/角度(A)/二等分(B)/偏移(O)]:"提示行中选择A选项,将出现"输入构造线的角度 (0) 或 [参照(R)]:"的提示,输入R,表示按参照的方式绘制构造线。在出现"选择直线对象"的提示后,单击鼠标选择作为参照的直线,在出现"输入构

造线的角度 <0>:"的提示后输入相对于参照直线的角度。最后，在出现"指定通过点:"的提示后输入构造线要通过的点的坐标，按【Enter】键，即可绘制一条相对于指定直线指定角度，且通过指定点的构造线，如图2-73所示。其命令行信息如下：

命令: _xline 指定点或 [水平(H)/垂直(V)/角度(A)/二等分(B)/偏移(O)]: a
输入构造线的角度 (0) 或 [参照(R)]:　r
选择直线对象:
输入构造线的角度 <0>: 180
指定通过点: 950,100
指定通过点:

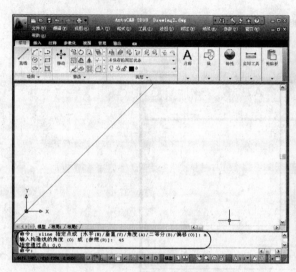

图2-72　通过某点并按一定的角度确定构造线　　　　图2-73　参照已有直线绘制构造线

6. 等分两条相交直线的夹角来绘制构造线

如果在"指定点或 [水平(H)/垂直(V)/角度(A)/二等分(B)/偏移(O)]:"提示行中选择B选项，可以通过指定偏移量等分两条相交直线的夹角来绘制构造线。

7. 创建与已知线平行的构造线

如果在"指定点或 [水平(H)/垂直(V)/角度(A)/二等分(B)/偏移(O)]:"提示行中选择O选项，可以通过指定偏移量绘制出与已知线平行的构造线。也可以通过指定点绘制与指定线平行的构造线。

2.5.3　参照点的绘制

点可以作为捕捉对象的节点。在AutoCAD中，点不仅表示一个小的实体，而且具有构造的目的。可以利用AutoCAD提供的point命令或者【绘图】|【点】菜单中的选项来绘制参照点。

1. 设置点样式

由于点没有大小，通常情况下是不可见的。可以通过设置点样式的方法来查看点：

（1）从菜单栏中选择【格式】|【点样式】命令，打开如图2-74所示的"点样式"对话框。

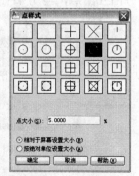

图2-74　"点样式"对话框

（2）在"点样式"对话框中选择一种点样式。

（3）在"点大小"框中，相对于屏幕或以绝对单位指定点的大小。

（4）设置完成后单击【确定】按钮。

2. 绘制单点

从菜单栏中选择【绘图】|【点】|【单点】命令，或在命令行中输入point命令并按下【Enter】键，都将进入单点绘制状态，出现"指定点"的提示后，输入点的坐标，然后按下【Enter】键即可，如图2-75所示。相应的命令行信息如下：

```
命令: _point
当前点模式: PDMODE=34  PDSIZE=0.0000
指定点: 800,900
```

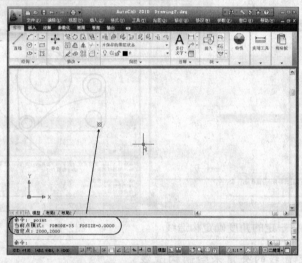

图2-75　绘制单点

3. 绘制多点

要连续绘制多个点，只需从菜单栏中选择【绘图】|【点】|【多点】命令，然后按提示进行操作即可，如图2-76所示。

4. 创建定数等分

从菜单栏中选择【绘图】|【点】|【定数等分】命令，可以将指定的对象按设置的数目等分出几个点，等分后在对象上可以显示出这些点，如图2-77所示。

5. 创建定距等分

从菜单栏中选择【绘图】|【点】|【定距等分】命令，可以按指定距离来等分对象，等分时从选定对象的一个端点划分出相等的长度，如图2-78所示。

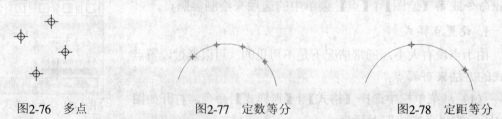

图2-76　多点　　　　　　　　　图2-77　定数等分　　　　　　　　图2-78　定距等分

2.5.4 修订云线的绘制

修订云线是一种由连续圆弧组成的特殊多段线，在工程图形中可以作为标注提醒他人注意图形的某个部分。下面举例说明绘制修订云线的方法。

从菜单栏中选择【绘图】|【修订云线】命令，或在功能区的"常用"选项卡中展开"绘图"面板并选择其中的【修订云线】工具，或在命令行中输入revcloud命令并按下【Enter】键，都将进入修订云线绘制状态，并出现下面的提示：

命令: revcloud
最小弧长: 15 最大弧长: 15 样式: 普通
指定起点或 [弧长(A)/对象(O)/样式(S)] <对象>:
沿云线路径引导十字光标...
修订云线完成

如图2-79所示为根据上述操作绘制的修订云线。

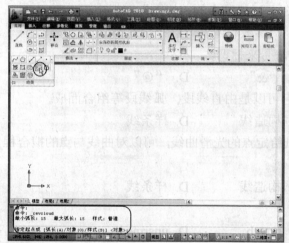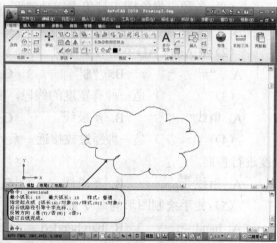

图2-79 绘制修订云线

此外，还可以将圆、椭圆、多段线或样条曲线等对象转换为修订云线。

本课要点小结

绘制二维图形是工程制图的重点内容，本课介绍了在AutoCAD 2010中绘制和编辑二维图形的方法，下面对本课的重点内容进行小结：

（1）二维图形的基本元素主要有直线、射线、构造线、矩形、多边形、多段线、样条线、多线、圆、圆环、圆弧、椭圆等基本几何对象。

（2）要绘制基本几何对象，可以从菜单栏中选择【绘图】子菜单中的绘图命令，可以从功能区"常用"选项卡的"绘图"面板中选择需要的绘图工具，可以从"绘图"工具栏中选择绘图工具，还可以直接在命令行中输入相应的绘图命令。

（3）选择绘图命令后，应按命令行的提示进行操作，在指定坐标点时，既可以在命令行中直接输入各个点的绝对坐标（或相对坐标），也可以直接在编辑区中用定点设备来指定（或捕捉）坐标点的位置。

（4）使用sketch命令，可以用鼠标、数字化仪等设备来徒手绘制一些不规则的图形。使用【修订云线】工具或在命令行中输入revcloud命令，可以绘制一种由连续圆弧组成的特殊多段线。

（5）面域是一种具有物理特性（例如形心或质量中心）的二维封闭区域，可以将现有面域组合成单个或复杂的面域。使用面域，可以应用填充和着色，也可以计算其面积，还可以提取形心等设计信息。

习题

选择题

（1）各种二维绘图工具集中在功能区（　　）选项卡的"绘图"面板中。

A. "常用"　　　　B. "插入"　　　　C. "参数化"　　　　D. "管理"

（2）在AutoCAD中相对坐标用（　　）符号来标识。

A. "#"　　　　B. "$"　　　　C. "&"　　　　D. "@"

（3）（　　）是一种有宽度的线段，它可以是由直线段、弧线段等组合而成。

A. 射线　　　　B. 多段线　　　　C. 构造线　　　　D. 样条线

（4）（　　）是一种经过或接近一系列给定点的光滑曲线，可以对曲线与点的拟合程度进行控制。

A. 射线　　　　B. 多段线　　　　C. 构造线　　　　D. 样条线

（5）徒手绘制图形的命令是（　　）。

A. hand　　　　B. barehanded　　　　C. sketch　　　　D. unarmed

（6）（　　）是一种两端都能无限延伸、长度为无穷大的特殊直线。

A. 射线　　　　B. 多段线　　　　C. 构造线　　　　D. 样条线

（7）通常情况下，图形中的点是不可见的。只有通过设置（　　　），才能查看到图形中的点。

A. 点距　　　　B. 点大小　　　　C. 点样式　　　　D. 点特性

填空题

（1）指定坐标点时，可以在命令行中直接输入各个点的_____，也可以直接在编辑区中用定点设备来_____坐标点的位置。

（2）在平面内取一个定点O作为极点，引一条水平射线Ox（极轴），再选定一个长度单位和角度的正方向，对于平面内任意一点M，可以用L表示线段OM的长度（极径），Θ表示Ox到OM的角度（极角），AutoCAD用_____表示M的极坐标。

（3）选择【矩形】工具后，如果选择"标高"选项，可以确定_____。

（4）多线是由_____所组成的一种特殊类型的直线。多线常用于_____和其他工程绘图中。

（5）曲线对象主要包括圆、_____、圆弧、椭圆、_____、螺旋和_____等。

（6）圆环分为两种，一种是具有内径和外径的标准圆环，一种是内径为零的_____圆。

（7）面域是一种具有_____的二维封闭区域，可以将现有面域组合成单个或复杂的面域。使用面域，可以应用填充和着色，也可以计算其_____，还可以提取形心等设计信息。

（8）射线是一种以某个点为起点，另一端_____的特殊直线。在绘制工程图形时，可以使用射线来作为_____，从而实现对象的精确定位。

（9）修订云线是一种由_____组成的特殊多段线，在可以工程图形中作为标注提醒他人注意图形的某个部分。

简答题

（1）常见的线性对象有哪些？它们有何共性？

（2）调用二维图形绘制命令的方法有哪些？试举例说明。

（3）在绘制直线时，如何确定坐标点？

（4）如何绘制具有圆角的矩形？

（5）多段线、多线和普通线段之间的区别是什么？

（6）常见的二维曲线对象有哪些？如何绘制？

（7）什么是面域？如何创建面域？如何组合面域？

（8）射线、构造线分别用于哪些场合？如何绘制？

（9）什么是参照点？如何绘制和显示参照点？

（10）如何徒手绘制不规则图形？如何绘制修订云线？

第3课 使用精确绘图工具辅助绘图

AutoCAD 2010提供了多种功能强大的精确绘图工具，可以在不进行烦琐计算的情况下快速生成精确的图形。利用这些工具，可以极大地提高绘图效率，保证图形的质量。本课将介绍主要精确绘图工具的基础知识和具体应用方法。通过学习，掌握以下应知知识和应会技能：

- 熟练掌握使用目标捕捉功能精确捕捉特征点的方法和技巧。
- 熟悉限制光标移动的方法。
- 掌握动态输入各种参数的方法。
- 初步掌握快速计算器的使用方法。
- 掌握查询图形对象信息的方法。

3.1 对象捕捉

实际绘图时，常需要以某个对象的端点、中点、圆心、切点、节点、交点等特征点为新起点绘图。有时，也需要绘制特征点和特征点之间的图形对象。为了精确绘图，可以使用AutoCAD提供的目标捕捉功能，精确地将光标定位在对象的特征点上，而不用输入坐标值。

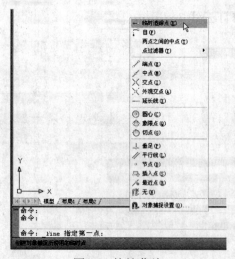

图3-1 快捷菜单

3.1.1 实时捕捉功能

在命令行出现"指定点"的提示信息时，可以从对象捕捉快捷菜单中选择一种临时命令进入捕捉模式。当然，这种模式只对当前捕捉点有效，且在命令行中指示一个"于"标记。

按下【Shift】键或【Ctrl】键，然后在绘图窗口右击，即可调用如图3-1所示的对象捕捉快捷菜单。

AutoCAD 2010支持的对象捕捉方式见表3-1。选择好对象捕捉方式后，只需将光标移动到需要捕捉特征点的图形附近，就能精确地捕捉到相应的特征点。

表3-1 对象捕捉方式

特征点	图标	关键词	功能	示例
端点	⌿	tt	捕捉到所选对象上最近的端点	捕捉圆弧、直线的端点
中点	⌿	mid	捕捉到所选对象的中点	捕捉圆、圆弧、椭圆弧等的中点
交点	✕	int	捕捉图形对象间的交点	捕捉线段、圆、圆弧、椭圆弧、实体填充线等对象之间的交点

特征点	图标	关键词	功能	示例
外观交点	✕	app	捕捉到两个对象外观的交点	
延长点	-----	ext	捕捉对象延长线上的点	捕捉直线或圆弧延长线上的点
圆心	◎	cen	捕捉到所选对象的圆心	捕捉圆、圆弧或椭圆的圆心
象限点	◈	qua	捕捉到圆、圆弧上最近的象限点	
切点	○	tan	捕捉与图形对象相切的点	捕捉与圆、圆弧或椭圆相切的点
垂足	⊥	per	捕捉到与其他对象垂直的点	捕捉垂直于直线、圆的点
平行线	∥	par	捕捉到与指定线平行的线上的一点	
节点	⊙	nod	捕捉用绘制点命令绘制的点对象	
插入点	⊡	ins	捕捉到块、形、文字或属性插入点	
最近点	⅄	end	捕捉到线段或圆弧上的最近端点	捕捉离拾取点最近的线段上的点

下面通过一个实例说明实时捕捉功能的使用方法：

（1）在绘图窗口中绘制出如图3-2所示的简单图形。

（2）从功能区的"绘图"面板中选择【直线】工具 ╱ 。

（3）出现"指定第一点:"的提示后，按住【Shift】键并在绘图区域内单击鼠标右键，调出对象捕捉快捷菜单。

（4）从快捷菜单中选择【中点】命令。

（5）将光标移到图形中第1个矩形的下边线，即可看到中点上有一个小三角形标记，即为对象捕捉位置。将光标移向该三角形，即可自动锁定选定的捕捉位置，如图3-3所示。

图3-2 绘制图形　　　　　　　　　　图3-3 捕捉中点

（6）单击鼠标，即可精确定位该边线的中点为直线的第1点。

（7）出现"指定下一点或 [放弃(U)]:"的提示后，再次按住【Shift】键并在绘图区域内单击鼠标右键，从出现的快捷菜单中选择【圆心】命令，将光标移动到圆的内部，自动出现一个小圆形标记，单击该小圆形，即可将第2点精确定位到圆心上，如图3-4所示。

（8）出现"指定下一点或 [放弃(U)]:"的提示后，再次按住【Shift】键并在绘图区域内单击鼠标右键，从出现的快捷菜单中选择【端点】命令，移动光标到第2个矩形的左上方，自动以小矩形的形式显示矩形左上角的端点，单击该小矩形，即可将第3点精确定位到该端点上，如图3-5所示。

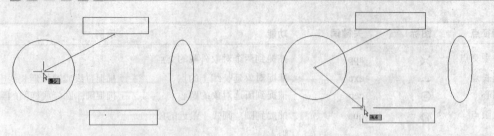

图3-4　捕捉圆心　　　　　　　　　　　　图3-5　捕捉矩形的端点

（9）出现"指定下一点或　[放弃(U)]:"的提示后，再次按住【Shift】键并在绘图区域内单击鼠标右键，从出现的快捷菜单中选择【象限点】命令，移动光标到椭圆上，自动以小椭圆的形式显示其象限点，单击该小椭圆，即可将第4点精确定位到象限点上，如图3-6所示。

（10）用同样的方法捕捉其他特征点，即可绘制出如图3-7所示的图形。

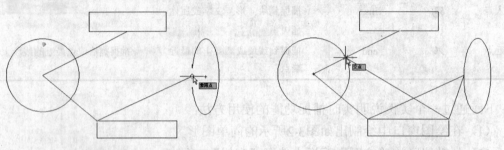

图3-6　捕捉象限点　　　　　　　　　　　图3-7　确定其他捕捉点

3.1.2　自动捕捉功能

AutoCAD 2010提供了一种自动对象捕捉模式。开启自动捕捉功能后，就能使对象捕捉模式始终处于运行状态，直到关闭自动捕捉功能为止。

1. 开启和关闭自动对象捕捉功能

单击状态栏中的【对象捕捉】按钮（如图3-8所示），使其处于按下状态即可开启自动捕捉功能，再次单击该按钮使其处于弹起状态，则关闭自动捕捉功能。也可以用快捷键【F3】来快速打开和关闭对象捕捉模式。

开启自动捕捉功能后，将光标移动到一个对象上时，系统就会自动捕捉对象上所有符合条件的几何特征点，并显示相应的标记。如果把光标放在捕捉点上多停留一会，系统还会显示捕捉的提示。这样，在选择之前，就可以预览和确认捕捉点，如图3-9所示。

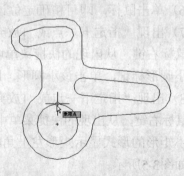

图3-8　【对象捕捉】按钮　　　　　　　　图3-9　预览捕捉点

2. 设置自动捕捉功能

对象的自动捕捉模式可以根据需要进行设置。要设置自动捕捉功能，可右击状态栏的【对象捕捉】按钮，从出现的快捷菜单中选择【设置】命令，打开"草图设置"对话框并单击"对象捕捉"选项卡，如图3-10所示。

图3-10　打开"对象捕捉"设置界面

选中【启用对象捕捉】复选框后，可以从【对象捕捉模式】列表中选中需要自动捕捉的对象。

3.1.3　对象捕捉追踪

对象捕捉追踪也是一种自动捕捉方法。启用对象捕捉追踪功能后，可以沿着基于对象捕捉点的对齐路径进行追踪。

事实上，追踪就是基于一个或多个已有的点（临时追踪点），用对象捕捉来拾取另一个点。在进行对象捕捉追踪时，会临时出现一条追踪虚线，该追踪线能与其他追踪线或已有对象产生交点，从而方便拾取到这些点。要使用对象捕捉追踪，必须先激活对象捕捉功能。下面举例说明使用对象捕捉追踪的方法：

（1）先打开"对象捕捉"工具。

（2）按【F11】键（或单击状态栏上的【对象捕捉追踪】按钮），开启"对象捕捉追踪"功能，如图3-11所示。

（3）选择【矩形】工具绘制一个矩形，如图3-12所示。

图3-11　开启"对象捕捉追踪"功能

（4）选择【直线】工具，捕捉矩形右下角的端点，单击鼠标将其设置为直线的起点，如图3-13所示。

图3-12　绘制矩形

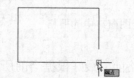

图3-13　确定直线的起点

（5）移动光标到矩形的上边线，捕捉上边线的中点，如图3-14所示。

（6）不要单击鼠标，继续捕捉左边线的中点，可以看到上边线的中点位置有一个"十字"标志，该标志即为临时追踪点，如图3-15所示。

（7）不要单击鼠标，继续捕捉右边线的中点，可以看到上边线和左边线的中点位置都有一个临时追踪点的标志，如图3-16所示。

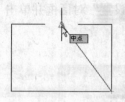
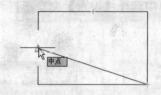
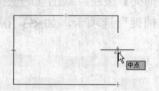

图3-14　捕捉上边线的中点　　　　图3-15　捕捉左边线的中点　　　　图3-16　捕捉右边线的中点

（8）向左平移光标，当移动到矩形的正中央位置附近时，会出现如图3-17所示的两条虚线和一个显示为"垂足"的交叉点。

（9）在中点处单击鼠标，即可绘制一条从矩形右下角到中心点的直线，如图3-18所示。

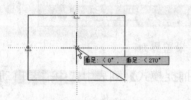

图3-17　临时追踪产生的中点 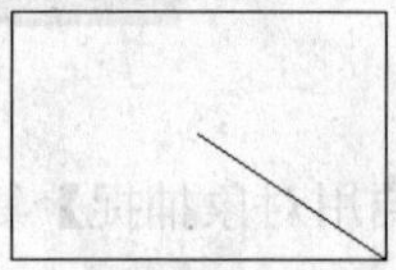　　　　　　　　　　图3-18　绘制效果

3.2　限制光标移动

通常情况下，光标可以移动到绘图区中的任意点处。为了精确绘图，可以启用栅格捕捉、正交模式、极轴追踪等方法来限制光标的移动方向和角度。

3.2.1　栅格捕捉

栅格是一种可以遍布覆盖在图形栅格界限的整个区域上的一系列排列规则的点阵图案，如图3-23所示。使用栅格，类似在图形下放置一张坐标纸，从而可以方便地对齐对象并直观显示对象之间的距离，实现图形的精确定位。

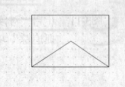

1．开启和关闭栅格

单击状态栏中的【栅格显示】按钮（如图3-19所示），使其处于按下状态即可开启栅格功能，再次单击该按钮使其处于弹起状态则关闭栅格功能。也可以用快捷键【F7】来快速打开和关闭栅格显示。

图3-19　绘图窗口中的栅格

2．设置栅格

使用栅格前，最好根据当前所绘图形的需要，指定栅格的间距和栅格点的显示状态。设置栅格的方法如下：

（1）在状态栏的【栅格显示】按钮上单击右键，从出现的快捷菜单中选择【设置】命令，如图3-20所示。

（2）执行命令后，将出现如图3-21所示的"草图设置"对话框并选中其中的"捕捉和栅格"选项卡。

栅格显示

图3-20 【栅格显示】按钮

图3-21 "草图设置"对话框

（3）选中其中的"启用栅格（F7）"复选框。

（4）在"栅格X轴间距"框中输入需要的间距值。

（5）在"栅格Y轴间距"框中输入要求的间距值。

（6）根据需要设置好参数后，单击【确定】按钮，即可完成栅格设置。此时，在图形窗口中将出现栅格点，如图3-22所示。

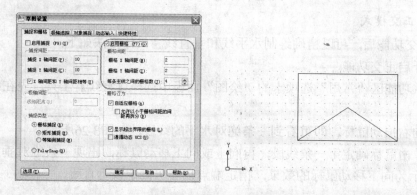

图3-22 设置和显示栅格

3. 设置栅格捕捉

使用栅格捕捉功能，可以精确地在绘图区捕捉到特定的坐标点。在应用栅格捕捉前，也需要按下面的方法进行设置。具体方法如下：

（1）在状态栏的【栅格显示】按钮上单击右键，从出现的快捷菜单中选择【设置】命令，打开"草图设置"对话框并选中"捕捉和栅格"选项卡。

（2）选中"启用捕捉"复选框，然后对"捕捉间距"选项组中的X轴、Y轴间距进行设置，如图3-23所示。

（3）栅格和栅格捕捉设置好后，只需按照已经定义的间距和栅格方向移动光标，就能很精确地沿栅格绘制图形，如图3-24所示。

3.2.2 正交模式

为了精确地绘制水平线、垂直线或按一定角度旋转的线条，只要激活AutoCAD的正交绘图模式，所绘制的线段一定是平行于X轴和Y轴（或者按指定角度旋转）。

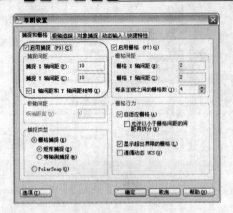

图3-23 捕捉设置

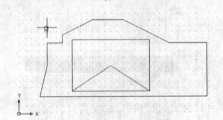

图3-24 栅格捕捉效果

图3-25 【正交模式】按钮

1. 启用和关闭正交模式

单击状态栏中的【正交模式】按钮（如图3-25所示），使其处于按下状态即可开启正交功能，再次单击该按钮使其处于弹起状态则关闭正交功能。

2. 使用正交模式

开启正交功能后，可以精确绘制水平线和垂直线。具体方法如下：

（1）开启正交功能。

（2）从功能区"常用"选项卡的"绘图"面板中选择【直线】工具，先在绘图窗口中确定第1点。

（3）向右拖动鼠标，即可看到一条绝对水平的线段，如图3-26所示。

（4）单击鼠标确定第一条线段，再向上或向下移动鼠标，出现一条绝对垂直的线段。如图3-27所示为向下移动鼠标的效果，指定端点后即可确定该垂直线。

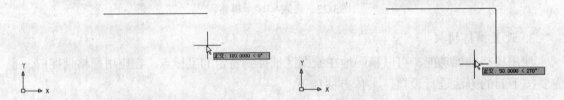

图3-26 正交模式下绘制水平线

图3-27 正交模式下绘制垂直线

（5）用同样的方法，即可绘制出一系列水平线和垂直线。

3.2.3 极轴追踪

极轴追踪也是一个相当实用的辅助绘图工具。使用自动追踪功能，可以按照指定的位置和角度进行图形绘制，也能精确地绘制出与其他对象有特定关系的图形对象。

1. 启用和关闭极轴追踪

单击状态栏中的【极轴追踪】按钮（如图3-28所示），使其处于按下状态即可开启极轴追踪，再次单击该按钮使其处于弹起状态则关闭极轴追踪。也可以用快捷键【F10】来快速打开和关闭极轴追踪。

2. 设置极轴追踪

要对极轴追踪进行设置，可以使用下面的方法：

（1）在状态栏的【极轴追踪】按钮上单击右键，从出现的快捷菜单中选择【设置】命令，打开"草图设置"对话框并选中"极轴追踪"选项卡，如图3-29所示。

（2）选中"启用极轴追踪"复选项，以便打开极轴追踪。

（3）单击"增量角"下拉列表框右侧的箭头，从出现的下拉列表中选择一个极轴追踪的递增角度值。

（4）如果在极轴追踪时需要采用附加角度追踪（即追踪极轴角整数倍以外的角度），可以选中"附加角"复选项，然后通过"新建"按钮来设置需要的附加角度值，以便在极轴追踪过程中显示它们。

图3-28 【极轴追踪】按钮　　　　　　　图3-29 打开"极轴追踪"选项卡

（5）在"极轴角测量"选项组中选择一种测量方法。

（6）单击【确定】按钮，结束极轴追踪设置。

3. 使用极轴追踪

设置好极轴追踪后，可以通过状态栏上的【极轴追踪】按钮（或功能键【F10】）打开极轴追踪。打开极轴追踪后，在进行绘图操作时，会出现一条以虚线显示的直线段，该直线段称为对齐路径。对齐路径是由相对于命令起点和端点的极轴角来定义的。下面举例说明极轴追踪的具体使用方法。

（1）右击状态栏中的【极轴追踪】按钮，从出现的快捷菜单中选择【设置】命令，打开"草图设置"对话框并选中"极轴追踪"选项卡，将"增量角"设置为45度，如图3-30所示。

（2）单击【确定】按钮完成设置。

（3）选择【直线】工具，先确定好直线的起点，然后向右移动鼠标，可以看到，在水平方向（0度）将出现一条极轴追踪线（虚线），如图3-31所示。

（4）向上移动鼠标，当移动到45度、90度等以45度为增量的角度方向时，也将出现极轴追踪线，如图3-32所示。

（5）同理，移动到135度、180度、225度、270度、315度时，也会出现极轴追踪线，如图3-33所示。

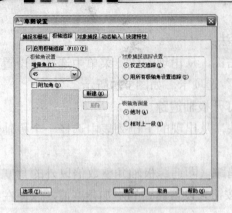

图3-30 设置增量角

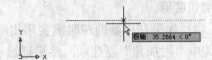

图3-31 水平方向的极轴追踪线

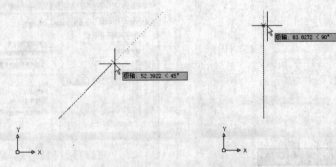

图3-32 45度和90度方向的极轴追踪线

图3-33 其他极轴追踪角度

也可以在"极轴追踪"选项的"附加角"一栏中输入一个精确的附加角，如图3-34所示。如果单击【添加】按钮，还可以添加多个附加角（可精确到小数后若干位）。附加角是极轴追踪单独的极轴角，附加角是没有增量的，如果设置增量角为45度、附加角为25度，除在以45度为增量的各个角度处出现极轴追踪线外，只会在25度处出现极轴追踪线，如图3-35所示。

图3-34 设置附加角

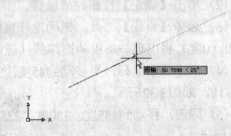

图3-35 25度方向出现的极轴追踪线

3.3 动态输入

为了更加灵活地定位和输入坐标，AutoCAD 2010提供了一种动态输入功能，可以在光标附近显示一个命令界面，方便用户指定坐标。

3.3.1 打开/关闭动态输入

默认情况下，动态输入功能是关闭的。要打开动态输入功能，只需单击状态栏上的【动态输入】按钮 ┿ 即可，如图3-36所示。再次单击【动态输入】按钮 ┿，将关闭动态输入功能。也可以使用【F12】键来临时关闭或打开动态输入功能。

开启动态输入功能后，光标附近将会显示出动态坐标信息及坐标输入框，如图3-37所示。动态输入包括指针输入、标注输入和动态提示3个组件。如果使用指针输入且正在执行命令时，十字光标的位置将在光标附近的工具栏提示中显示为坐标。可以在工具栏提示中输入坐标值，而不用在命令行中输入。

第二个点和后续点的默认设置为相对极坐标，而且不需要输入@符号。如果需要使用绝对坐标，可使用#号作为前缀。 例如，要将对象移到原点，便可以在提示输入第二个点时，输入#0,0。

图3-36 状态栏上的【动态输入】按钮

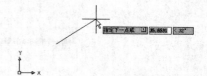

图3-37 光标附近所显示的信息

3.3.2 使用动态输入

开启动态输入功能后，可以很方便地使用该功能来精确输入坐标。

1. 输入坐标

在动态输入栏中输入坐标值的方法如下：

（1）确认状态栏上的【动态输入】按钮处于按下状态（即启用状态）。

（2）选择【矩形】工具，将光标移动到绘图区中时，将出现如图3-38所示的动态输入提示信息。

（3）输入矩形第1个角点的X轴坐标值（本例输入100），如图3-39所示。

（4）按下键盘上的【, 】（逗号）键，将自动锁定X轴坐标并将光标移动到Y轴坐标框中，输入Y轴的坐标值（本例输入100），如图3-40所示。

> 如果要输入极坐标，应先输入距第一点的距离，然后按下【Tab】键，再输入角度值。

（5）按【Enter】键确认第1个角点的坐标，然后出现"指定另一个角点或"的提示，可用同样的方法输入第2个角点的坐标值（本例输入400，400），如图3-41所示。

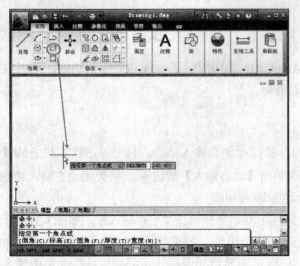

图3-38 动态输入提示信息

图3-39 输入第1个角点的X轴坐标值

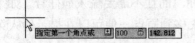

图3-40 输入Y轴的坐标值

图3-41 输入第2个角点的坐标值

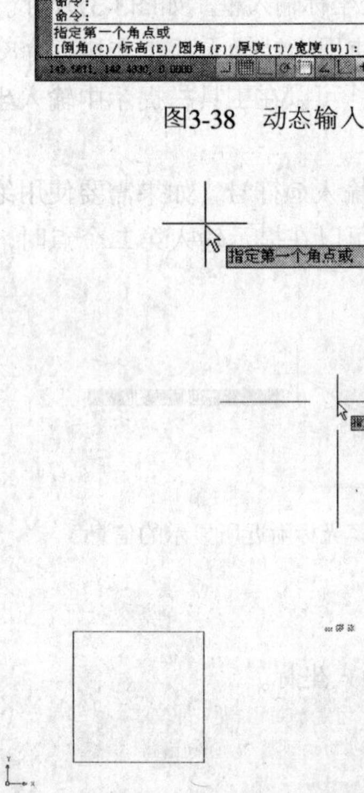

（6）按【Enter】键，即可绘制出如图3-42所示的矩形。

2. 修改动态输入工具栏中的错误

如果动态输入工具栏的提示出现红色的错误边框，可以使用键盘上的【←】键、【→】键、【Backspace】键和

图3-42 矩形绘制效果

【Delete】键来更正输入。更正完后，再按【Tab】键、【,】（逗号）键或【<】（左尖括号）键来去除红色边框并完成坐标。

按【↑】键可访问最近输入的坐标，也可以单击鼠标右键，然后从出现的快捷菜单中选择【最近的输入】选项，再从子菜单中访问这些坐标。

如果在指针输入工具栏提示中键入@、#或*前缀后需要进行修改，只需键入所需的字符，而不必按【Backspace】键。

3. 动态输入选项设置

可以对动态输入的一些选项进行设置，具体方法如下：

（1）右击状态栏上的【动态输入】图标，从出现的快捷菜单中选择【设置】命令，打开"草图设置"对话框，如图3-43所示。

图3-43 打开"草图设置"对话框

（2）在"草图设置"对话框的"动态输入"选项卡的"指针输入"下，单击【设置】按钮，打开"指针输入设置"对话框，如图3-44所示。

图3-44 打开"指针输入设置"对话框

（3）在"指针输入设置"对话框中，选择"极轴格式"或"笛卡尔格式"作为默认设置。然后选择"相对坐标"或"绝对坐标"格式作为默认值。

（4）在"可见性"下，如果选择"输入坐标数据时"，则会在打开指针输入后，仅当开始输入坐标数据时才会显示工具提示；选择"命令需要一个点时"选项，则在打开指针输入后，只要命令提示输入点时，便会显示工具提示；选择"始终可见 — 即使未执行命令"选项，则只要打开指针输入，就始终显示工具提示。

（5）设置完成后分别单击【确定】关闭各个对话框即可。

3.4 快速计算器及其使用

AutoCAD 2010还提供了一个用于进行数学、科学和几何计算的快速计算器。除了进行基本运算外，也可以转换测量单位，还可以操作对象的特性或计算表达式。此外，使用快速计算器，能够快速地解决数学问题或定位图形中的点。

3.4.1 快速计算器简介

快速计算器包括大多数标准数学计算器的基本功能，也提供了专门用于进行AutoCAD计算的功能，如几何函数、单位转换区域和变量区域计算等。

和其他计算器（如Windows自带的计算器）不同，快速计算器是一个表达式生成器。为了获取更大的灵活性，它不会在单击某个函数时立即计算出答案，而是让用户输入一个可以轻松编辑的表达式，完成后再单击【=】键或按【Enter】键。快速计算器的主要功能如下：

- 执行数学计算和三角计算。
- 访问和检查以前输入的计算值进行重新计算。
- 从"特性"选项板访问计算器来修改对象特性。
- 转换测量单位。
- 执行与特定对象相关的几何计算。
- 向（从）"特性"选项板和命令行复制和粘贴运算值和表达式。
- 计算混合数字（分数）、英寸和英尺。
- 定义、存储和使用计算器变量。
- 使用CAL命令中的几何函数。

使用快速计算器时，还可以从"历史记录"区域中检索出事先编辑好的表达式，对其进行修改并重新计算结果。

3.4.2 快速计算器的用户界面

从菜单栏中选择【工具】|【选项板】|【快速计算器】命令，或者单击功能区"视图"选项卡"选项板"面板中的【快速计算】按钮▥，或者在命令行中输入quickcalc并按【Enter】键，都将出现如图3-45所示的计算器界面。

单击计算器上的【更多/更少】按钮◉，可以控制计算器的大小和外观，展开后的效果如图3-46所示。

图3-45　计算器界面

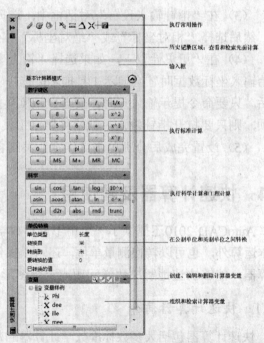

图3-46　展开后的计算器

1. 工具栏

工具栏上的按钮用于执行常用函数的快速计算。其中主要的按钮有：

- 【清除】按钮✐：用于清除输入框。
- 【清除历史记录】按钮⟳：用于清除历史记录区域。
- 【将值粘贴到命令行】按钮📋：用于将输入框中的值粘贴到命令行中。如果在命令执行过程中以透明方式使用快速计算器，则在计算器底部，此按钮将替换为【应用】按钮。
- 【获取坐标】按钮✖：用于计算在图形中单击的某个点的坐标。
- 【两点之间的距离】按钮▦：用于计算用户在对象上单击的两个点之间的距离。
- 【由两点定义的直线的角度】按钮◣：用于计算用户在对象上单击的两个点之间的角度。
- 【由四点定义的两条直线的交点】按钮✕：用于计算用户在对象上单击的四个点的交点。
- 【帮助】按钮❓：用于显示快速计算器的帮助。

2. 历史记录区域

该区域显示以前计算的表达式列表。历史记录区域的快捷菜单提供了几个选项，包括将选定表达式复制到剪贴板上的选项。

3. 输入框

输入框为用户提供了一个可以输入和检索表达式的框。如果单击【=】按钮或按【Enter】键，快速计算器将计算表达式并显示计算结果。

4. 【更多/更少】按钮

【更多/更少】按钮用于隐藏或显示快速计算器的函数区域。也可以在按钮上单击鼠标右键，选择要隐藏或显示的各个函数区域。

5. 数字键区

数字键区提供了一个可供用户输入算术表达式的数字和符号的标准计算器键盘。输入值和表达式后，单击等号（=）将计算表达式。

6. 科学区域

科学区域计算与科学和工程应用相关的三角、对数、指数和其他表达式。

7. 单位转换区域

单位转换区域用于将测量单位从一种单位类型转换为另一种单位类型。单位转换区域只接受不带单位的小数值。其主要选项有：

- 单位类型：在单位类型列表中可以选择长度、面积、体积和角度值。
- 转换自：列出转换的源测量单位。
- 转换到：列出转换的目标测量单位。
- 要转换的值：提供可供输入要转换的值的输入框。
- 已转换的值：转换输入的单位并显示转换后的值。
- 计算器图标：将转换后的值返回到输入框中。

8. 变量区域

变量区域用于提供对预定义常量和函数的访问。可以使用变量区域定义并存储其他常量和函数。其主要选项有：

- 变量树：存储预定义的快捷函数和用户定义的变量。
- 【新建变量】按钮：用于打开"变量定义"对话框。
- 【编辑变量】按钮：用于打开"变量定义"对话框，可以在此更改选定的变量。
- 【删除变量】按钮：用于删除选定的变量。
- 【计算器】按钮：用于将选定的变量返回到输入框中。

3.5 对象信息的查询

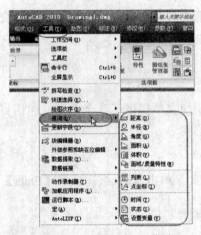

图3-47 【查询】子菜单

为了精确绘制图形，需要了解图形的相关信息，如实时查询图形中对象的距离、角度和点的位置信息，获取图形面积、周长、体积和质量信息。AutoCAD 2010的【工具】菜单中的【查询】子菜单中提供了如图3-47所示的查询命令。

3.5.1 获取距离、角度和点的位置

可以根据需要查询任意图形中两个指定点之间关系的信息，包括两点之间的距离、在XY平面中的角度等。具体查询方法如下：

打开图形文件。从菜单栏中选择【工具】|【查询】|【距离】命令。分别在图形中捕捉要测量距离和角度的第1点和第2点，即可获取距离和角度信息，包括距离、XY平面中的倾角、与XY平面的夹角、X/Y/Z方向的增量等信息。

具体命令行信息如下：

```
命令: _MEASUREGEOM
输入选项 [距离(D)/半径(R)/角度(A)/面积(AR)/体积(V)] <距离>: _distance
指定第一点：(捕捉第1点，如图3-48所示)
指定第二个点或 [多个点(M)]：(捕捉第2点，如图3-49所示)
距离 = 40.9959，XY平面中的倾角 = 18，    与XY平面的夹角 = 0
X增量 = 39.0473，  Y增量 = 12.4890，   Z增量 = 0.0000（如图3-50所示）
```

图3-48 捕捉第1点

图3-49 捕捉第2点

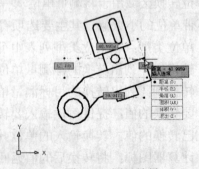

图3-50 测量结果

3.5.2 获取面积和周长信息

对于圆、椭圆、多段线、多边形、面域和AutoCAD三维实体等对象，可以获取其闭合面积、周长或圆周信息。比如，要获取一个不规则多边形的面积和周长信息，可从菜单栏中选择【工具】|【查询】|【面积】命令，然后分别捕捉多边形的各个顶点，如图3-51所示。

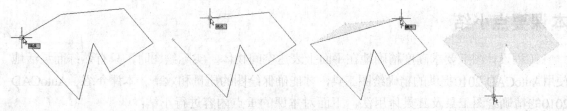

图3-51 捕捉多边形的各个顶点

捕捉完成后按下【Enter】键，即可在命令行中获得测量信息，具体信息如下：

命令: _MEASUREGEOM
输入选项 [距离(D)/半径(R)/角度(A)/面积(AR)/体积(V)] <距离>: _area
指定第一个角点或 [对象(O)/增加面积(A)/减少面积(S)/退出(X)] <对象(O)>:
指定下一个点或 [圆弧(A)/长度(L)/放弃(U)]:
指定下一个点或 [圆弧(A)/长度(L)/放弃(U)]:
指定下一个点或 [圆弧(A)/长度(L)/放弃(U)/总计(T)] <总计>:
指定下一个点或 [圆弧(A)/长度(L)/放弃(U)/总计(T)] <总计>:
指定下一个点或 [圆弧(A)/长度(L)/放弃(U)/总计(T)] <总计>:
指定下一个点或 [圆弧(A)/长度(L)/放弃(U)/总计(T)] <总计>:
面积 = 3529.5555，周长 = 295.3277

3.5.3 获取图形特性信息

可以根据需要查询图形文件及其设置的基本信息。比如，要查询图形文件的日期和时间统计信息，可选择【工具】|【查询】|【时间】命令，打开如图3-52所示的"文本窗口"，其中提供了图形文件的各种时间信息。

再比如，要查询图形的状态信息，选择【工具】|【查询】|【状态】命令，即可打开如图3-53所示的"文本窗口"，其中提供了图形文件的各种状态信息。

图3-52 查询图形文件的各种时间信息

图3-53 图形文件的状态信息

此外，在AutoCAD 2010中指定点时，可以输入距离、偏移和等分间距，还可以合并几个点的坐标值或指定从现有对象的偏移点。对于参数化图形，可以为几何图形添加约束，以确保设计符合特定要求。

本课要点小结

工程设计图纸要求高度精确地在平面上表达空间物体。实际绘图时，只有熟练而灵活地使用AutoCAD 2010提供的精确绘图工具，才能确保绘图的质量和效率。本课介绍了AutoCAD 2010的精确绘图工具及其具体用法，下面对本课的重点内容进行小结：

（1）使用AutoCAD的实时捕捉、自动对象捕捉、对象捕捉追踪等目标捕捉功能，可以精确定位对象的端点、中点、圆心、切点、节点、交点等特征点。

（2）启用栅格捕捉、正交模式、极轴追踪等功能后，可以限制光标的移动方向和角度。使用栅格，可以方便地对齐对象并直观显示对象之间的距离，实现图形的精确定位；使用正交绘图，可以使绘制的线段平行于X轴和Y轴（或者按指定角度旋转）；使用自动追踪功能，可以按照指定的位置和角度进行图形绘制，也能精确地绘制出与其他对象有特定关系的图形对象。

（3）开启动态输入功能，可以在光标附近显示一个命令界面，以方便地指定点坐标。动态输入包括指针输入、标注输入和动态提示3个组件。

（4）快速计算器主要用于进行数学、科学和几何计算，其本质是一个表达式生成器。

（5）要了解图形的相关信息，或者实时查询图形中对象的距离、角度和点的位置信息，或者获取图形面积、周长、体积和质量信息，可以使用【工具】菜单的【查询】子菜单中的命令来实现。

习题

选择题

（1）使用AutoCAD提供的目标捕捉功能，能够精确地将光标定位在对象的（　　　）上，而不用输入坐标值。

A. 关键点　　　　B. 特征点　　　　C. 交叉点　　　　　　D. 中心点

（2）使用快捷键（　　　）可以快速打开和关闭对象捕捉模式。

A.【F3】　　　　B.【F5】　　　　C.【F8】　　　　　　D.【F10】

（3）启用对象捕捉追踪功能后，可以沿着基于对象捕捉点的（　　）进行追踪。

A. 相对路径　　B. 参考位置　　C. 对齐位置　　　　D. 对齐路径

（4）使用（　　　）功能，可以精确地绘制水平线、垂直线或按一定角度旋转的线条。

A. 栅格捕捉　　　　B. 动态输入　　　　C. 正交绘图模式　　　　D. 极轴追踪

（5）打开极轴追踪后，在进行绘图操作时，会出现一条以虚线显示的直线段，该直线段称为对齐路径。对齐路径是由相对于命令起点和端点的（　　　　）来定义的。

A. 极轴　　　　　B. 极轴角　　　　C. 极坐标　　　　D. 相对极坐标

填空题

（1）在命令行出现_____的提示信息时，按下【Shift】键或【Ctrl】键，然后在绘图窗口右击，可调出一个_____快捷菜单。

（2）特征点中的最近点是指线段或圆弧上的最近_____。

（3）开启自动捕捉功能后，系统会自动捕捉对象上所有符合条件的几何特征点，并显示相应的_____。如果把光标放在捕捉点上多停留一会，系统还会显示_____。

（4）追踪是基于一个或多个已有的点，用_____来拾取另一个点。在进行对象捕捉追踪时，会临时出现一条追踪虚线，该追踪线能与_____产生交点，从而方便拾取到这些点。

（5）使用栅格可以方便地对齐对象并直观显示_____，实现图形的精确定位。

（6）使用自动追踪功能，可以按照指定的_____进行图形绘制，也能精确地绘制出与其他对象有特定关系的图形对象。

（7）开启动态输入功能后，光标附近将会显示出_____及坐标输入框。

（8）AutoCAD的快速计算器是一个_____生成器。

（9）选择【工具】|【查询】|【距离】命令，分别在图形中捕捉要测量距离和角度的第1点和第2点，即可获取距离和角度信息，包括距离、_____、与XY平面的夹角、_____等信息。

（10）对于_____和AutoCAD三维实体等对象，可以获取其闭合面积、周长或圆周信息。

简答题

（1）AutoCAD提供了哪些精确绘图工具？使用精确绘图工具的好处有哪些？

（2）常见的特征点有哪些？如何使用实时捕捉功能捕捉特征点？

（3）如何开启和关闭自动对象捕捉模式？可以设置哪些自动捕捉选项？

（4）什么是对象捕捉追踪？如何使用对象捕捉追踪？

（5）什么情况下需要限制光标移动？AutoCAD提供了哪些限制光标移动的功能？

（6）如何使用栅格捕捉？如何设置栅格？

（7）开启正交绘图模式后，所绘制的线段的特点是什么？

（8）什么是极轴追踪？如何使用极轴追踪？

（9）如何和使用打开动态输入功能？如何设置动态输入选项？

（10）快速计算器提供了哪些功能？如何使用快速计算器？

（11）如何获取图形的相关信息？试举例说明。

第4课　图形的编辑和填充

无论是在绘图过程中，还是图形绘制完成后，都常常需要对图形进行修改和编辑。AutoCAD 2010提供了大量的图形编辑工具和命令，可以对图形对象进行删除、复制、镜像、阵列、移动、旋转、缩放、修剪、打断、延伸、倒角、圆角、拉伸、偏移、拉长、分解等编辑处理，还可以对多段线、样条曲线和多线进行特殊的编辑处理。此外，也可以给对象填充上图案或渐变色。图形的编辑和填充是工程绘图的重要职业技能之一，本课将介绍二维图形编辑和图形填充方法。通过学习，掌握以下应知知识和应会技能：

- 掌握在编辑区中选择对象的方法。
- 熟练掌握图形对象的编辑方法和技巧。
- 掌握填充图案的方法。

4.1　选择图形对象

要在AutoCAD 2010对某个特定的对象进行编辑处理，应先将其选定。AutoCAD 2010提供了多种对象选择方式，可以根据需要灵活选择。

4.1.1　单个对象的选择

将十字形的光标移动到待选择对象的任意位置时，对象将会突出显示，并出现一个对象信息框。此时，只需单击即可以选定对象。被选定的对象上将出现选定标记，且默认情况下还将出现选定对象的特性面板，如图4-1所示。

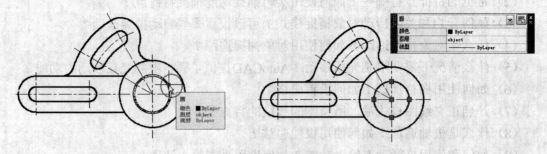

图4-1　选择单个对象

可以根据需要更改十字光标大小。更改方法是，从菜单栏中选择【工具】|【选项】命令，然后在"显示"选项卡中设置"十字光标大小"，如图4-2所示。

4.1.2　选择多个对象

要同时对多个对象进行编辑处理，就应该同时选定多个对象。选择多个对象的方法也有多种，下面分别进行介绍。

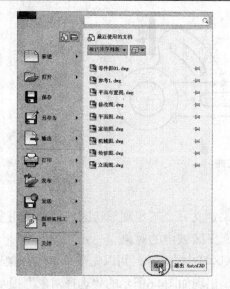
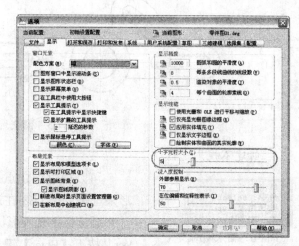

图4-2　设置"十字光标大小"

1. 连续单击法

选定第1个对象后，再单击第2个待选对象，第2个对象便被添加到选择集中，使两个对象同时被选中，如图4-3所示。要选定更多的对象，用同样的方法继续追加即可。

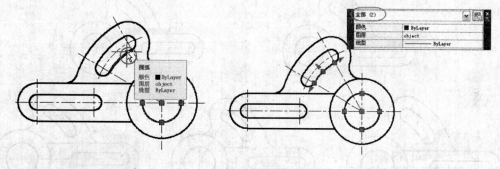

图4-3　追加选中第2个对象

2. 框选法

在绘图区中从左向右拖动鼠标，将拖出一个背景为蓝色半透明的矩形框（其边框为实线），完全位于矩形区域中的对象将被选定，这种方法称为框选法，如图4-4所示。

如果从右向左拖动光标，将出现一个背景为绿色的半透明的矩形框（其边框为虚线），凡是矩形框经过的对象都将被选中（如图4-5所示），这种方法称为窗交选择。

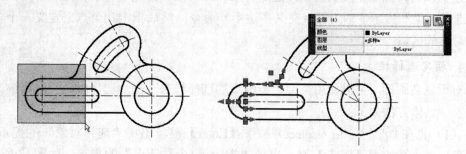

图4-4　框选对象

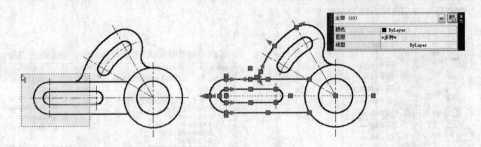

图4-5　窗交选择

3. 创建不规则选区

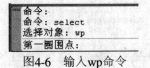

图4-6　输入wp命令

可以通过指定点来定义一个不规则形状区域，即使用多边形来选择完全封闭在选择区域中的对象。

要选择不规则形状区域中的对象，可以先在命令行中输入select并按下【Enter】键，出现如图4-6所示的"选择对象"提示。

再输入wp（窗口多边形）并按下【Enter】键，在出现"第一圈围点"的提示后，先在绘图区中指定多边形的第一个点，然后依次指定其他几个点，定义出一个完全包含选择对象的区域，如图4-7所示。

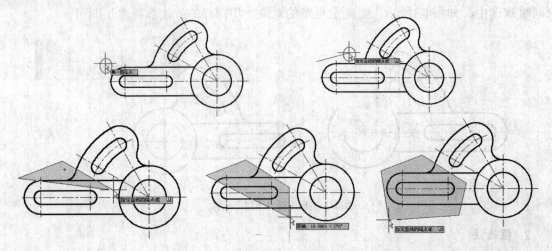

图4-7　定义选择区域

设置完成后按【Enter】键闭合多边形选择区域，即可完成选择，效果如图4-8所示。被选中的对象将以虚线显示。

还可以选择不规则形状区域经过的对象（即对象不必完全包含在区域中），其方法是：在"选择对象"提示下输入cp（交叉多边形）命令，然后指定几个点来定义一个包含或经过选择对象的区域。

4. 指定选择栏

对于复杂图形，可以使用类似于多段线的选择栏来选择。选择时，只选择该选择栏经过的对象。具体方法如下：

（1）先在命令行中输入select并按下【Enter】键，出现"选择对象"的提示后，输入f（栏选）命令并按下【Enter】键，出现"指定第1个栏选点"的提示，如图4-9所示。

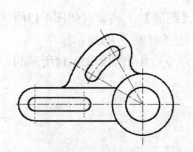

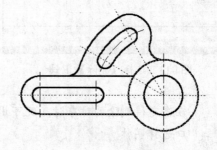

图4-8　选择效果　　　　　　　　　　　　图4-9　输入f命令

（2）在绘图区中单击鼠标指定若干个点，绘制出一个经过要选择对象的选择栏（由虚线显示），如图4-10所示。

（3）按下【Enter】键，即可完成选择，效果如图4-11所示。

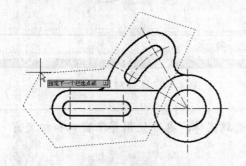

图4-10　绘制选择栏　　　　　　　　　　　图4-11　选择效果

5. 从多个对象中去除选择

按住【Shift】键单击已经选中的对象，即可从已经选中的多个对象中去除对其的选择，如图4-12所示。

按下【Shift】键的同时单击并拖动窗口或交叉选择，也可以从当前选择集中删除对象。

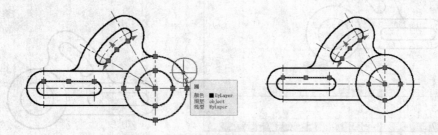

图4-12　按住【Shift】键单击已经选中的对象

4.2　编辑图形对象

图形中的任何元素都称为"对象"，AutoCAD 2010提供了大量的对象操作和编辑命令，本节介绍一些基本的编辑命令。

4.2.1 删除对象

要删除图纸中不需要的对象，可以使用下面的方法：

（1）单击功能区"常用"选项卡下的"修改"面板中的【删除】工具✐（如图4-13所示），或者在命令行中输入erase命令，都将在命令行中出现"选择对象："的提示。

（2）用鼠标在图形窗口中单击要删除的对象将其选中，在命令行中出现如图4-14所示的提示。

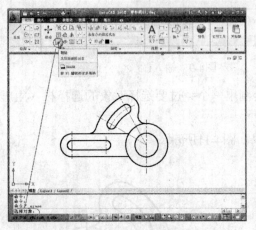

图4-13　选择【删除】工具

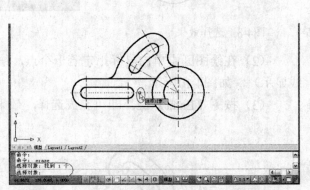

图4-14　选择对象

提示　在选定待删除的对象时，既可用拾取框选取实体，也可使用界限窗口和相交窗口选择实体。

（3）如果还要删除其他对象，可继续在图形窗口中选择，如图4-15所示。

（4）如果不再选择，可以按【Enter】键结束操作，并将已选定的对象删除，效果如图4-16所示。

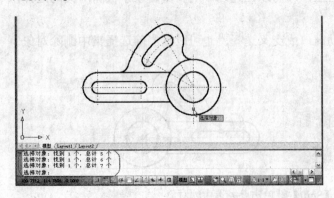

图4-15　删除对象

图4-16　删除效果

4.2.2 复制、镜像和阵列图形

对于相同或相似的图形对象，可以使用复制、镜像和阵列功能来快速重复绘制，并能够同时根据需要进行变换。

1. 复制图形

从菜单栏中选择【编辑】|【复制】命令，或者单击功能区"常用"选项卡下的"修改"面板中的【复制】工具 ✂ （如图4-17所示），或者在命令行中输入copy命令，都将出现下面的提示：

命令: copy
选择对象: 指定对角点: 找到 17 个（如图4-18所示）
选择对象:
当前设置: 复制模式 = 多个
指定基点或 [位移(D)/模式(O)] <位移>: 30,100
指定第二个点或 <使用第一个点作为位移>: 45,170
指定第二个点或 [退出(E)/放弃(U)] <退出>:

图4-17 选择【复制】工具

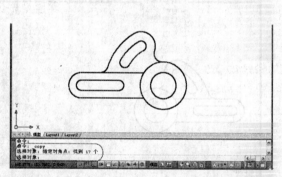

图4-18 选择对象的效果

给出第2个点的位置后，按【Enter】键即可复制出单个图形，操作过程如图4-19所示。

指定第2个点后，会反复提示"指定第二个点或 [退出(E)/放弃(U)] <退出>:"，要求确定另一个终点位置，直至按【Enter】键或单击鼠标右键才会结束，从而实现多次复制。如图4-20所示为多次复制后的效果。

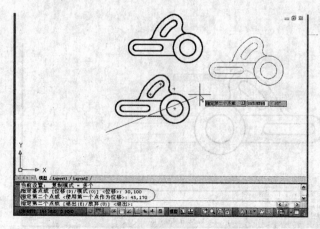

图4-19 复制单个图形

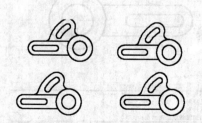

图4-20 复制多个图形

2. 镜像图形

使用镜像功能，可以快速实现对称图形的绘制或复制。单击功能区"常用"选项卡下的"修改"面板中的【镜像】工具（如图4-21所示），或者在命令行中输入mirror命令，都将出现"选择对象:"的提示信息。选择需要镜像的对象，如图4-22所示。选择后按下【Enter】键确认。

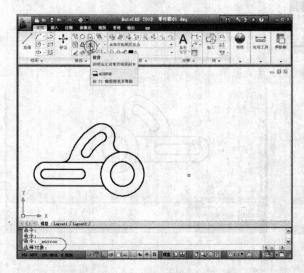
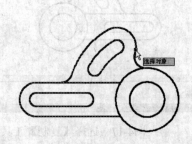

图4-21　选择【镜像】工具　　　　　　　　图4-22　选择需要镜像的对象

出现"指定镜像线的第一点:"的提示后，在图像中拾取镜像线的第1点，如图4-23所示。也可以直接在命令行中输入坐标值。

出现"指定镜像线的第二点:"的提示后，在图像中拾取镜像线的第2点，如图4-24所示。也可以直接在命令行中输入坐标值。

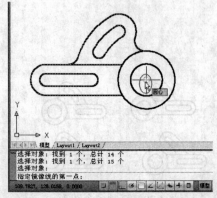
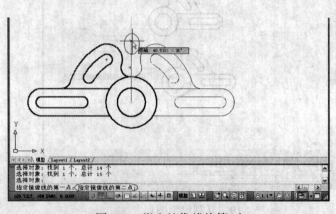

图4-23　指定镜像线的第1点　　　　　　　　图4-24　指定镜像线的第2点

指定第2点后,将出现"要删除源对象吗?[是(Y)/否(N)] <N>:"的提示。按下【Enter】键或【N】键,可以在绘制出所选对象镜像图形的同时保留原来的对象,效果如图4-25所示。

如果输入Y后再按【Enter】键,可以在绘制出所选对象镜像图形的同时将原对象删除掉,如图4-26所示。

图4-25 镜像效果   图4-26 镜像图形并删除原对象的效果

3. 阵列图形

阵列功能用于将一个对象变换成一个矩形方阵或环形方阵。具体方法如下:

（1）绘制一个用于绘制阵列的图形对象。

（2）从菜单栏中选择【修改】|【阵列】命令,或者单击功能区"常用"选项卡下的"修改"面板中的【阵列】工具器,或者在命令行中输入array命令,都将出现"阵列"对话框,单击对话框中的【选择对象】按钮,如图4-27所示。

（3）然后在图形窗口中将要阵列的对象选中,如图4-28所示。

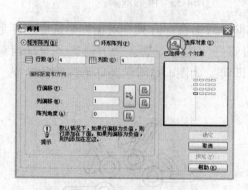 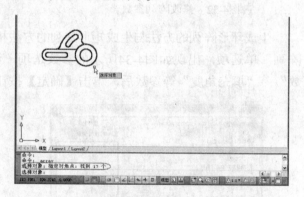

图4-27 "阵列"对话框   图4-28 选中要阵列的对象

（4）按【Enter】键返回"阵列"对话框,可以看到,其中的【确定】和【预览】按钮变为可用状态,如图4-29所示。

（5）选中"矩形阵列"单选项。在"行数"和"列数"文本框中输入矩形阵列的行数和列数,如设置为4×5;在"行偏移"和"列偏移"数值框中输入阵列的行间矩和列间距,如图4-30所示。

（6）要预览阵列后的效果,只需单击【预览】按钮即可,如图4-31所示。

图4-29 选择对象后的"阵列"对话框

（7）在绘图区中单击鼠标结束预览,返回"阵列"对话框,可以根据预览的效果修改阵列参数,如图4-32所示。

（8）单击【确定】按钮,即可根据当前设置的行数、列数以及指定的行间距与列间距进行阵列,效果如图4-33所示。

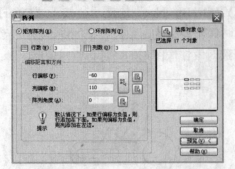

图4-30 输入阵列参数

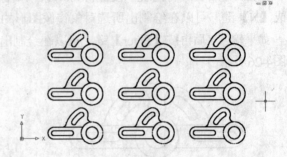

图4-31 预览效果

图4-32 修改阵列参数

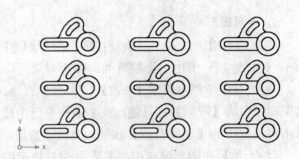

图4-33 阵列效果

生成环形阵列的方法与生成矩形阵列的方法相似，只需在"阵列"对话框中选中"环形阵列"单选项，出现如图4-34所示的参数选项，设置好"中心点"、"方法"、"项目总数"、"填充角度"等参数后，单击【确定】按钮即可。如图4-35所示为环形阵列的效果。

图4-34 阵列参数设置

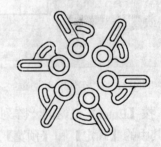

图4-35 环形阵列效果

4.2.3 移动和旋转图形

通过移动和旋转操作，可以调整图形中选定对象的位置或角度。

1. 移动图形

图形或文本的位置移动是一种很常用的编辑操作，这里通过一个实例说明移动对象的一般方法：

（1）从菜单栏中选择【修改】|【移动】命令，或者单击功能区"常用"选项卡下的"修改"面板中的【移动】工具✣，或者在命令行中输入move命令，都将出现下面的命令行提示：

命令: _move
选择对象:

（2）使用任何一种选择方法（如鼠标单击法）选中要移动的图形，如图4-36所示。其提示为：

选择对象:找到 1 个
选择对象:

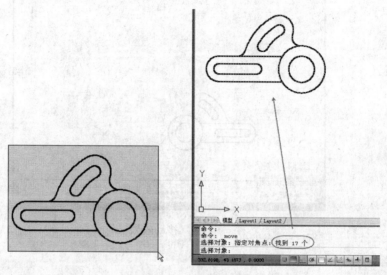

图4-36 选择对象

（3）如果要继续选择对象，可以再次在图形中进行选择。选择结束后，按【Enter】键确认，此时将出现下面的提示：

指定基点或 [位移(D)] <位移>:

（4）根据需要在图形中选择（或用坐标指定）移动的基点，如图4-37所示。

（5）出现"指定第二个点或 <使用第一个点作为位移>:"的提示后，用鼠标在图形中指定（或用坐标指定）移动后的一个点，如图4-38所示。

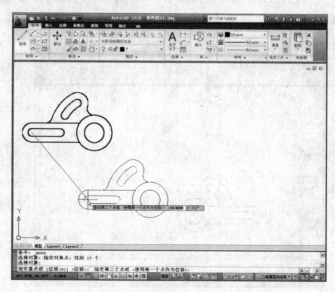

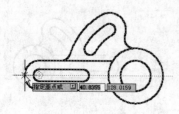

图4-37 选择基点　　　　　　　　　　图4-38 指定移动后的一个点

（6）按下【Enter】键，即可完成移动，效果如图4-39所示。

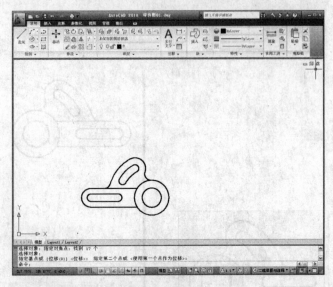

图4-39　移动效果

2．旋转图形

旋转功能用于对图形或文本对象进行旋转操作，下面通过实例说明旋转对象的具体方法：

（1）从菜单栏中选择【修改】|【旋转】命令，或者单击功能区"常用"选项卡下的"修改"面板中的【旋转】工具 ⟳（如图4-40所示），或者在命令行中输入rotate命令，都将出现下面的提示：

> 命令: _rotate
> UCS当前的正角方向：ANGDIR=逆时针　ANGBASE=0
> 选择对象:

（2）在出现"选择对象:"的提示后，在图形中选择要旋转的一个或多个对象（如图4-41所示），然后按【Enter】键确认。

图4-40　选择【旋转】工具

图4-41　选择要旋转的对象

（3）出现"指定基点:"的提示后，设置一个点作为旋转的基点，如图4-42所示。

（4）出现"指定旋转角度，或 [复制(C)/参照(R)] <0>:"的提示后，输入旋转角度，然后按下【Enter】键，即可完成旋转操作，效果如图4-43所示。

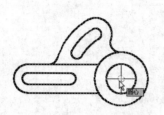
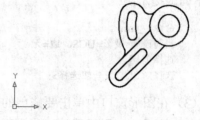

图4-42　指定旋转的基点　　　　　　　图4-43　对象旋转效果

4.2.4　缩放图形

缩放功能用于将图形中的任意一个或多个对象放大或缩小，而不必重新绘制。下面举例说明缩放对象的操作。

从菜单栏中选择【修改】|【缩放】命令，或者单击功能区"常用"选项卡下的"修改"面板中的【缩放】工具，或者在命令行中输入scale，然后按下面的提示进行操作：

```
命令: _scale
选择对象: 找到 1 个
选择对象:
指定基点:
指定比例因子或 [复制(C)/参照(R)] <1.0000>:2
```

执行上述命令后，将以指定的缩放基点将矩形放大为原来的2倍，如图4-44所示为缩放过程。

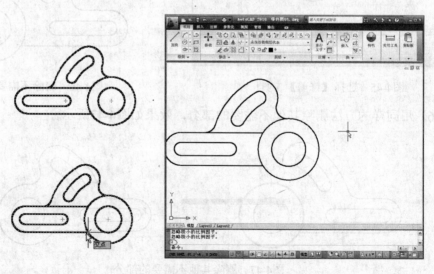

图4-44　缩放前后的对比

4.2.5　修剪图形

所谓图形的修剪，是指将图形中某些对象的一部分从图形中"剪掉"。下面通过实例说明修剪图形的具体方法：

（1）绘制或打开要修剪的图形。

（2）从菜单栏中选择【修改】|【修剪】命令，或者单击功能区"常用"选项卡下的"修改"面板中的【修剪】工具 ⊸⊢（如图4-45所示），或者在命令行中输入trim并按【Enter】键，出现下面的提示：

> 命令：_trim
> 当前设置:投影=UCS，边=无
> 选择剪切边...
> 选择对象或 <全部选择>：

（3）在图形窗口中单击要修剪的图形将其选中。

（4）按【Enter】键确认，出现下面的提示：

> 选择要修剪的对象，或按住Shift键选择要延伸的对象，或[栏选(F)/窗交(C)/投影(P)/边(E)/删除(R)/放弃(U)]：

（5）在图形窗口中单击要修剪的对象，即可将其删除掉，如图4-46所示。

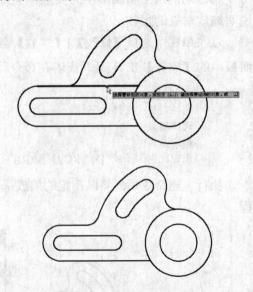

图4-45 选择【修剪】工具   图4-46 删除不需要的部分

（6）用同样的方法删除其他不需要的部分，效果如图4-47所示。

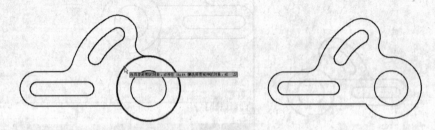

图4-47 删除其他不需要的部分

4.2.6 其他常用编辑操作简介

AutoCAD 2010的编辑命令还有很多，下面简要介绍这些编辑命令的功能，具体使用方法与已经介绍过的命令相似：

- 【打断】命令：使用break（打断）命令，可以把实体中某一部分在选中的某点处断开，进而将其删除，如图4-48所示。

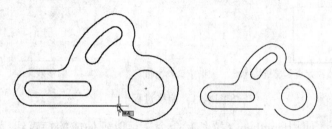

图4-48 断开过程

- 【延伸】命令：使用extend（延伸）命令，可以拉长或延伸直线或弧，使之与其他对象连接起来，如图4-49所示。

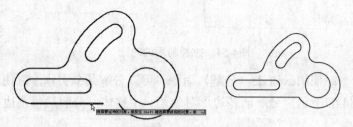

图4-49 延伸过程

- 【倒角】命令：使用chamfer（倒角）命令，可用一个倾斜线来代替图形中尖锐的角，如图4-50所示。

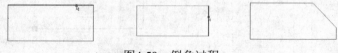

图4-50 倒角过程

- 【圆角】命令：使用fillet（圆角）命令，可用光滑的弧把两个实体连接起来，如图4-51所示。

图4-51 圆角过程

- 【拉伸】命令：使用stretch（拉伸）命令，可以在一个方向上按用户所确定的尺寸拉伸图形，如图4-52所示。

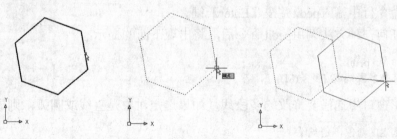

图4-52 拉伸过程

· 【偏移】命令：使用offset（偏移）命令，可以创建一个与原实体相似的新实体，如图4-53所示。

选择偏移对象　　　　　　指定偏移方向　　　　　　偏移效果

图4-53　偏移过程

· 【拉长】命令：使用lengthen（拉长）命令，可以延伸或缩短直线，如图4-54所示。

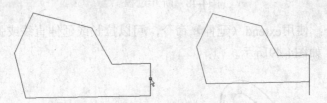

图4-54　拉长前后的对比

· 【分解】命令：使用explode（分解）命令，可以分解某个实体，以便进行其他的编辑操作，如图4-55所示。分解前多边形对象为一个整体，分解后每条边都是一个独立的对象。

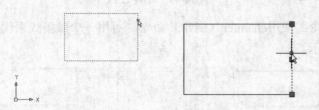

图4-55　分解前后的对比

4.2.7　编辑多段线、样条曲线和多线

多段线、样条曲线和多线等对象也可以使用相应的编辑命令来进行编辑，下面介绍具体的编辑方法。

1. 编辑多段线

调用pedit（多段线编辑）命令的方法有以下几种：

· 从菜单栏中选择【修改】|【对象】|【多段线】命令。
· 单击功能区"常用"选项卡下的"修改"面板中的【编辑多段线】工具✍。
· 在命令行中输入pedit并按【Enter】键。

使用任何一种方法调用pedit命令后，将出现下面的提示：

　　命令：pedit
　　选择多段线或 [多条(M)]:

在图形窗口中选择要修改的多段线。如果选定对象是直线或圆弧，则显示以下提示：

　　选定的对象不是多段线。
　　是否将其转换为多段线？ <Y>:

输入Y或N，或者按【Enter】键。如果输入Y，则对象被转换为可编辑的单段二维多段线。使用此操作可以将直线和圆弧合并为多段线，然后出现下面的提示：

输入选项 [打开(O)/合并(J)/宽度(W)/编辑顶点(E)/拟合(F)/样条曲线(S)/非曲线化(D)/线型生成(L)/放弃(U)]:

只需根据需要输入以下选项来编辑多段线：

- 输入O（打开）：创建开放的多段线。
- 输入J（合并）：合并连续的直线、圆弧或多段线。
- 输入W（宽度）：指定整个多段线的新的统一宽度。
- 输入E（编辑顶点）：编辑顶点。
- 输入F（拟合）：创建一系列的圆弧合并每对顶点。
- 输入S（样条曲线）：创建样条曲线的近似线。
- 输入D（非曲线化）：删除由拟合或样条曲线插入的其他顶点并拉直所有多段线线段。
- 输入L（线型生成）：生成经过多段线顶点的连续图案的线型。
- 输入U（放弃）：返回pedit命令的起始处。

编辑完成后，只需输入X（退出）结束命令。

2. 编辑样条曲线

调用splinedit（编辑样条曲线）命令的方法有以下几种：

- 从菜单栏中选择【修改】|【对象】|【样条曲线】命令。
- 单击功能区"常用"选项卡下的"修改"面板中的【编辑样条曲线】工具。
- 在命令行中输入splinedit并按【Enter】键。

使用任何一种方法调用splinedit命令后，将出现下面的提示（如图4-56所示）：

命令: splinedit
选择样条曲线:

在图形窗口中选择要修改的样条曲线，显示以下提示（如图4-57所示）：

输入选项 [拟合数据(F)/闭合(C)/移动顶点(M)/精度(R)/反转(E)/放弃(U)]:

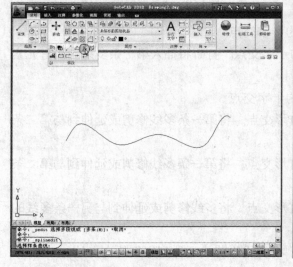

图4-56 输入splinedit命令

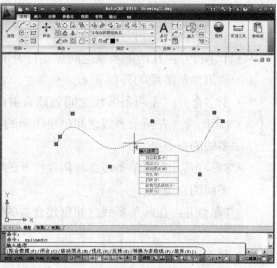

图4-57 选择要修改的样条曲线

只需根据需要输入以下选项来编辑样条曲线：

- 输入F（拟合数据）：编辑定义样条曲线的拟合数据。
- 输入C（闭合）：将开放样条曲线修改为连续闭合的环。
- 输入M（移动顶点）：将拟合点移动到新位置。
- 输入R（精度）：通过添加权值控制点并提高样条曲线阶数来修改样条曲线定义。
- 输入E（反转）：反转样条曲线的方向。
- 输入U（放弃）：取消上一次编辑操作。

编辑完成后，只需输入X（退出）结束命令，效果如图4-58所示。

3. 编辑多线

调用mledit（编辑多线）命令的方法有以下两种：

- 从菜单栏中选择【修改】|【对象】|【多线】命令。
- 在命令行中输入mledit并按【Enter】键。

使用任何一种方法调用mledit命令后，将出现如图4-59所示的"多线编辑工具"对话框，该对话框以形象的图标说明了mledit命令的功能。对话框中各个工具的含义如下：

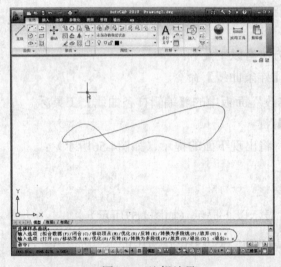

图4-58　编辑效果　　　　　　　　图4-59　"多线编辑工具"对话框

- 十字闭合：在两条多线之间创建闭合的十字交点。
- 十字打开：在两条多线之间创建打开的十字交点。打断将插入第一条多线的所有元素和第二条多线的外部元素。
- 十字合并：在两条多线之间创建合并的十字交点。
- T形闭合：在两条多线之间创建闭合的T形交点。将第一条多线修剪或延伸到与第二条多线的交点处。
- T形打开：在两条多线之间创建打开的T形交点。将第一条多线修剪或延伸到与第二条多线的交点处。
- T形合并：在两条多线之间创建合并的T形交点。将多线修剪或延伸到与另一条多线的交点处。
- 角点结合：在多线之间创建角点结合。将多线修剪或延伸到它们的交点处。

- 添加顶点：向多线上添加一个顶点。
- 删除顶点：从多线上删除一个顶点。
- 单个剪切：在选定多线元素中创建可见打断。
- 全部剪切：创建穿过整条多线的可见打断。
- 全部接合：将已被剪切的多线线段重新接合起来。

4.2.8 用夹点编辑对象

使用定点设备选定对象时，会在对象的关键点上出现一些夹点（实心的小方框），可以直接拖动这些夹点来快速拉伸、移动、旋转、缩放或镜像对象，还可以通过指定夹点模式选择要执行的编辑操作。

单击【应用程序】按钮，在出现的菜单中单击【选项】选项，然后在出现的"选项"对话框的"选择集"选项卡中选择"启用夹点"选项，如图4-60所示。单击【确定】按钮，即可打开夹点功能。启用夹点后，可以用夹点来实现以下功能：

- 拉伸：可以通过将选定夹点移动到新位置来拉伸对象。但文字、块参照、直线中点、圆心和点对象上的夹点将移动对象而不是拉伸它。
- 移动：可以通过选定的夹点移动对象。选定的对象被亮显并按指定的下一点位置移动一定的方向和距离。
- 旋转：可以通过拖动和指定点位置来绕基点旋转选定对象，还可以输入角度值。这是旋转块参照的好方法。
- 缩放：可以相对于基点缩放选定对象。通过从基夹点向外拖动并指定点位置来增大对象尺寸，或通过向内拖动减小尺寸。也可以为相对缩放输入一个值。
- 创建镜像：可以沿临时镜像线为选定对象创建镜像。打开"正交"有助于指定垂直或水平的镜像线。

下面，以使用夹点拉伸对象为例，简要介绍用夹点编辑对象的方法。

（1）打开或绘制一个图形。

（2）选定图形中要拉伸的对象，对象上出现如图4-61所示的3个夹点。

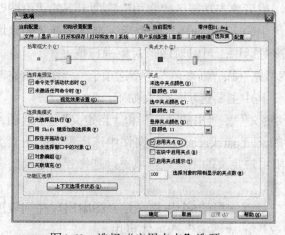

图4-60 选择"启用夹点"选项

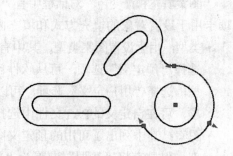

图4-61 对象上的夹点

（3）单击圆弧中间的夹点，其颜色变为红色，如图4-62所示。

（4）选取夹点后，命令行中将出现下面的提示：

** 拉伸 **
指定拉伸点或 [基点(B)/复制(C)/放弃(U)/退出(X)]:

（5）在提示行中输入拉伸点的坐标，然后按下【Enter】键，即可完成拉伸，如图4-63所示。

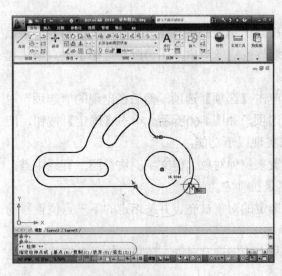

图4-62　选取夹点

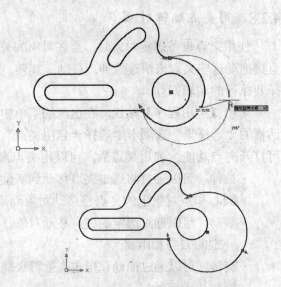

图4-63　拉伸过程和效果

4.3　填充图形对象

图形对象可以根据需要填充上预设的图案或渐变色，也可以自定义复杂的填充图案。本节介绍具体的方法。

4.3.1　创建图案填充

从菜单栏中选择【绘图】|【填充】命令，或者单击功能区"常用"选项卡下的"绘图"面板中的【图案填充】工具，或者在命令行中输入"bhatch"命令后，都将出现"图案填充和渐变色"对话框，如图4-64所示。利用该对话框，可以对图形对象进行填充。

"图案填充和渐变色"对话框中有"图案填充"和"渐变色"两个选项卡。"图案填充"选项卡用于设置对象的填充方式和填充内容。其中主要选项的含义如下：

- 类型：用于设置图案类型。其中有"预定义"、"用户定义"和"自定义"3个选项。选择"预定义"选项，可从软件自带的acad.pat或acadiso.pat文件中选择需要的图案类型；选择"用户定义"选项，可以使用用户定义的图案进行填充；选择"自定义"选项，可在自定义的PAT文件中选择图案。
- 图案：其中列出了可用的预定义图案。最近使用的6个用户预定义图案出现在列表顶部。但只有将"类型"设置为"预定义"，"图案"选项才可用。
- □按钮：单击该按钮，将弹出"填充图案选项板"对话框，从中可以同时查看所有预定义图案的预览图像。

图4-64 打开"图案填充和渐变色"对话框

- 样例：显示当前选定图案的预览图像。可以直接单击"样例"按钮，弹出"填充图案选项板"对话框。
- 自定义图案：用于列出可用的自定义图案，只有在"类型"中选择了"自定义"，该选项才可用。其右侧也有一个 按钮。
- 角度和比例：用于设置选定填充图案的角度和比例。其中，"角度"选项用于指定填充图案的角度（相对当前UCS坐标系的X轴）；"比例"选项用于放大或缩小预定义或自定义图案。只有将"类型"设置为"预定义"或"自定义"，这两个选项才可用。
- 双向：对于用户定义的图案，将绘制第2组直线，这些直线与原来的直线成90°角，从而构成交叉线。只有在"图案填充"选项卡上将"类型"设置为"用户定义"，此选项才可用。
- 相对图纸空间：相对于图纸空间单位缩放填充图案。选中该选项，可很容易地做到以适合于布局的比例显示填充图案。
- 间距：用于指定用户定义图案中的直线间距。只有将"类型"设置为"用户定义"，此选项才可用。
- ISO笔宽：根据当前选定笔宽缩放ISO预定义图案。只有将"类型"设置为"预定义"，并将"图案"设置为可用的ISO图案的一种，此选项才可用。
- 使用当前原点：使用存储在HPORIGINMODE系统变量中的设置。默认情况下，原点设置为（0，0）。
- 指定的原点：指定新的图案填充原点。
- 单击以设置新原点：直接指定新的图案填充原点。
- 默认为边界范围：基于图案填充的矩形范围计算出新原点。可以选择该范围的四个角点及其中心。
- 存储为默认原点：将新图案填充原点的值存储在系统变量中。
- 原点预览：显示原点的当前位置。

下面通过一个简单的实例说明具体的填充方法。

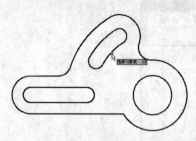

图4-65 选择对象

（1）打开"图案填充和渐变色"对话框，单击其中的【添加：选择对象】按钮，然后在图形窗口中选中要填充的对象，如图4-65所示。

（2）选择对象后，按【Enter】键返回"图案填充和渐变色"对话框，然后在其中设置填充参数，如图4-66所示。

（3）单击【确定】按钮，即可为选定的对象填充上图案，效果如图4-67所示。

图4-66 填充参数设置

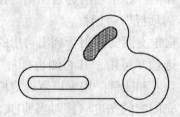

图4-67 填充效果

4.3.2 创建渐变填充

使用"图案填充和渐变色"对话框中的"渐变色"选项卡（如图4-68所示），可以为图形对象填充上渐变色。"渐变色"选项卡中各选项的含义如下：

- 单色：指定使用从较深着色到较浅色调平滑过渡的单色填充。选择"单色"时，将显示带有浏览按钮和"着色"与"渐浅"滑块的颜色样本。
- 双色：指定在两种颜色之间平滑过渡的双色渐变填充。选择"双色"时，将分别为"颜色1"和"颜色2"显示带有浏览按钮的颜色样本。
- 颜色样本：指定渐变填充的颜色。单击浏览按钮，可以显示"选择颜色"对话框，从中可选择AutoCAD颜色索引（ACI）颜色、真彩色或配色系统颜色。显示的默认颜色为图形的当前颜色。
- "着色"和"渐浅"滑块：用于指定一种颜色的渐浅（选定颜色与白色的混合）或着色（选定颜色与黑色的混合），用于渐变填充。
- 渐变图案：显示用于渐变填充的9种固定图案。这些图案包括线性扫掠状、球状和抛物面状图案。
- 居中：用于指定对称的渐变配置。如果没有选定"居中"选项，渐变填充将朝左上方变化，创建光源在对象左边的图案。

· 角度：指定渐变填充的角度。相对当前UCS指定角度。此选项与指定给图案填充的角
  度互不影响。

下面通过一个简单的实例介绍具体的填充方法：

（1）创建或打开要填充的图形，然后打开"图案填充和渐变色"对话框，选择"渐变
色"选项卡，再单击【添加:拾取点】按钮。

（2）在图形窗口中，单击要填充的区域，确定一个内部点（如图4-69所示），然后按
【Enter】键返回"图案填充和渐变色"对话框。

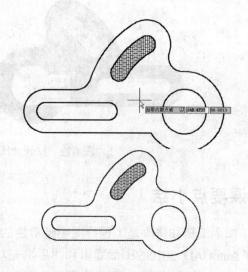

图4-68 "渐变色"选项卡　　　　　　　　　　图4-69 确定填充的内部点

（3）在"图案填充和渐变色"对话框中设置渐变参数，如图4-70所示。

（4）单击【确定】按钮，即可完成渐变填充，效果如图4-71所示。

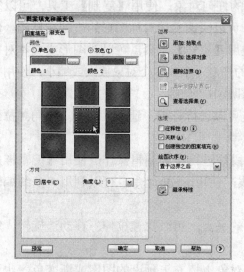

图4-70 设置渐变参数　　　　　　　　　　图4-71 填充效果

4.3.3 编辑图案填充

填充图案或渐变色后，可以使用"图案填充编辑"对话框来编辑填充图案或渐变色的参
数。从菜单栏中选择【修改】|【对象】|【图案填充】命令，或者双击填充了图案/渐变色的

对象，或者在命令行中输入eatchedit命令，将出现如图4-72所示的"图案填充编辑"对话框，该对话框中各选项的含义与"图案填充和渐变色"对话框相同。可以对已填充的图案样式、填充比例、旋转角度等进行编辑和修改。

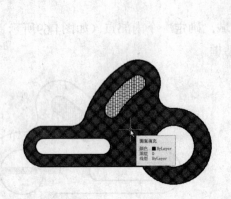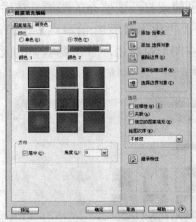

图4-72 打开"图案填充编辑"对话框

本课要点小结

图形编辑和修改是工程绘图中经常性的操作，也是AutoCAD 2010的重要功能。本课介绍了AutoCAD 2010的图形编辑和图形填充功能，下面对本课的重点内容进行小结：

（1）编辑图形时，常常需要选定图形对象。可以使用单击的方法来选定单个对象，或者使用连续单击的方法来选定多个对象，还可以用框选法、创建选择栏或创建多边形选区的方法选定多个对象。

（2）使用【删除】工具，可以删除不需要的任何对象；使用【复制】工具，可以复制出一个或多个对象的副本；使用【镜像】工具，可以快速实现对称图形的绘制或复制；使用【移动】工具，可以将对象移动到特定位置；使用【旋转】工具，可以对图形或文本对象进行旋转操作；使用【缩放】工具，可以将图形中的任意一个或多个对象放大或缩小；使用【修剪】工具，可以将图形中某些对象的一部分从图形中"剪掉"。

（3）AutoCAD 2010的编辑工具或命令，还可以进行打断、延伸、倒角、圆角、拉伸、偏移、拉长、分解等编辑操作。

（4）使用【编辑多段线】工具，可以对多段线进行多项编辑操作；使用【编辑样条曲线】工具，可以根据命令行中的选项来编辑曲线；使用mledit命令，可以利用"多线编辑工具"对话框来编辑多线。

（5）选定对象后，利用对象关键点上出现的夹点，可以快速拉伸、移动、旋转、缩放或镜像对象。

（6）使用【图案填充】工具，可以在图形对象上填充上预设的图案或渐变色，也可以自定义复杂的填充图案。填充图案或渐变色后，可以使用"图案填充编辑"对话框来编辑填充图案或渐变色的参数。

习题

选择题

（1）在绘图区中从左向右拖动鼠标，将拖出一个背景为（　　）色半透明的矩形框，完全位于矩形区域中的对象将被选定，这种方法称为框选法。

A. 黑　　　　　　　B. 红　　　　　　　C. 绿　　　　　　　D. 蓝

（2）按（　　）键并单击已经选中的对象，可从已经选中的多个对象中去除对其的选择。

A.【Shift】　　　　B.【Ctrl】　　　　C.【Alt】　　　　D.【Tab】

（3）使用（　　）功能，可以快速实现对称图形的绘制或复制。

A. 偏移　　　　　　B. 镜像　　　　　　C. 修剪　　　　　　D. 复制

（4）使用【延伸】命令，可以拉长或延伸直线或（　　），使之与其他对象连接起来。

A. 矩形　　　　　　B. 圆形　　　　　　C. 弧形　　　　　　D. 椭圆

（5）编辑样条曲线的命令是（　　）。

A. hatcht　　　　　B. hatchedit　　　　C. splin　　　　　　D. splinedit

填空题

（1）用十字形光标单击对象，即可将其选定。选定后，对象上将出现_____标记，且默认情况下还将出现选定对象的_____面板。

（2）从右向左拖动光标，将出现一个背景为绿色的半透明的矩形框，凡是矩形框经过的对象都将被选中，这种方法称为_____。

（3）阵列功能用于将一个对象变换成_____。

（4）图形修剪是指_____。

（5）使用【偏移】命令，可以创建一个_____的新实体。

（6）使用定点设备选定对象时，会在对象的关键点上出现一些夹点，可以直接拖动它们来快速拉伸、移动、_____、缩放或_____对象。

（7）"图案填充和渐变色"对话框中的"图案填充"选项卡用于设置对象的_____；_____选项卡用于为图形对象填充上渐变色。

简答题

（1）选定图形对象的方法有哪些？

（2）框选法和窗交选择法有何区别？

（3）如何删除图形对象？如何复制、镜像和阵列图形对象？

（4）如何移动和旋转图形对象？

（5）如何缩放图形对象？如何修剪图形对象？

（6）简述打断、延伸、倒角、圆角、拉伸、偏移、拉长、分解等编辑操作的具体方法。

（7）如何编辑多段线、样条曲线和多线？

（8）如何使用夹点编辑对象？试举例说明。

（9）如何为对象填充图案和渐变色？

第5课　图层和对象特性设置

在绘制实际工程图形时，一幅图纸中往往包含非常多的图形对象。为便于分类管理和设置不同的对象，AutoCAD引入了"图层"的概念，可以通过"图层特性管理器"来管理不同类型的图层并为其设置不同的颜色、线型和线宽等属性。也提供了一个用于查看和设置对象特性的"特性"选项板，可以很方便地管理图形对象。本课将系统介绍对象基本特性及其管理方法。通过学习，掌握以下应知知识和应会技能：

- 掌握图层的规划、创建和管理方法。
- 掌握"特性"选项板的功能和用法。
- 熟练掌握对象线型和线宽的设置方法。
- 熟练掌握对象颜色的设置方法。
- 初步掌握提高系统显示性能的方法。

5.1　规划和管理图层

在AutoCAD中，图层相当于一组透明纸，可以在不同的图层上绘制图形的不同对象，然后将所有图层完全重合在一起形成一幅完整的图形。引入图层，既能使不同图层之间互不影响，又便于控制和管理不同的图形对象。例如，可以将一幅图纸的中心线、标注、注释、标题栏和主体对象分别安排在不同的图层中进行绘制。

5.1.1　图层特性管理器

在AutoCAD中，每个图层都用一个名称作为标识，并具有颜色、线型、线宽等各种特性和开、关、冻结等不同状态。利用"图层特性管理器"面板，可以创建和管理绘图所需的图层。调用"图层特性管理器"面板的方法有以下几种：

- 从菜单栏中选择【格式】|【图层】命令。
- 单击功能区中的"常用"选项卡下的"图层"面板中的【图层特性】图标 ，如图5-1所示。

图5-1　【图层特性】图标

- 在命令行中输入命令layer并按下【Enter】键。
- 从菜单栏中选择【工具】|【工具栏】|【AutoCAD】|【图层】命令，在窗口中显示出"图层"工具栏，单击其中的【图层特性管理器】图标 ，如图5-2所示。

使用任意一种方法执行layer命令后，都将出现如图5-3所示的"图层特性管理器"面板。

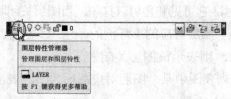

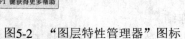

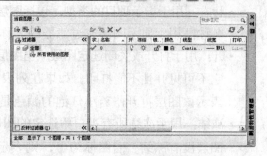

图5-2　"图层特性管理器"图标　　　　　　　图5-3　"图层特性管理器"面板

"图层特性管理器"面板由以下几个功能部分组成。

1. 当前图层

"图层特性管理器"面板左上角的"当前图层"区中显示了当前图层的名称。

2. 图层搜索框

"图层特性管理器"面板右上角的图层搜索框可以按名称快速过滤图层列表，非常适用于图层很多时查看和管理图层。

3. 图层工具按钮

"图层特性管理器"面板中提供了9个工具按钮，它们分别是：

- 【新特性过滤器】工具 ：单击该工具，将打开"图层过滤器特性"面板，可以在其中根据图层的一个或多个特性来创建图层过滤器。
- 【新组过滤器】工具 ：单击该工具，将新建一个图层过滤器，其中包含选择并添加到该过滤器的图层。
- 【图层状态管理器】工具 ：单击该工具，将打开"图层状态管理器"面板，可以在其中将图层的当前特性设置保存到一个命名图层状态中。
- 【新图层】工具 ：用于在当前选中的图层下方创建一个新图层。
- 【所有视口中已冻结的新图层】工具 ：用于创建一个新图层，然后在所有现有布局视口中将其冻结。
- 【删除图层】工具 ✕：用于删除选定图层。不过，只能删除未被参照的图层。参照图层包括0层和**Defpoints**层、包含对象（包括块定义中的对象）的图层、当前图层以及依赖外部参照的图层。
- 【置为当前】工具 ：用于将选定图层设置为当前图层。
- 【刷新】工具 ：更新图层使用的最新信息。
- 【设置】工具 ：用于打开"图层设置"对话框，可以在其中设置新图层的通知、是否将图层过滤器更改应用于"图层"工具栏以及更改图层特性替代的背景色。

4. 树状图窗格

"图层特性管理器"的树状图窗格（左窗格）中显示了当前图形中图层和过滤器的层次结构列表。顶层节点（"全部"）包含了图形的所有图层，过滤器按字母顺序显示。

5. 列表视图窗格

"图层特性管理器"的列表图窗格（右窗格）中显示了图层及其特性和说明。每个图层具有以下特性：

- 状态：用于指示项目的类型，包括图层过滤器、正在使用的图层、空图层或当前图层。
- 名称：用于显示图层或过滤器的名称。
- 开：用于打开或关闭选定图层。当图层打开时，它可见并且可以打印。当图层关闭时，它不可见并且不能打印。如果在列表图中某个图层对应的小灯泡的颜色为黄色💡，则表示该图层打开；若小灯泡的颜色是灰色💡，则表示该图层关闭。
- 冻结：用于冻结所有视口中选定的图层。在列表图中某个图层对应图标为⊙，表示该图层没有冻结。若图标为❄，则表示该图层冻结。
- 锁定：用于锁定或解锁选定的图层。图层锁定后，该图层上的对象将不能修改。如果某个图层对应的是关闭的锁图标🔒，则表示该图层被锁定；若对应的是打开的锁图标🔓，则表示该图层没有被锁定。不能锁定当前层和0层。
- 颜色：用于设置图层的颜色。
- 线型：用于更改图层的线型，单击线型名称将打开"选择线型"对话框。
- 线宽：用于更改图层的线宽，单击线宽名称将打开"线宽"对话框。
- 打印样式：用于更改与选定图层关联的打印样式。
- 打印：用于控制是否打印选定图层。
- 新视口冻结：用于在新布局视口中冻结选定图层。
- 说明：用于描述图层或图层过滤器。

6. 状态行

其中显示了当前过滤器的名称、列表视图中显示的图层数和图形中的图层数。

5.1.2 图层的基本操作

使用"图层特性管理器"面板，可以对图层进行一系列基本操作。

1. 选择当前层

如果要将某个图层设置为当前层，必须在"图层特性管理器"面板中先选取该图层，然后单击【置为当前层】按钮✔即可，如图5-4所示。也可以使用双击图层名的方法使该图层变为当前层。

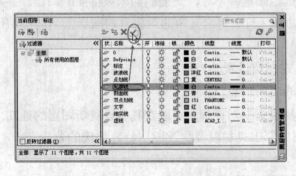

图5-4　设置"轮廓线"层为当前层

2. 创建新图层

要创建新的图层，只需在"图层特性管理器"面板中单击【新建图层】按钮✎，系统将自动建立名为"图层 n"（n为自然数）的图层，如图5-5所示。新建图层后，可以马上修改图层名称，如图5-6所示。

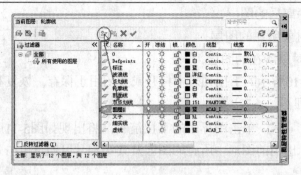

图5-5 新建图层

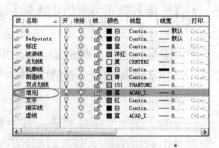

图5-6 修改图层名称

3. 删除图层

选取某个图层后，只需单击【删除图层】按钮✕，即可删除所选取的图层。要删除的图层必须是没有绘制任何实体对象的空图层，否则AutoCAD会拒绝删除，同时出现如图5-7所示的警示框提示所选的图层不能删除。此外，也不能删除0层、Defpoints层以及外部参照的图层。

  在"图层特性管理器"面板中右击某个图层，将出现如图5-8所示的快捷菜单。
提示 利用其中的命令，也可以对图层进行设置和编辑。

图5-7 AutoCAD警示框

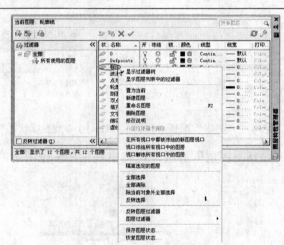

图5-8 图层快捷菜单

5.1.3 使用"图层"面板操作图层

在功能区"常用"选项卡下的"图层"面板中，提供了如图5-9所示的图层工具，可以用这些工具来对图层的有关属性进行设置和操作。

"图层"面板中各选项的含义如下：

· 【图层特性】按钮 ：单击该按钮，将打开"图层特性管理器"面板。
· 【将对象的图层设为当前图层】 ：用于将指定对象所在图层设置为当前层。操作时可先选取对象，然后单击该按钮，就能将对象所在层变为当前层。
· 【匹配】按钮 ：用于将选定对象的图层与目标图层相匹配。
· 【上一个】按钮 ：用于恢复上一个图层的状态，即撤销最近一次对图层所做的修改。
· 【隔离】按钮 ：用于隐藏或锁定除选定对象的图层外的所有图层。

- 【取消隔离】按钮：用于恢复隔离后的图层。
- 【冻结】按钮：用于冻结选定对象所在的图层。
- 【关闭】按钮：用于关闭选定对象所在的图层。
- "图层状态"下拉列表：从如图5-10所示的下拉列表中打开或关闭用于保存、恢复和管理命名图层状态的图层状态管理器。
- "图层"下拉列表 ：单击图标中的下拉箭头，将出现如图5-11所示的"图层"下拉列表。其中显示出当前图形中所有的图层及其状态，可通过单击列表中对应图标来设置图层的状态。

图5-9　"图层"面板　　　　图5-10　"图层状态"下拉列表　　　　图5-11　"图层"下拉列表

展开"图层"面板，还将出现如图5-12所示的图层工具，其中各个工具的功能如下：

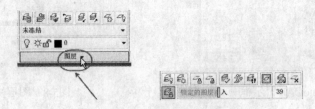

图5-12　展开"图层"面板

- 【打开所有图层】按钮：用于打开图形中的所有图层。
- 【解冻所有图层】按钮：用于解冻图形中的所有图层。
- 【锁定】按钮：用于锁定选定对象所在图层。
- 【解锁】按钮：用于解除选定对象所在图层。
- 【更改为当前图层】：用于将选定对象的图层特性更改为当前图层。
- 【将对象复制到新图层】按钮：用于将一个或多个对象复制到其他图层中。
- 【图形漫游】按钮：单击该按钮，将隐藏其他图层上的对象，只显示选定图层上的对象。
- 【隔离到当前视口】按钮：用于冻结除当前视口外的其他所有布局视口中的选定图层。

- 【合并】按钮 ：用于将选定图层合并为一个目标图层，从而将以前的图层从图形中删除。
- 【删除】按钮 ：用于删除图层上的所有对象并清理图层。
- 【锁定的图层淡入】按钮 ：用于开启或关闭应用于锁定图层的淡入效果。
- 【锁定的图层淡入】控件 锁定的图层淡入 ⬚ 39 ⬚：用于调整锁定图层的淡入程度。

5.2 用"特性"选项板查看和设置对象参数

AutoCAD的对象特性包括颜色、图层、线型等通用特性，也包括各种几何信息，还包括与具体对象相关的附加信息，如文字的内容、样式等。AutoCAD的"特性"选项板中列出了当前所选定对象或对象集的特性参数。通过这些参数，可以查看和修改对象的特性，从而极大地提高对象的编辑效率。

5.2.1 "特性"选项板的组成

从菜单栏中选择【修改】|【特性】命令，或者单击功能区"视图"选项卡的"选项板"中的【特性】工具 ，或者在命令行中输入properties命令，都可以调用"特性"选项板，如图5-13所示。

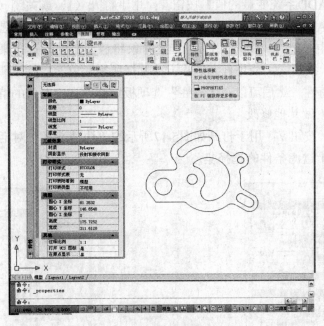

图5-13 调用"特性"选项板

- 在图5-13中未选择任何对象，"特性"选项板只显示当前图层的基本特性、图层附着的打印样式表的名称、查看特性和有关UCS的信息。
- 如果选择了一个对象，"特性"选项板上将显示该对象的相关特性，如图5-14所示。
- 如果选择了多个对象，"特性"选项板上只显示选择集中所有对象的公共特性，如图5-15所示。

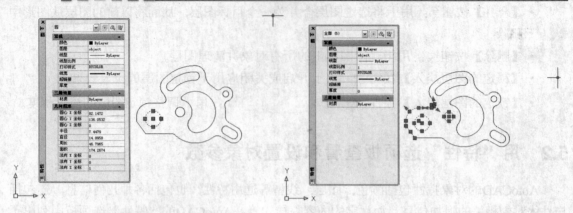

图5-14 选择单个对象时的"特性"选项板   图5-15 选择多个对象时的"特性"选项板

5.2.2 修改直线

在绘图区中选中直线对象，将在"特性"选项板中出现如图5-16所示的选项。

1. 第1行的工具

第1行的主要选项及按钮的功能如下：

- "对象类型"下拉列表框 直线 ▾：用于显示选定对象的类型。
- 【切换PICKADD系统变量的值】按钮 ：用于打开（1）或关闭（0）PICKADD系统变量。PICKADD打开时，每个选定对象（单独选择或通过窗口选择的）都将添加到当前选择集中。PICKADD关闭时，选定对象将替换当前的选择集。
- 【选择对象】按钮 ：使用任意选择方法选择所需对象。"特性"选项板将显示选定对象的共有特性。然后可以在"特性"选项板中修改选定对象的特性，或输入编辑命令对选定对象做其他修改。
- 【快速选择】按钮 ：用于打开如图5-17所示的"快速选择"对话框。使用"快速选择"创建基于过滤条件的选择集。

图5-16 直线的"特性"选项板   图5-17 "快速选择"对话框

2. "常规"设置区

在"常规"设置区中可以设置直线的基本属性。主要选项有：

- "颜色"选项：用于修改直线的颜色，可以通过"颜色"下拉列表来选取直线的颜色。
- "图层"选项：用于指定所选直线的当前图层。在下拉列表中，列出了直线所在的图形文件中所有的图层。
- "线型"选项：用于指定直线的当前线型，在下拉列表中显示了直线所在的图形文件中所有的线型，也可以通过该下拉列表为直线设置新的线型。
- "线型比例"选项：用于指定线型比例，可以直接在输入框中输入新的线型比例。
- "打印样式".选项：用于设置直线的打印样式。
- "线宽"选项：用于指定线型宽度，在下拉列表中列出了AutoCAD中提供的所有的线宽，也可以通过该下拉列表设置新的线宽。
- "超链接"选项：用于设置超级链接。
- "厚度"选项：用于指定当前直线的厚度。

3. "几何图形"设置区

使用"几何图形"设置区中的选项，可以设置直线的几何属性。

- 起点X坐标、起点X坐标、起点Z坐标：这3个选项用于设置直线在X、Y、Z轴方向起点的坐标值，可以直接在输入框中输入，也可以单击按钮，在绘图窗口中选择。
- 端点X坐标、端点X坐标、端点Z坐标：这3个选项用于设置直线在X、Y、Z轴方向终点的坐标值，可以直接在输入框中输入，也可以单击按钮，在绘图窗口中选择。
- 增量X、增量Y、增量Z：显示直线分别在X、Y、Z轴方向的增量，这些选项不能自行设置，它将随着其他设置而自动变化。

提示 对于三维对象，还可以利用"三维效果"设置区来设置对象材质。

5.2.3 修改圆

在绘图窗口中选中圆对象后，"特性"选项板中的选项如图5-18所示，可以利用这些选项来设置圆的有关属性。

1. "常规"设置区

其中的各个选项用于设置圆的基本属性，具体选项与直线设置相同。

2. "几何图形"设置区

用于设置圆的几何属性。其中，"圆心X坐标、圆心Y坐标、圆心Z坐标"用于设置圆心在X、Y、Z轴方向的坐标值；"半径"、"直径"、"周长"和"面积"选项用于设置相应的参数值；"法向X坐标、法向Y坐标、法向Z坐标"分别用于设置X、Y、Z轴方向的法线值。

5.2.4 修改圆弧

在绘图窗口中选中圆弧对象后，"特性"选项板中的选项如图5-19所示，可以利用这些选项来设置圆弧的有关属性。

1. "常规"设置区

其中的各个选项用于设置圆弧的基本属性，具体选项也同直线设置相同。

图5-18　圆的"特性"选项板　　　　　图5-19　圆弧的"特性"选项板

2. "几何图形"设置区

用于设置圆弧的几何属性。

- 起点*X*坐标、起点*X*坐标、起点*Z*坐标：分别用于设置圆弧的起点在*X*、*Y*、*Z*轴方向的坐标值，可以通过输入框分别输入新的*X*、*Y*、*Z*轴坐标值。
- 圆心*X*坐标、圆心*Y*坐标、圆心*Z*坐标：分别用于设置圆弧中心在*X*、*Y*、*Z*轴方向的坐标值，可以通过输入框分别输入新的*X*、*Y*、*Z*轴坐标值。
- 端点*X*坐标、端点*X*坐标、端点*Z*坐标：分别用于设置圆弧的终点在*X*、*Y*、*Z*轴方向的坐标值，可以通过输入框直接输入新的坐标值。
- 半径：用于设置圆弧的半径。
- 起点角度和端点角度：用于设置圆弧的起点及终点角度。
- 总角度：即圆弧的包角，系统会根据当前的设置自动更改圆弧的总角度。
- 弧长：根据当前设置自动更改圆弧长。
- 面积：用于设置圆弧的面积。
- 法向*X*坐标、法向*Y*坐标、法向*Z*坐标：分别用于设置*X*、*Y*、*Z*轴方向的法线值。

5.2.5　修改样条曲线

在绘图窗口中选中样条曲线对象后，"特性"选项板中的选项如图5-20所示，可以利用这些选项来设置样条曲线的有关属性。

1. "常规"设置区

其中的各个选项用于设置样条曲线的基本属性，具体选项也同直线设置相同。

2. "数据点"设置区

该设置区用于设置样条曲线上控制点的有关参数。

- 控制点数：样条曲线上控制点的总数不能自行进行设置，是AutoCAD根据其他的设置选项自动产生的。

- 控制点：用于设置样条曲线上控制点的数目。
- 控制点X坐标、控制点Y坐标、控制点Z坐标：设置控制
  点分别在X、Y、Z轴方向上的坐标值。
- 权值：用于设置线型的宽度值。
- 拟合点数：不能自行设置。
- 拟合点：可以通过该选项右边的输入框输入拟合点的
  数目。
- 拟合点X坐标、拟合点Y坐标、拟合点Z坐标：分别设置
  拟合点在X、Y、Z轴方向上的坐标值。

3. "其他"设置区

用于设置样条曲线上的其他属性参数。

- 阶数：用于显示样条曲线的度数。
- 闭合：可以通过该选项来确定是否封闭样条曲线。
- 平面：可以通过该选项控制样条曲线是否是平面图形。
- 起点切向矢量X坐标、起点切向矢量Y坐标、起点切向
  矢量Z坐标：分别设置样条曲线的起点在X、Y、Z方向
  上切线的矢量。
- 端点切向矢量X坐标、端点切向矢量Y坐标、端点切向矢量Z坐标：分别设置样条曲线
  的终点在X、Y、Z方向上切线的矢量。
- 拟合公差：用于设置新的拟合公差值。
- 面积：该选项不能自行设置，它是由AutoCAD根据其他设置而计算出的面积值。

图5-20　样条曲线的"特性"选项板

5.2.6　修改构造线

在绘图窗口中选中构造线对象后，"特性"选项板中的选项如图5-21所示，可以利用这些选项来设置构造线的有关属性。

1. "常规"设置区

其中的各个选项用于设置构造线的基本属性，具体选项与直线设置相同。

2. "几何图形"设置区

该设置区用于设置构造线的几何属性。

- 基点X坐标、基点Y坐标、基点Z坐标：分别确定构造线的基本点的X、Y、Z轴坐标。
- 第二点X坐标、第二点Y坐标、第二点Z坐标：分别指定构造线通过的第二点的X、Y、
  Z轴坐标。
- 方向矢量X坐标、方向矢量Y坐标、方向矢量Z坐标：分别指定构造线的X、Y、Z轴方
  向的矢量。

5.2.7　修改椭圆

在绘图窗口中选中椭圆对象后，"特性"选项板中的选项如图5-22所示，可以利用这些选项来设置椭圆的有关属性。

图5-21　构造线的"特性"选项板　　　　图5-22　椭圆的"特性"选项板

1. "常规"设置区

其中的各个选项用于设置椭圆的基本属性，具体选项也同直线设置相同。

2. "几何图形"设置区

用于设置椭圆的一些几何属性。

- 起点X、Y、Z坐标，圆心X、Y、Z坐标、端点X、Y、Z坐标：这些选项与圆的同名属性选项相同。
- 长轴半径、短轴半径：分别指定椭圆长、短轴的半径。
- 半径比例：指定椭圆的比例，当比例为1时，椭圆便形成正圆。
- 起点角度和端点角度：用于指定椭圆的起点及终点的角度。
- 长轴矢量X坐标、长轴矢量Y坐标、长轴矢量Z坐标：分别指定椭圆的长轴在X、Y、Z方向的矢量。
- 短轴矢量X坐标、短轴矢量Y坐标、短轴矢量Z坐标：分别指定椭圆的短轴在X、Y、Z方向的矢量。
- 面积：指定椭圆的面积。

5.2.8　设置重叠对象的顺序

默认情况下，各种填充对象是按其创建的次序重叠显示的，新创建的对象在原对象的前面。比如，先创建了一个图案填充椭圆对象，然后再在矩形的上方创建一个渐变填充的圆对象，其显示效果如图5-23所示。

利用【绘图次序】工具，可以很方便地改变重叠对象的次序（包括显示和打印次序），从而控制重叠对象中哪一个对象显示在前端。更改重叠对象的次序的方法如下：

（1）单击功能区"常用"选项卡的"修改"面板中的【绘图次序】工具，出现如图5-24所示的下拉菜单。其中包含了【前置】■、【后置】■、【置于对象之上】■和【置于对象之下】■几个命令。

图5-23 重叠的两个对象   图5-24 【绘图次序】下拉菜单

（2）选择其中一个命令（如【后置】命令），在命令行中将出现"选择对象"的提示，在绘图窗口中选择要将其后置的对象（如圆对象），如图5-25所示。

（3）命令行中出现"找到1个"的提示后，按下【Enter】键，即可将选定的对象置后，使后面的图形对象显示出来，如图5-26所示。

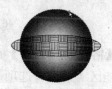

图5-25 选择要后置的对象   图5-26 更改对象次序的效果

5.3 设置线型和线宽

工程图纸一般都采用不同的线型（如实线、中心线、虚线、点画线等）来表达不同的对象和内容。AutoCAD 2010提供了丰富的线型，可根据需要选取所需线型，还可以自定义线型。

5.3.1 设置对象线型

设置对象线型的方法比较简单，只需在功能区"常用"选项卡的"特性"面板中单击【选择线型】工具，即可快速为当前选定对象设置指定的线型。具体方法如下：

（1）在绘图窗口中选定要设置不同线型的一个或多个对象，如图5-27所示。

（2）单击功能区"常用"选项卡的"特性"面板中的【选择线型】按钮，从出现的下拉菜单中选择需要的线型，如图5-28所示。

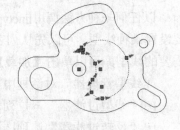

图5-27 选定要设置线型的对象

（3）取消选择，即可看到线型设置效果，如图5-29所示。

（4）用同样的方法还可以为其他对象设置线型，效果如图5-30所示。

5.3.2 线型管理器

【选择线型】下拉菜单中的线型种类也非常有限，要使用更多的线型，应利用"线型管理器"对话框来设置和管理线型。

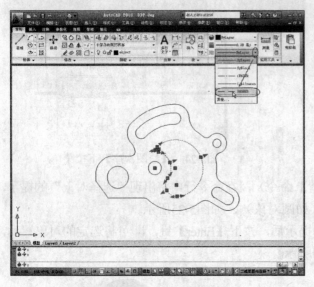

图5-28 选择线型

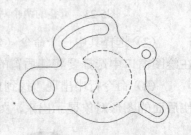

图5-29 线型设置效果

要打开"线型管理器"对话框，可以从菜单栏中选择【格式】|【线型】命令，也可以在命令行中输入linetype命令并按下【Enter】键，还可以从功能区"常用"选项卡的"特性"面板中单击【选择线型】按钮，从出现的下拉菜单中选择【其他】命令，如图5-31所示。

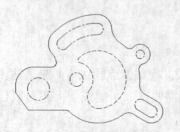

图5-30 设置其他对象的线型

图5-31 选择【其他】命令

以任何一种方法调用linetype命令后，都将出现如图5-32所示的"线型管理器"对话框。要设置某种线型，可以先从列表中选择一种线型，然后单击【当前】按钮。如果列表中没有需要的线型，可以单击【加载】按钮进行加载。

"线型管理器"对话框中各选项的含义如下：

- "线型过滤器"下拉列表框：用于指定线型列表中显示的线型。
- "反转过滤器"选项：用于使过滤器的内容反向。
- "当前线型"列表框：显示出当前的线型。
- 【加载】按钮：用于加载线型，单击该按钮后，会出现如图5-33所示的"加载或重载线型"对话框。
- 【删除】按钮：用于删除所选线型。
- 【当前】按钮：用于设置当前的线型。
- 【显示细节】按钮：用于显示或隐藏线型的详细资料。

5.3.3 线型比例设置

默认情况下，全局线型和单个线型比例均设置为1.0。比例越小，每个绘图单位中生成的重复图案就越多。在选择点画线、中心线等有间距的线型后，很可能在屏幕上看起来仍是实线。此时，可以通过设置线型比例的方法将其局部放大。

图5-32 "线型管理器"对话框

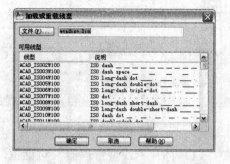
图5-33 "加载或重载线型"对话框

1. 修改选定对象的线型比例

修改选定对象线型比例的具体方法如下：

（1）选择要修改其线型比例的对象。

（2）在其中的一个对象上单击鼠标右键，从出现的快捷菜单中选择【特性】命令。

（3）在"特性"选项板中，选择"线型比例"选项，并在其中输入新值，如图5-34所示。设置完成后，图像窗口中的线型比例将发生变化。

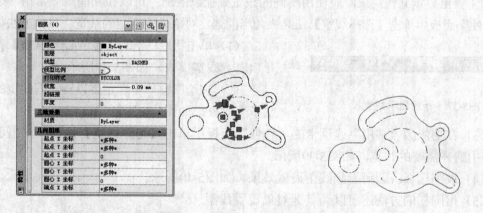
图5-34 修改选定对象的线型比例

2. 为新对象设置线型比例

"当前对象缩放比例"的值用于设置新建对象的线型比例，具体方法如下：

（1）在功能区"常用"选项卡的"特性"面板中单击【选择线型】按钮，从出现的下拉菜单中选择【其他】命令，打开"线型管理器"对话框，单击【显示细节】按钮，展开细节选项，选中要设置比例的线型，如图5-35所示。

（2）输入"当前对象比例"的新值，如图5-36所示。

（3）单击【确定】按钮即可，设置完成后，新创建的对象将按新设置的线型比例显示。

3. 全局修改线型

"全局比例因子"的值可以全局修改新建和现有对象的线型比例，全局修改线型比例的具体方法如下：

图5-35　选择设置比例的线型

图5-36　输入"当前对象缩放比例"的新值

（1）打开"线型管理器"对话框，单击【显示细节】按钮，以展开细节选项。

（2）输入"全局比例因子"的新值。

（3）单击【确定】按钮完成设置，设置完成后所有对象的线型比例将按新设置的值显示。

对于一些特殊图形，可能需要用到系统线型库中没有的线型。此时，可以根据需要自定义这类线型。

5.3.4　设置线宽

为了突出显示某些对象，应使用不同的线宽来加以区别。可以在功能区"常用"选项卡的"特性"面板中单击【选择线宽】工具来为当前选定对象设置指定的线宽。具体方法如下：

图5-37　开启显示线宽模式

（1）单击状态栏上的【显示/隐藏线宽】按钮，开启显示线宽模式，如图5-37所示。

（2）在绘图窗口中选定要设置不同线宽的一个或多个对象，如图5-38所示。

（3）在功能区"常用"选项卡的"特性"面板中单击【选择线宽】按钮，从出现的下拉列表中选择需要的线宽，如图5-39所示。

（4）取消选择，即可看到线型设置效果，如图5-40所示。

（5）用同样的方法还可以为其他对象设置线型。

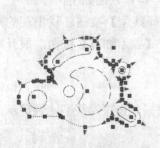
图5-38　选定要设置线宽的对象

图5-39　选择线宽

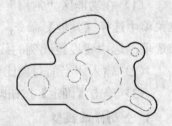
图5-40　线型设置效果

5.4　设置对象颜色

在AutoCAD中，为增强图形的表现力，可以为对象设置不同的颜色。本节介绍为对象设置颜色的基本方法。

5.4.1　快速设置基本颜色

在功能区"常用"选项卡的"特性"面板中单击【选择颜色】工具，可以快速为当前选定对象设置指定的颜色。具体方法如下：

（1）在图形窗口中选择要设置为同种颜色的对象。

（2）在功能区"常用"选项卡的"特性"面板中单击【选择颜色】按钮，从出现的下拉菜单中选择需要的颜色，如图5-41所示。

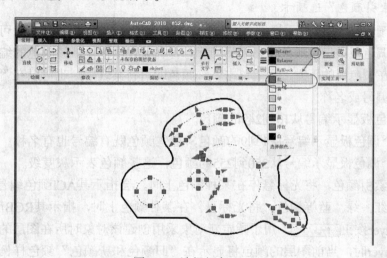

图5-41　选择颜色

（3）取消选择，即可看到设置效果，如图5-42所示。

5.4.2　设置更多颜色

【选择颜色】下拉菜单中提供的颜色非常有限，要选择更多的颜色，可以从菜单栏中选择【格式】|【颜色】命令，或者在命令行中输入ddcolor命令，或者在功能区"常用"选项卡的"特性"面板中单击【选择颜色】按钮，从出现的下拉菜单中选择【选择颜色】命令，如图5-43所示。

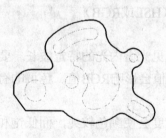

图5-42　颜色设置效果

图5-43　选择【选择颜色】命令

以任何一种方法执行**ddcolor**命令后，都将出现"选择颜色"对话框，该对话框提供了如图5-44所示的3个选项卡。

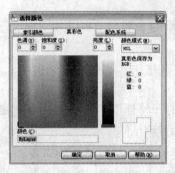

图5-44　"选择颜色"对话框的3个选项卡

1.　"索引颜色"选项卡

"索引颜色"选项卡用于提供"AutoCAD颜色索引（ACI）"调色板。可以从"AutoCAD颜色索引"调色板中指定颜色。如果将光标悬停在某种颜色上，该颜色的编号及其红、绿、蓝值将显示在调色板的下方，只需单击一种颜色即可将其选中，也可以在"颜色"框中输入某种颜色的编号或名称。

- 大调色板显示编号从10到249的颜色。
- 第2个调色板显示编号从1到9的颜色，这些颜色既有编号也有名称。
- 第3个调色板显示编号从250到255的颜色，这些颜色表示灰度级。
- 对于索引颜色，将光标悬停在某种颜色上时，会指示其ACI颜色编号。
- 对于红、绿、蓝等颜色，将光标悬停在某种颜色上时，指示其RGB颜色值。
- **ByLayer**按钮 ByLayer，用于指定新对象采用创建该对象时所在图层的指定颜色。选中ByLayer时，当前图层的颜色将显示在"旧颜色和新颜色"颜色样例中。
- **ByBlock**按钮 ByBlock，用于指定新对象的颜色为默认颜色（白色或黑色，取决于背景颜色），直到将对象编组到块并插入块。当把块插入图形时，块中的对象继承当前颜色设置。
- "颜色"框 颜色(C) ByLayer，用于指定颜色名称、ByLayer或ByBlock颜色，或AutoCAD颜色索引编号1至255之间的一个。
- "旧颜色"颜色样例，用于显示以前选择的颜色。
- "新颜色"颜色样例，用于显示当前选择的颜色。

2.　"真彩色"选项卡

使用真彩色（24位颜色）指定颜色设置。使用真彩色功能时，可以使用1600多万种颜色。"真彩色"选项卡上的可用选项取决于指定的颜色模式（HSL或RGB）。

- "颜色模式"下拉列表框：指定使用的颜色模式。
- "色调"选项：用于指定颜色的色调。色调表示可见光谱内光的特定波长。要指定色调，可使用色谱或在"色调"框中指定值。调整该值会影响RGB值。色调的有效值为 $0°\sim360°$。
- "饱和度"选项：用于指定颜色的饱和度。高饱和度会使颜色较纯，而低饱和度则使颜色褪色。要指定颜色饱和度，可使用色谱或在"饱和度"框中指定值。调整该值会影响RGB值。　饱和度的有效值为0%～100%。

- "亮度"选项：用于指定颜色的亮度。要指定颜色亮度，可使用颜色滑块或在"亮度"框中指定值。亮度的有效值为0%～100%。0%表示最暗（黑），100%表示最亮（白），而50%表示颜色的最佳亮度。调整该值也会影响RGB值。
- "色谱"图：用于指定颜色的色调和纯度。要指定色调，只需将十字光标从色谱的一侧移到另一侧。要指定颜色饱和度，只需将十字光标从色谱顶部移到底部。
- "亮度滑块"：用于指定颜色的亮度。

3. "配色系统"选项卡

在"配色系统"选项卡中使用第三方配色系统或用户定义的配色系统来指定颜色。选择配色系统后，"配色系统"选项卡将显示选定配色系统的名称。

- "配色系统"下拉列表框：指定用于选择颜色的配色系统。
- "配色系统"列表：显示选定配色系统的页以及每页上的颜色和颜色名称。如果配色系统没有分页，程序将按每页7种颜色的方式将颜色分页。要查看配色系统页，可在颜色滑块上选择一个区域或用上下箭头进行浏览。
- "RGB等效值"选项：用于指示每个RGB颜色分量的值。
- "颜色"选项：用于指示当前选定的配色系统颜色。

5.5　提高系统显示性能

AutoCAD的很多功能都需要占用大量的系统资源，导致运行速度变慢，影响绘图操作。对此，可以用简化格式来显示特殊对象，从而提高系统性能。

5.5.1　关闭实体填充

对象填充图案或渐变色后，性能将受到影响。可以关闭填充，将多段线、实体填充多边形、渐变填充和图案填充以轮廓的形式显示。打开/关闭实体填充显示的方法如下：

（1）单击【应用程序】按钮■，然后在出现的菜单栏中单击菜单下方的【选项】按钮，打开"选项"对话框，选择其中的"显示"选项卡。

（2）在"显示"选项卡的"显示性能"下选中"应用实体填充"复选项（如图5-45所示），将打开填充模式；取消该选项的选择，将关闭填充模式。

（3）设置好"填充"模式的打开或关闭后，单击【确定】按钮。

（4）要显示打开或关闭填充模式的效果，可以选择【视图】|【重生成】命令。如图5-46所示分别为打开和关闭填充模式的效果。

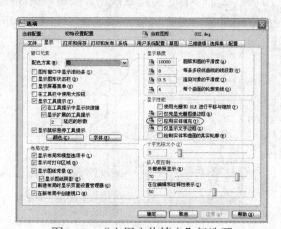

图5-45　"应用实体填充"复选项

打开填充模式　　　　　　关闭填充模式

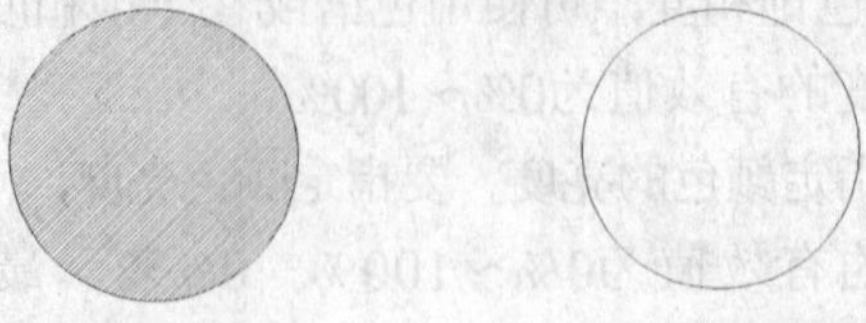

图5-46　打开和关闭填充模式的效果

5.5.2　使用"快速文字"

对于包含复杂字体和大量文字的图形，其显示速度会明显变慢。可以打开"快速文字"模式，将文字显示为一个矩形框。具体方法如下：

（1）单击【应用程序】按钮█，然后在出现的菜单栏中单击菜单下方的【选项】按钮，打开"选项"对话框，选择其中的"显示"选项卡。

（2）选中"显示性能"下的"仅显示文字边框"复选项，如图5-47所示。然后单击【确定】按钮。

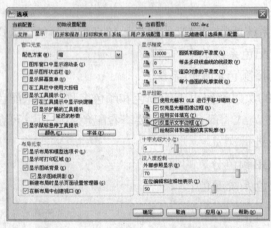

图5-47　"仅显示文字边框"复选项

（3）选择【视图】|【重生成】命令，即可看到使用"快速文字"模式的效果，如图5-48所示。

工程制图

未使用"快速文字"模式　　　　　　　使用"快速文字"模式

图5-48　使用"快速文字"模式前后的对比

5.5.3　关闭线宽显示

当线宽的宽度超过1像素时，就有可能降低AutoCAD的性能。要改善显示性能，可以使用状态栏上的【显示/隐藏线宽】按钮来关闭线宽显示。不过，无论是打开或者关闭线宽显示，在打印时都会按真实值打印线宽。如图5-49所示为关闭线宽显示的操作过程。

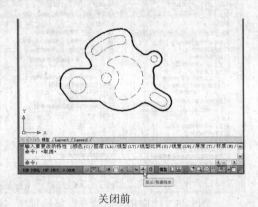 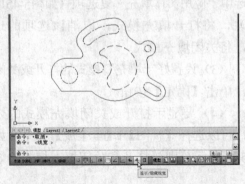

关闭前　　　　　　　　　　　　　　　　关闭后

图5-49　关闭线宽显示

本课要点小结

实际绘制工程图形时，往往都需要进行图层和对象特性的设置。本课介绍了AutoCAD 2010的图层功能和"特性"选项板的应用方法，下面对本课的重点内容进行小结：

（1）为便于控制和管理图形，可以在不同的图层上绘制图形的不同对象。每个图层都用一个名称作为标识，并具有颜色、线型、线宽等各种特性和开、关、冻结等不同状态。利用"图层特性管理器"面板，可以创建和管理绘图所需的图层，也可以利用"图层"面板来操作图层。

（2）"特性"选项板中列出了当前所选定对象或对象集的特性参数。通过这些参数，可以查看和修改对象的特性。

（3）使用【选择线型】工具，可以快速为当前选定对象设置指定的线型，包括实线、中心线、虚线、点画线等，还可以根据需要自定义线型。此外，利用"线型管理器"对话框，可以设置和管理线型。

（4）使用【选择颜色】工具，可以快速为当前选定对象设置指定的颜色。也可以使用"选择颜色"对话框来指定更多的颜色。

（5）为了提高系统运行速度，提高系统性能，可以用简化格式来显示特殊对象，如关闭实体填充、使用快速文字、关闭线宽显示等。

习题

选择题

（1）利用（　　　）面板，可以创建和管理绘图所需的图层。

A. "图层过滤器特性"　　　　　　　B. "图层设置"

C. "图层状态管理器"　　　　　　　D. "图层特性管理器"

（2）"图层"面板中的（　　　）按钮用于隐藏或锁定除选定对象的图层外的所有图层。

A. 🖉　　　　　B. 🖑　　　　　C. 🖉　　　　　D. 🖘

（3）如果当前选择了多个对象，打开"特性"选项板后，将显示选择集中所有对象的（　　　）。

A. 名称　　　　　B. 公共特性　　　　C. 全部特性　　　D. 类型

（4）椭圆的"特性"选项板中的"半径比例"选项用于指定椭圆的比例，当比例为（　　　）时，椭圆便形成正圆。

A. 1　　　　　B. 2　　　　　C. 3　　　　　D. 4

（5）要在"线型管理器"对话框中设置某种线型，可以先从列表中选择一种线型，然后单击（　　　）按钮。

A. 【确定】　　　B. 【应用】　　　C. 【当前】　　　D. 【加载】

（6）在功能区"常用"选项卡的"特性"面板中单击（　　　）工具，可以快速为当前选定对象设置指定的颜色。

A. 【指定】　　　B. 【确认】　　　C. 【应用】　　　D. 【选择颜色】

（7）关闭填充模式后，多段线、实体填充多边形、渐变填充和图案填充都会以（　　　）的形式显示。

　A. 线性　　　　　　B. 轮廓　　　　　　C. 样条线　　　　　D. 单色

填空题

（1）在绘图时引入图层后，能使不同图层之间_____，还便于控制和管理不同的_____。

（2）每个图层都用一个名称作为标识，并具有_____等各种特性和开、关、冻结等不同状态。

（3）不能删除_____、_____、包含对象（包括块定义中的对象）的图层、当前图层以及依赖外部参照的图层。

（4）AutoCAD的对象特性包括颜色、图层、线型等通用特性，也包括各种_____信息，还包括与具体对象相关的_____信息。

（5）"特性"选项板上的【快速选择】按钮用于创建_____。

（6）利用【绘图次序】工具，可以很方便地改变重叠对象的_____次序和_____次序，从而控制重叠对象中哪一个对象显示在前端。

（7）默认情况下，全局线型和单个线型比例均设置为_____。在选择了点画线、中心线等有间距的线型后，很可能在屏幕上看起来仍是实线。此时，可以通过_____的方法将其局部放大。

（8）在功能区"常用"选项卡的_____面板中单击【选择线宽】工具，可以为当前选定对象设置指定的线宽。

（9）对于包含复杂字体和大量文字的图形，其显示速度会明显变慢。可以打开_____模式，将文字显示为一个矩形框。

简答题

（1）什么是图层？在绘图前为什么要规划图层？

（2）"图层特性管理器"提供了哪些功能？

（3）如何选择当前图层？如何创建图层？

（4）"特性"选项板提供了哪些功能？如何通过"特性"选项板修改图形？

（5）如何设置对象的线型？如何管理线型？

（6）什么是线型比例？如何设置线型比例？

（7）如何设置特殊对象的线宽？

（8）如何为对象轮廓线设置颜色？

（9）如何提高系统的显示性能？

第6课 尺寸和文字标注

尺寸标注是工程图纸中的一种通用的图形注释，主要用于显示长度、角度等测量值，是工程图纸的重要组成部分，能准确地反映物体的大小和相互位置关系，是对设计思想的精确表达。另外，工程图纸中也常常需要添加技术要求、标题栏信息、标签信息、设计说明等文字注释内容。AutoCAD 2010提供了多种标注样式和多种设置标注格式的方法，能正确、简便地标注出符合制图标准的尺寸。本课将介绍在图形中添加尺寸标注和文字注释的具体方法。通过学习，掌握以下应知知识和应会技能：

- 了解工程图纸标注的基本常识。
- 掌握标注样式的设置方法。
- 熟练掌握工程图纸标注的各种方法。
- 熟悉标注的编辑方法。
- 掌握在图纸中添加和设置文字的方法。
- 掌握在图纸中添加和编辑表格的方法。

6.1 工程图纸标注基础

工程图纸需要确切表达实体各部分的真实大小和确切位置，只有标注尺寸才能知道各个部分是否匹配，才能反映有关公差、配合以及连接状况。在AutoCAD 2010中，可以为各种对象沿各个方向创建标注。标注类型包括线性标注、径向（半径、直径和折弯）标注、角度标注、坐标标注和弧长标注等。

6.1.1 标注的基本要求

工程图纸所表达的各种对象的真实形状和大小必须由视图上标注的尺寸来确定。在进行标注时，应注意以下基本要求：

- 必须按照国家标准的有关规定，掌握尺寸的正确标注方法。
- 尺寸标注不遗漏，也不能重复，必须使标注尺寸能准确地表示对象的形状和大小。
- 尺寸要标注在视图的明显位置，整体布置要做到整齐、清晰，便于阅读。
- 物体的真实大小应以图样上所标注的尺寸数值为依据，与图形的大小及绘图的准确度无关。
- 图样中的尺寸以毫米为单位时，不需要标注计量单位的代号或名称。如采用其他单位，则必须注明相应计量单位的代号或名称，如度、厘米和米等。
- 图样中所标注的尺寸为该图样所表示的物体的最后完工尺寸，否则应另加说明。
- 每个尺寸一般只标注一次，并应标注在最能清晰地反映该结构特征的投影图上。

6.1.2 标注的组成

一般来说，工程图纸的标注由尺寸线、尺寸界线、尺寸箭头、引线和标注文字（尺寸数字）等部分组成，如图6-1所示。如果必要，还应标注中心标记，如图6-2所示。

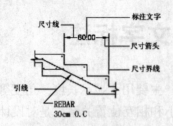
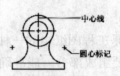

图6-1　尺寸的组成　　　　　　　　　　　图6-2　中心标记

标注各组成部分的功能如下：

- 尺寸线：尺寸线一般是一条带有双箭头的单线段或带单箭头的双线段。有时，也使用两端带有箭头的一条弧或带单箭头的两条弧。
- 尺寸界线：尺寸界线用于将尺寸引到实体之外，以便使标注清晰。有时，也可以用实体的轮廓线或中心线代替尺寸界线。
- 尺寸箭头：尺寸箭头用于标注尺寸线的两端。
- 引线：引线是一端带有箭头、另一端为标注文字的直线或样条曲线。在某些情况下，可以用一条短水平线（又称为钩线、折线或着陆线）将文字和特征控制框连接到引线上。
- 尺寸数字（标注文字）：尺寸数字是标注尺寸大小的数字，一般是基本尺寸或尺寸公差。该数字是物体的实际尺寸大小，与绘图所用的比例无关。
- 中心标记：中心标记用于标注圆和圆弧。除中心标记外，也可以用中心线标注。

6.1.3　尺寸标注的类型

尺寸标注的类型常见的有水平线性标注、垂直线性标注、基线标注、连续标注、对齐标注、角度标注、半径标注和直径标注等，如图6-3所示。

- 水平线性标注：以水平方向放置的线性标注。
- 垂直线性标注：以垂直方向放置的线性标注。
- 基线标注：从同一基线处进行测量的多个标注。
- 连续标注：首尾相连的连续多个标注。
- 对齐标注：和对象平行放置的线性标注。
- 角度标注：两条直线或3个点之间的角度的标注。
- 半径标注：圆弧和圆的半径标注。
- 直径标注：圆弧和圆的直径标注。

6.1.4　AutoCAD 2010的标注命令和工具

AutoCAD 2010提供了完整的标注命令和工具，具体调用方式有以下几种：

- 【标注】菜单：从菜单栏中选择【标注】菜单，将出现如图6-4所示的子菜单，其中列出了所有标注命令，可以利用这些命令来添加和设置标注。
- "标注"面板：在功能区中选择"注释"选项卡，在出现的面板组中选择"标注"面板（如图6-5所示）中的相关工具，即可进行标注。

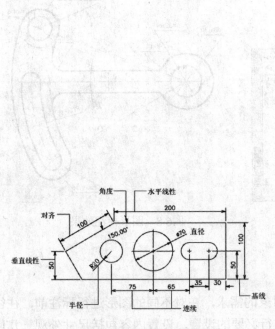

图6-3 尺寸标注类型　　　　　　　图6-4 【标注】菜单

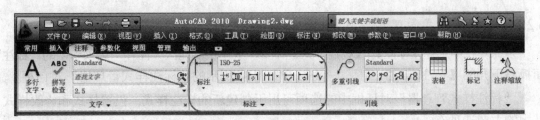

图6-5 "标注"面板

· 标注工具栏：AutoCAD 2010还提供了一个标注工具栏来快速进行标注内容的选择。
从菜单栏中选择【工具】|【工具栏】|【AutoCAD】|【标注】命令，将出现如图6-6所
示的标注工具栏，只需从中选择相应的标注工具即可进行标注。

图6-6 标注工具栏

6.1.5 创建标注的方法

在AutoCAD 2010中创建标注的一般方法如下：

（1）在"图层特性管理器"中创建一个专门用于标注的图层（如"Dim"层、"标注"
层等），然后将其置为当前图层，如图6-7所示。

（2）从菜单栏中选择【标注】菜单，然后从出现的子菜单中选择相应的标注命令，或
者直接在"标注"面板或标注工具栏中选择需要的标注工具。

（3）仔细查看命令行中相应的提示，再进行需要的操作即可。如图6-8所示为一个图形
完成标注后的效果。

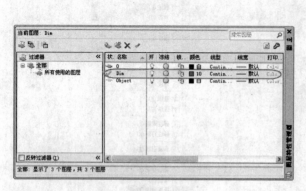

图6-7　创建标注图层

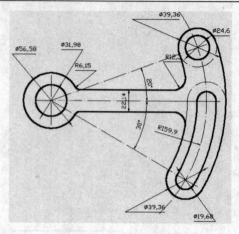

图6-8　图形标注效果

6.2　标注样式及其应用

要使尺寸对象的各部分符合不同图形对象的需求，在对不同的图形进行标注前，往往都需要在"标注样式管理器"中对尺寸标注进行必要的设置。设置内容包括尺寸外观、几何尺寸、尺寸精度等。

6.2.1　"标注样式管理器"简介

从菜单栏中选择【标注】|【标注样式】命令，或单击功能区"注释"选项卡中的"标注"面板右下角的【标注样式】图标 ，将打开如图6-9所示的"标注样式管理器"对话框。

"标注样式管理器"对话框中的选项可用于创建新的标注样式、设置样式和修改样式。其中的主要选项有：

- 当前标注样式：用于显示当前标注样式的名称。
- "样式"列表：其中列出了图形中的标注样式。在列表中单击鼠标右键，将出现如图6-10所示的快捷菜单，可用于设置当前标注样式、重命名样式和删除样式。

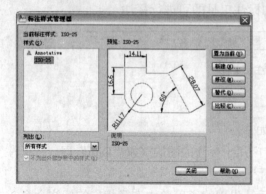

图6-9　"标注样式管理器"对话框

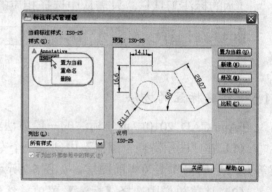

图6-10　标注样式快捷菜单

- "列出"下拉列表框：用于控制"样式"列表中的样式的显示方式。比如，要查看图形中所有的标注样式，可选择"所有样式"；如果只希望查看图形中当前使用的标注样式，则选择"正在使用的样式"。

- 预览框：用于显示"样式"列表中选定样式的图示。
- 说明：说明"样式"列表中与当前样式相关的选定样式。
- 【置为当前】按钮：用于将在"样式"列表中选定的标注样式设置为当前标注样式。当前样式将应用于所创建的标注。
- 【新建】按钮：单击该按钮，将出现"创建新标注样式"对话框，从中可以定义新的标注样式。
- 【修改】按钮：单击该按钮，将出现"修改标注样式"对话框，从中可以修改标注样式。对话框中的选项与"新建标注样式"对话框中的选项相同。
- 【替代】按钮：单击该按钮，将出现"替代当前样式"对话框，从中可以设置标注样式的临时替代。对话框中的选项与"新建标注样式"对话框中的选项相同。替代将作为未保存的更改结果显示在"样式"列表中的标注样式下。
- 【比较】按钮：单击该按钮，将出现"比较标注样式"对话框，从中可以比较两个标注样式或列出一个标注样式的所有特性。

6.2.2 创建标注样式

不同工程图纸，其尺寸和比例完全不同。因此，一般情况下，系统默认的样式不能满足实际标注的要求，需要专门针对当前图纸（或同类图纸）创建一个专用的标注样式。

标注样式是通过"新建标注样式"对话框来创建的。打开"标注样式管理器"对话框后，单击其中的【新建】按钮，将出现如图6-11所示的"创建新标注样式"对话框。在"新样式名"文本框中可以输入自定义的标注样式名称；从"基础样式"下拉列表框中可以选择作为新样式的基础的样式，选择后只需修改与基础特性不同的部分；"用于"下拉列表（如图6-12所示）用于选择创建某种仅适用于特定标注类型的标注子样式。

图6-11 "创建新标注样式"对话框

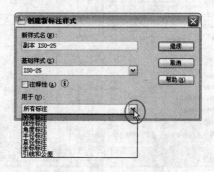

图6-12 "用于"下拉列表

命名新样式、选择好基准样式并设置好其他参数后，在"创建新标注样式"对话框中单击【继续】按钮，将出现如图6-13所示的"新建标注样式"对话框，利用该对话框中7个功能不同的选项卡，便可以定义标注样式特性。

单击【修改】或【替代】按钮，将出现"修改标注样式"或"替代标注样式"对话框，它们分别用于修改或替代现有标注样式，其中的选项与"新建标注样式"对话框完全相同。

1. "线"选项卡

默认情况下，选中如图6-13所示的"线"选项卡，其中的参数主要用于设置尺寸线、尺寸界线、箭头和圆心标记的格式和特性。

- "尺寸线"区：用于设置尺寸线的特性。包括尺寸线的颜色、线型、线宽、超出标记、基线间距和是否隐藏尺寸线等选项。其中，"超出标记"用于设置当箭头使用倾斜、建筑标记、积分和无标记时尺寸线超过尺寸界线的距离；"基线间距"用于设置基线标注的尺寸线之间的距离；"隐藏"选项用于设置是否显示尺寸线，选中"尺寸线 1"复选项将隐藏第1条尺寸线，选中"尺寸线 2"复选项将隐藏第2条尺寸线。

- "延伸线"区：尺寸界线有时也称为延伸线。"延伸线"区中的选项用于控制延伸线的外观。包括颜色、延伸线1/延伸线2的线型、线宽、是否隐藏延伸线、超出尺寸线、起点偏移量和是否设置固定长度的延伸线等选项。其中，"超出尺寸线"选项用于指定延伸线超出尺寸线的距离；"起点偏移量"选项用于设置从图形中定义标注的点到延伸线的偏移距离；"固定长度的延伸线"复选项选中后将采用固定长度的延伸线，在"长度"框中可以输入延伸线从尺寸线到标注原点的总长度。

- "预览"区：用于显示样例标注图像，从中可以观察到对标注样式更改的效果。

2. "符号和箭头"选项卡

如图6-14所示的"符号和箭头"选项卡用于设置箭头、圆心标记、弧长符号和折弯半径标注的格式和位置。

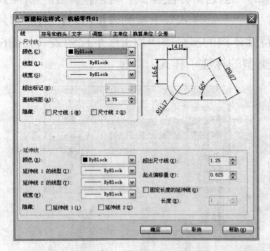
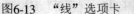

图6-13　"线"选项卡

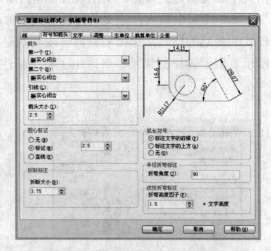

图6-14　"符号和箭头"选项卡

- "箭头"区：用于控制标注箭头的外观。其中"第一个"选项用于设置第一条尺寸线的箭头，改变第一个箭头的类型时，第二个箭头将自动改变以同第一个箭头相匹配；"第二个"选项用于设置第二条尺寸线的箭头；"引线"选项用于设置引线箭头；"箭头大小"选项用于显示和设置箭头的大小。

- "圆心标记"区：用于控制直径标注和半径标注的圆心标记和中心线的外观。其中，"无"选项表示不创建圆心标记或中心线；"标记"选项表示创建圆心标记；"直线"选项表示创建中心线；"大小"选项用于显示和设置圆心标记或中心线的大小。

- "弧长符号"区：用于控制弧长标注中圆弧符号的显示。其中，"标注文字的前缀"

选项表示将弧长符号放置在标注文字之前；"标注文字的上方"选项表示将弧长符号放置在标注文字的上方；"无"选项用于隐藏弧长符号。

- "折断标注"区：使用折断标注可以使标注、尺寸延伸线或引线不显示出来。可以在"折断标注"区设置折断的大小。
- "半径折弯标注"区：用于控制折弯（Z字型）半径标注的显示，折弯半径标注通常在中心点位于页面外部时创建。其中的"折弯角度"选项用于指定折弯半径标注中，尺寸线的横向线段的角度。
- "线性折弯标注"区：当标注不能精确表示实际尺寸时，通常将折弯线添加到线性标注中。"折弯高度因子"选项用于控制线性折弯标注的显示。

3. "文字"选项卡

如图6-15所示的"文字"选项卡用于设置标注文字的格式、放置和对齐方式。

- "文字外观"区：用于标注文字的格式和大小。其中，"文字样式"选项用于显示和设置当前标注文字样式，单击其右侧的【文字样式】按钮，将出现"文字样式"对话框，从中可以定义或修改文字样式；"文字颜色"选项用于设置标注文字的颜色；"填充颜色"选项用于设置标注中文字背景的颜色；"文字高度"用于设置当前标注文字的高度；"分数高度比例"用于设置标注文字的分数比例；"绘制文字边框"复选项用于设置是否在标注文字周围绘制一个边框。
- "文字位置"区：用于设置文字与尺寸线间的位置关系。其中，"垂直"选项用于设置标注文字相对于尺寸线的垂直位置；"水平"选项用于控制标注文字在尺寸线上相对于尺寸界线的水平位置；"从尺寸线偏移"选项用于设置当前文字的间距。
- "文字对齐"区：用于控制标注文字放在尺寸界线外边或里边时的方向是保持水平还是与尺寸界线平行。

4. "调整"选项卡

如图6-16所示的"调整"选项卡用于设置标注文字、箭头、引线和尺寸线的放置方式。

图6-15 "文字"选项卡

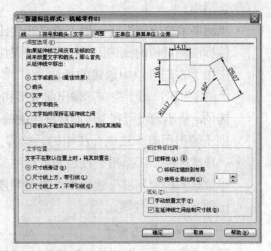

图6-16 "调整"选项卡

- "调整选项"区：依据尺寸界限之间的空间来控制文字和箭头的放置。其中，"文字或箭头（最佳效果）"选项用于按最佳效果将文字或箭头移动到尺寸界线外；"箭头"

用于先将箭头移动到尺寸界线外，然后再移动文字；"文字"用于先将文字移动到尺寸界线外，然后再移动箭头；"文字和箭头"选项当尺寸界线间距离不足以放下文字和箭头时，文字和箭头都移到尺寸界线外；"文字始终保持在尺寸界线之间"选项指定始终将文字放在尺寸界线之间；"若不能放在尺寸界线内，则隐藏箭头"复选项用于指定当尺寸界线内没有足够的空间时是否隐藏箭头。

- "文字位置"区：设置标注文字从默认位置移动时标注文字的位置。其中，选择"尺寸线旁边"选项只要移动标注文字尺寸线就会随之移动；选择"尺寸线上方，加引线"选项移动文字时尺寸线将不会移动；选择"尺寸线上方，不加引线"选项，移动文字时尺寸线不会移动。

- "标注特征比例"区：用于设置全局比例或图纸空间比例。其中，选择"使用全局比例"选项，将为所有标注样式设置一个比例；选择"将标注缩放到布局"选项，将根据当前模型空间视口和图纸空间之间的比例确定比例因子。

- "优化"区：提供用于放置标注文字的其他选项。其中，"手动放置文字"选项用于设置是否忽略所有水平对正设置并把文字放在"尺寸线位置"提示下指定的位置；"在尺寸界线之间绘制尺寸线"选项用于设置在箭头放在测量点之外时，是否也在测量点之间绘制尺寸线。

5. "主单位"选项卡

如图6-17所示的"主单位"选项卡，用于设置主标注单位的格式和精度，并设置标注文字的前缀和后缀。

- "线性标注"区：设置线性尺寸的格式和精度。"单位格式"选项用于设置除角度之外的所有标注类型的当前单位格式；"精度"选项用于显示和设置标注文字中的小数位数；"分数格式"选项用于设置分数格式；"小数分隔符"选项用于设置十进制格式的分隔符；"舍入"选项为除"角度"之外的所有标注类型设置标注测量值的舍入规则；"前缀"选项用于在标注文字中包含前缀；"后缀"选项用于在标注文字中包含后缀。

- "测量单位比例"区：用于定义线性比例选项。其中，"比例因子"选项用于设置线性标注测量值的比例因子；选中"仅应用到布局标注"选项，只将测量单位比例因子应用于布局视口中创建的标注。

- "消零"区：用于控制不输出前导零和后续零以及零英尺和零英寸部分，选中"前导"选项，将不输出所有十进制标注中的前导零，如0.2000变为.2000；选中"后续"选项，则不输出所有十进制标注中的后续零。

- "角度标注"区：用于设置角度标注的格式。其中，"单位格式"选项用于设置角度单位格式；"精度"选项用于设置角度标注的小数位数；"消零"选项用于控制不输出前导零和后续零。

6. "换算单位"选项卡

如图6-18所示的"换算单位"选项卡用于指定标注测量值中换算单位的显示并设置其格式和精度。

- "显示换算单位"复选项：用于向标注文字添加换算测量单位。

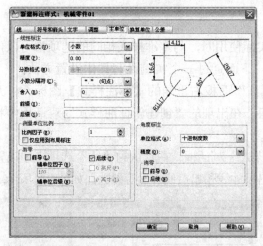

图6-17 "主单位"选项卡

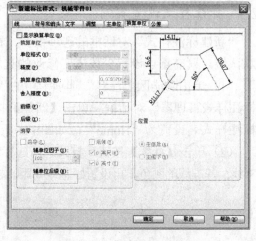

图6-18 "换算单位"选项卡

- "换算单位"区：用于显示和设置除角度之外的所有标注类型的当前换算单位格式。其中"单位格式"选项用于设置换算单位的格式；"精度"选项用于设置换算单位中的小数位数；"换算单位倍数"选项用于指定一个数值，作为主单位和换算单位之间的换算因子使用；"舍入精度"选项用于设置除角度之外的所有标注类型的换算单位的舍入规则；"前缀"选项用于设置在换算标注文字中包含的前缀；"后缀"用于设置在换算标注文字中包含的后缀。
- "消零"区：用于控制不输出前导零和后续零以及零英尺和零英寸部分。
- "位置"区：用于控制标注文字中换算单位的位置。

7. "公差"选项卡

如图6-19所示的"公差"选项卡用于控制公差的格式和对公差值进行设置。

- "公差格式"区：控制公差格式。其中"方式"选项用于设置计算公差的方法；"精度"选项用于设置小数位数；"上偏差"选项用于设置最大公差或上偏差；"下偏差"选项用于设置最小公差或下偏差；"高度比例"选项用于设置公差文字的当前高度；"垂直位置"选项用于控制对称公差和极限公差的文字对正。

图6-19 "公差"选项卡

- "公差对齐"区：用于设置在堆叠时上偏差值和下偏差值的对齐方式。选择"对齐小数分隔符"选项，将通过值的小数分隔符堆叠值；选择"对齐运算符"选项，则通过值的运算符堆叠值。
- "换算单位公差"区：设置换算公差单位的格式。
- "消零"区：控制不输出前导零和后续零以及零英尺和零英寸部分。

6.2.3 标注样式设置实例

"新建标注样式"对话框的选项很多。在实际使用时，与基准样式相同的选项都可以使用默认值，只需重点设置少数需要修改的选项。下面通过一个实例说明具体设置方法：

（1）单击功能区"注释"选项卡中的"标注"面板右下角的【标注样式】图标，打开"标注样式管理器"对话框，单击【新建】按钮，在出现的"创建新标注样式"对话框中将新标注样式名设置为"Home"，如图6-20所示。

（2）单击【继续】按钮，打开"新建标注样式"对话框。在默认的"线"选项卡中设置尺寸线、基准线的颜色，再设置好基线间距、超出尺寸线和起点偏移量等参数，如图6-21所示。

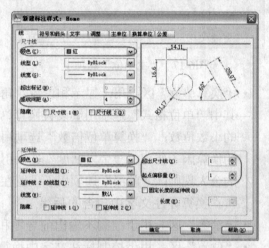

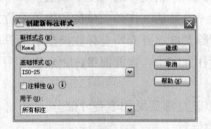

图6-20 设置标注样式名 　　　　图6-21 设置"线"选项卡中的几个参数

（3）切换到"符号和箭头"选项卡，设置其中的箭头大小和标记等参数，如图6-22所示。

（4）切换到"文字"选项卡，修改如图6-23所示的个参数。

图6-22 设置箭头大小和标记参数 　　　　图6-23 设置文字参数

（5）切换到"调整"选项卡，设置其中的优化参数，如图6-24所示。

（6）切换到"主单位"选项卡，设置其中的精度和消零参数，如图6-25所示。

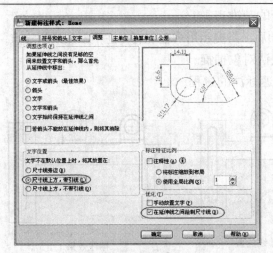

图6-24　优化参数设置

图6-25　精度和消零参数设置

（7）单击【确定】按钮返回"标注样式管理器"对话框，效果如图6-26所示。

（8）单击【关闭】按钮，完成标注样式的创建，然后再对图形进行标注即可。

在AutoCAD中，每个尺寸实际上就是一个标注对象。标注的尺寸线、尺寸界线、尺寸箭头、引线和标注文字等内容都是以块的形式存放在图形中的。

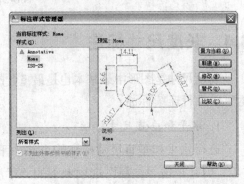

图6-26　标注样式创建效果

6.3　快速标注尺寸

从菜单栏中选择【标注】|【快速标注】命令，或者单击"注释"选项卡下的"标注"面板中的【快速标注】图标 ，或者在命令行中输入命令qdim，都将出现下面的提示：

　　　　选择要标注的几何图形：

在绘图区中选择要标注的对象或要编辑的标注，然后按下【Enter】键，又将出现下面的提示：

　　　　指定尺寸线位置或 [连续(C)/并列(S)/基线(B)/坐标(O)/半径(R)/直径(D)/基准点(P)/编辑(E)/设置(T)] <当前>：

可以根据需要输入选项或按【Enter】键指定尺寸线位置。可以选择的选项有：

- 连续：用于创建一系列连续标注。
- 并列：用于创建一系列并列标注。
- 基线：用于创建一系列基线标注。
- 坐标：用于创建一系列坐标标注。
- 半径：用于创建一系列半径标注。
- 直径：用于创建一系列直径标注。

- 基准点：用于为基线和坐标标注设置新的基准点。
- 编辑：用于编辑一系列标注。选择该选项后，将提示用户在现有标注中添加或删除点。
- 设置：用于给指定尺寸界线原点设置默认对象捕捉。

如图6-27所示为一个图形的部分尺寸的快速标注的过程。

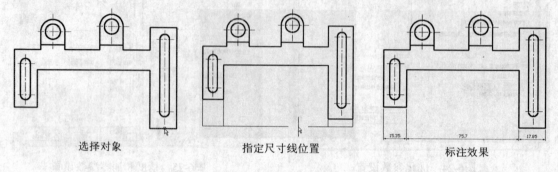

选择对象　　　　　　　　指定尺寸线位置　　　　　　　　标注效果

图6-27　快速标注过程

6.4　长度尺寸标注

长度尺寸是图形中最基本也是最重要的尺寸，可以标注图形中的线性尺寸、弧长和基线，还可以进行连续标注。

1. 水平和垂直尺寸标注

进行水平和垂直尺寸标注的方法如下：

（1）单击"注释"选项卡下的"标注"面板中的【线性】工具，或者在命令行中输入dimlinear命令。

（2）按照提示选择要标注的对象或指定第一或第二尺寸界线原点，如图6-28所示。

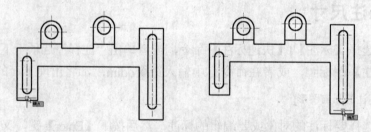

图6-28　指定第一和第二尺寸界线原点

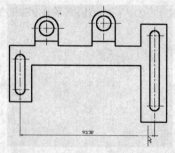

图6-29　指定尺寸线的位置

（3）要旋转尺寸界线，可输入r（旋转），然后输入尺寸线角度；要编辑文字，可输入m（多行文字），在"在位文字编辑器"中修改文字；要旋转文字，可输入a（角度），然后输入文字角度。

（4）拖动鼠标指定尺寸线的位置，如图6-29所示。

（5）确认位置后，单击鼠标即可完成标注，效果如图6-30所示。

（6）用同样的方法还可以进行垂直标注，效果如图6-31所示。

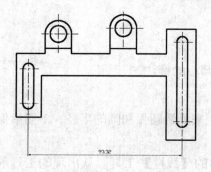

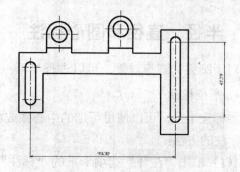

图6-30 水平标注效果　　　　　　　　图6-31 垂直标注效果

2. 对齐标注

对齐标注是一种与指定位置或对象平行的标注，其标注方法如下：

（1）单击"注释"选项卡下的"标注"面板中的【线性】工具，从出现的工具下拉列表中选择【对齐】工具 ✎，或者在命令行中输入dimaligned命令。

（2）选择要标注的对象，或指定第一或第二尺寸界线原点，如图6-32所示。

（3）根据需要编辑文字或修改文字角度。

（4）拖动鼠标指定尺寸线的位置，如图6-33所示。

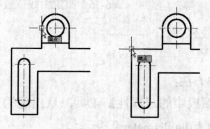

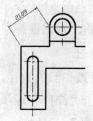

图6-32 指定第一和第二尺寸界线原点　　　　　图6-33 指定尺寸线的位置

3. 弧长标注

弧长标注用于测量圆弧或多段线弧线段上的距离。下面举例说明这类标注的方法：

（1）单击"注释"选项卡下的"标注"面板中的【线性】工具，从出现的工具下拉列表中选择【弧长】工具 ⌒，或者在命令行中输入dimarc命令。

（2）选择圆弧或多段线弧线段。

（3）拖动鼠标指定尺寸线的位置，最后单击鼠标即可创建一个弧长标注，如图6-34所示。

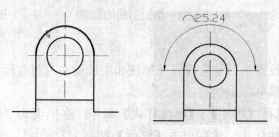

图6-34 创建弧长标注

6.5 半径、直径和圆心标注

对于圆弧和圆等对象，可以进行半径、直径和圆心的标注。

1. 半径标注

要标注半径，可以使用可选的中心线或中心标记来测量圆弧和圆的半径。下面举例说明这类标注的方法：

（1）单击"注释"选项卡下的"标注"面板中的【线性】工具，从出现的工具下拉列表中选择【半径】工具◎，或者在命令行中输入dimradius命令。

（2）在图形中选择圆弧、圆或多段线弧线段，如图6-35所示。

（3）指定引线的位置，如图6-36所示。

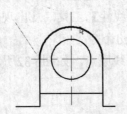

图6-35　选择要标注的对象

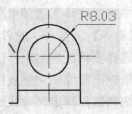

图6-36　指定引线位置

（4）最后，单击鼠标，即可创建一个半径标注。

2. 直径标注

要标注圆弧和圆的直径，可以使用下面的方法：

（1）单击"注释"选项卡下的"标注"面板中的【线性】工具，从出现的工具下拉列表中选择【直径】工具◎，或者在命令行中输入dimdiameter命令。

（2）在图形中选择要标注的圆弧、圆或多段线弧线段，如图6-37所示。

（3）拖动鼠标指定引线的位置，如图6-38所示。

（4）单击鼠标，即可创建一个直径标注，如图6-39所示。

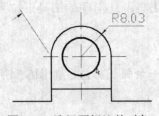

图6-37　选择要标注的对象

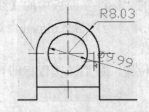

图6-38　指定引线的位置

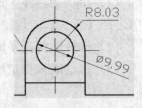

图6-39　直径标注效果

3. 圆心标记

可以根据标注样式设置来自动生成直径标注和半径标注的圆心标记和中心线。下面举例说明生成控制中心线和圆心标记的方法：

（1）从菜单栏中选择【标注】|【标注样式】命令，在出现的"标注样式管理器"对话框中，选择要修改的标注样式，然后单击【修改】按钮。

（2）在"修改标注样式"对话框的"符号和箭头"选项卡中，在"圆心标记"下的"类型"框中选择"直线",在圆心标记的"大小"框中输入中心线尺寸,如图6-40所示。设置完成后单击【确定】按钮返回"标注样式管理器",再单击【关闭】按钮返回编辑区。

(3)从菜单栏中选择【标注】|【圆心标记】命令,出现"选择圆弧或圆:"的提示后选择要标注圆心标记的圆,即可出现圆心标记,如图6-41所示。

图6-40 设置圆心标记

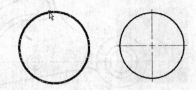

图6-41 添加圆心标记

6.6 坐标标注

要测量原点到标注点的垂直距离,可以在图形中进行坐标标注。坐标标注保持了特征点与基准点的精确偏移量,从而避免增大误差。坐标标注的方法如下:

(1)单击"注释"选项卡下的"标注"面板中的【线性】工具,从出现的工具下拉列表中选择【坐标】图标,或者在命令行中输入dimordinate命令。

如果需要直线坐标引线,需要打开正交模式。

(2)在"选择功能位置"提示下,指定点位置,如图6-42所示。

(3)输入X或Y值。

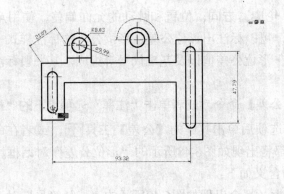

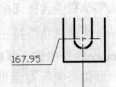

(4)指定坐标引线端点,然后单击鼠标,即可创建一个坐标标注,如图6-43所示。

图6-42 指定点位置　　　　　　　　　　　　　　　　　图6-43 坐标标注效果

6.7　角度标注

如果要测量两条直线或三个点之间的角度，可以在图形中进行角度标注。角度标注的方法如下：

（1）单击"注释"选项卡下的"标注"面板中的【线性】工具，从出现的工具下拉列表中选择【角度】工具△，或者在命令行中输入dimangular命令。

（2）要标注圆，可在角的第一端点选择圆，然后指定角的第二端点。要标注其他对象，需要选择第一条直线，然后选择第二条直线，如图6-44所示。要编辑标注文字内容，可在命令行窗口中输入t或m；要编辑标注文字角度，可输入a（角度）。

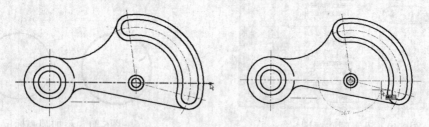

图6-44　选择第一条直线和第二条直线

（3）拖动鼠标指定尺寸线圆弧的位置，如图6-45所示。

（4）单击鼠标，即可创建一个角度标注，效果如图6-46所示。

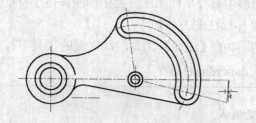

图6-45　指定尺寸线圆弧的位置

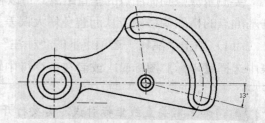

图6-46　角度标注效果

6.8　形位公差标注

形位公差用于表示对象的形状、轮廓、方向、位置和跳动的允许偏差。使用AutoCAD 2010提供的tolerance命令或ieader命令，可以标注出形位公差。形位公差的标注样式一般由指引线、形位公差框格、形位公差符号、形位公差值以及基准代号等组成，其一般标注样式如图6-47所示。

从菜单栏中选择【标注】|【形位公差】命令，或者单击"注释"选项卡下的"标注"面板右下角的小三角形按钮，展开更多选项后单击其中的【公差】工具 ，或者在命令行输入tolerance命令再按下【Enter】键，都将出现如图6-48所示的"形位公差"对话框。

"形位公差"对话框中各选项的含义如下：

· 符号：单击其下方的任一个方框，都会出现如图6-49所示的"特征符号"对话框，可从中选择所需的公差符号。相关公差符号的含义如表6-1所示。

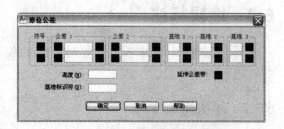

图6-47 形位公差的标注样式　　　　图6-48 "形位公差"对话框

表6-1 形位公差符号及含义

符号	含义	符号	含义
⊕	位置度	▱	平面度
◎	同轴度	○	圆度
⹀	对称度	—	直线度
//	平行度	⌒	面轮廓度
⊥	垂直度	⌒	线轮廓度
∠	倾斜度	⬈	圆跳度
⌿	圆柱度	⬈⬈	全跳度

- 公差1：用于设置图样框，即在形位公差值前面添加直径符φ，同时该符号也将出现在图样框中，在中间的文字输入框中输入形位公差值。若单击随后的"MC"方框，则出现图6-50所示的"附加符号"对话框，可从中选取所要的图标。表6-2为各个附加符号的含义。

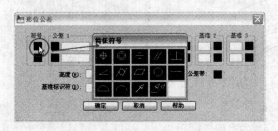

图6-49 "特征符号"对话框

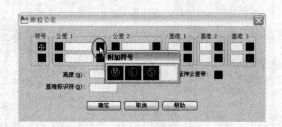

图6-50 "附加符号"对话框

- 公差2：设置形位公差2的有关参数。
- 基准1、基准2、基准3：用于设置基准的有关数，可在输入框中输入相应的基准代号。
- 高度：用于创建特征控制框中的投影公差零值投影公差带控制固定垂直部分延伸区的高度化，并以位置公差控制公差精度。
- 延伸公差带：在延伸公差带值的后面插入延伸公差带符号。
- 基准标识符：创建由参照字母组成的基准标识符。

设置好上述参数后，单击【确定】按钮即可。

表6-2 附加符号及其含义

符号	含义
Ⓜ	中等状况
Ⓛ	最大状况
Ⓢ	最小状况

6.9 编辑标注

标注完成后，可以根据需要对所标注的尺寸的标注位置、文字位置、文字内容、标注样式等进行编辑修改。

6.9.1 修改标注外观

在命令行中输入dimedit命令，将出现下面的提示：

命令: _dimedit
输入标注编辑类型 [默认(H)/新建(N)/旋转(R)/倾斜(O)] <默认>:

此时，可以选择一个选项或按默认的方式进行编辑。各选项的含义如下：
- 默认(H)：将标注移动到默认位置；
- 新建(N)：用"多行文字编辑器"来编辑尺寸文字；
- 旋转(R)：标注旋转尺寸；
- 倾斜(O)：调整线性尺寸界限的倾斜角度。

随后，将提示选择对象，只需选择要编辑的对象，即可按指定的标注编辑类型对标注进行编辑处理。比如，要对一个标注的文字旋转16度，其命令行信息如下：

输入标注编辑类型 [默认(H)/新建(N)/旋转(R)/倾斜(O)] <默认>: r
指定标注文字的角度: 15
选择对象: 找到 1 个
选择对象:

具体操作过程如图6-51所示。

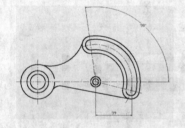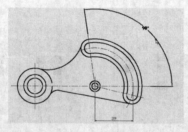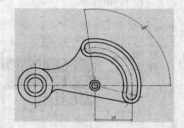

图6-51 旋转标注的过程

再比如，要使一个标注倾斜，其命令行提示如下：

命令: dimedit
输入标注编辑类型 [默认(H)/新建(N)/旋转(R)/倾斜(O)] <默认>: o
选择对象: 找到 1 个 (用鼠标在图形中选择要倾斜的标注)
选择对象:
输入倾斜角度 (按ENTER表示无): 45

倾斜的效果如图6-52所示。

6.9.2 编辑尺寸文本

使用ddedit命令，不但能编辑各种注释文字，也能编辑尺寸标注文本。在命令行中输入ddedit命令，将出现下面的提示：

命令: _ddedit
选择注释对象或 [放弃(U)]:

选中一个尺寸标注文本后，将出现如图6-53所示的"文字编辑器"，窗口功能区中新增一个"多行文字"选项卡，其中提供了大量文字编辑工具，可以根据需要对标注的文本内容进行编辑和修饰。

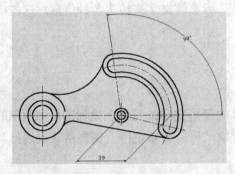

图6-52　标注倾斜效果

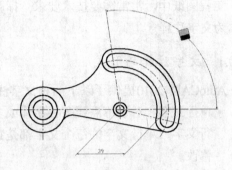

图6-53　在"文字编辑器"中编辑标注

编辑完成后，应单击【关闭文字编辑器】按钮，才能返回绘图状态。

6.9.3　调整尺寸标注的位置

使用dimtedit命令，可以很方便、灵活地调整尺寸标注的位置。在命令行中输入dimtedit命令，将出现下面的提示：

命令: dimtedit
选择标注:
指定标注文字的新位置或 [左(L)/右(R)/中心(C)/默认(H)/角度(A)]:

其中，各个选项的含义如下：

- 左(L)：沿尺寸线左对齐文字。适用于各种线性尺寸、半径尺寸、直径尺寸；
- 右(R)：沿尺寸线右对齐文字。适用于各种线性尺寸、半径尺寸、直径尺寸；
- 中心(C)：把文字放置在中心；
- 默认(H)：把文字移动到默认位置；
- 角度(A)：按角度旋转文字。

如图6-54所示为移动一个标注文字位置的过程。

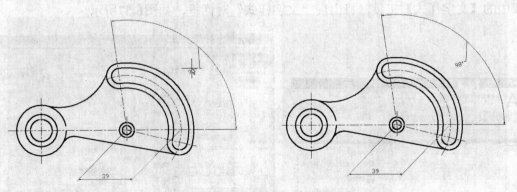

图6-54　移动标注文字位置的过程

此外，使用ddim命令，可以调整尺寸标注的样式；使用Explode命令，可以将标注分解为由文本、箭头、尺寸线、尺寸界限组成的独立对象。

6.10　添加文字对象

工程图纸中，常常需要技术要求、标题栏信息、标签等文字来传达各种信息，这些内容统称为文字注释。

6.10.1　文字注释的形式

AutoCAD 2010提供了以下两种文字注释的形式：

- 单行文字：对于不需要多种字体或多行内容的简短文字，可以创建如图6-55所示的单行文字。单行文字的每个文字都是独立的对象，可以重新定位、调整格式或进行其他修改。
- 多行文字：对于较长、较为复杂的文字内容，可以使多行文字或段落文字的方法。多行文字由任意数目的文字行或段落组成，如图6-56所示。其中的文字将作为一个整体对象。

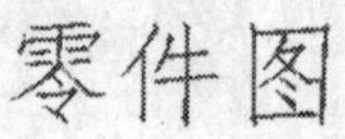

零件图

图6-55　单行文字

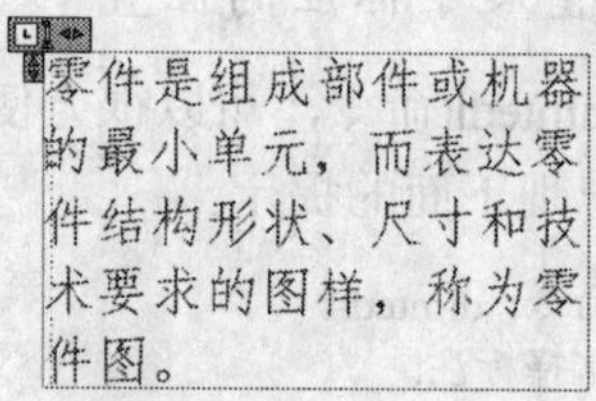

零件是组成部件或机器的最小单元，而表达零件结构形状、尺寸和技术要求的图样，称为零件图。

图6-56　多行文字

6.10.2　创建文字样式

文字样式用于控制文字的外观。设置好文字样式后，便能确定在当前图形中所添加文字的默认的字体、行距、对正、颜色等选项。AutoCAD默认的设置为Standard文字样式。在多行文字对象中，可以通过将格式（如下画线、粗体和不同的字体）应用到单个字符来替代当前文字样式。也可以创建堆叠文字（如分数或形位公差），还能插入特殊字符。

从菜单栏中选择【格式】|【文字样式】命令，或者单击功能区"注释"选项卡的"文字"面板中的【文字样式】工具，将出现"文字样式"对话框，如图6-57所示。

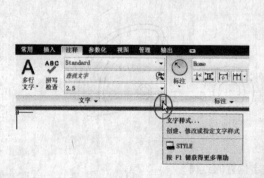
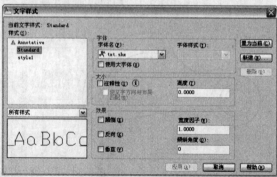

图6-57　打开"文字样式"对话框

其中，"样式"区域用于建立、重命名、删除文字样式。要使用与Standard不同样式的文字，最好重新创建一个样式，而不要对默认样式进行修改。

1. 设置当前样式

"样式"列表中显示了当前图形中已定义的样式名和当前样式。要更换当前样式，只需从列表中选择另一种样式，然后单击【置为当前】按钮即可。

2. 新建样式

单击【新建】按钮，将出现如图6-58所示的"新建文字样式"对话框，输入新的样式名后，单击【确定】按钮，即可对新样式进行设置。

图6-58　"新建文字样式"
对话框

3. 重命名样式

在"样式"列表中右击某个样式，从出现的快捷菜单中选择【重命名】命令，即可重新输入样式名称，输入后按【Enter】键即可。

4. 删除样式

对于不需要的文字样式，可从列表中将其选中，然后单击【删除】按钮即可。

6.10.3　设置文字样式

图形中的所有文字都具有与之相关联的文字样式，默认的文字样式为**Standard**。输入文字后，将直接用当前的文字样式来设置字体、字号、倾斜角度、方向和其他文字特征。如果要使用其他文字样式来创建文字，可以将其他文字样式设置为当前样式。打开"文字样式"对话框后，可以对任何样式进行修改和设置。

1. 设置文字字体

在"字体"区域中，可以进行字体的选择和字体高度的设定。若将字体设置为**AngsanaUPC**等"大字体"类型，还可以从"字体样式"中选择一种字体样式。

- 字体名：如图6-59所示的字体列表中列出了所有注册的**TrueType**字体和Fonts文件夹中编译的形（SHX）字体的字体族名。从列表中选择名称后，将读取指定字体的文件。
- 字体样式：字体样式选项用于指定字体格式，如斜体、粗体或者常规字体，如图6-60所示。

图6-59　字体列表

图6-60　字体样式列表

2. 设置文字高度

"高度"选项用于设置文字高度。如果输入0.0，每次用该样式输入文字时，都将提示输入文字高度。 输入大于0.0的高度值则为该样式设置固定的文字高度。

3. 设置文字效果

"效果"区域用于设置文字的效果，如修改字体的宽度因子、倾斜角以及是否颠倒显示、反向或垂直对齐等特性。

- 颠倒：选中该项，可使字符颠倒显示。
- 反向：选中该项，可使字符反向显示。
- 垂直：选中该项，可使字符垂直对齐显示。
- 宽度因子：在该数值框中可输入字符间距。输入小于1.0的值时，将压缩文字；输入大于1.0的值则扩大文字。
- 倾斜角度：在该数值框中可输入文字的倾斜角，数值范围为 − 85～85。

4. 文字样式预览

"预览"区域用于观察文字样式的效果。

- 预览文字：提供了要在预览图像中显示的文字。
- 【预览】框：根据对话框中所做的更改，更新字符预览图像中的样例文字。

6.10.4 创建单行文字

要在图纸中添加少量的文字，可以用下面的方法：

（1）从菜单栏中选择【绘图】|【文字】|【单行文字】命令，或在命令行中输入text命令并按下【Enter】键，将出现下面的提示：

> 指定文字的起点或 [对正(J)/样式(S)]:

（2）可以指定第1个字符的插入点坐标，也可以用鼠标在绘图窗口中捕获，确定文字插入点后，又将出现下面的提示：

> 指定高度 <0.2000>:

（3）可以输入文字的高度，也可以拖动鼠标将文字的高度设置为拖引线的长度。比如，要将文字高度设置为8，可以在"指定高度 <0.2000>:"的提示之后输入8并按下【Enter】键：

> 指定高度 <0.2000>: 8

（4）设置高度后，又将出现下面的提示：

> 指定文字的旋转角度 <0>:

（5）默认的注释文字为水平文字，其旋转角度为0，只需按【Enter】键即可。但如果要将文字旋转一定的角度，可以在"指定文字的旋转角度 <0>:"的提示后输入角度值（也可以用鼠标等定点设备来确定角度），如输入30，表示旋转30度：

> 指定文字的旋转角度 <0>: 30

（6）确定文字旋转角度值后，绘图窗口中将出现如图6-61所示的插入点，只需输入所需的文字即可，如图6-62所示。

図6-61　文字插入点　　　　　　　　　　图6-62　输入文字

（7）输入文字时，在每行的结尾可按【Enter】键，在空行处按【Enter】键结束文字输入。

6.10.5　编辑单行文字

单行文字的内容和特性都可以编辑，既可以将文本视为普通对象，然后按图形编辑的方法进行编辑，也可以对文本的内容和特性进行编辑。

1. 修改文字内容

要修改文字内容，只需双击要修改的文字，即可选取相应的文字对象，并进入如图6-63所示的单行文本编辑状态，在其中单击鼠标，即可修改文本内容，如图6-64所示。

图6-63　单行文本编辑状态　　　　　　　图6-64　修改文本内容

2. 使用"特性"选项板编辑文字

使用文字"特性"选项板，可以查看并修改多行文字对象的特性，其中仅适用于文字的特性参数有：

- 对正：确定文字相对于边框的插入位置，并设置输入文字时文字的走向。
- 行间距：控制文字行之间的空间大小。
- 宽度：定义边框的宽度，因此控制文字自动换行到新行的位置。
- 背景遮罩：插入不透明背景，因此文字下的对象被遮住了。

选取对象后的对象特性选项板如图6-65所示，可以直接在窗口中修改文本内容，也可以设置其他特性参数。

6.10.6　创建多行文字

可以使用"文字编辑器"来创建一个或多个多行文字段落。输入多行文字之前，应指定文字边框的对角点。文字边框用于定义多行文字对象中段落的宽度。多行文字对象的长度取决于文字量，而不是边框的长度。下面举例说明添加多行文字的方法。

（1）选择【绘图】|【文字】|【多行文字】命令，或者在命令行中输入mtext命令，或者选择功能区"注释"选项卡的"文字"面板中的【多行文字】图标，在绘图窗口中将出现如图6-66所示的光标。

（2）拖动鼠标指定边框的对角点（或者在命令行中输入坐标值），确认后将出现如图6-67所示的"在位文字编辑器"，同时自动新增一个"多行文字"选项卡并将其选中。

图6-65 单行文本的特性窗口

图6-66 多行文字光标

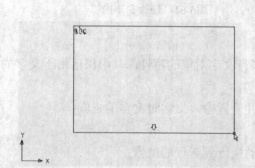

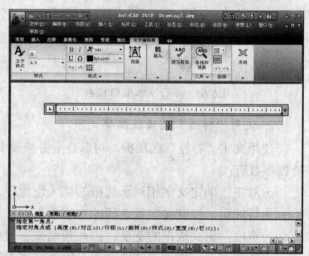

图6-67 在位文字编辑器

（3）输入所需的文字，如图6-68所示。

图6-68 输入文字

（4）要修改默认的文字样式，可先拖动鼠标选定所需的文字，如图6-69所示。要选择一个或多个文字，可在字符上单击并拖动定点设备。要选择一个词语，只需双击该词语。要选择一个段落，只需3击该段落。

提示 如果"在位文字编辑器"的默认列宽太长，可以拖动其右侧的控制柄进行调节，如图6-70所示。

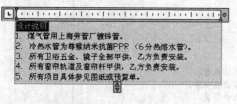
图6-69 选定文字

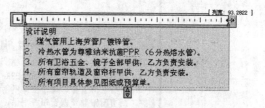
图6-70 调整列宽

（5）要修改选定文字的字体，可从工具栏的字体列表中选择一种字体。要修改选定文字的高度，可在"文字高度"框中输入新值。要使用粗体、斜体、下画线文字或上画线文字，只需单击工具栏上的相应按钮。要修改选定文字的颜色，只需从"颜色"列表中选择一种颜色。

（6）要设置段落的对齐方式，只需将光标定位在要设置的段落中，在"段落"面板中单击相应的"对齐"工具即可，如图6-71所示。

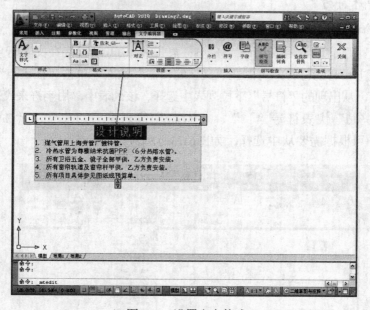
图6-71 设置文字格式

（7）所有文字格式设置完成后，单击功能区"关闭"面板中的【关闭文字编辑器】按钮，即可保存修改并退出编辑器，最终效果如图6-72所示。

提示 要编辑多行文字，只需单击功能区"注释"选项卡的"文字"面板中的【编辑】图标，然后按提示选择要编辑的多行文字，即可进入"文字编辑器"进行各种编辑处理。

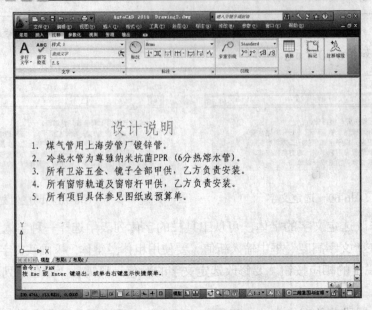

图6-72　多行文字添加效果

6.10.7　添加特殊符号

如果在图形中需要一些特殊的工程符号，可以用下面的方法来添加：

- 对于键盘上已有的符号，如@、%、$、#、&等，可以直接在文字行中键入。
- 对于键盘上没有的符号，可以在"文字编辑器"状态下单击"插入点"面板中的【符号】按钮，从出现的"符号"下拉列表中选择。该列表中，用字符来代表常用的符号，比如"%%d"代表符号"°"、"%%c"代表符号"Φ"、"%%p"代表符号"±"，可根据需要从中选择，如图6-73所示。

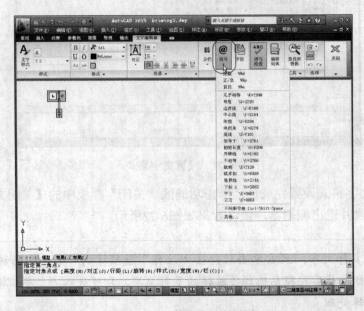

图6-73　"符号"下拉列表

如果需要更多的特殊字符，可选择下拉列表中的【其他】命令，然后在出现的"字符影射表"对话框（如图6-74所示）中选择。如图6-75所示为输入部分特殊字符的效果。

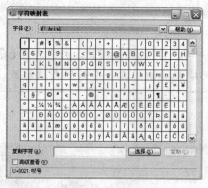

图6-74 "字符映射表"对话框

图6-75 部分特殊字符

此外，还可以通过剪贴板，将另一个文档（如Word文档）中的特殊符号或文字用"复制"、"粘贴"的方式直接插入到图形文件中。

6.10.8 引线对象

引线对象是一条直线或样条曲线，其一端带有箭头，另一端带有多行文字对象，如图6-76所示。

引线对象与多行文字对象关联，因此当文字对象移动、旋转或缩放时，引线对象相应更新。在打开关联标注，并使用对象捕捉确定引线箭头的位置时，引线对象也与附着箭头的任何对象相关联。可以使用如图6-77所示的"引线"面板中的工具来创建和编辑引线对象。

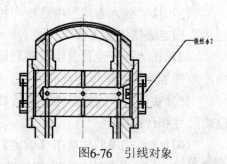

图6-76 引线对象

图6-77 "引线"面板

6.11 创建和编辑表格

表格是一种由包含注释的单元构成的矩形阵列，在其行和列中可以添加各种数据。在AutoCAD中，可以根据需要创建各种表格对象，还可以将表格链接至Microsoft Excel电子表格中的数据。

6.11.1 创建表格

在AutoCAD 2010中创建表格的方法如下：

（1）从菜单栏中选择【绘图】|【表格】命令，或者单击功能区"注释"选项卡下的"表格"面板中的【表格】工具，将出现"插入表格"对话框，如图6-78所示。

（2）从"表格样式"下拉列表中选择一种表格样式。

 如果要新建表格样式，可单击【启动"表格样式"对话框】按钮，打开如图6-79所示的"表格样式"对话框，然后单击【新建】按钮创建一个新的表格样式。

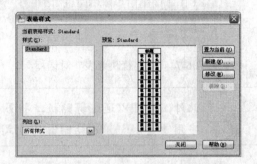

图6-78 "插入表格"对话框   图6-79 "表格样式"对话框

（3）从"插入方式"中选择一种插入方法，既可以在绘图页面中指定表格的插入点，也可以指定表格的插入窗口。

（4）在"列"设置区中设置列数和列宽。如果使用窗口插入方法，可以选择列数或列宽，但是不能同时选择列数和列宽。

（5）在"行"设置区中设置行数和行高。如果使用窗口插入方法，行数由用户指定的窗口尺寸和行高决定。

（6）设置完成后，单击【确定】按钮。如果选择窗口插入方法，可以拖动生成窗口来创建表格，行、列数由拖动生成的窗口大小决定，如图6-80所示。

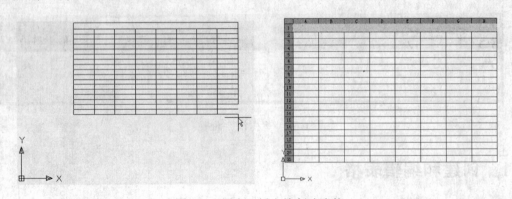

图6-80 用窗口插入法创建表格

（7）如果选择指定插入点的方法插入表格，单击【确定】按钮后光标将附带一个表格，只需在需要插入表格的位置单击鼠标（或指定坐标值），即可插入表格，如图6-81所示。

（8）要在表格中输入数据，只需将光标移动到相应的单元格中输入数据即可，如图6-82所示。

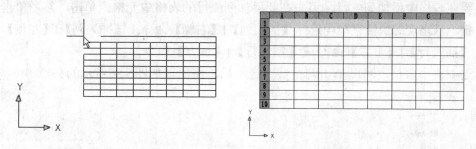

图6-81 用指定插入点的方法插入表格

（9）数据输入完成后，只需单击表格外的任意位置，即可确定一个表格，效果如图6-83所示。

图6-82 输入表格数据

图6-83 表格创建效果

6.11.2 修改表格

可以对已创建的表格进行修改，如修改列宽或行高、插入或删除列和行、合并相邻单元格等。

1. 使用夹点修改表格

单击要修改的单元格，即可将其选中。选中后，单元格的边框的中央都将出现夹点，如图6-84所示。

选中单元格后，单击鼠标右键，将出现如图6-85所示的快捷菜单。使用其中的选项，可以很方便地插入/删除列和行、合并相邻单元格或进行其他修改。要选择多个单元格，可使用拖动的方法，也可以按住【Shift】键并在另外的单元格内单击。

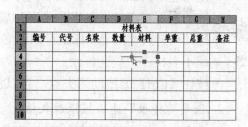

图6-84 选中单击格上的夹点

对选定的单元格，可以进行以下编辑操作：

- 要修改选定单元格的行高，只需拖动顶部或底部的夹点。如果选中了多个单元格，每行的行高将做同样的修改。
- 要修改选定单元格的列宽，可拖动左侧或右侧的夹点。如果选中了多个单元格，每列的列宽将做同样的修改。
- 要合并选定的单元格，可单击鼠标右键，然后从出现的快捷菜单中选择"合并单元"选项。

· 要在表格中添加列或行，可先在要添加列或行的表格单元格内单击，然后单击鼠标右键，从出现的快捷菜单中选择【插入列】|【右侧】命令、【插入列】|【左侧】命令、【插入行】|【上方】命令或【插入行】|【下方】命令。

要选中整个表格，可以单击网格线。选中后，将出现如图6-86所示的夹点。

图6-85　快捷菜单　　　　　　　　图6-86　选中整个表格时出现的夹点

对整个表格的主要编辑操作有：

· 拖动左上夹点，可以移动表格。
· 拖动右上夹点，可以修改表宽并按比例修改所有列。
· 拖动左下夹点，可以修改表高并按比例修改所有行。
· 拖动右下夹点，可以修改表高和表宽并按比例修改行和列。
· 拖动列夹点（位于列标题行的顶部），可以将列的宽度修改到夹点的左侧，并加宽或缩小表格以适应此修改。
· 按住【Ctrl】键拖动列夹点，可以加宽或缩小相邻列而不改变表宽。

2. 使用"特性"选项板修改表格

选中表格后，也可以使用"特性"选项板来修改表格，具体方法如下：

（1）单击网格线，选中表格。

（2）右击选中的表格，从出现的快捷菜单中选择【特性】命令，即可打开如图6-87所示的"特性"选项板。

（3）在"特性"选项板中，单击要修改的值并输入或选择一个新值。比如，要将表格的高度修改为150个单位，只需在"表格高度"数值框中输入150，再按【Enter】键即可。

要修改单元格的属性，可以选中单元格或单元格区域后单击鼠标右键，从出现的快捷菜单中选择【特性】命令，然后在出现的"特性"选项板中修改单元格的相关参数。

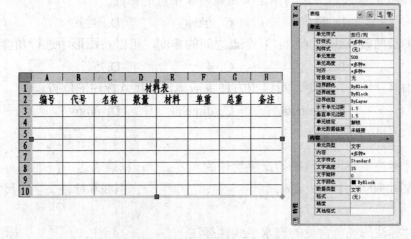

图6-87　表格"特性"选项板

本课要点小结

尺寸标注是工程图纸不可缺少的组成部分。本课介绍了在AutoCAD图形中添加和设置标注及文字注释的方法，下面对本课的重点内容进行小结：

（1）可以在图纸中创建线性、径向（半径、直径和折弯）、角度、坐标和弧长等类型的标注。每个标注由尺寸线、尺寸界线、尺寸箭头、引线和标注文字（尺寸数字）等部分组成。

（2）使用"标注样式管理器"对话框，可以通过创建或修改标注样式，对尺寸标注进行必要设置，设置内容包括尺寸外观、几何尺寸、尺寸精度等。

（3）标注完成后，可以根据需要对所标注的尺寸的标注位置、文字位置、文字内容、标注样式等进行编辑修改。

（4）通过单行文字和多行文字，可以在图形中添加文字信息。添加文字前，应设置好文字样式。

（5）使用【表格】工具或命令，可以在图纸中创建表格对象。创建表格后，可以使用表格"特性"选项板来修改表格参数。

习题

选择题

（1）图样中的尺寸以（　　　）为单位时，不需要标注计量单位的代号或名称。如采用其他单位，则必须注明相应计量单位的代号或名称。

A. 毫米　　　　　　B. 厘米　　　　　　C. 分米　　　　　　D. 米

（2）（　　　）主要用于标注圆和圆弧。

A. 中心标记　　　　B. 尺寸数字　　　　C. 尺寸箭头　　　　D. 尺寸线

（3）快速标注的命令是（　　　）。

A. dim　　　　　　B. dimq　　　　　　C. qdim　　　　　　D. qudim

（4）（　　　）标注是一种与指定位置或对象平行的标注。

A. 直线　　　　　　B. 径向　　　　　　C. 坐标　　　　　　D. 对齐

（5）要测量两条直线或（　　　）个点之间的角度，可以在图形中进行角度标注。

A. 2　　　　　　　　B. 3　　　　　　　　C. 4　　　　　　　　D. 5

（6）使用（　　　）命令，可以很方便灵活地调整尺寸标注的位置。

A. ddedit　　　　　B. dimtedit　　　　　C. dimedit　　　　　D. ddim

填空题

（1）尺寸标注主要用于准确地反映物体的_____，精确表达_____。

（2）工程图纸的标注由尺寸线、_____、_____、引线和标注文字（尺寸数字）等部分组成。

（3）尺寸标注的类型常见的有水平线性标注、_____标注、_____标注、连续标注、_____标注、_____标注、半径标注和直径标注等。

（4）"新建标注样式"对话框中的"换算单位"选项卡用于指定标注测量值中_____的显示并设置其格式和精度。

（5）可以根据标注样式设置来自动生成直径标注和半径标注的_____。

（6）要测量原点到标注点的垂直距离，可以在图形中进行_____标注。

（7）_____用于表示对象的形状、轮廓、方向、位置和跳动的允许偏差。

（8）文字样式用于控制文字的_____。设置好文字样式后，便能确定在当前图形中所添加文字的默认的_____、_____、对正、颜色等选项。

（9）输入多行文字之前，应指定文字边框的_____。文字边框用于定义多行文字对象中段落的_____。多行文字对象的长度取决于_____，而不是边框的长度。

简答题

（1）为什么工程图纸需要进行标注？尺寸标注的基本要求有哪些？

（2）标注对象由哪些部分组成？尺寸标注分为哪些类型？

（3）如何创建标注？试举例说明。

（4）什么是标注样式？如何创建和修改标注样式？

（5）如何快速标注尺寸？如何标注长度尺寸？如何标注半径、直径和圆心？

（6）如何标注坐标？如何标注角度？如何标注形位公差？

（7）如何编辑标注对象？

（8）如何在图形中添加文字对象？

（9）如何在图纸中创建和编辑表格对象？

第7课 提高绘图效率的捷径

要提高绘图的效率和质量，可以利用AutoCAD 2010提供的高效绘图功能。主要的高效绘图功能包括块、外部参照和AutoCAD设计中心等，还可以利用图形样板来绘制同类标准工程图纸。本课将系统介绍这些高效绘图辅助功能的具体应用方法。通过学习，掌握以下应知知识和应会技能：

- 熟练掌握图块的创建和应用方法。
- 熟悉图块的编辑方法。
- 初步掌握使用外部参照图形的方法。
- 学会使用AutoCAD设计中心组织图形对象。
- 掌握创建和使用图形样板的方法。

7.1 应用块

图块（简称块）是一种绘制在几个图层上的不同特性对象的组合，是一种能在图形中重复使用并能进行变换的图形部件。在绘制图形时合理使用块，既可以提高绘图效率，又能确保图形对象的标准化。

7.1.1 定义块

块由一个或多个连接在一起的对象组成的，可以在同一图形或其他图形中重复使用该对象，也可以将块视为单个实体，像编辑单个实体那样编辑块。要使用块，首先需要定义块。

要将一些图形对象定义为块，可以从菜单栏中选择【绘图】|【块】|【创建】命令，或者单击功能区"插入"选项卡的"块"面板中的【创建】工具，或者在命令行中输入block命令并按【Enter】键。用任何一种方法执行block

图7-1 "块定义"对话框

命令后，都将出现如图7-1所示"块定义"对话框，其中的主要选项有：

- 名称：命名一个块，以便于进行块管理。
- 基点：用于指定块的基准点。可以直接输入点的坐标或单击【拾取点】按钮，在绘图窗口中拾取基点。
- 对象：用于选取对象。单击【选择对象】按钮，可以在绘图窗口中选取需要加入块的图形对象。"对象"栏中有3个单选项。其中，"保留"选项用于保留原来的图形对象；"转换为块"选项用于将原图形对象转换成插入的块；"删除"选项用于删除原来的图形对象。

· 块单位：用于设定插入的单位，可选择毫米、厘米、米等选项。

· 说明：用于对块的用途、用法等进行说明。

下面通过一个实例说明定义块的方法。

（1）绘制如图7-2所示的图形。

（2）单击功能区"插入"选项卡的"块"面板中的【创建】工具 ，在出现的"块定义"对话框中单击【选择对象】按钮，如图7-3所示。

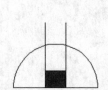

图7-2 绘制作为块的图形

图7-3 单击【选择对象】按钮

（3）单击【选择对象】按钮后将返回编辑窗口，拖动鼠标框选图形中的所有对象，如图7-4所示。

（4）按【Enter】键返回"块定义"对话框，此时在对话框右上角的预览区中将显示出选定对象的预览图。在"名称"框中输入自定义的块名称，本例输入"单相二三极带开关插座"，如图7-5所示。

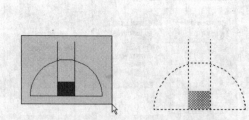

图7-4 框选要定义为块的对象

图7-5 设置块参数

（5）在"块定义"对话框中单击"基点"组中的【拾取点】按钮，然后在绘图窗口中拾取图形的中点作为基点，如图7-6所示。

（6）指定基点后，再根据需要设置块单位和块的方式等参数，如图7-7所示。

（7）单击【确定】按钮，即可完成一个块的定义。此后，就可以在任意图形中反复使用该块了。

7.1.2 存储块

使用wblock命令，可以将定义的块保存为单独的图形文件，以方便其他的图形文件调用。

在命令行中输入wblock命令，将出现如图7-8所示的"写块"对话框。在"写块"对话框中，会显示不同的默认设置，这取决于是否选定了对象、是否选定了单个块或是否选定了非块的其他对象。

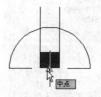

图7-6　指定基点

各选项的含义如下：

- "源"选项区：用于指定块和对象，将其保存为文件并指定插入点。其中"块"选项用于指定要保存为文件的现有块；"整个图形"选项用于选择当前图形作为一个块；"对象"选项用于指定块的基点，其默认值是（0，0，0）。

- "基点"选项区：用于指定块的基点，其默认值也是（0，0，0）。在该区域中，单

图7-7　设置其他参数

击"拾取点"按钮，可以暂时关闭对话框，然后在当前图形中拾取插入基点。X、Y、Z数值框分别用于指定基点的*X*、*Y*、*Z*坐标值。

- "对象"选项区：设置用于创建块的对象的效果。其中，选中"保留"选项，将在选定对象保存为文件后，在当前图形中仍保留它们；选中"转换为块"，将在选定对象保存为文件后，在当前图形中将它们转换为块；选中"从图形中删除"选项，将在选定对象保存为文件后，从当前图形中删除它们；"选择对象"按钮用于选择一个或多个对象以保存至文件；"快速选择"按钮用于打开"快速选择"对话框，以便从中过滤选择集。

- "目标"选项区：用于指定文件的新名称和新位置以及插入块时所用的测量单位。其中，"文件名和路径"列表框用于指定文件名和保存块或对象的路径；"插入单位"下拉列表框用于指定从设计中心拖动新文件并将其作为块插入到使用不同单位的图形中时自动缩放所使用的单位值。

比如，在"写块"对话框中选择"块"选项，再从"块"下拉列表框中选择块名，并设置好保存目标等，如图7-9所示。最后，单击【确定】按钮，即可保存一个块。

7.1.3　在图形中添加块

无论是系统预设的块、用户自定义的块，还是由第三方公司提供的块，都可以灵活插入图形中。将块插入到图形中的方法主要有以下几种：

- 从菜单栏中选择【插入】|【块】命令。

图7-8 "写块"对话框

图7-9 "写块"参数设置

- 单击功能区"插入"选项卡的"块"面板中的【插入】图标⇧，如图7-10所示。
- 单击"绘图工具栏"上的【插入块】工具，如图7-11所示。

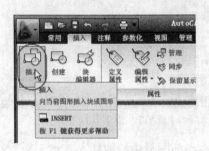

图7-10 【插入】图标

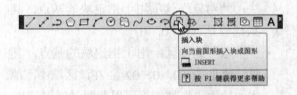

图7-11 【插入块】工具

图7-12 "插入"对话框

- 在命令行中输入insert命令并按【Enter】键。

用任何一种方法执行insert命令后，都将出现如图7-12所示"插入"对话框，插入块时需要指定块名称，并确定插入的位置、角度、比例等参数，然后单击【确定】按钮即可将块插入图形中。

"插入"对话框中的主要选项有：

- 名称：用于选择要插入的块的名称。可从"名称"下拉列表框中选择当前图形文件的内部块，也可单击【浏览】按钮选择保存在磁盘上其他文件中的其他块。
- 插入点：用于指定插入点，可以直接输入坐标值，也可以用鼠标直接在绘图窗口中指定。
- 比例：用于设置块插入的比例。默认情况下，X、Y、Z方向的比例都为1：1，可以选中"在屏幕上指定"选项，以便在绘图窗口中通过拖动鼠标来指定比例。也可以在3个文本框中输入X、Y、Z方向的比例值。选中"统一比例"选项，则X、Y、Z方向的比例值相同。
- 旋转：用于设置块插入的角度，选中"在屏幕上指定"选项，可以在绘图窗口通过鼠标来指定。也可以直接在"角度"框中输入旋转角度。

·块单位：用于设置块的插入单位，如毫米、米、英寸等。

·分解：选中该复选项，插入的块会自动分解为单独的对象而不再是整体的块对象。

下面举例说明在图形中插入块的过程。

（1）打开或绘制要插入块的图形，如图7-13所示。

（2）单击功能区"插入"选项卡的"块"面板中的【插入】图标，出现"插入"对话框。

（3）单击"名称"选项后面的【浏览】按钮，从出现的"选择图形文件"对话框中，选择需要的块文件，如图7-14所示。

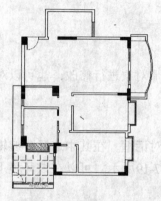

图7-13 要插入块的图形

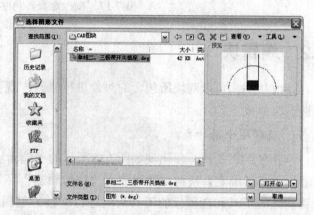

图7-14 选择块文件

（4）选择块文件后单击【确定】按钮，返回"插入"对话框，在其中设置好插入点、比例和旋转等参数，如图7-15所示。

（5）设置好相关选项后单击【确定】按钮，返回编辑窗口。此时，在命令行中将出现"指定块的插入点:"的提示，将光标移动到图形中需要插入块的位置。单击要插入块的位置，出现"指定旋转角度 <0>: "的提示，直接按【Enter】键，即可在不对块进行旋转的情况下，在指定位置插入一个块，如图7-16所示。

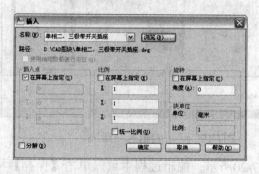

图7-15 插入块参数设置

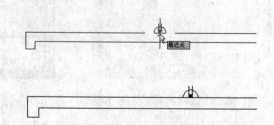

图7-16 指定插入位置

（6）如果要事先指定块的旋转角度，可以在"插入"对话框的"旋转"组中输入块旋转的角度，然后再在图形中插入块，如图7-17所示。

（7）用同样的方法还可以插入更多的块，插入时除了注意捕捉插入点外，还要注意不同位置的旋转角度。

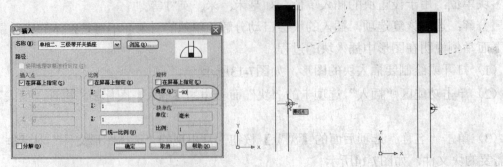

图7-17　按指定旋转角度插入块

7.2 编辑块

定义块后，可以对块所包含的对象进行修改，既可以对图形对象进行修改，也可以对其属性进行修改。

1. 编辑块中的对象

双击要编辑的块，将出现如图7-18所示的"编辑块定义"对话框。在其中选择要编辑的块名后单击【确定】按钮，即可进入"块编辑器"环境，如图7-19所示。可以在该环境下利用功能区的工具和选项板的工具对块进行详细的编辑处理。

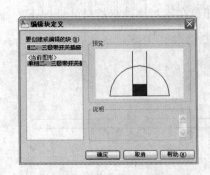

图7-18　"编辑块定义"对话框

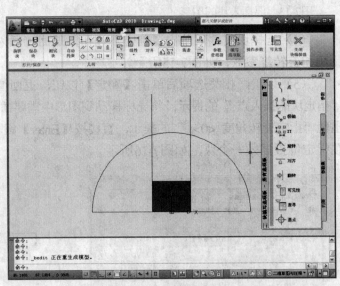

图7-19　"块编辑器"环境

根据需要对块的对象进行编辑和设置，如图7-20所示。编辑过程中可以单击【保存】按钮 保存块（如图7-21所示），编辑完成后应单击【关闭块编辑器】按钮 退出"块编辑器"环境。

2. 编辑块属性

单击功能区"插入"选项卡的"块"面板中的【定义属性】按钮，将出现如图7-22所示的"属性定义"对话框。

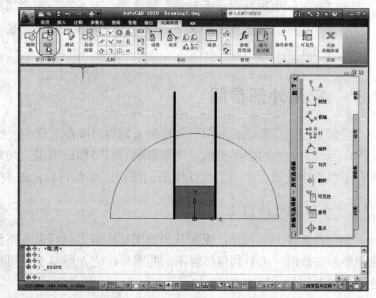

图7-20　编辑块　　　　　　　　　　　　　　　　　图7-21　保存块

图7-22　打开"属性定义"对话框

对话框中各项目的含义如下：

- "模式"区：用于定义属性的模式。其中"不可见"选项表示属性不显示在图形中；"固定"选项表示属性值是固定不变的，不能更改；"验证"选项表示在插入时可以更改文本并要求进行验证；"预设"选项表示在插入时文本不能更改，但能通过修改属性的办法来修改。最常用的是验证模式。"锁定位置"选项用于锁定块参照中属性的位置。
- "属性"区：用于定义文本的属性。其中"标记"是系统内部管理属性的一个标识，必须要；"提示"是在命令行显示的提示信息；"默认"是属性文本，即默认文本。
- "插入点"区：通过在绘图窗口中选取或输入坐标的方式来决定文本在图形中的位置。
- "文字设置"区：确定文本的对齐方式、文本样式、字体高度和旋转角度。其中高度和角度可以在图形中拖动鼠标决定。

- "在上一个属性定义下对齐"复选项：表示在上一个属性文本的下一行对齐并使用与上一个属性文本相同的文字选项。选中该选项后，"插入点"和"文字设置"选项不能再定义。

7.3 应用外部参照

外部参照是指将已有的图形文件插入到当前图形文件中，插入时AutoCAD将外部的图形文件作为一个单独的图形实体。外部参照的引用和被引用之间是一种链接关系。作为外部参照的图形文件被修改后，引用该图形的所有图形都将自动改变。

7.3.1 外部参照的用途

利用外部参照的功能，无需从当前图形中退出就可以观察到外部（磁盘或网络上）的其他图形。它是用户可看到但接触不到的图形；它在屏幕上是可见的，但不是当前图形的一部分。外部参照的用途主要有：

- 快速应用图形边界：大多数图形的边框和标题栏在每张图纸图形中是相同的，所以不必存在于每个图形中，只需将其作为外部参照图形来应用即可。
- 快速绘制装配图：装配图中包括了许多零件图，使用外部参照后，只要零件图做了修改，装配图也自动随之修改。
- 大型项目的协同设计：对于大型的设计项目，往往由总设计师负责全局的设计规划，其他设计人员分别设计局部图形，如果将所有计算机联网，则每个设计人员都能采用同一项目的全部设计图作为当前工作的参考，并相互检查各自的进度。

7.3.2 "外部参照"选项板

要定义外部参照，可以从菜单栏中选择【插入】|【外部参照】命令，或者单击功能区"插入"选项卡的"参照"面板中的【外部参照】工具，或者在命令行中输入xref命令，打开如图7-23所示的"外部参照"选项板。

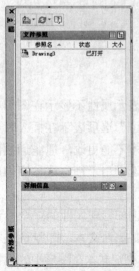

在"外部参照"选项板中，有两种用于显示外部参照图形的方法：即用列表图或树状图显示图形中的外部参照。"外部参照"选项板中各选项的含义如下：

- 参照名：即外部参照的文件名。参照名不能与原文件名相同，可单击该文件名重新命名。
- 状态：用于显示外部参照文件的状态。状态包括已加载、已卸载、未找到、未融入、已孤立等几种类型。其中，"已加载"表示当前已附着到图形中；"已卸载"表示关闭"外部参照管理器"后从图形中卸载；"未找到"表示在有效搜索路径　中不再存在；"未融入"表示无法由本程序读取；"已孤立"表示已附着到其他未融入或未找到的外部参照。

图7-23　"外部参照"选项板

- 大小：用于显示相应参照图形的文件大小。如果外部参照被卸载、未找到或未融入，则不显示其大小。

- 类型：用于显示外部参照采用附着型还是覆盖型。附着型主要用于需要在主图形中永久使用外部参照。而覆盖型主要用于当只需临时查看另外一个图形文件而并不打算使用这些文件的场合。

- 日期：用于显示关联的图形的最后修改日期。如果外部参照被卸载、未找到或未融入，则不会显示日期。

- 保存路径：用于显示相关联外部参照的保存路径。

- 【附着】按钮：单击"附着"下拉按钮，将出现如图7-24所示的附着类型下拉菜单，可以选择附着DWG格式文件、附着图像格式文件或者附着DWF格式文件。

- 【刷新】按钮：单击该按钮，将出现"刷新"下拉菜单，如图7-25所示，其中有【刷新】和【重载所有参照】两个选项。

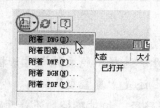

图7-24 附着类型下拉菜单

图7-25 "刷新"下拉菜单

7.3.3 附着外部参照

要在当前图形中附着外部参照，只需先打开"外部参照"选项板，然后利用其中的工具将作为参照的图形或图像文件添加到参照列表中，再将参照对象作为"底图"附着在现有图形中进行临摹，最后删除参照对象即可。下面举例说明具体的附着方法：

（1）打开"外部参照"选项板，单击其中的【附着】按钮，从出现的下拉菜单中选择【附着DWG】命令，如图7-26所示。

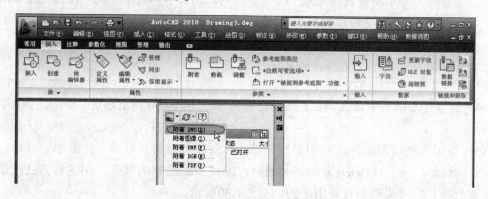

图7-26 选择【附着DWG】命令

（2）在随后出现的"选择参考文件"对话框中选择需要附着在绘图窗口中的图形文件，如图7-27所示。

（3）单击【打开】按钮，出现"附着外部参照"对话框，在其中可以设置插入点、比例、旋转角度、块单位等参数，如图7-28所示。

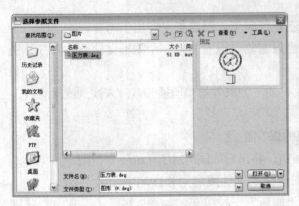

图7-27 选择附着图形文件   图7-28 设置附着参数

主要的附着参数有：

- 名称：外部参照的名称。
- 【浏览】按钮：单击【浏览】按钮，将打开"选择参照文件"对话框。
- 参照类型：用于指定外部参照是"附着型"还是"覆盖型"。
- 路径类型：指定外部参照的保存路径是完整路径、相对路径，还是无路径。
  将"路径类型"设置为"相对路径"之前，必须保存当前图形。对于嵌套的
  外部参照而言，相对路径始终参照其直接主机的位置，并不一定参照当前打
  开的图形。
- 插入点：用于指定所选外部参照的插入点。如果选中其中的"在屏幕上指
  定"选项，将使X、Y和Z选项不可用。而不选中其中的"在屏幕上指定"选
  项，便可以指定外部参照引用在当前图形的插入点的X、Y、Z坐标值。
- 比例：用于指定所选外部参照的比例因子。既可以在屏幕上指定，也可以直
  接为外部参照实例指定X、Y、Z方向的比例因子。选中"统一比例"选项，
  可以确保Y和Z的比例因子等于X的比例因子。
- 旋转：用于给外部参照引用指定旋转角度。
- 块单位：用于设定插入的单位。

（4）设置好参数后单击【确定】按钮，即可在绘图区中附着上选定的图形，如图7-29所
示。

（5）使用各种绘图工具，将图形放大显示后对图形进行"临摹"。临摹完成后，单击
选定附着的图形，按下【Delete】键将其删除，即可看到绘制的效果，用这种方法绘制的图
形是由多个独立的可编辑的对象组成的，如图7-30所示。

7.3.4 编辑外部参照

可以使用在位编辑功能编辑附着在图形中的外部参照。单击附着在图形中的外部参照对
象，将在功能区中出现如图7-31所示的【在位编辑】工具。

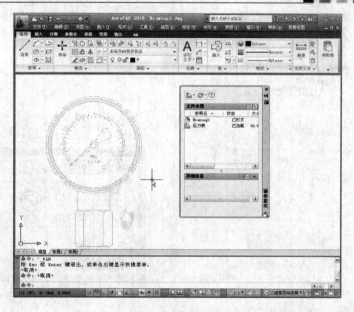

图7-29　附着效果

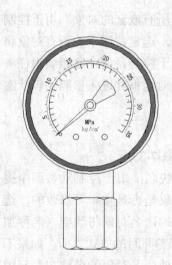

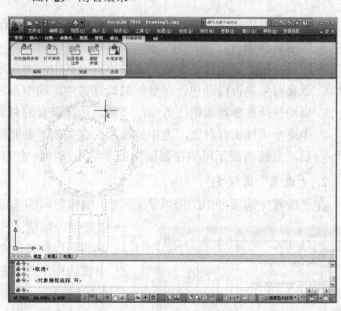

图7-30　绘制效果　　　　　　　　　　　　　　　图7-31　【在位编辑】工具

　　单击【在位编辑参照】图标 ，打开如图7-32所示的"参照编辑"对话框。其中有"标识参照"和"设置"两个选项卡。

1. "标识参照"选项卡

　　"标识参照"选项卡用于为标识要编辑的参照提供视觉帮助，同时也能控制选择参照的方式。

- 参照名：显示了选定要进行在位编辑的参照以及选定参照中嵌套的所有参照。只有选定对象是嵌套参照的一部分时，才会显示嵌套参照。如果显示了多个参照，可从中选择要修改的特定外部参照或块。一次只能在位编辑一个参照。

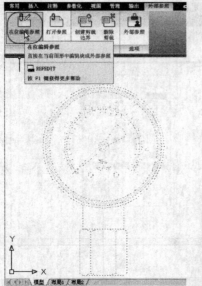

图7-32　"参照编辑"对话框

- 预览：用于显示当前选定参照的预览图像。预览图像将按最后保存在图形中的状态来显示该参照。
- 路径：用于显示选定参照的文件位置。其中，"自动选择所有嵌套的对象"用于控制嵌套对象是否自动包含在参照编辑任务中，选中该选项后，选定参照中的所有对象将自动包括在参照编辑任务中；"提示选择嵌套的对象"用于控制是否在参照编辑任务中逐个选择嵌套对象，选中该选项，在关闭"参照编辑"对话框并进入参照编辑状态后，系统将提示用户在要编辑的参照中选择特定的对象。

2. "设置"选项卡

在"设置"选项卡中，提供了3个用于编辑参照的选项，如图7-33所示。

图7-33　"设置"选项卡

- 创建唯一图层、样式和块名：用于控制从参照中提取的图层和其他命名对象是否是唯一可修改的。选中该选项，外部参照中的命名对象将改变（名称加前缀$#$），与绑定外部参照时的方式类似；如果不选中该选项，图层和其他命名对象的名称与参照图形中的一致。
- 显示属性定义以供编辑：用于控制编辑参照期间是否提取和显示块参照中所有可变的属性定义。选中该选项，则属性变得不可见，同时属性定义可与选定的参照几何图形一起被编辑。将修改保存回块参照时，原参照的属性保持不变。
- 锁定不在工作集中的对象：用于锁定所有不在工作集中的对象，从而避免用户在参照编辑状态下意外地选择和编辑宿主图形中的对象。锁定对象的行为与锁定图层上的对象类似。

7.4 应用AutoCAD设计中心

AutoCAD设计中心（简称ADC）用于管理图块、外部参照、光栅图像和来自其他源文件内容。合理使用AutoCAD设计中心，可以共享各种资源，提高绘图效率。

7.4.1 "设计中心"的界面

从菜单栏中选择【工具】|【选项板】|【设计中心】命令，或者单击功能区"视图"选项卡的"选项板"中的【设计中心】工具（如图7-34所示），或者在命令行中输入adcenter命令并按下【Enter】键，都将出现如图7-35所示的"设计中心"选项板。

图7-34 【设计中心】工具

图7-35 "设计中心"选项板

AutoCAD设计中心由上部的工具按钮及其下方的窗口所构成。"设计中心"选项板窗口分为两部分，左边为树状图，右边为内容区。可以在树状图中浏览内容的源，在内容区显示内容。还可以在内容区中将项目添加到图形或工具选项板中。

1. 工具栏

工具栏中各个按钮的功能如下：

- 【加载】按钮 ▻：单击该按钮，将出现如图7-36所示的"加载"对话框，可以浏览本地和网络驱动器或Web上的文件，然后选择内容加载到内容区。
- 【上一页】按钮 ⇦▾：单击该按钮，可以返回到历史记录列表中最近一次的位置。
- 【下一页】按钮 ⇨▾：单击该按钮，可以返回到历史记录列表中下一次的位置。

图7-36 "加载"对话框

- 【上一级】按钮🗐：单击该按钮，可以显示当前容器的上一级容器的内容。
- 【搜索】按钮🔍：单击该按钮，将出现"搜索"对话框，从中可以指定搜索条件以便在图形中查找图形、块和非图形对象。
- 【收藏夹】按钮🗐：单击该按钮，可以在内容区中显示"收藏夹"文件夹的内容。"收藏夹"文件夹包含经常访问项目的快捷方式，要在"收藏夹"中添加项目，可

以在内容区或树状图中的项目上单击右键，然后单击"添加到收藏夹"选项。要删除"收藏夹"中的项目，可以使用快捷菜单中的"组织收藏夹"选项，然后使用快捷菜单中的"刷新"选项。

- 【主页】按钮🏠：单击该按钮，可以将设计中心返回到默认文件夹。安装时，默认文件夹被设置为...\Sample\DesignCenter。
- 【树状图切换】按钮🗐：单击该按钮，可以显示或隐藏树状图。树状图隐藏后，可以使用内容区来进行浏览并加载内容。
- 【预览】按钮🗐：单击该按钮，可以显示和隐藏内容区中选定项目的预览。如果选定项目没有保存的预览图像，"预览"区域将为空。
- 【说明】按钮🗐：单击该按钮，可以显示或隐藏内容区窗格中选定项目的文字说明。
- 【视图】按钮▦▾：可以从其下拉菜单中选择不同的显示格式来显示加载到内容区中的内容。可选择的选项有：大图标、小图标、列表图和详细信息。

2. 树状图

左侧窗格的树状图中显示了本地计算机和网络驱动器上的文件与文件夹的层次结构、打开图形的列表、自定义内容以及上次访问过的位置的历史记录。选择树状图中的项目以便在内容区域中显示其内容。树状图提供了以下3个选项卡：

- "文件夹"选项卡：用于显示计算机或网络驱动器（包括"我的电脑"和"网上邻居"）中文件和文件夹的层次结构，如图7-37所示。

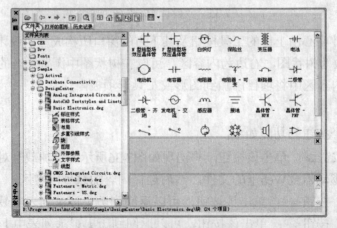

图7-37 "文件夹"选项卡

- "打开的图形"选项卡：用于显示当前工作任务中打开的所有图形，包括最小化的图形，如图7-38所示。

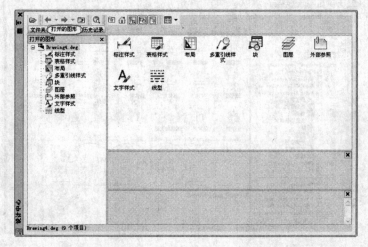

图7-38 "打开的图形"选项卡

- "历史记录"选项卡：用于显示最近在"设计中心"打开的文件的列表。显示历史记录后，在一个文件上单击鼠标右键可以显示此文件信息或从"历史记录"列表中删除此文件，如图7-39所示。

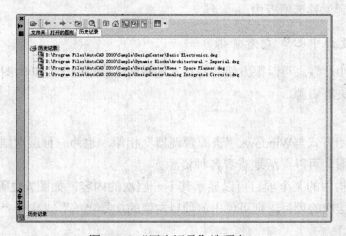

图7-39 "历史记录"选项卡

3. 内容区

右侧窗格的内容区中显示了树状图中当前所选定的"容器"的内容，如图7-40所示。

容器中包含了"设计中心"可以访问的信息，如网络、计算机、磁盘、文件夹、文件或网址（URL）。根据树状图中选定的容器，内容区域的典型显示如下：

- 含有图形或其他文件的文件夹。
- 图形。
- 图形中包含的命名对象（命名对象包括块、外部参照、布局、图层、标注样式和文字样式）。
- 图像或图标表示块或填充图案。
- 基于Web的内容。

· 由第三方开发的自定义内容。

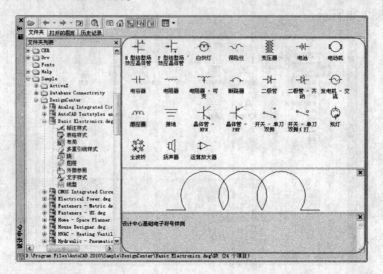

图7-40　内容区

在内容区中，通过拖动、双击或单击鼠标右键并选择"插入为块"、"附着为外部参照"或"复制"命令，可以在图形中插入块、填充图案或附着外部参照。可以通过拖动或单击鼠标右键向图形中添加其他内容（例如图层、标注样式和布局）。还可以从"设计中心"将块和填充图案拖动到工具选项板中。

7.4.2　使用"设计中心"查看资源

使用"设计中心"，可以很方便地查看本地和网络驱动器上打开的图形、自定义内容、历史记录和文件夹等资源。

1. 树状图

树状图的显示方式与Windows"资源管理器"相似，也为一种层次结构方式，如图7-41所示。利用树状图，可以灵活地查看各种资源。

双击层次结构中的某个项目可以显示其下一层次的内容，如图7-42所示。

对于具有子层次的项目，则可单击该项目左侧的加号"＋"或减号"－"来显示或隐藏其子层次。

2. 内容区

在树状图中浏览文件、块和自定义内容等操作时，在内容区中会显示出表示图层、块、外部参照和其他图形内容的图标，如图7-43所示。

3. "预览"和"说明"框

在内容区中选定某个项目后，"预览"和"说明"框中会分别显示出预览图像和相关说明，如图7-44所示。但是，在AutoCAD设计中心中不能编辑文字说明。

7.4.3　使用"设计中心"查找对象

使用"设计中心"，可以进行图形等内容的搜索，也可以像使用IE浏览器那样，将常用内容的快捷方式保存在收藏夹中。

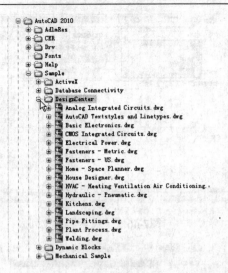

图7-41　树状图

图7-42　双击后的效果

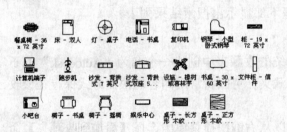

图7-43　内容区的图标

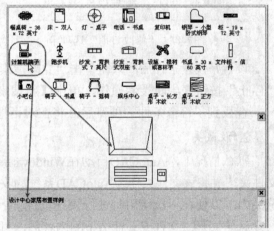

图7-44　"预览"和"说明"框

1. 使用查找功能

使用AutoCAD设计中心的查找功能，可以根据指定条件，从指定范围中搜索图形和其他内容。具体方法如下：

单击AutoCAD设计中心工具栏中的按钮，出现如图7-45所示的"搜索"对话框。

- "搜索"下拉列表框："搜索"下拉列表如图7-46所示，其中列出了各种可查找的对象类型。
- "于"框：用于显示搜索路径，可单击"浏览"按钮重新指定搜索路径。如果选中"包含子文件夹"复选项，可将搜索范围扩大到当前搜索路径中的所有子文件夹。
- "图形"选项卡：用于根据图形的特性来设置搜索条件。
- "修改日期"选项卡：如图7-47所示的"修改日期"选项卡用于根据图形的日期来设置搜索条件，指定文件创建或上一次修改的日期或范围。
- "高级"选项卡：如图7-48所示的"高级"选项卡用于根据图形的内容或大小来设置搜索条件。

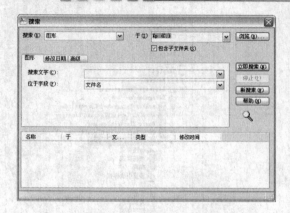

图7-45 "搜索"对话框 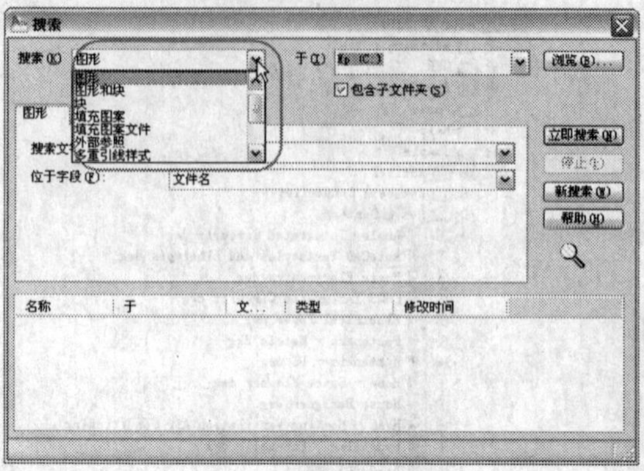   图7-46 "搜索"下拉列表

图7-47 "修改日期"选项卡 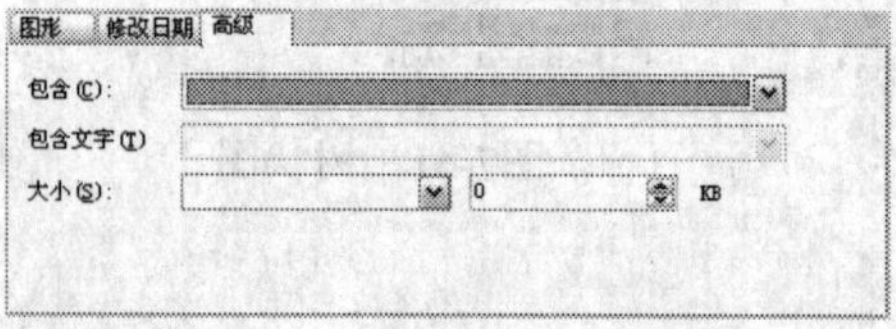   图7-48 "高级"选项卡

设置好搜索条件后，只需单击"立即搜索"按钮便能进行搜索，在搜索过程中可以单击"停止"按钮来中断搜索操作。单击【新搜索】按钮，则清除搜索条件，以便重新设置。

查找到了符合条件的项目后，将在对话框下部显示出搜索结果列表。

2. 收藏夹

默认情况下，AutoCAD自动在Windows系统的收藏夹中创建一个名为"Autodesk"的子文件夹，并将该文件夹作为AutoCAD系统的收藏夹。可以将常用内容的快捷方式保存在该收藏夹中，以便在下次使用时进行快速查找。

选定图形、文件或其他类型的内容后，可以从右键快捷菜单中选择【添加到收藏夹】命令，执行命令后，将在收藏夹中创建快捷方式。

访问收藏夹，并查找所需内容的方法有以下几种：

· 在AutoCAD设计中心工具栏上单击 按钮。

· 在树状图中选择Windows系统的收藏夹中的"Autodesk"子文件夹。

7.4.4 使用"设计中心"打开图形

使用AutoCAD设计中心，可以很灵活地打开各种图形文件，也可以将图形的部分内容（如块等）添加到某个图形文件中。

1. 打开图形

在AutoCAD设计中心的内容区或"搜索"对话框中选定要打开的图形文件后，只需使用下面的方法之一即可将其在AutoCAD绘图窗口中打开：

· 将选定图形拖放到绘图区的空白处即可将图形打开，如图7-49所示。使用这种拖放的方法打开图形时，要注意不能将选定的图形拖放到另一个已经打开的图形上，否则新图形会作为块插入到当前图形文件中。

· 按住【Ctrl】键的同时将图形图标从设计中心内容区拖动到绘图区。

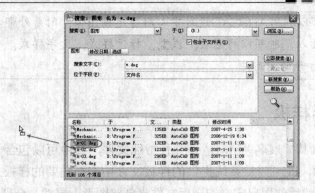

图7-49 用拖放法打开图形

- 右击选定的图形，从出现的快捷菜单中选择【在应用程序窗口中打开】命令，如图7-50所示。

图7-50 【在应用程序窗口中打开】命令

2. 插入块

在AutoCAD设计中心可以很方便地查看和管理块，也可以将指定的块插入到图形中。插入块的方法有下面两种：

- 选中块后，将其直接拖放到当前图形中。插入时，将自动进行比例缩放。
- 右击插入的块，从出现的快捷菜单中选择【插入块】命令，打开"插入"对话框，通过设置参数插入块，如图7-51所示。这种方法可按指定坐标、缩放比例和旋转角度插入块。

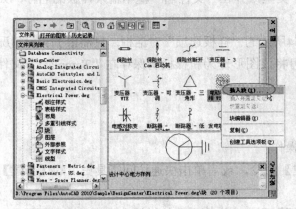

图7-51 "插入"对话框

此外，还可以利用AutoCAD设计中心附着光栅图像、附着外部参照、将图形文件作为块插入，也可以将图层、线型、标注样式、文字样式、布局和自定义内容添加到打开的图形中。

7.5 应用图形样板

图形样板文件（其扩展名为.dwt）是一种特殊文件，其中可以包含一些常用的或者标准的设置信息。使用时，既可以从系统提供的样板文件中选择需要的样板来创建图形，也可以自行创建样板文件，然后使用自定义的样板文件来创建图形。显然，合理使用图形样板文件，能够极大地提高绘制标准工程图纸的效率。

7.5.1 创建图形样板文件

很多情况下，都需要绘制相同惯例或默认设置的多个同类图形。可以在样板文件中保存下面的惯例和设置的内容：

- 单位类型。
- 绘图精度。
- 标题栏、边框和徽标等公司信息。
- 图层名。
- 捕捉、栅格和正交设置。
- 栅格界限。
- 标注样式。
- 文字样式。
- 线型。

创建图形样板文件的方法如下：

（1）单击快速访问工具栏上的【打开】按钮，在出现的"选择文件"对话框中，选择要用做样板的文件，然后单击【确定】按钮将其打开。

（2）删除打开的图形中不需要保留的内容，仅保留其相关设置和图框，如图7-52所示。

（3）从菜单栏中选择【文件】|【另存为】命令，在出现的"图形另存为"对话框的"文件类型"列表中选择"图形样板"作为文件类型，并在"文件名"框中输入样板的名称，如图7-53所示。

（4）单击【保存】按钮，出现如图7-54所示的"样板选项"对话框，只需根据实际情况输入样板说明，再单击【确定】按钮，即可将该图形作为新样板将保存在"Template"文件夹中。

7.5.2 使用样板文件创建图形

要使用样板文件，只需按下面的方法操作：

（1）从菜单栏中选择【文件】|【新建】命令，或者单击快速访问工具栏上的【新建】图标，打开"创建新图形"对话框。

（2）选择"样板"选项，从"选择样板"列表中选择需要的样板文件，如图7-55所示，可以在对话框的右上角看到样板图形的缩略图。

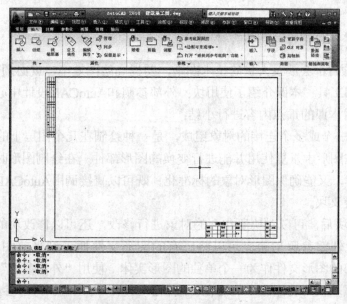

图7-52 删除图形中不需要保留的内容

图7-53 选择保存文件的类型并输入样板文件名

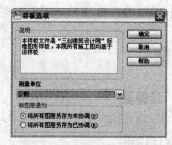

图7-54 "样板选项"对话框

（3）单击【打开】按钮，即可按所选择的样板新建文件，如图7-56所示。

图7-55 选择样板

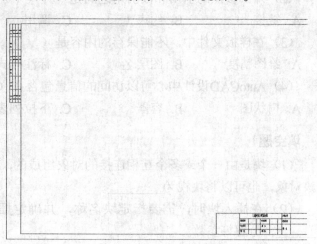

图7-56 用样板文件创建的图形

（4）接下来，只需在用样板文件创建的初始图形的基础上，绘制各种对象即可。

本课要点小结

任何工程项目都会涉及大量的技术图纸，要提高绘图效率，就必须借助AutoCAD 2010的高效辅助绘图工具。本课介绍了使用块、外部参照和AutoCAD设计中心等辅助工具的功能与用法，下面对本课的重点内容进行小结：

（1）块由一个或多个连接的对象组成，是一种绘制在几个图层上的不同特性对象的组合，是一种能在图形中重复使用并能进行变换的图形部件。在绘制图形时合理使用块，既可以提高绘图效率，又能确保图形对象的标准化。既可以直接调用AutoCAD内置的标准块，也可以根据需要定义块。

（2）定义块后，可以对块所包含的对象进行修改，还可以修改块的属性。

（3）使用外部参照功能，可以将已有的图形文件插入到当前图形文件中，插入时AutoCAD将外部的图形文件作为一个单独的图形实体。使用"外部参照"选项板，可以定义和附着外部参照。使用功能区中的【在位编辑】工具，可以编辑外部参照。

（4）使用AutoCAD设计中心，可以对块、外部参照、光栅图像和来自其他源文件内容进行管理，并能直接在其中查看和打开图形。

（5）图形样板文件中包含了一些常用的或者标准的设置信息，可以根据需要将已有的图形保存为样板文件，然后随时根据样板文件来创建和编辑新的图形。

习题

选择题

（1）使用（　　　）命令，可以将定义的块保存为单独的图形文件，以方便其他的图形文件调用。

A. wpiece　　　　B. wipiece　　　　C. wblock　　　　D. wiblock

（2）外部参照的引用和被引用之间是一种（　　　）关系。

A. 链接　　　　B. 约束　　　　C. 调用　　　　D. 控制

（3）在样板文件中，不能保存的内容是（　　　）。

A. 绘图精度　　　　B. 图层名　　　　C. 标注样式　　　　D. 线宽

（4）AutoCAD设计中心可以访问的信息包含在（　　　）中。

A. 树状图　　　　B. 容器　　　　C. 下拉列表　　　　D. 外部存储介质

填空题

（1）块是由一个或多个互相连接的对象组成的，可以在同一图形或其他图形中重复使用该对象，也可以将块视为_____。

（2）在插入块时，需要指定块名称，并确定插入的位置、_____、_____、_____、分解等参数。

（3）在"块编辑器"环境下，可以使用_____中的工具对块进行详细的编辑处理。

（4）利用_____功能，无需从当前图形中退出就可以观察到外部（磁盘或网络上）的其他图形。

（5）"设计中心"选项板分为两部分，左边为_____，右边为_____。

简答题

（1）什么是块？块具有哪些特点？可以应用于哪些场合？

（2）如何将图形或图形中的部分对象定义为块？如何存储块？

（3）如何将块添加到新的图形中？

（4）如何对已有的块进行编辑？

（5）什么是外部参照？如何附着和编辑外部参照？

（6）AutoCAD设计中心提供了哪些功能？

（7）如何创建和使用图形样板文件？

第8课 三维建模

三维（简称3D）是指在描述一个物体时，从水平、竖直和纵深3个方向进行。前面各课主要介绍的是位于XY平面中的二维图形，在此基础上为图形对象指定一个Z轴方向的值，就能创建出三维立体图形。当光照和纹理应用于三维物体时，该物体就会比二维的物体真实得多。本课将简要介绍三维图形处理的基本方法。通过学习，掌握以下应知知识和应会技能：

- 了解三维图形绘制的基本常识。
- 熟悉三维模型的创建方法。
- 初步掌握在二维图形的基础上创建实体模型的方法。
- 初步掌握三维实体的编辑方法。
- 初步掌握三维图形的渲染方法。

8.1 三维建模基础

利用计算机软件创建三维对象的过程称为三维建模，要使用AutoCAD 2010创建和编辑三维图形，需要先了解一些必要的三维绘图的基础知识。

8.1.1 三维模型

三维模型是指在计算机中将物体的实际形状以三维形式表示的模型，模型包括了对象几何结构的点、线、面、体等信息。计算机三维模型的描述经历了从线框模型、表面模型到实体模型的发展，所表达的几何体信息越来越完整和准确，设计的范围也越来越广泛。

1. 线框模型

线框模型是一种用几何体的棱线表示几何体外形的模型，这种模型中没有表面、体积等信息，如图8-1所示。创建线框模型时，只需使用二维绘图命令再加上坐标变换即可。

2. 表面模型

表面模型是指利用几何形状的外表面构造的模型，它使几何形状具有了一定的轮廓，可以产生诸如阴影、消隐等效果，但模型中缺乏几何形状体积的概念，如图8-2所示。

3. 实体模型

实体模型即实心的物体，这种模型不但有体的信息，也能通过其体的边界表达出线和面的信息，使几何体具有重量、密度等特性，可以进行消隐、剖切和渲染处理，如图8-3所示。

8.1.2 三维坐标系基础

三维笛卡儿坐标系是在二维笛卡儿坐标系的基础上根据右手定则增加第三维坐标（即Z轴）而形成的。三维坐标系分为世界坐标系（WCS）和用户坐标系（UCS）两种形式。

图8-1 线框模型

图8-2 表面模型

图8-3 实体模型

1. 右手定则

在三维坐标系中，Z轴的正轴方向是根据右手定则确定的。右手定则也决定三维空间中任一坐标轴的正旋转方向。

要标注X、Y和Z轴的正轴方向，就将右手背对着屏幕放置，拇指即指向X轴的正方向。伸出食指和中指，食指指向Y轴的正方向，中指所指示的方向就是Z轴的正方向，如图8-4所示。

要确定轴的正旋转方向，可以用右手的大拇指指向轴的正方向，弯曲手指。那么手指所指示的方向即为轴的正旋转方向，如图8-5所示。

图8-4 右手定则

图8-5 轴的正旋转方向

2. 世界坐标系（WCS）

在AutoCAD中，三维世界坐标系是在二维世界坐标系的基础上根据右手定则增加Z轴而形成的。同二维世界坐标系一样，三维世界坐标系是其他三维坐标系的基础，不能对其重新定义。

3. 用户坐标系（UCS）

用户坐标系为坐标输入、操作平面和观察提供一种可变动的坐标系。定义一个用户坐标系即改变原点（0，0，0）的位置以及XY平面和Z轴的方向。可在AutoCAD的三维空间中任何位置定位和定向UCS，也可随时定义、保存和复用多个用户坐标系。

8.1.3 "三维建模"工作空间

为了更加便于创建和编辑三维模型，AutoCAD 2010提供了一个"三维建模"工作空间。在该空间中，三维建模不需要的界面项都将被隐藏起来，以便在最大化的工作屏幕区域进行操作。

1. "三维建模"工作空间的功能区

单击状态栏上的【切换工作空间】图标，从出现的菜单中选择【三维建模】选项，即可切换到"三维建模"工作空间，其功能区的选项卡如图8-6所示。

"插入"、"注释"、"管理"和"输出"选项卡的功能与"二维草图与注释"工作空间基本相同，其余各个选项卡的功能如下：

- "常用"选项卡：提供用于进行三维建模的大部分工具，如三维绘图工具、二维绘图工具、实体编辑工具、实体修改工具、视图切换工具、图层工具、特性工具和实用程序等。

图8-6   "三维建模"工作空间的功能区

- "网格建模"选项卡：提供用于进行网格建模的各种工具，包括图元创建工具、网格创建工具、网格编辑工具、网格转换工具、截面创建工具和特殊子对象创建工具，如图8-7所示。

图8-7   "网格建模"选项卡

- "渲染"选项卡：提供用于进行模型渲染的专用工具，包括视觉样式切换工具、边缘效果设置工具、光源设置工具、阳光及位置设置工具、材质设置工具和渲染输出工具等，如图8-8所示。

图8-8   "渲染"选项卡

- "视图"选项卡：提供用于进行用户坐标系（UCS）管理、视口创建与管理、调用选项板、视觉样式创建与管理、窗口切换的工具，还提供了用于显示或隐藏窗口元素的工具，如图8-9所示。

图8-9   "视图"选项卡

2. 选择视觉样式

"三维建模"工作空间提供了5种视觉样式，只需单击功能区"常用"选项卡下的"视图"面板中的【视觉样式】工具，即可从如图8-10所示的下拉列表中选择。

（1）二维线框视觉样式

在二维线框视觉样式中，将用直线和曲线表示三维对象，其三维UCS图标和三维对象的显示效果如图8-11所示。

（2）三维线框视觉样式

在三维线框视觉样式中，将显示用直线和曲线表示边界的对象，但其三维UCS图标为一个已着色的图标，如图8-12所示。

图8-10 视觉样式列表

二维线框视觉样式下的三维UCS图标

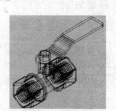

对象显示效果

图8-11 二维线框视觉样式

三维线框视觉样式下的三维UCS图标

对象显示效果

图8-12 三维线框视觉样式

（3）三维隐藏视觉样式

在三维隐藏视觉样式中，将显示用三维线框表示的对象，并隐藏其后向面的所有直线，如图8-13所示。三维隐藏视觉样式下的三维UCS图标与三维线框视觉样式相同。

（4）概念视觉样式

在概念视觉样式下，将对多边形平面间的对象进行着色，并使对象的边平滑化。着色时，使用冷色和暖色之间的过渡。这种效果缺乏真实感，但是可以更方便地查看模型的细节，如图8-14所示。概念视觉样式下的三维UCS图标也和三维线框视觉样式相同。

（5）真实视觉样式

在真实视觉样式下，将对多边形平面间的对象进行着色，并使对象的边平滑化。同时，还将显示出已附着到对象的材质，效果如图8-15所示。

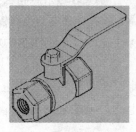

图8-13 三维隐藏视觉样式

图8-14 概念视觉样式

图8-15 真实视觉样式

3. 显示三维网格

在"三维建模"工作空间中，如果单击状态栏上的【栅络】图标▦，将显示出如图8-16所示的三维网格，其中涉及的重要概念有：

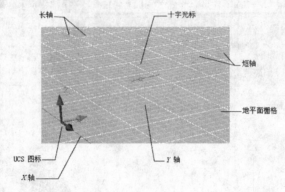

图8-16　三维网格

- 地平面：三维建模环境下UCS的*XY*面会显示为具有渐变色的地平面，地平面从地面水平线到地面原点显示渐变色。
- 天空：天空是指地平面上未覆盖的区域，天空从天空水平线到天空顶点显示渐变色。
- 平面网格：打开透视投影时，栅格将显示为平面网格。系统将为主栅格线、辅栅格线和轴线设置颜色。

8.1.4　创建和设置用户坐标系

为了便于在三维环境中创建和修改各种对象，可以在三维模型空间中移动和重新定向用户坐标系（UCS），UCS的*XY*平面称为工作平面。

1. 创建UCS

从菜单栏选择【工具】|【新建UCS】|【世界】命令，或在命令行中输入ucs，都将出现下面的提示：

```
命令: ucs
命令: _ucs
当前 UCS 名称: *世界*
指定 UCS 的原点或 [面(F)/命名(NA)/对象(OB)/上一个(P)/视图(V)/世界(W)/X/Y/Z/Z 轴(ZA)] <世界>:
```

其中各个选项的含义如下：

- 原点：通过移动当前UCS的原点，保持*X*、*Y*和*Z*轴方向不变，从而定义新的UCS。可以使用一点、两点或三点来定义新的UCS，如果指定单个点，当前UCS的原点将会移动而不会更改*X*、*Y*和*Z*轴的方向；如果指定第二点，UCS将绕先前指定的原点旋转，以使UCS的*X*轴正半轴通过该点；如果指定第三点，UCS将绕*X*轴旋转，以使UCS的*XY*平面的*Y*轴正半轴包含该点。
- 面：将UCS与实体对象的选定面对齐。要选择一个面，可在此面的边界内或面的边上单击，被选中的面将亮显，UCS的*X*轴将与找到的第一个面上的最近的边对齐。
- 命名：按名称保存并恢复通常使用的UCS方向。

- 对象：根据选定三维对象定义新的坐标系。新建UCS的拉伸方向（Z轴正方向）与选定对象的拉伸方向相同。具体定义方法见表8-1。

表8-1　通过选择对象来定义UCS的方法

对象	确定UCS的方法
圆弧	圆弧的圆心成为新UCS的原点。X轴通过距离选择点最近的圆弧端点
圆	圆的圆心成为新UCS的原点。X轴通过选择点
标注	标注文字的中点成为新UCS的原点。新X轴的方向平行于当绘制该标注时生效的UCS的X轴
直线	离选择点最近的端点成为新UCS的原点。将设置新的X轴，使该直线位于新UCS的XZ平面上。在新UCS中，该直线的第二个端点的Y坐标值为零
点	该点成为新UCS的原点
二维多段线	多段线的起点成为新UCS的原点。X轴沿从起点到下一顶点的线段延伸
实体	二维实体的第一点确定新UCS的原点。新X轴沿前两点之间的连线方向
宽线	宽线的"起点"成为新UCS的原点，X轴沿宽线的中心线方向
三维面	取第一点作为新UCS的原点，X轴沿前两点的连线方向，Y的正方向取自第一点和第四点。Z轴由右手定则确定
形、文字、块参照、属性定义	该对象的插入点成为新UCS的原点，新X轴由对象绕其拉伸方向旋转定义。用于建立新UCS的对象在新UCS中的旋转角度为零

- 上一个：恢复上一个UCS。系统会保留在图纸空间中创建的最后10个坐标系和在模型空间中创建的最后10个坐标系。
- 视图：以垂直于观察方向（平行于屏幕）的平面为XY平面，建立新的坐标系。UCS原点保持不变。
- 世界：将当前用户坐标系设置为世界坐标系。WCS是所有用户坐标系的基准，不能被重新定义。
- X、Y、Z：绕指定轴旋转当前UCS。

2. 设置UCS

可以使用"UCS"对话框设置UCS的选项。从菜单栏中选择【工具】|【命名UCS】命令，或在命令行中输入ucsman命令，都将打开如图8-17所示的"UCS"对话框。

在"UCS"对话框中，可以显示和修改已定义但未命名的用户坐标系，也可以恢复命名且正交的UCS，还可以指定视口中UCS图标和UCS设置。"UCS"对话框包括"命名UCS"、"正交UCS"和"设置"3个选项卡。

图8-17　"UCS"对话框

（1）"命名UCS"选项卡

"命名UCS"选项卡用于列出用户坐标系并设置当前UCS，其主要选项有：

- 当前UCS：显示当前UCS的名称。如果该UCS未被保存和命名，则显示为UNNA-MED。

- UCS名称列表：其中列出了当前图形中定义的坐标系。如果有多个视口和多个未命名UCS设置，列表将仅包含当前视口的未命名UCS。锁定到其他视口的未命名UCS不在当前视口中列出。指针指向当前的UCS。
- 【置为当前】按钮：用于恢复选定的坐标系。
- 【详细信息】按钮：用于打开显示UCS坐标数据的"UCS详细信息"对话框。

（2）"正交UCS"选项卡

如图8-18所示的"正交UCS"选项卡用于将UCS改为正交UCS设置之一，其主要选项有：

- 当前UCS：显示当前UCS的名称。
- 正交UCS名称：列出当前图形中定义的6个正交坐标系。正交坐标系是根据"相对于"下拉列表框中指定的UCS定义的。
- 相对于：指定用于定义正交UCS的基准坐标系。默认情况下，WCS是基准坐标系。列出当前图形中的所有已命名UCS。

（3）"设置"选项卡

如图8-19所示的"设置"选项卡用于显示和修改与视口一起保存的UCS图标设置和UCS设置，其主要选项有：

- UCS图标设置：指定当前视口的UCS图标显示设置。
- UCS设置：指定更新UCS设置时UCS的行为。

图8-18　"正交UCS"选项卡

图8-19　"设置"选项卡

8.1.5　控制模型的方向和视图

使用AutoCAD 2010的导航工具，可以更改三维模型的方向和视图，还可以通过放大或缩小对象来突出模型的细节。

1. 使用ViewCube工具

ViewCube用于设置模型的当前方向，以便从不同角度观察模型。要显示或隐藏ViewCube，可从菜单栏中选择【视图】|【显示】|【ViewCube】|【开】命令，或者在命令提示下输入navvcube。

图8-20　活动ViewCube

打开ViewCube后，它以不活动状态显示在图形窗口中。ViewCube处于不活动状态时，将显示基于当前UCS和通过模型的WCS定义的模型的当前视口。将光标悬停在ViewCube上方时，ViewCube变为活动状态，如图8-20所示。

要切换视图，只需单击ViewCube中的图标，如图8-21所示。要滚动当前视图，只需拖动鼠标，如图8-22所示。

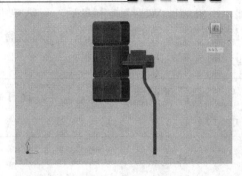

图8-21 切换视图

要将视图更改为模型的主视图，只需单击【主视图】图标，如图8-23所示。

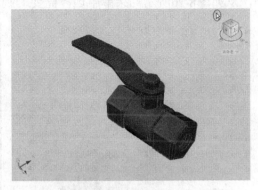

图8-22 滚动视图

图8-23 将视图更改为模型的主视图

2. 使用SteeringWheels工具

SteeringWheels通过控制盘上的按钮来提供导航工具，可以使用SteeringWheels来灵活平移、缩放或操作模型的当前视图。

要显示出SteeringWheels工具，只需单击功能区的"视图"选项卡中的"导航"面板下的【SteeringWheels】图标，如图8-24所示。

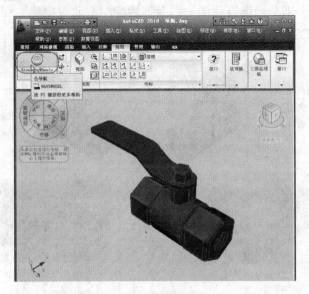

图8-24 显示SteeringWheels工具

显示出SteeringWheels控制盘后，只需单击控制盘上的某个按钮就可以激活相应的导航工具（如缩放工具），按下按钮后只需在图形窗口中拖动，即可更改当前视图，如图8-25所示。要返回控制盘，只需弹起按钮即可。

 此外，使用ShowMotion工具，还可以创建和播放动画，以便更简便地观察视图。

3. 使用特殊视点

AutoCAD预置了一些用于快速设定观察角度的特殊视点，即西南等轴测、东南等轴测、东北等轴测和西北等轴测的视点。只需在"视图"选项卡的"视图"面板中单击【三维导航】按钮，从如图8-26所示的菜单中选择需要的视图方式即可。

图8-25 缩放视图　　　　　　　　图8-26 【三维视图】菜单

如图8-27所示分别为西南等轴测、东南等轴测、东北等轴测、西北等轴测视点的观察效果（注意观察其UCS的图标形状）。

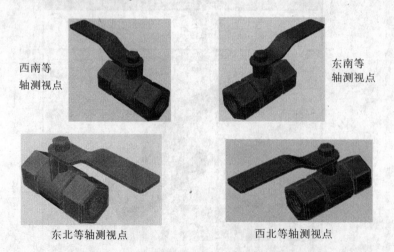

西南等轴测视点　　　　东南等轴测视点

东北等轴测视点　　　　西北等轴测视点

图8-27 不同视点的观察效果

8.2 绘制等轴测图

等轴测图是一种单面投影图，它采用平行投影法将不同位置的物体连同确定其空间位置的直角坐标系向单一的投影面（称轴测投影面）进行投影，并使其投影反映3个坐标面的形状。等轴测图可以同时反映物体的正面、水平面和侧面形状，其立体感较强。但是，等轴测投影是二维绘图技术，是用二维图形来描述三维物体的。

1. 设置等轴测投影模式

要绘制二维等轴测图，需要先打开AutoCAD 2010的等轴测投影模式，并设置相应的等轴测投影模式。具体方法如下：

（1）从菜单栏中选择【工具】|【草图设置】命令，打开"草图设置"对话框。

（2）在"捕捉和栅格"选项卡中选中"捕捉类型"区中的"等轴测捕捉"选项，如图8-28所示。

（3）单击【确定】按钮，即可进入等轴测投影模式。此时，绘图区中的光标如图8-29所示。

图8-28 选中"等轴测捕捉"选项

在等轴测投影模式下，是用3个等轴测面来描述物体的。比如，用一个正方体来表示一个三维坐标系，则在等轴测图中，该正方体只有3个面可见，这3个面即为等轴测面，如图8-30所示。

图8-29 等轴测投影模式

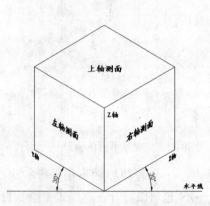

图8-30 等轴测面示意图

"左轴测面"、"上轴测面"和"右轴测面"的平面坐标系是各不相同的，在绘制二维等轴测投影图时，首先要在左、上、右三个等轴测面中选择一个面并将其设置为当前等轴测面。

要更改当前等轴测面，可在命令提示行中直接输入isoplane命令，执行该命令后，将出现下面的提示：

命令: **isoplane**

当前等轴测平面: 左视

输入等轴测平面设置 [左视(L)/俯视(T)/右视(R)] <俯视>:

可根据需要选择"左视"、"俯视"和"右视"等选项来激活相应的等轴测面。

2. 绘制等轴测图

要绘制等轴测图,首先要激活等轴测投影模式,然后选择要绘制图形的等轴测面。

(1)在等轴测投影模式下绘制直线

在等轴测投影模式下绘制直线的方法有两种,一是通过输入坐标点来绘制直线,二是打开正交模式绘制直线。

输入坐标点绘制直线时,应把握好以下要领:

- 与X轴平行的直线,其极坐标角度为30°,如图8-31所示的直线,其第2个端点的相对极坐标为@180<30,绘制时相应的命令行序列如下:

  命令: _line 指定第一点: 130,60
  指定下一点或 [放弃(U)]: @180<30

- 与Y轴平行的线,极坐标角度应输入150°。比如,绘制如图8-32所示的直线,第2个端点的相对极坐标为@180<150。相应的命令行序列如下:

  命令: _line 指定第一点:
  指定下一点或 [放弃(U)]: @180<150

- 与Z轴平行的线,极坐标角度应输入90°,比如,绘制如图8-33所示的直线,第2个端点的相对极坐标为@180<90。相应的命令行序列如下:

  命令: _line 指定第一点:
  指定下一点或 [放弃(U)]: @180<90

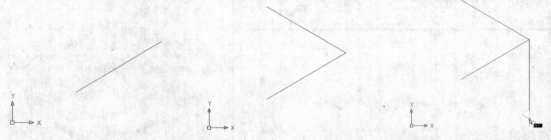

| 图8-31 与X轴平行的直线 | 图8-32 与Y轴平行的直线 | 图8-33 与Z轴平行的直线 |

- 与等轴测轴不相平行的线,需要先找出直线上的两个点,然后再进行连线。

也可以打开正交模式来绘制直线。下面以绘制如图8-30所示的正方体来说明其绘制方法:

①先激活等轴测投影模式。

②单击状态栏上的【正交】按钮，开启正交模式。

③按下【F5】键,出现"命令: <等轴测平面左视>"的提示后,表明等轴测面已经切换到左轴测面。

④选择直线工具,先在绘图区中单击鼠标确定第1点。

⑤向水平方向移动鼠标,出现指定下一点的指示后输入50,表示向水平方向移动50毫米绘制直线,如图8-34所示。

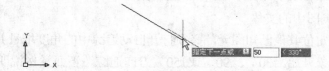

图8-34　在左轴测面中绘制长度为50毫米的直线

⑥确认第1条水平线后，向垂直方向拖动鼠标，也输入距离值"50"，如图8-35所示。

⑦再沿水平向左拖动鼠标，也输入距离值"50"，如图8-36所示。

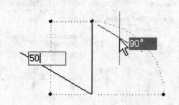

图8-35　向垂直方向绘制一条50毫米的直线　　　　图8-36　水平向左绘制一条50毫米的直线

⑧输入字符C，表示闭合图形，一个左轴测面的正方形便绘制完成，如图8-37所示。

⑨按【F5】键切换至上轴测面，捕捉如图8-38所示的端点为起点。

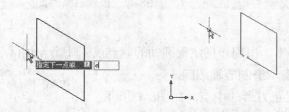

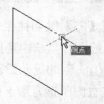

图8-37　闭合图形完成正方形绘制　　　　　　　图8-38　捕捉端点

⑩分别沿X方向、Y方向和反向的X方向绘制距离为50的直线，再输入C键闭合图形，绘制出上轴测面的正方形，如图8-39所示。

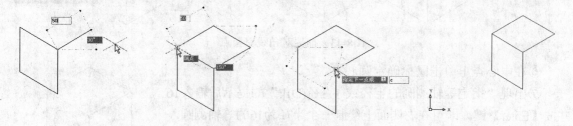

图8-39　绘制上轴测面的正方形

⑪按【F5】键切换至右轴测面，再绘制一个正方形，如图8-40所示。

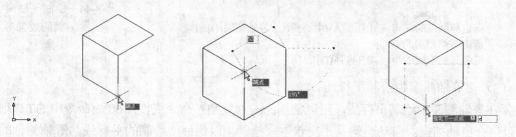

图8-40　绘制右视轴测面的正方形

⑫闭合右轴测面的正方形后，效果如图8-41所示。

（2）定位轴测图中的实体

要在轴测图中定位其他已知图元，必须打开自动追踪中的角度增量并设定角度为30度，这样才能从已知对象开始沿30°、90°或150°方向追踪。下面举例说明具体应用方法：

①在等轴测投影模式下绘制一个正方体。

②从菜单栏中选择【工具】|【草图设置】命令，在出现的"草图设置"对话框中单击"极轴追踪"选项卡，选中"启用极轴追踪"复选项，将"增量角"设置为30度，如图8-42所示。

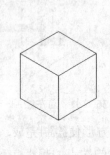

图8-41　绘制完成的等轴测正方体　　　　　　　　图8-42　极轴追踪设置

③按【F5】键切换至右轴测面。

④从绘图工具栏中选择"椭圆工具"，出现"指定椭圆轴的端点或 [圆弧(A)/中心点(C)/等轴测圆(I)]："的提示后输入字符I，表示绘制等轴测圆。

⑤在右侧面正方形上拖动鼠标捕捉正方形的中点，如图8-43所示。

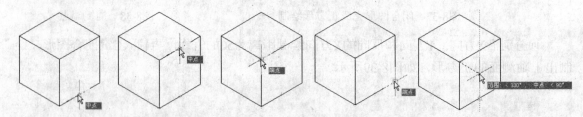

图8-43　捕捉对角线交叉点

⑥在中心点上单击鼠标确定圆心。

⑦出现"指定等轴测圆的半径或 [直径(D)]："的提示后输入16并按【Enter】键，即可在右侧面上绘制一个半径为16的等轴测圆，如图8-44所示。

本例的命令行提示信息如下：

```
命令: _ellipse
指定椭圆轴的端点或 [圆弧(A)/中心点(C)/等轴测圆(I)]: i
指定等轴测圆的圆心:
指定等轴测圆的半径或 [直径(D)]: 16
```

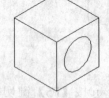

图8-44　绘制等轴测圆的效果

（3）在等轴测面中绘制平行线

要在等轴测面中绘制平行线，可以使用copy（复制）命令或使用offset命令中的T选项，还可以结合自动捕捉、自动追踪及正交状态来绘制，以保证所绘制的平行线与等轴测轴的方向一致。下面举例说明在等轴测面中绘制平行线的具体方法：

①在等轴测投影模式下，按【F5】键切换至右轴测面，选定如图8-45所示的边线。

②单击修改工具栏上的"复制"工具，出现"指定基点或 [位移(D)] <位移>:"的提示后单击右侧面正方形左下角的端点，将该点指定为复制的基点，如图8-46所示。

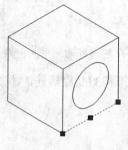

图8-45 选定边线

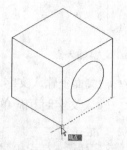

图8-46 指定复制基点

③出现"指定第二个点或 <使用第一个点作为位移>:"的提示后向上移动鼠标，捕捉如图8-47所示的中点，单击鼠标，即可绘制一条与底边线平行的直线。

④用同样的方法绘制另一条平行的直线，效果如图8-48所示。

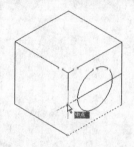

图8-47 绘制平行线的效果

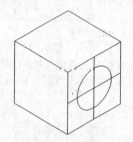

图8-48 绘制另一条平行直线

（4）在等轴测图中添加文本

要使等轴测面中的文本显得立体感强，应根据各个等轴测面的位置来将文字倾斜到某个角度值。比如，在左轴测面上添加文字，就需要将文字倾斜－30度并旋转－30度。具体方法如下：

①从菜单栏中选择【格式】|【文字样式】命令，在出现的"文字样式"对话框中将"倾斜角度"设置为－30，如图8-49所示，然后单击【应用】按钮关闭该对话框。当然，为了更灵活地处理各个等轴测面中的文字，还可以新建两个倾斜角分别为30度和－30度的文字样式。

②从菜单栏中选择【绘图】|【文字】|【单行文字】命令，在需要添加文字的位置单击鼠标，出现如图8-50所示的文字插入点。

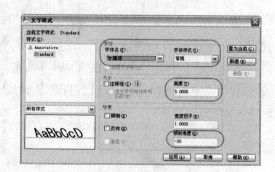

图8-49 设置文字样式

③在出现"指定文字的旋转角度 <0>:"的提示后输入－30，表示将文字旋转－30度。

④输入需要的文字内容，确认后即可，如图8-51所示。

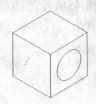

图8-50　文字插入点

图8-51　在左视等轴测平面上输入的文字

· 要在右轴测面上输入文字，文字需要采用30度倾斜角和30度旋转角，添加效果如图8-52所示。输入文字时相应的命令序列如下：

```
命令: _dtext
当前文字样式: 样式 1   当前文字高度: 5.0000
指定文字的起点或 [对正(J)/样式(S)]: <等轴测平面 上> <等轴测平面 右>
指定文字的旋转角度 <330>: 30
```

· 要在上轴测面上平行于X轴添加文本，文本要采用−30度的倾斜角和30度的旋转角；平行于Y轴添加文字则采用30度倾斜角和−30度旋转角。如图8-53所示为平行于X轴添加文本的过程，相应的命令序列如下：

```
命令: _dtext
当前文字样式: 样式 1   当前文字高度: 5.0000
指定文字的起点或 [对正(J)/样式(S)]:
指定文字的旋转角度 <30>: 30
```

图8-52　在右轴测面上输入文字

图8-53　在上轴测面上输入平行于X轴的文字

（5）标注尺寸

等轴测面中的尺寸标注也应有立体感，可以将尺寸线、标注文本、尺寸界线等倾斜一个角度，与相应的等轴测轴平行。比如，要标注一个线性尺寸，可以先用普通线性尺寸的标注方法进行如图8-54所示的标注。然后再选定标注对象，从菜单栏中选择【标注】|【倾斜】命令，出现"输入倾斜角度（按ENTER表示无）:"的提示后输入相应的角度"30"即可，如图8-55所示。

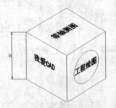

图8-54　普通标注

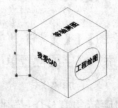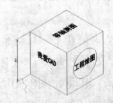

图8-55　倾斜标注30度

8.3 创建简单的三维对象

将任意二维平面对象放置到三维空间中后，就能创建出线框模型。所以，可以通过为二维图形设置厚度的方法来生成三维物体。对象的厚度是指对象向上或向下被拉伸的距离。正值的厚度表示向上（Z正轴）拉伸，负值的厚度则表示向下（Z负轴）拉伸，零厚度表示不拉伸。

二维对象的默认厚度为0，将其改为一个非0的数值后，就会沿Z轴方向拉伸成为三维对象。圆、直线、多段线、圆弧、二维实体和点等对象的厚度可以改变，但三维面、三维多段线、三维多边形网格、文本、属性、标注和视口等对象不能有厚度也不能被拉伸。

1. 设置已有对象的厚度

对于已有的对象，可以在"特性"选项板中设置其厚度值。比如，要为如图8-56所示的圆指定厚度，可先从菜单栏中选择【视图】|【三维视图】|【西南等轴测】命令，切换到如图8-57所示的等轴测视图模式，然后双击该椭圆，在出现的"特性"选项板上将对象的厚度由0设置为需要的值即可，如图8-58所示。

图8-56 圆形

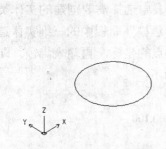

图8-57 等轴测图中的圆形

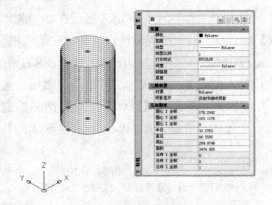

图8-58 厚度参数设置及效果

2. 指定对象默认的厚度

使用elev命令，可以指定对象默认的厚度值。定义厚度后，所创建的对象都将被赋予指定的厚度，使绘制的二维图形自动变为三维图形。

比如，在命令行中输入下面的命令序列，便可以将默认的对象厚度值设置为6：

```
命令: elev
指定新的默认标高 <0.0000>:
指定新的默认厚度 <0.0000>: 6
```

设置后，使用"圆"工具在平面坐标中绘制一个圆形，然后从菜单栏中选择【视图】|【三维视图】|【西南等轴测】命令，即可看到所绘制的圆形成为有一定厚度的圆柱，如图8-59所示。

图8-59　有一定厚度的圆形

8.4　绘制基本三维实体

　　AutoCAD 2010提供了长方体、圆锥体、圆柱体、球体、圆环体、楔体和棱锥体等基本实体造型的绘制工具，可以用它们来直接绘制实体图元。通过各种实体图元的组合或切割，就能创建出复杂的三维物体。

　　既可以在"AutoCAD经典"环境下创建三维模型，也可以在"三维建模"环境下创建三维模型。由于在"三维建模"环境下创建三维模型更加直观和方便，建议在该环境下操作。

　　切换到"三维建模"环境，然后在功能区"常用"选项卡下的"视图"中的【选择视觉样式】中选择一种三维视觉样式，如"三维线框"视觉样式。再单击"常用"选项卡下的"建模"面板中的三维实体造型图标，从如图8-60所示的下拉列表中选择需要创建的实体类型。

　　比如，要绘制一个球体，可单击"常用"选项卡下的"建模"面板中的三维实体造型图标，从下拉列表中选择【球体】工具，然后指定球体的中心点的坐标，再输入半径，即可创建出一个球体。要绘制如图8-61所示的球体，其命令序列如下：

```
命令: _sphere
指定中心点或 [三点(3P)/两点(2P)/切点、切点、半径(T)]: 200,100
指定半径或 [直径(D)] <43.1597>: 50
```

图8-60　"三维建模"面板中的建模工具

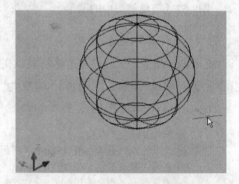

图8-61　绘制球体

　　要更改球体的三维视觉样式，只需在功能区"常用"选项卡下的"视图"面板中选择需要的样式即可，如图8-62所示。

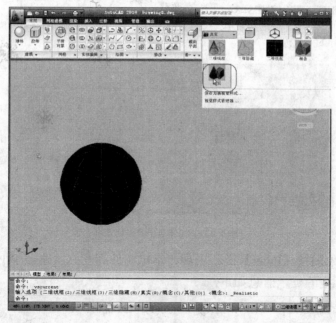

图8-62 更改球体的三维视觉样式

8.5 利用二维图形创建实体

使用二维绘图命令绘制的图形一般都可以转换为三维图形。如果二维图形是封闭的，则转换为三维图形后形成一个实体；如果二维图形未封闭，则转换为三维图形后形成的是一个曲面。利用二维图形创建实体模型的方法很多，最常用的方法有拉伸、放样、旋转和扫掠等。

8.5.1 拉伸实体

对于圆、椭圆、正多边形、矩形、封闭的样条曲线、多段线、面域等二维对象，可以使用extrude命令将其沿一指定路径拉伸为一个广义的柱体。具体拉伸方法如下：

（1）绘制要拉伸的二维图形，如图8-63所示。

（2）单击"常用"选项卡下的"建模"面板中的【拉伸】工具 (如图8-64所示)，或者在命令行中输入extrude命令。

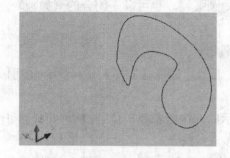

图8-63 用于拉伸的二维图形

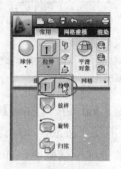

图8-64 选择【拉伸】工具

（3）此时，命令行中将出现"选择要拉伸的对象:"的提示，可在绘图区中选取要拉伸的对象（如图8-65所示），相应的提示信息如下：

当前线框密度：ISOLINES=8
选择要拉伸的对象：指定对角点：找到 1 个
选择要拉伸的对象：

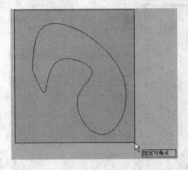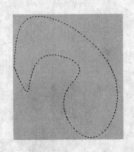

图8-65　选择要拉伸的对象

（4）选择对象后按【Enter】键，出现"指定拉伸高度或 [路径(P)]："的提示信息后输入拉伸高度20，相应的提示信息如下：

指定拉伸的高度或 [方向(D)/路径(P)/倾斜角(T)] <2.0000>: 40

（5）按【Enter】键确认，即可将二维图形拉伸为如图8-66所示的三维图形。要查看三维效果，可以更改三维视觉样式（如选择"概念"视觉样式），如图8-67所示。

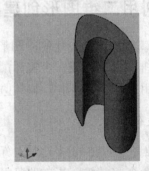

图8-66　拉伸效果　　　　　　　　　　　图8-67　更改视觉样式的效果

8.5.2　放样实体

【放样】工具通过指定一系列横截面来创建实体对象。所创建的实体的形状由两个或两个以上的横截面决定，横截面既可以是开放的（如圆弧），也可以是闭合的（如圆）。下面介绍具体放样方法：

（1）绘制如图8-68所示的4个横截面和1条路径。

（2）从功能区的"常用"选项卡的"建模"面板中选择【放样】工具。也可以在命令提示下输入loft并按【Enter】键。

（3）出现"按放样次序选择横截面："的提示后，按照希望实体通过横截面的顺序，依次在绘图区中选择横截面，如图8-69所示。

（4）选择横截面后按下【Enter】键，出现"输入选项 [导向(G)/路径(P)/仅横截面(C)] <仅横截面>："的提示。如果按下【Enter】键或输入C，将出现"放样设置"对话框，可以利用其中的选项来控制实体的形状，然后使用横截面来创建实体；如果输入G，则通过选择导向曲线来创建实体；如果输入P，则通过选择路径来创建实体。相应的命令行提示信息如下：

命令：_loft
按放样次序选择横截面：找到 1 个
按放样次序选择横截面：找到 1 个，总计 2 个
按放样次序选择横截面：找到 1 个，总计 3 个
按放样次序选择横截面：找到 1 个，总计 4 个
按放样次序选择横截面：
输入选项 [导向(G)/路径(P)/仅横截面(C)] <仅横截面>：

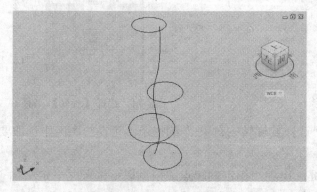
图8-68 绘制截面和放样路径

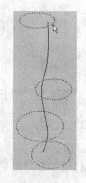
图8-69 选择横截面

（5）本例通过路径来创建实体，在输入P后按下【Enter】键，出现"选择路径曲线："的提示，在绘图区中选择放样路径，如图8-70所示。

（6）选择放样路径后，即可生成三维实体，如图8-71所示。要查看三维效果，可以更改三维视觉样式（如选择"概念"视觉样式），效果如图8-72所示。

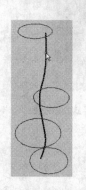
图8-70 选择放样路径

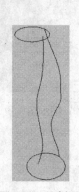
图8-71 放样效果

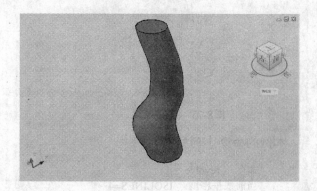
图8-72 更改视觉样式的效果

横截面不能和放样路径在同一个面上，且放样路径应从第一个横截面开始，到最后一个横截面结束，并与每个横截面相交。

8.5.3 旋转实体

对于圆、椭圆、正多边形、矩形、封闭的样条曲线或多段线、面域等含有"面"信息的图形对象，可以围绕一个固定的轴进行旋转，以便形成一个旋转体。

具体旋转方法如下：

（1）绘制要旋转的二维图形，如图8-73所示。

（2）单击"常用"选项卡下的"建模"面板中的【旋转】工具 （如图8-74所示），或者在命令行中输入revolve命令。

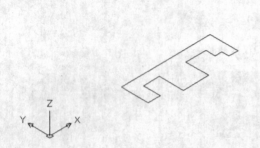

图8-73　用于旋转的二维图形　　　　　　　图8-74　选择【旋转】工具

（3）此时，命令行中将出现"选择要旋转的对象:"的提示，可在绘图区中选取要旋转的对象。

（4）选择对象后按【Enter】键，出现"指定轴起点或根据以下选项之一定义轴 [对象(O)/X/Y/Z] <对象>:"的提示信息，输入X，表示沿X轴旋转。

（5）按【Enter】键确认，出现"指定旋转角度或 [起点角度(ST)] <360>:"的提示直接按【Enter】键，表示按360度旋转。此时，将生成如图8-75所示的三维图形。要查看三维效果，可以更改三维视觉样式（如选择"概念"视觉样式），效果如图8-76所示。

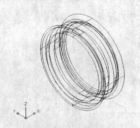

图8-75　旋转效果　　　　　　　　　　图8-76　更改视觉样式的效果

本例的命令序列如下：

```
命令: _revolve
当前线框密度: ISOLINES=4
选择要旋转的对象: 找到 1 个
选择要旋转的对象:
指定轴起点或根据以下选项之一定义轴 [对象(O)/X/Y/Z] <对象>: x
指定旋转角度或 [起点角度(ST)] <360>:
```

8.5.4　扫掠实体

使用【扫掠】工具，可以沿一条路径（开放或闭合均可）扫掠另一个开放或闭合的平面曲线（轮廓）来创建新实体或曲面。扫掠时，可以一次扫掠多个对象，但是这些对象必须位于同一平面中。下面介绍具体扫掠方法：

（1）绘制一个闭合图形和一条扫掠路径，如图8-77所示。

（2）从功能区的"常用"选项卡的"建模"面板中选择【扫掠】工具 ，如图8-78所示。

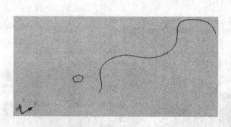

图8-77 闭合图形和扫掠路径

图8-78 【扫掠】工具

（3）出现"选择要扫掠的对象："的提示后，在绘图区中选择要扫掠的对象，然后按【Enter】键确认，如图8-79所示。

（4）出现"选择扫掠路径或 [对齐(A)/基点(B)/比例(S)/扭曲(T)]："的提示后，在绘图区中选择扫掠路径，即可生成一个实体，如图8-80所示。

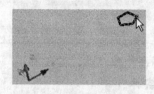

图8-79 选择要扫掠的对象

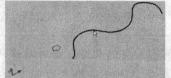

图8-80 选择扫掠路径生成实体

相应的命令序列如下：

```
命令: _sweep
当前线框密度: ISOLINES=4
选择要扫掠的对象: 找到 1 个
选择要扫掠的对象:
选择扫掠路径或 [对齐(A)/基点(B)/比例(S)/扭曲(T)]:
```

8.6 实体的布尔运算和干涉运算

在AutoCAD中，可以对三维基本实体进行布尔运算（包括并集、差集、交集）和干涉运算，从而创建出复杂实体。

8.6.1 布尔运算

布尔运算用于对两个或两个以上的实体进行特殊运算操作。通过布尔运算，可以将多个实体合并为一个实体，或从一个实体中减去一个或多个实体，或者得到多个实体的公共部分。AutoCAD 2010提供了并集、差集和交集3个工具，可以从功能区"常用"选项卡的"实体编辑"面板中单击布尔运算下拉按钮，从如图8-81所示的下拉列表中选择需要的工具。

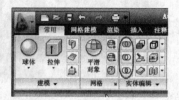

图8-81 布尔运算工具

1. 并运算

并运算（命令为union）用于将两个或两个以上的实体合并为一个新实体。选择【并集】工具后，依次选取实体，再按【Enter】键即可完成并运算。如图8-82所示为对两个实体进行布尔并运算的过程，运算后原来的两个实体合并成了一个整体。相应的命令序列如下：

> 命令: _union
> 选择对象: 找到 1 个
> 选择对象: 找到 1 个，总计 2 个
> 选择对象:

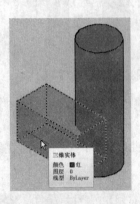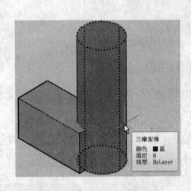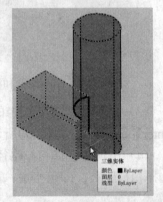

图8-82　布尔并运算过程

 两个实体如果在空间有相交的部分，合并后这一部分将不再单独存在；若没有相交的部分，合并后仍将产生一个在空间上分离的整体实体。

2. 差运算

布尔差运算（命令为subtract）用于从一个实体中减去一个或多个实体而生成一个新实体。选择【差集】工具后，先在绘图窗口中选取被减的实体，按【Enter】键确认后，再选取要减去的实体，再按【Enter】键即可，如图8-83所示为两个实体进行布尔差运算的过程。相应的命令序列如下：

> 命令: _subtract 选择要从中减去的实体或面域...
> 选择对象: 找到 1 个
> 选择对象:
> 选择要减去的实体或面域 ..
> 选择对象: 找到 1 个
> 选择对象:

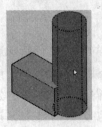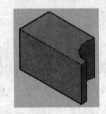

图8-83　布尔差运算的过程

 如果被减实体和要减的实体在空间中不相交，该命令不会对被减实体产生任何影响，但要减的实体会消失。

3. 交运算

布尔交运算（命令为intersect）用于将两个或两个上实体的公共部分生成一个新实体。选择【交集】工具后，按命令行中的提示依次选取实体，再按【Enter】键即可进行交运算。如图8-84所示为两个实体进行布尔交运算的过程。相应的命令序列如下：

> 命令: _intersect
> 选择对象: 找到 1 个
> 选择对象: 找到 1 个，总计 2 个
> 选择对象:

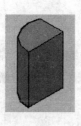

图8-84 布尔交运算的过程

 两个实体如果在空间上没有相交的部分，命令结束后两个实体都将消失。

8.6.2 干涉运算

干涉运算用于将源实体保留下来，然后用两个实体的交集生成一个新实体。进行干涉运算的方法如下：

（1）从功能区"常用"选项卡的"实体编辑"面板中选择【干涉】工具，如图8-85所示。

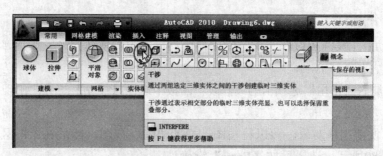

图8-85 选择【干涉】工具

（2）按照命令行的提示依次选择实体的第一集合和第二集合，出现如图8-86所示的"干涉检查"对话框。

（3）单击"亮显"中的【上一个】或【下一个】按钮，即可用不同的方式查看干涉运算结果，如图8-87所示。

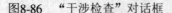

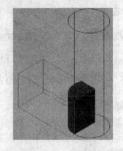

图8-86 "干涉检查"对话框   图8-87 查看运算结果

8.7 编辑三维实体

可以对三维图形进行各种编辑处理，常用的编辑操作包括删除、移动、旋转、缩放、倒角、圆角、剖切、镜像、阵列、对齐和分解等。下面简要介绍在"三维建模"工作空间下主要的编辑操作。

8.7.1 删除实体

要删除实体，只需在绘图区中用鼠标选中要删除的实体对象，再按下键盘上的【Delete】键即可，如图8-88所示。选择实体对象的方法与选择二维图形对象的方法相同。

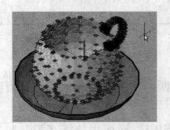

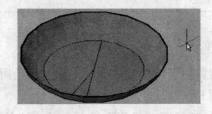

图8-88 删除实体

8.7.2 移动实体

使用【移动】工具，可以在三维空间中自由移动选定的实体对象。下面举例说明移动实体的具体方法：

（1）在功能区"常用"选项卡的"修改"面板中选择【移动】工具，出现"选择对象:"的提示。

（2）为了便于选择对象，可以将视图切换为"前"视图，然后在绘图区中选择要移动的实体，如图8-89所示。选择后按【Enter】键确认。

（3）出现"指定基点或 [位移(D)] <位移>:"的提示后，在命令行中输入基点的坐标，或者在绘图区中捕捉一点作为移动的基点，如图8-90所示。

（4）在出现"指定第二个点或 <使用第一个点作为位移>:"的提示后输入目标点的坐标位置或者直接用鼠标指定目标点。

（5）单击鼠标或按【Enter】键确认后，即可将实体移动到新的位置，如图8-91所示。本例的命令序列如下：

命令: _move
选择对象: 找到 1 个
选择对象:
指定基点或 [位移(D)] <位移>:
指定第二个点或 <使用第一个点作为位移>:

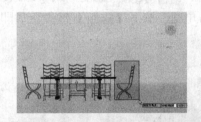
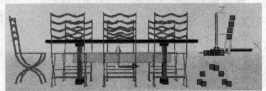

图8-89 选择要移动的实体

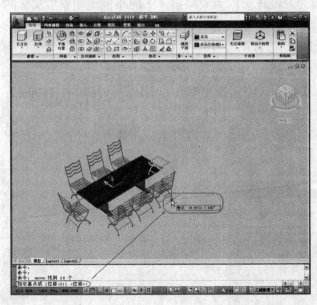

图8-90 输入基点的坐标

图8-91 实体移动效果

> 还可以从功能区"常用"选项卡的"修改"面板中选择【三维移动】工具来移动实体。该工具用于在三维视图中显示出移动夹点，然后沿指定方向将对象移动指定距离。

8.7.3 旋转实体

可以根据需要，将选定的实体对象围绕指定的空间轴旋转一定的角度。下面举例说明具体的旋转方法：

（1）在功能区"常用"选项卡的"修改"面板中选择【旋转】工具⟳。

（2）出现"选择对象:"的提示后，在绘图区中选择要旋转的实体对象，然后按下
【Enter】键确认，如图8-92所示。

（3）出现"指定基点:"的提示后，输入基点的三维坐标值或使用鼠标拾取旋转基点。

（4）出现"指定旋转角度，或 [复制(C)/参照(R)] <0>:"的提示后，在命令行中输入对
象要旋转的角度，按下【Enter】键确认后即可旋转对象，如图8-93所示。

图8-92　选择要旋转的对象　　　　　　图8-93　对象旋转效果

8.7.4　缩放实体

可以根据需要，将实体对象以指定点为基准进行放大或缩小。下面举例说明缩放实体的
具体方法：

（1）在功能区"常用"选项卡的"修改"面板中展开隐藏的工具，然后选择其中的【缩
放】工具。

（2）出现"选择对象:"的提示后，在绘图区中选择要缩放的实体，选择后按【Enter】
键确认，如图8-94所示。

（3）出现"指定基点:"的提示后，在命令行中输入基点的坐标，或者在绘图区中捕捉
一点作为缩放的基点，如图8-95所示。

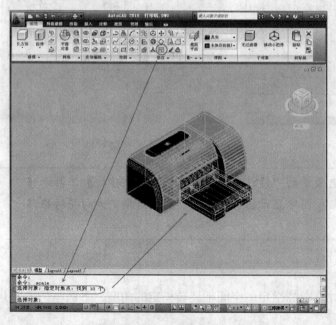 

图8-94　选择要缩放的实体对象　　　　　　图8-95　指定基点

（4）出现"指定比例因子或 [复制(C)/参照(R)] <1.0000>:"的提示后，输入缩放系数（本例输入0.6，表示将实体缩小为原来的60%）。最后，按下【Enter】键确认，即可看到缩放效果，如图8-96所示。

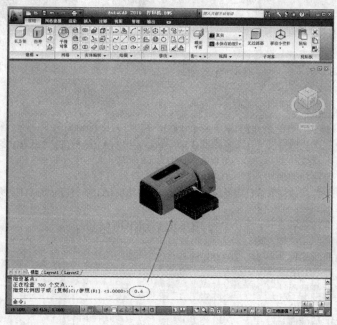

图8-96　缩小效果

本例的命令序列如下：

命令: _scale
选择对象: 指定对角点: 找到 10 个
选择对象:
指定基点:
正在检查 780 个交点...
指定比例因子或 [复制(C)/参照(R)] <1.0000>:　0.6

8.7.5　倒角和圆角

要在实体对象的两个相邻曲面之间生成一个平坦的过渡面，可以使用【倒角】命令来实现；要在实体对象的两个相邻曲面之间生成一个圆滑过渡的曲面，可以使用【圆角】命令来实现。要使用倒角和圆角工具，可以在"常用"选项卡中展开"修改"面板，然后在展开面板的下方单击 ▢▨图标右侧的下拉箭头，再从出现的下拉列表中选择需要的工具，如图8-97所示。

图8-97　倒角和圆角工具

1. 倒角

三维实体的倒角处理实际上是将三维实体上的拐角切去，使之变成斜角。对三维实体进行倒角处理的命令与对二维实体进行倒角处理的命令相同，操作过程也相似。如图8-98所示为对一个长方体进行倒角处理的过程。

图8-98　倒角的过程

本例相应的命令序列如下：

> 命令: _chamfer
> ("修剪"模式) 当前倒角距离 1 = 0.0000, 距离 2 = 0.0000
> 选择第一条直线或 [放弃(U)/多段线(P)/距离(D)/角度(A)/修剪(T)/方式(E)/多个(M)]:　a
> 指定第一条直线的倒角长度 <0.0000>: 30
> 指定第一条直线的倒角角度 <0>: 45
> 选择第一条直线或 [放弃(U)/多段线(P)/距离(D)/角度(A)/修剪(T)/方式(E)/多个(M)]:
> 基面选择...
> 输入曲面选择选项 [下一个(N)/当前(OK)] <当前(OK)>:
> 指定基面的倒角距离: 20
> 指定其他曲面的倒角距离 <20.0000>:
> 选择边或 [环(L)]:
> 边必须位于基准面。
> 选择边或 [环(L)]:
> 边必须位于基准面。
> 选择边或 [环(L)]:

2. 圆角

对三维实体进行圆角处理的命令和方法与对二维对象进行圆角处理的命令和方法相同，如图8-99所示为对一个长方体进行圆角处理的过程。在为几条交于同一个点的棱边修圆角时，如果圆角半径相同，则会在该公共点上生成球面的一部分。

图8-99　圆角的过程

本例相应的命令序列如下：

> 命令: _fillet
> 当前设置: 模式 = 修剪, 半径 = 0.0000
> 选择第一个对象或 [放弃(U)/多段线(P)/半径(R)/修剪(T)/多个(M)]: r
> 指定圆角半径 <0.0000>: 30
> 选择第一个对象或 [放弃(U)/多段线(P)/半径(R)/修剪(T)/多个(M)]:
> 输入圆角半径 <30.0000>:
> 选择边或 [链(C)/半径(R)]:
> 选择边或 [链(C)/半径(R)]:
> 选择边或 [链(C)/半径(R)]:
> 已选定 3 个边用于圆角。

8.7.6 剖切实体

使用【剖切】工具，可以用指定的平面将实体剖切为两个部分。可以使用对象、Z轴、视图、*XY/YZ/ZX*面或面上的3点来定义剖切面。下面举例说明剖切实体的方法：

（1）打开需要剖切的实体。

（2）在命令提示下输入slice，出现"选择要剖切的对象:"的提示信息后选取要剖切的对象，如图8-100所示。

（3）确认选择后，出现"指定切面的起点或 [平面对象(O)/曲面(S)/Z轴(Z)/视图(V)/XY/YZ/ZX/三点(3)] <三点>:"的提示，可以用光标拾取剖切面的相应点，也可以输入三维坐标值，如图8-101所示。

图8-100 选择要剖切的对象

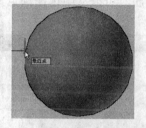 

图8-101 拾取剖切面的相应点

（4）确认后，即可将对象按指定的面剖切为两个对象，如图8-102所示。

（5）要查看剖切效果，可以将其中一个对象移开，效果如图8-103所示。

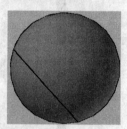

图8-102 剖切效果

图8-103 移开剖切后的对象

本例的命令序列如下：

命令: slice
选择要剖切的对象: 找到 1 个
选择要剖切的对象:
指定切面的起点或 [平面对象(O)/曲面(S)/Z 轴(Z)/视图(V)/XY(XY)/YZ(YZ)/ZX(ZX)/三点(3)] <三点>:
指定平面上的第二个点:
在所需的侧面上指定点或 [保留两个侧面(B)] <保留两个侧面>:

此外，也可以根据需要对实体进行镜像、阵列、对齐和分解等编辑操作，具体方法与二维对象相应的编辑操作相似。

8.8　渲染三维图形

利用AutoCAD提供的Render（渲染）功能，可以为三维模型创建出照片级的渲染效果图。同时，在渲染前，还能在三维空间中设置各种光源，并为模型赋予各种材质。

8.8.1　为实体指定材质

AutoCAD 2010预设了大量的材质。首先打开"工具"选项板，然后右击"工具"选项板标题栏，从出现的快捷菜单中选择【材质】选项，如图8-104所示。选择【材质】选项后，将出现一个材质类型列表，可以从中选择需要的材质。比如，选择"金属－材质样例"后，将出现如图8-105所示的材质，可以从中选择预定义的各种材质指定给绘图区中的实体对象。

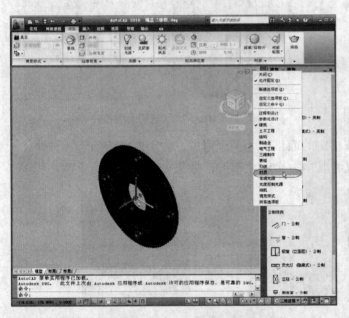

图8-104　选择【材质】选项　　　　　　图8-105　建筑材质库

要为选定的对象指定材质，只需选中对象后直接单击材质列表中的相应的"材质球"图标即可，如图8-106所示。

如果事先没有选择定三维对象，可以选择某种"材质球"图标，然后在要应用材质的对象上单击鼠标即可。也可以将材质从材质库中直接拖向绘图区中的对象，以便为对象指定材质。

　　要在绘图区中显示出应用材质的效果，应将视觉样式设置为"真实"。

8.8.2　用"材质"选项板管理材质

在功能区的"渲染"选项卡中单击"材质"面板右下角的【材质】图标 ，将出现如图8-107所示的"材质"选项板。利用该选项板，可以对材质进行设置、管理和编辑等操作。

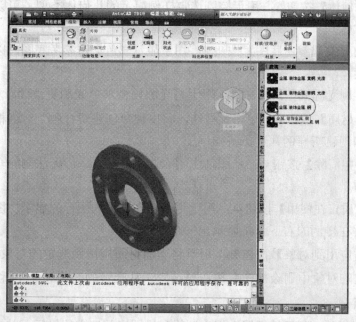

图8-106 为选定的对象指定材质

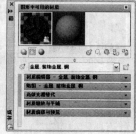

图8-107 打开"材质"选项板

下面介绍"材质"选项板中的主要选项。

1. "图形中可用的材质"面板

"图形中可用的材质"面板中列出了图形中可用材质的样例,只需单击样本球即可选择材质,并在"材质编辑器"面板中出现相应的设置选项。"图形中可用的材质"面板中的主要选项如下:

- 【切换显示模式】按钮■:用于切换样例的显示方式,如图8-108所示为两种不同的样例显示方式。

图8-108 切换显示模式

- 【样例几何体】按钮◉：用于控制选定样例显示的几何体类型，可以选择长方体、圆柱体或球体。
- 【关闭/打开交错参考底图】按钮▒：用于显示彩色交错参考底图，以方便查看材质的不透明度。
- 【预览样例光源模型】按钮◉：用于将光源模型从单光源更改为背光源模型。
- 【创建新材质】按钮◢：单击该按钮，将出现"创建新材质"对话框，可以在当前样例的右侧创建新样例并选择新样例。
- 【从图形中清除】按钮◈：从图形中删除选定的材质。但无法删除全局材质和正在使用的材质。
- 【表明材质正在使用】按钮◈：用于更新正在使用的图标的显示。图形中当前正在使用的材质在样例的右下角将显示出一个图形图标。
- 【将材质应用到对象】按钮◈：用于将当前材质应用到选定的对象和面。
- 【从选定的对象中删除材质】按钮◈：用于从选定的对象和面中拆离材质。

2. 材质编辑器

如图8-109所示的"材质编辑器"用于编辑和设置当前选定的材质。其中的主要选项有：

图8-109　材质编辑器

- 类型：用于选择视觉效果。其中，"真实"和"真实金属"根据物理性质用于材质；"高级"和"高级金属"用于具有更多选项的材质，包括可用于创建特殊效果的特性（例如模拟反射）。
- 样板：用于列出可用于选定的材质类型的样板。
- "颜色"框：用于打开"选择颜色"对话框，从中可以指定材质的漫射颜色。
- 随对象：选中后，将根据应用材质的对象的颜色设置材质的颜色。
- 反光度：用于设置材质的反光度，有光泽的实体面上的亮显区域较小但显示较亮。
- 自发光：当设置值大于0时，可以使对象自身显示为发光而不依赖于图形中的光源。
- 亮度：选中后，可以调节材质的亮度。选择"亮度"时，"自发光"不可用，亮度以实际光源单位指定。
- 双面材质：选中后，将会渲染正面法线和反面法线。清除后，则仅渲染正面法线。

8.8.3　设置贴图

AutoCAD预置的材质不一定能满足实际渲染的需求，系统还提供了将BMP、TGA、TIFF和JPEG等格式的外部图像创建为新材质的方法，这种操作称为贴图。

下面通过一个简单的例子介绍设置贴图的基本方法：

（1）在"材质"选项板中创建一个新材质或选择某种已有材质。

（2）在"贴图"面板中选中"漫射贴图"选项，然后从贴图类型列表中选择"纹理贴图"选项，再单击【选择图像】按钮，从出现的"选择图像文件"对话框中选择需要作为贴图的图像文件，如图8-110所示。

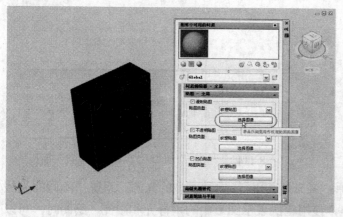

图8-110 选择贴图图像

（3）单击【打开】按钮，即可在"材质"选项板中看到贴图的名称和路径。

（4）单击【将材质应用到对象】按钮，将材质应用到选定的对象上，如图8-111所示。

（5）要设置贴图的显示效果，可以单击贴图图像右侧的【调整位图】按钮，在出现的"缩放与平铺"面板中设置比例单位、平铺参数、缩放参数，如图8-112所示。

图8-111 应用材质

图8-112 调整贴图参数

（6）设置完成后单击【关闭】按钮，即可按设置的参数显示出贴图，如图8-113所示。

8.8.4 光源简介

三维模型在进行渲染时，不同的光源和光源参数将直接影响到渲染效果。AutoCAD 2010

通过"渲染"选项卡中的"光源"面板和"阳光和位置"面板来创建、设置和管理各种光源，如图8-114所示。

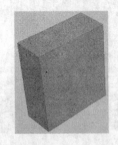

图8-113　更改参数后的贴图效果

图8-114　"光源"面板和"阳光和位置"面板

AutoCAD提供了环境光、点光源、聚光灯和平行光4种类型的光源。系统用不同的光线轮廓来表示每个聚光灯和点光源，但不使用轮廓表示图形中的平行光和阳光。绘图时，可以打开或关闭光线轮廓的显示。

- 阳光（即环境光）：环境光为模型的每个表面都提供相同的照明。它既不来自特定的光源，也没有方向性。
- 点光源：点光源从其所在位置向所有方向发射光线。点光源的强度随着距离的增加根据其衰减率衰减。
- 聚光灯：聚光灯发射有向的圆锥形光。可以指定光的方向和圆锥的大小。与点光源相似，聚光灯的强度也随着距离的增加而衰减。聚光灯有聚光角和照射角，它们一起控制光沿着圆锥的边如何衰减。当来自聚光灯的光照射表面时，照明强度最大的区域被照明强度较低的区域所包围。
- 平行光：平行光源只向一个方向发射平行光射线。光线在指定的光源点的两侧无限延伸。平行光的强度并不随着距离的增加而衰减，对于每一个被照射的表面，其亮度都与其在光源处相同。

8.8.5　渲染输出

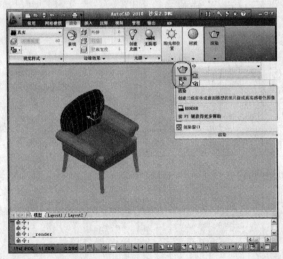

图8-115　【渲染】按钮

渲染是指基于三维场景创建输出一种二维图像。渲染时，将使用事先设置好的光源、材质和环境来为场景中的几何图形进行着色。渲染设置的选项很多，下面仅简要介绍快速渲染的一般方法。

（1）打开要渲染的三维图形，调整好图形的视觉效果，然后单击功能区"渲染"选项卡中的【渲染】按钮，从出现的列表中选择【渲染】选项，如图8-115所示。

（2）随后将出现一个"渲染"窗口，经过一段时间的渲染处理后，将生成一幅按用户所设置的参数输出的"图像"，如图8-116所示。窗口的右窗格中详细列出了图像信息。

    （3）要保存图像，可以选择【文件】|【保存】命令，将图像保存为BMP等位图格式。

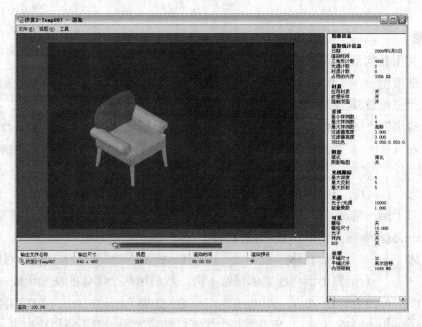

图8-116   "渲染"窗口

本课要点小结

    与二维图形相比，用三维图形表示的工程图形更加直观逼真。本课介绍了在AutoCAD 2010中绘制和处理三维图形的初步知识，下面对本课的重点内容进行小结：

    （1）三维模型包括了对象几何结构的点、线、面、体等信息。三维模型分为线框模型、表面模型、实体模型几种类型。三维坐标系分为世界坐标系（WCS）和用户坐标系（UCS）两种形式。AutoCAD 2010提供了一个"三维建模"工作空间，为创建三维模型提供了方便。

    （2）打开AutoCAD 2010的等轴测投影模式，并设置好等轴测投影模式后，可以绘制一种用3个等轴测面来描述物体的三维图形。为二维图形设置厚度，就能生成简单的三维物体。

    （3）AutoCAD 2010提供了长方体、圆锥体、圆柱体、球体、圆环体、楔体和棱锥体等基本实体造型的绘制工具，可以用它们来直接绘制实体图元。通过各种实体图元的组合或切割，就能创建出复杂的三维物体。

    （4）二维图形创建实体模型的方法很多，最常用的方法有拉伸、放样、旋转和扫掠等。

    （5）对于三维模型，可以进行布尔运算（包括并集、差集、交集）和干涉运算，从而创建出复杂实体。

    （6）可以对三维图形进行各种编辑处理，常用的编辑操作包括删除、移动、旋转、缩放、倒角、圆角、剖切、镜像、阵列、对齐和分解等。

    （7）使用【渲染】工具，可以为三维模型创建出照片级的渲染效果图。同时，在渲染前，还能在三维空间中设置各种光源，并为模型赋予各种材质。

习题

选择题

（1）利用几何形状的外表面构造的模型称为（　　　　）。

A. 三维模型　　　B. 实体模型　　　　C. 线框模型　　　　D. 表面模型

（2）"三维建模"工作空间中视觉样式切换工具位于（　　　）选项卡。

A. "输出"　　　B. "网格建模"　　　C. "渲染"　　　D. "管理"

（3）在（　　　）视觉样式下，将对多边形平面间的对象进行着色，并使对象的边平滑化。

A. 概念　　　B. 三维隐藏　　　C. 真实　　　D. 三维线框

（4）对于圆、椭圆、正多边形、矩形、封闭的样条曲线、多段线、面域等二维对象，可以使用extrude命令将其沿一指定路径拉伸为一个广义的（　　　　）。

A. 立体　　　B. 柱体　　　C. 模型　　　D. 对象

（5）（　　　）运算用于将源实体保留下来，然后用两个实体的交集生成一个新实体。

A. 干涉　　　B. 布尔　　　C. 交集　　　D. 并集

（6）可以用不同的（　　　）来表示每个聚光灯和点光源，但不使用轮廓表示图形中的平行光和阳光。

A. 光线　　　B. 光线轮廓　　　C. 轮廓　　　D. 轮廓光线

填空题

（1）三维模型是指在计算机中将物体的实际形状以三维形式表示的模型，模型包括了对象几何结构的_____等信息。

（2）三维笛卡儿坐标系是在二维笛卡儿坐标系的基础上根据_____定则增加第三维坐标（即Z轴）而形成的。

（3）在"三维隐藏"视觉样式中，会显示出用_____表示的对象，并隐藏其后面的所有直线。

（4）ViewCube工具用于设置模型的_____，以便从不同角度观察模型。

（5）_____工具通过控制盘上的按钮来提供导航工具，可以使用该工具来灵活平移、缩放或操作模型的当前视图。

（6）等轴测图采用_____将不同位置的物体连同确定其空间位置的直角坐标系向单一的投影面（称等轴测投影面）进行投影，并使其投影反映三个坐标面的形状。

（7）对象的厚度是指对象_____的距离。

（8）利用二维图形创建实体模型的方主要有_____、放样、_____和扫掠等。

（9）放样工具通过指定一系列_____来创建实体对象。

（10）对于圆、椭圆、正多边形、矩形、封闭的样条曲线或多段线、面域等含有"面"信息的图形对象，可以通过围绕_____进行旋转，以便形成一个旋转体。

（11）使用【扫掠】工具，可以沿_____扫掠另一个开放或闭合的平面曲线创建新实体或曲面。

（12）通过_____运算，可以将多个实体合并为一个实体，或从一个实中减去一个或多个实体，或者得到多个实体的公共部分。

（13）"材质"选项板用于对材质进行_____等操作。

（14）AutoCAD提供了环境光、_____、_____和平行光4种类型的光源。

（15）渲染时，将使用事先设置好的_____来为场景中的几何图形进行着色。

简答题

（1）三维模型有哪些特点？

（2）三维坐标系和二维坐标系有何不同？

（3）简述"三维建模"工作空间的组成。

（4）如何创建和设置用户坐标系？

（5）如何使用ViewCube工具及SteeringWheels工具来控制模型的方向和视图？

（6）什么是等轴测图？如何绘制等轴测图？

（7）怎样为二维图形指定厚度？

（8）AutoCAD 2010提供了哪些基本实体绘制工具？

（9）如何用拉伸、放样、旋转和扫掠等方法将二绘图形转换为实体模型？

（10）简述布尔运算和干涉运算的特点及应用方法。

（11）如何编辑三维实体？

（12）如何为实体指定材质？如何设置贴图？如何添加光源？如何渲染输出三维图像？

第9课 输出图形

图形绘制完成后，可以利用AutoCAD 2010的图形输出和发布功能，将图形打印输出或者以图元文件、印刷文件、封装文件、位图文件等数字文件格式输出，也可以创建图纸图形集或电子图形集，还可以将图形进行电子传递和网上发布。本课将介绍图形的打印与发布的基础知识和具体方法。通过学习，掌握以下应知知识和应会技能：

- 熟悉图纸空间布局的创建方法。
- 熟练掌握图形的打印方法和技巧。
- 熟悉图形的发布方法。

9.1 创建和应用布局

一般情况下，绘图工作是在模型空间中进行的。绘图完成后，要模拟真实的图纸页面，提供直观的打印设置，就需要在布局视图的图纸空间环境下进行布局。在这种视图下，可以创建和放置视口对象，还可以添加标题栏或其他几何图形。

9.1.1 模型空间和图纸空间

模型空间一般是用于进行图形绘制工作的空间，而图纸空间则是为绘制二维图形提供的"虚拟图纸"，主要用于在输出图形之前组织视图和模拟图纸真实打印效果。当绘图窗口处于图纸空间时，坐标系显示的是图纸空间标志。

使用图纸空间，可以将模型空间中绘制完成的图形对象进行重新分布，以便设置成不同的视图，还可以在其中添加上图纸边框、注释、标题块和尺寸标注等内容。图纸空间的每一个布局都可以有不同的视口，而且可以通过移动或改变视口尺寸来排列视图。

 "视口"是指显示图形或模型空间中某个部分的限定区域。在模型空间中，称做平铺视口，在图纸空间中，称做浮动视口。多个视口能提供对象的不同视图。例如，可以建立多个视口来显示同一个图形对象的俯视图、左视图、右视图和仰视图等。

1. 切换模型空间和图纸空间

AutoCAD 2010提供了多种切换模型空间和图纸空间的方式，下面简要介绍两种方法。

（1）使用模型选项卡或布局选项卡

利用绘图窗口左下角的模型选项卡或布局选项卡，可以快速进行模型空间和图纸空间的切换，如图9-1所示。

 要隐藏布局和模型选项卡，可以在模型选项卡或布局选项卡上单击鼠标右键，从出现的快捷菜单中选择【隐藏布局和模型选项卡】选项。

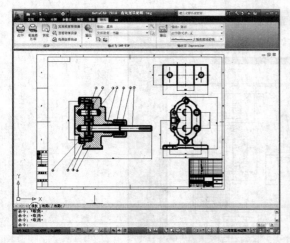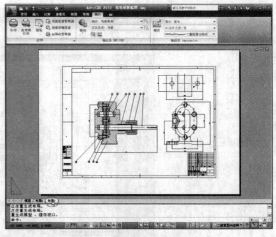

图9-1 用"模型选项卡或布局"选项卡进行切换

（2）利用状态栏来切换模型空间和图纸空间

状态栏的下方提供了一个【快速查看布局】按钮，单击该按钮，即可打开当前所有布局的缩略图，如图9-2所示。

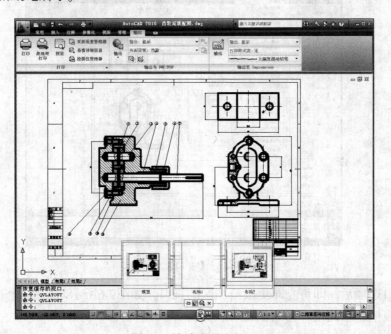

图9-2 快速查看布局

要切换到需要的空间模式，只需单击相应的缩略图即可，如图9-3所示。

2. 设置视口

为满足绘图时的不同需要，可以根据实际情况选择工作空间中的视口数量和布局方式。从菜单栏中选择【视图】|【视口】命令，然后在出现的【视口】子菜单中选择相应的选项（如图9-4所示），即可实现视口的选择。

也可以从功能区中选择"视图"选项卡，再在"视口"面板下的"选择视口配置"下拉列表中选择需要的选项，如图9-5所示。

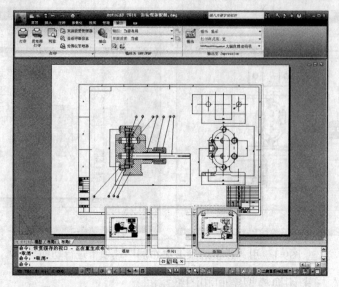

图9-3　切换到指定的空间模式

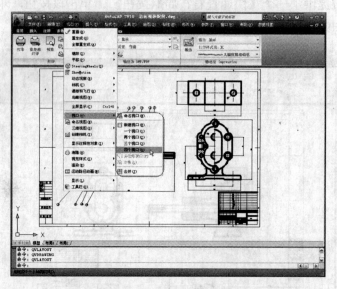

图9-4　【视口】子菜单

选择视口选项后，即可立即更改绘图区的视口。如图9-6所示为选择4个视口的效果。其中，以加粗线框显示的视口为当前视口。

9.1.2　使用向导创建新布局

除系统默认的布局（"布局1"和"布局2"）外，还可以利用"布局向导"来创建新的布局。下面简要介绍"布局向导"的各个步骤及其设置选项：

（1）从菜单栏中选择【插入】|【布局】|【创建布局向导】命令，或者在命令行中输入layoutwizard命令，都可以打开"布局向导"。在如图9-7所示的"创建布局-开始"界面，中输入新建布局的名称。

（2）单击【下一步】按钮，进入如图9-8所示的"创建布局-打印机"页面，可在其列表中选择已匹配的打印机。

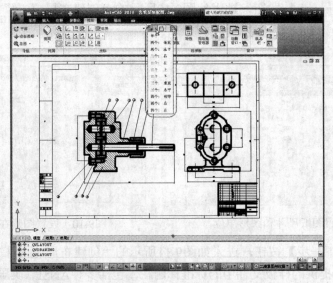

图9-5 "选择视口配置"下拉列表

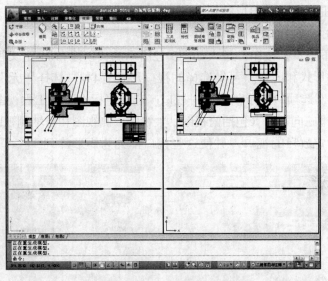

图9-6 显示4个视口的效果

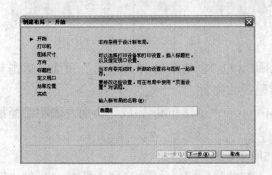

图9-7 "创建布局-开始"界面

图9-8 选择打印机

（3）单击【下一步】按钮，进入如图9-9所示的"创建布局-图纸尺寸"页面，可从列表中选择图纸尺寸，还可以指定图形单位。

（4）单击【下一步】按钮，进入如图9-10所示的"创建布局-方向"页面，可选择图形在图纸上的方向为"纵向"还是"横向"。

 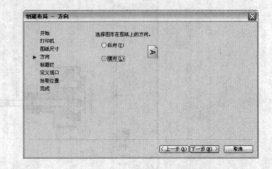

图9-9 设置图纸尺寸和图形单位　　　　　图9-10 设置图形在图纸上的方向

（5）单击【下一步】按钮，进入如图9-11所示的"创建布局-标题栏"页面，其列表中显示了AutoCAD所提供的样板文件中的标准标题栏，包括多种ANSI（美国国家标准化协会）和ISO（国际标准化组织）的标题栏。其中，ANSI标题栏是以英寸为单位绘制的，而ISO、DIN和JIS标题栏则是以毫米为单位绘制的。如果需要，可选择其中一种样式并以"块"或"外部参照"的形式插入到当前图形文件中。

（6）单击【下一步】按钮，进入如图9-12所示的"创建布局-定义视口"页面，可在该界面中指定视口的形式和比例。可供选择的视口形式有4种，选择"无"选项，表示不创建视口；选择"单个"选项，表示创建单一视口；选择"标准三维工程视图"选项，表示创建工程图中常用的标准三向视口（包括俯视图、主视图、侧视图和等轴测视图）；选择"阵列"选项，表示创建指定数目的视口，并使这些视口排列为矩形阵列。

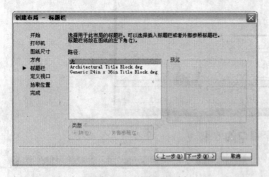 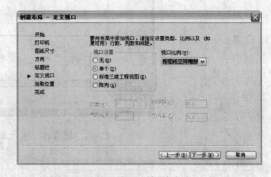

图9-11 设置标题栏　　　　　　　　　　图9-12 指定视口的形式和比例

（7）单击【下一步】按钮，进入如图9-13所示的"创建布局-拾取位置"页面，单击其中的【选择位置】按钮，可在图形中指定视口配置的位置。

（8）单击【下一步】按钮，进入如图9-14所示的"创建布局-完成"页面，表明已经根据以上步骤的设置创建了一个新布局。

（9）单击【完成】按钮即可看到如图9-15所示的设置效果。

使用"创建布局"向导完成布局设置之后，可随时从菜单栏中选择【文件】|【页面设置管理器】命令，在出现的"页面设置管理器"对话框中选中创建的布局名（如图9-16所示），然后单击【修改】按钮来修改新布局的设置。

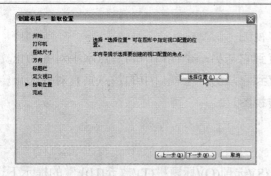

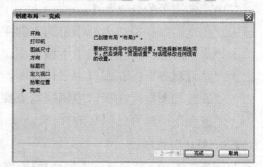

图9-13 设置拾取位置　　　　　　　　图9-14 "创建布局-完成"界面

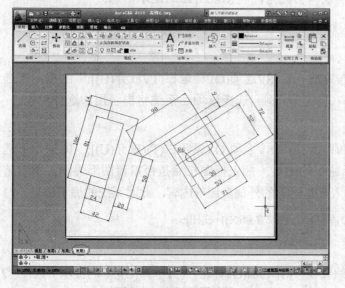

图9-15 布局设置效果　　　　　　　图9-16 "页面设置管理器"对话框

> 此外，使用-layout命令，也可实现布局的创建、删除、复制、保存和重命名等
> 操作。调用的方法是：在命令行中输入-layout。

9.1.3 图纸空间的视图设置命令

在图纸空间中使用mvsetup命令，可以对视图进行控制和设置。打开图形文件并切换到图纸空间后，在命令行中输入命令mvsetup并按【Enter】键，将出现下面的提示：

命令: mvsetup
输入选项 [对齐(A)/创建(C)/缩放视口(S)/选项(O)/标题栏(T)/放弃(U)]:

下面简要介绍该命令行中的各个选项的含义。

1. "对齐"选项

"对齐"选项用于在视口中平移或旋转视图，也可将两个视口中的视图对齐。选择该项后出现下面的提示：

输入选项 [对齐(A)/创建(C)/缩放视口(S)/选项(O)/标题栏(T)/放弃(U)]: a
输入选项 [角度(A)/水平(H)/垂直对齐(V)/旋转视图(R)/放弃(U)]:

其中，各选项的含义如下：

- "角度"：在视口中沿指定的方向平移视图。
- "水平对齐"：在视口中平移视图，直到它与另一个视口中的基点水平对齐为止。
- "垂直对齐"：在视口中平移视图，直到它与另一个视口中的基点垂直对齐为止。
- "旋转视图"：在视口中围绕基点旋转视图。
- "放弃"：放弃已执行的操作。

2. "创建"选项

在"输入选项 [对齐(A)/创建(C)/缩放视口(S)/选项(O)/标题栏(T)/放弃(U)]:"的提示下选择"创建"选项，可删除对象或创建视口。此时，将出现下面的提示信息：

输入选项 [删除对象(D)/创建视口(C)/放弃(U)] <创建视口>:

3. "缩放视口"选项

在"输入选项 [对齐(A)/创建(C)/缩放视口(S)/选项(O)/标题栏(T)/放弃(U)]:"的提示下选择"缩放视口"选项，可以设置视口的缩放比例。选择该项后系统将提示用户选择对象。

4. "选项"选项

在"输入选项 [对齐(A)/创建(C)/缩放视口(S)/选项(O)/标题栏(T)/放弃(U)]:"的提示下选择"/选项(O)"，可以设置要插入标题栏的图层、插入标题栏后是否重置图形界限、指定转换后的图纸单位以及指定标题栏是插入还是附着的外部参照等内容，此时系统的提示信息为：

输入选项 [图层(L)/图形界限(LI)/单位(U)/外部参照(X)] <退出>:

5. "标题栏"选项

在"输入选项 [对齐(A)/创建(C)/缩放视口(S)/选项(O)/标题栏(T)/放弃(U)]:"的提示下选择"/标题栏(T)"，可以删除对象、设置原点和插入可用的标题栏。此时，系统的提示信息为：

```
输入标题栏选项 [删除对象(D)/原点(O)/放弃(U)/插入(I)] <插入>:
可用标题栏:...
0:      无
1:      ISO A4 尺寸 (毫米)
2:      ISO A3 尺寸 (毫米)
3:      ISO A2 尺寸 (毫米)
4:      ISO A1 尺寸 (毫米)
5:      ISO A0 尺寸 (毫米)
6:      ANSI-V 尺寸 (英寸)
7:      ANSI-A 尺寸 (英寸)
8:      ANSI-B 尺寸 (英寸)
9:      ANSI-C 尺寸 (英寸)
10:     ANSI-D 尺寸 (英寸)
11:     ANSI-E 尺寸 (英寸)
12:     建筑/工程 (24×36英寸)
13:     常用D尺寸图纸 (24×36英寸)
```

同时，还将自动出现如图9-17所示的"AutoCAD文本窗口"，提示标题栏的相关信息。

6. "放弃"选项

在"输入选项 [对齐(A)/创建(C)/缩放视口(S)/选项(O)/标题栏(T)/放弃(U)]:"的提示下选择"放弃(U)"选项，则放弃当前mvsetup任务中已执行的操作。

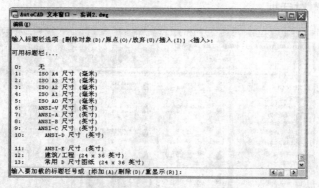

图9-17 "AutoCAD文本窗口"

9.2 打印图形

打印图形的方法很简单，只需使用【打印】命令，在"打印"对话框中指定必要的参数后即可打印输出。但是，如果要修改打印图形的外观（如对象的颜色、线型和线宽等），指定端点、连接和填充样式，或者获得一些特殊输出效果，就必须创建和使用打印样式表。

9.2.1 创建打印样式表

打印样式表用于定义打印样式。打印样式表主要分为与颜色相关的打印样式表和与命名相关的打印样式表。颜色相关打印样式表以 **.ctb** 为扩展名保存，命名打印样式表则以 **.stb** 为扩展名保存。创建颜色相关打印样式表的方法如下：

（1）单击【应用程序】按钮■，在出现的列表中单击【选项】按钮，打开"选项"对话框，然后切换到"打印和发布"选项卡，单击其中的【打印样式表设置】按钮，如图9-18所示。

（2）打开"打印样式表设置"对话框后，可以在其中选择"使用颜色相关打印样式"或"使用命名打印样式"，如图9-19所示。

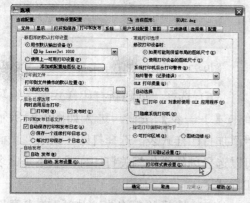

图9-18 "打印和发布"选项卡

图9-19 "打印样式表设置"对话框

（3）单击【添加或编辑打印样式表】按钮，出现如图9-20所示的"Plot Styles"文件夹窗口。

（4）在文件夹窗口中双击"添加打印样式表向导"快捷方式图标，出现如图9-21所示的

"添加打印样式表"对话框。

图9-20 "Plot Styles"文件夹窗口

（5）单击【下一步】按钮，出现如图9-22所示的"添加打印样式表－开始"页面。如果选择"创建新打印样式表"选项，可以从头开始创建新的打印样式表；如果选择"使用现有打印表样式"选项，则可以基于已有的打印样式表来创建新的打印样式表；如果选择"使用R14绘图仪配置（CFG）"选项，则使用acadr14.cfg文件中的笔设置信息来创建新的打印样式表；如果选择"使用PCP或PC2文件"，则使用PCP或PC2文件中存储的笔指定信息创建新的打印样式表。

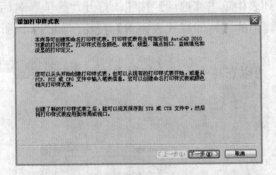

图9-21 "添加打印样式表"对话框

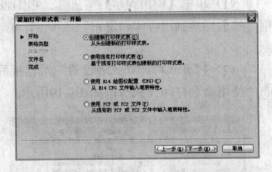

图9-22 "添加打印样式表-开始"页面

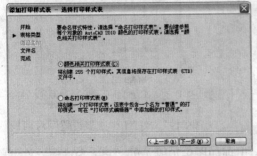

图9-23 "添加打印样式表-选择
打印样式表"页面

（6）选择"创建新打印样式表"选项后单击【下一步】按钮，进入如图9-23所示的"添加打印样式表－选择打印样式表"页面，可以选择创建颜色相关打印样式表还是命名打印样式表。

（7）选择"颜色相关打印样式表"选项，然后单击【下一步】按钮，进入如图9-24所示的"添加打印样式表-文件名"页面，可以在其中指定新建的打印样式表的名称。

（8）输入文件名后，单击【下一步】按钮，进入如图9-25所示的"添加打印样式表－完成"页面。在完成创建工作前，还可单击【打印样式表编辑器】按钮，用打印样式表编辑器对该文件进行编辑。如果选中"对新图形和AutoCAD 2010之前的图形使用此打印样式表"复选项，便可以将新建的打印样式表应用于新图形，并按默认的规定附着打印样式到所有新图形和早期版本的图形中。

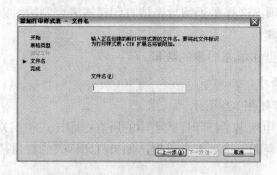 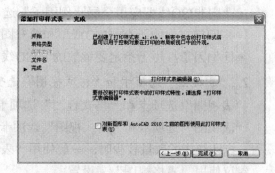

图9-24 "添加打印样式表-文件名"页面　　　图9-25 "添加打印样式表-完成"面面

设置完成后，将创建一个新的ctb文件，并将其保存在AutoCAD系统主目录中的plot styles子文件夹中。

9.2.2 打印样式管理器

对于经常需要打印图纸的用户，应使用"打印样式管理器"来创建、编辑和存储ctb和stb文件。

从菜单栏中选择【文件】|【打印样式管理器】命令，或者在命令行中输入stylesmanager命令，都将出现如图9-26所示的"Plot Styles"文件夹窗口，该窗口实际上就是打印样式管理器。打印样式管理器列出了所有可用的打印样式，双击其中一种样式，将出现如图9-27所示的"打印样式表编辑器"对话框。

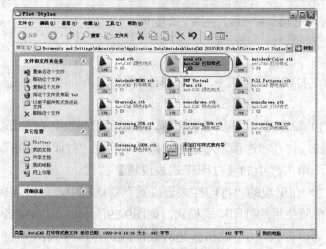 

图9-26 打印样式管理器　　　图9-27 "打印样式表编辑器"对话框

1. "常规"选项卡

在"打印样式表编辑器"对话框的"常规"选项卡中列出了打印样式表文件名、说明、版本号、位置（路径名）和表类型等信息。并可以对说明进行修改，也可以在非ISO线型图案和填充图案中应用比例缩放。各个选项的含义如下：

- 打印样式表文件名：显示正在编辑的打印样式表文件的名称。
- 说明：打印样式表的相关说明信息。
- 文件信息：显示打印样式的数量、路径和"打印样式表编辑器"的版本号等。
- "向非ISO线型应用全局比例因子"选项：选择是否缩放由该打印样式表控制的对象打印样式中的所有非ISO线型和填充图案。
- 比例因子：用于指定要缩放的非ISO线型和填充图案的数量。

2. "表视图"选项卡和"格式视图"选项卡

"表视图"选项卡和"格式视图"选项卡如图9-28所示。

"表视图"选项卡和"格式视图"选项卡中列出了打印样式表中的所有打印样式和相关设置。打印样式的数量较少时，一般使用"表视图"选项卡来设置；如果打印样式的数目较大，建议使用"表格视图"来设置。

图9-28　"表视图"选项卡和"格式视图"选项卡

9.2.3　选择打印样式

如果AutoCAD的图形对象工作在命名打印样式模式下，可以修改对象或图层的打印样式。具体方法是：

（1）单击【应用程序】按钮■，在出现的列表中单击【选项】按钮，打开"选项"对话框，然后切换到"打印和发布"选项卡，单击其中的【打印样式表设置】按钮。

（2）在出现的"打印样式表设置"对话框中，可以选择新建图形所使用的打印样式模式，如图9-29所示。在命名模式下，还可以设置"0"层和新建对象的默认打印样式。

9.2.4　页面设置

图9-29　选择打印样式

页面设置是打印设备和其他影响最终输出的外观和格式的设置的集合。可以修改这些设置并将其应用到其他布局中。页面设置的方法如下：

（1）从菜单栏中选择【文件】|【页面设置管理器】命令，或在命令行中输入pagesetup命令，打开如图9-30所示的"页面设置管理器"对话框。

（2）在"页面设置管理器"对话框中单击【修改】按钮，出现如图9-31所示的"页面设置"对话框。

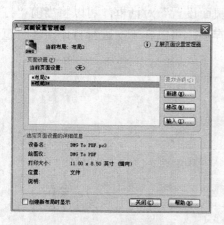

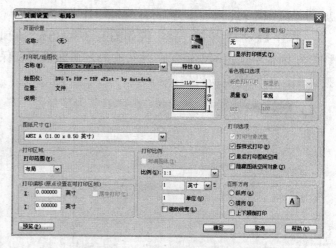

图9-30 "页面设置管理器"对话框   图9-31 "页面设置"对话框

（3）在"页面设置"区中显示了当前页面设置的名称，如果从布局中打开"页面设置"对话框，还将显示一个DWG图标。如果从图纸集管理器中打开"页面设置"对话框，则会显示图纸集图标。

（4）在"打印机/绘图仪"区中，可以指定打印或发布布局或图纸时使用的已配置的打印设备。

（5）在"图纸尺寸"区中，显示了所选打印设备可用的标准图纸尺寸。可以在"打印范围"下，选择要打印的图形区域。

（6）在"打印偏移"区中，可以指定打印区域相对于可打印区域左下角或图纸边界的偏移。

（7）在"打印比例"区中，可以设置图形单位以及与打印单位之间的相对尺寸。

（8）在"打印样式表（笔指定）"区中，还可以设置、编辑打印样式表，或者创建新的打印样式表。

（9）在"着色视口选项"区中，可以指定着色和渲染视口的打印方式，并确定它们的分辨率级别和每英寸点数（DPI）。

（10）在"打印选项"区中，可以指定线宽、打印样式、着色打印和对象的打印次序等。

（11）在"图形方向"区中，可以为支持纵向或横向的绘图仪指定图形在图纸上的打印方向。

（12）设置完成后，单击【预览】按钮，即可预览在图纸上的打印效果。

9.2.5 打印设置

可以在模型空间或任一布局中调用打印命令来打印图形。要调用打印命令，可以从菜单栏中选择【文件】|【打印】命令，也可以直接单击快速访问工具栏上的【打印】按钮，还可

以在命令行中输入plot或print命令，或者使用快捷键【Ctrl】+【P】。

调用打印命令后，将出现如图9-32所示的"打印"对话框。只需在"打印"对话框中的有关参数设置完成后，单击【确定】按钮，即可在图纸上打印输出需要的图形。

1. 通过页面设置打印作业

在"打印"对话框的"页面设置"区中选择页面设置时，相应的页面设置信息会自动添加到"打印"对话框中，从而影响打印作业。

单击【添加】按钮，将出现如图9-33所示的"添加页面设置"对话框，可以将当前"打印"对话框中指定的设置保存为新的命名页面设置。保存后，可以在下次进行打印操作时直接调用，而无需重新设置。

图9-32 "打印"对话框

图9-33 "添加页面设置"对话框

2. 选择打印机或绘图仪

在打印输出图形之前，必须通过如图9-34所示的"名称"列表正确选择打印机或绘图仪。所选的打印设备会影响到图形的可打印区域。

3. 指定打印区域

如图9-35所示的"打印范围"提供了以下选项：

图9-34 打印设备"名称"列表

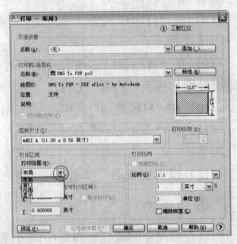

图9-35 "打印范围"选项

- 布局：打印布局时，只打印指定图纸尺寸的可打印区域的内容，其原点从布局中的0,0点计算得出。打印"模型"选项卡时，将打印栅格界限所定义的整个绘图区域。如果当前视口不显示平面视图，该选项与"范围"选项效果相同。
- 窗口：打印指定的图形的任何部分。单击"窗口"按钮，使用定点设备指定打印区域的对角或输入坐标值。
- 范围：打印包含对象的图形的部分当前空间。当前空间内的所有几何图形都将被打印。打印之前，可能会重新生成图形以重新计算范围。
- 显示：打印"模型"选项卡中当前视口中的视图或"布局"选项卡中的当前图纸空间视图。

4. 设置图纸尺寸

"打印"对话框的"图纸尺寸"下拉列表如图9-36所示，可以从中选择要使用的图纸规格。

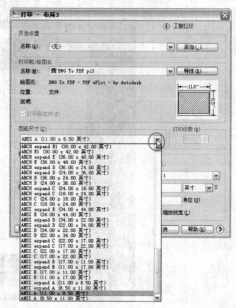

如果从布局打印，可以事先在"页面设置"对话框中指定图纸尺寸。但是，如果从"模型"选项卡打印，则需要在打印时指定图纸尺寸。在"打印"对话框中，选择要使用的图纸尺寸。列出的图纸尺寸取决于用户在"打印"或"页面设置"对话框中选定的打印机或绘图仪。可用绘图仪包括所有当前配置的Windows系统打印机和使用非系统驱动程序的绘图仪。

也可以设置默认页面大小，通过编辑与绘图仪关联的PC3文件，为大多数绘图仪创建新布局。对于Windows系统打印机，可以使用此技术为Windows程序指定不同的默认页面大小。

图9-36　"图纸尺寸"下拉列表

5. 在图纸上放置图形

在图纸上放置图形有多种方法。可以指定可打印区域，设置打印位置以及图形方向。主要的操作有：

- 指定可打印区域：选择"窗口"选项，可打印区域在布局中通过虚线边框显示。当前所选的绘图仪和图纸尺寸决定可打印区域。
- 设置打印位置："打印"对话框的"打印偏移"区中的设置指定了打印区域相对于可打印区域的左下角（原点）或图纸边界的偏移。在"X"和"Y"打印偏移框中输入正值或负值，可以偏移图纸上的图形。
- 设置图形方向：图形方向决定了图形的打印位置是横向还是纵向。图形方向决定了图形的打印位置是横向（图形的长边为水平方向）还是纵向（图形的长边为垂直方向）。

6. 控制对象的打印方式

设置打印比例、打印样式和对象的图层特性，可以控制对象的打印方式。

- 设置打印比例：使用指定输出图形的比例的方法，可以从实际比例列表中选择比例、输入所需比例或者选择"布满图纸"，以缩放图形将其调整到所选的图纸尺寸。

- 设置着色视口选项：可以选择用于打印着色和渲染视口的选项。可以按显示、在线框中、删除隐藏线或按渲染打印视口。
- 为打印对象设置选项：在"打印"和"页面设置"对话框中，都可以选择若干影响对象打印方式的选项。

9.2.6 打印预览和打印输出

在正式将图形发送到打印机或绘图仪之前，最好进行打印图形的预览。选择【文件】|【打印预览】命令，将出现如图9-37所示的"打印预览"窗口，预览时显示了图形打印后的外观，包括线宽、填充图案和其他打印样式选项。

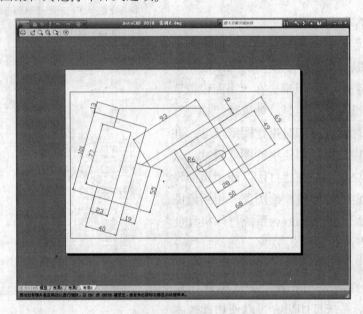

图9-37 "打印预览"窗口

"打印预览"窗口中隐藏了活动工具栏和工具选项板，并临时显示一个"预览"工具栏，其中提供打印、平移和缩放图形的按钮。

预览满意后，单击"打印预览"窗口中的【打印】图标，或者在"打印"对话框中单击【确定】按钮，都可以打印输出图形。

9.3 发布图形

发布提供了一种简单的方法来创建图纸图形集或电子图形集，可以图纸图形集的形式、单个电子多页（DWF、DWFx或PDF）文件等形式轻松发布整个图纸集。此外，还可以将图纸发布为Web页，或者将其打包为电子传递包。

9.3.1 发布DWF或PDF文件

DWF（Web图形格式）是由Autodesk开发的一种开放、安全的、高度压缩的文件格式，它可以将包含各种设计数据的一个或多个DWG格式的图形源文件高效率地集成为一个文件，以便于分发和传递。而PDF（便携文档格式）是由Adobe开发的一种安全可靠的电子文档分发和交换的出版规范。

DWFx是DWF的增强格式，是将DWF和利用XPS的Windows Vista操作系统进行了集成，DWFx格式在Windows Vista系统中不需其他插件就能进行图形浏览和处理。但在Windows XP等系统中，要查看DWF或DWFx文件，必须在系统中安装小型的免费软件——Autodesk Express Viewer，现在最新版为Autodesk Express Viewer 2010。

要创建图纸图形集或电子图形集，可以使用"发布"对话框来实现。具体方法如下：

（1）打开要发布的图形，然后在功能区中单击"输出"选项卡下的"打印"面板中的【批处理打印】工具（如图9-38所示），或者选择【文件】|【发布】命令，或者在命令提示下输入publish并按下【Enter】键。

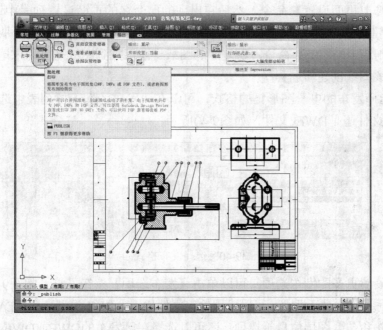

图9-38 打开图形并选择【批处理打印】工具

（2）在出现的"发布"对话框中可以看到当前图形中的所有布局，如图9-39所示。

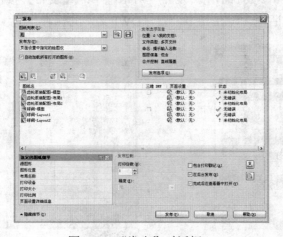

图9-39 "发布"对话框

（3）要添加其他图形中的图纸，可单击【添加图纸】按钮打开"选择图形"对话框，然后从中选择需要的图形。

（4）要从列表中删除图纸，只需在列表中选择一张或多张图纸，然后单击【删除图纸】按钮即可。如果要删除所有图纸，只需右击任何一张图像，从出现的快捷菜单中选择【全部删除】命令即可。

（5）要更改列表中的图纸顺序，只需选择图纸后单击【上移图纸】按钮或【下移图纸】按钮即可。

（6）要重命名图纸，可在列表中选择图纸后，单击鼠标右键，从出现的快捷菜单中选择【重命名图纸】命令，然后输入新的图纸名即可。

（7）要修改布局的页面设置，可在列表中选择图纸后，单击鼠标右键，从出现的快捷菜单中选择【修改页面设置】命令，然后在出现的已命名的页面设置列表中选择。

（8）要复制一张或多张图纸，可在列表中选择图纸后单击鼠标右键，从出现的快捷菜单中选择【复制选定的图纸】命令，所复制的图纸将被添加到图纸列表的末尾并亮显。复制图纸后，会为该图纸创建新名称。

（9）要选择发布的电子图形集的格式，可以在"发布为"下拉列表中选择将电子图形集发布为DWF文件还是DWFx文件，如图9-40所示。

图9-40　选择发布格式

（10）要设置更多的发布选项，可以单击【发布选项】按钮，打开如图9-41所示的"发布选项"对话框。在该对话框中，可以设置输出文件位置、DWF类型、多页DWF名称选项、DWF安全以及是否包含图层信息等选项，还可以选择在已发布的DWF或DWFx文件中显示信息息类型以及是否自动发布图形。

（11）设置好发布参数后单击"发布"对话框中的【发布】按钮，打开如图9-42所示的"指定DWF文件"对话框。应在其中设置好DWF文件的保存位置、文件名和保存类型。

图9-41　"发布选项"对话框　　　　　图9-42　"指定DWF文件"对话框

（12）最后，单击【选择】按钮，即可开始发布文件。发布完成后，可以在"指定DWF文件"对话框指定的文件夹中看到所发布的DWF/DWFx/PDF文件，如图9-43所示。

（13）如果系统中安装有Autodesk Design Review图形浏览软件，双击发布生成的DWF或DWFx文件，即可在Design Review图形浏览软件中打开图形，效果如图9-44所示。

图9-43 发布生成的文件　　　　　图9-44 查看发布生成的DWF或DWFx文件

9.3.2 网上发布

要快速创建含DWF、DWFx、JPEG或PNG图像的格式化网页，可以使用AutoCAD提供的"网上发布"向导来实现。创建网页文件后，可以直接上传到Internet或Intranet上。发布Web页的具体方法如下：

（1）打开要发布的图形，选择【文件】|【网上发布】命令，或者在命令提示下输入publishtoweb并按下【Enter】键。

（2）在出现的"网上发布－开始"页面中选择是创建新Web页还是编辑已有的Web页，如图9-45所示。本例选择"创建新Web页"选项。

（3）单击【下一步】按钮，出现"网上发布－创建Web页"页面，可以在其中指定网页文件名、所属文件夹，还可以输入在网页中显示的页面说明信息，如图9-46所示。

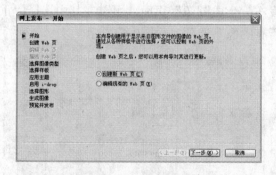
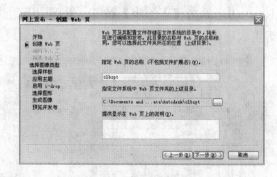

图9-45 "开始"页面　　　　　　图9-46 "创建Web页"页面

（4）单击【下一步】按钮，出现"网上发布－选择图像类型"页面，可以从下拉列表中选择DWFx、DWF、JPEG或PNG格式作为图形的发布格式。本例选择DWFx格式，如图9-47所示。

（5）单击【下一步】按钮，出现"网上发布－选择样板"页面，可以从列表中选择一种预设的网页样板布局形式，如图9-48所示。

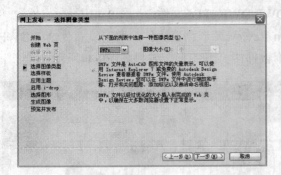 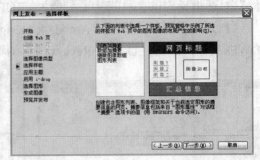

图9-47 "选择图像类型"页面   图9-48 "选择样板"页面

（6）单击【下一步】按钮，出现"网上发布－应用主题"页面，可以从下拉列表中选择一网页外观的主题风格，如图9-49所示。

（7）单击【下一步】按钮，出现"网上发布－启用i-drop"页面，可以在其中选择是否启用i-drop，如图9-50所示。启用i-drop后，可以将多个图形文件随所生成的图形一同发布。

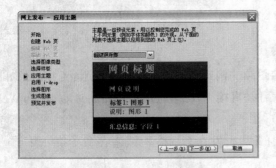 

图9-49 "应用主题"页面   图9-50 "启用i-drop"页面

（8）单击【下一步】按钮，出现"网上发布－选择图形"页面，可以在"图像设置"区中选择所有要发布的图形，然后单击【添加】按钮将其添加到"图像列表"中，如图9-51所示。

（9）单击【下一步】按钮，出现"网上发布－生成图像"页面，可以在其中选择"重新生成已修改图形的图像"还是 "重新生成所有图像"选项，如图9-52所示。

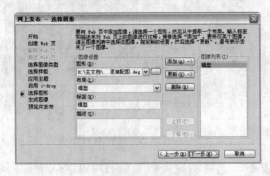 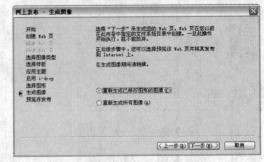

图9-51 "选择图形"页面   图9-52 "生成图像"页面

（10）单击【下一步】按钮，将进行图纸生成操作，并显示生成进度。

（11）图纸生成完成后，出现"网上发布－预览并发布"页面，可以在其中选择预览操作或发布操作，如图9-53所示。

（12）单击【预览】按钮，将自动启动IE并预览网页效果，如图9-54所示。

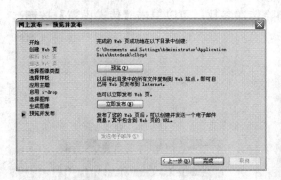

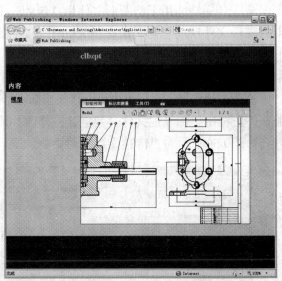

图9-53 "预览并发布"页面   图9-54 预览网页效果

（13）如果预览满意，可在"网上发布
－预览并发布"页面中单击【立即发布】按
钮，打开"发布Web"对话框，如图9-55所
示。

（14）在"发布Web"对话框中设置好
网页文件的保存位置后单击【保存】按钮，
即可自动按设置的选项进行发布。发布完成
后将出现一个发布成功的消息框，并在任务
栏上弹出"完成打印和发布作业"的消息，
如图9-56所示。

图9-55 打开"发布Web"对话框

（15）发布成功后，在"网上发布－预览并发布"页面中将增加一个【发送电子邮件】
按钮，如图9-57所示。单击该按钮，可以以电子邮件的形式将网页文件发送给他人。

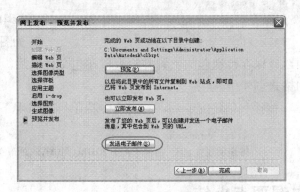

图9-56 发布成功的提示消息   图9-57 新增的【发送电子邮件】按钮

9.3.3 电子传递

电子传递功能用于将图形文件集打包为一个传递包文件，以便在Internet上传递。传递包中的图形文件自动包含了所有相关的依赖文件，如外部参照和字体文件等。

从菜单栏中选择【发布】|【电子传递】命令，或者在命令行中输入etransmit命令，都将出现如图9-58所示的"创建传递"对话框。

在"创建传递"对话框中可以选择当前图形中要打包到传递包中的内容，也可以单击【添加文件】按钮添加其他文件。要创建、修改和删除传递参数，可以单击【传递设置】按钮，打开如图9-59所示的"传递设置"对话框。

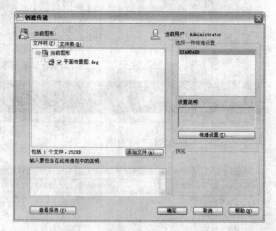

图9-58　"创建传递"对话框

图9-59　"传递设置"对话框

图9-60　"指定Zip文件"对话框

"传递设置"对话框中列出了系统的各种传递设置名，要创建新的传递设置，可单击【新建】按钮；要设置新的传递设置名称，可单击【重命名】按钮；单击【修改】按钮，将打开"修改传递设置"对话框，可以从中指定传递包的选项；单击【删除】按钮，可以从列表中删除不需要的传递设置。

要创建传递包，只需在"创建传递"对话框中设置好参数后，单击【确定】按钮，打开如图9-60所示的"指定Zip文件"对话框，在其中选择保存传递包的位置并输入传递包文件名后，单击【保存】按钮，即可以ZIP压缩文件的格式创建传递包。

传递包创建完成后，将在命令提示行中出现下面的信息：

命令: _etransmit
传递创建于: H: \AutoCAD 2010范例\图\平面布置图 - STANDARD.zip。

本课要点小结

工程图纸绘制好后，应根据需要输出图形，以供使用者分享。本课介绍了图形的打印与发布的基础知识和基本操作方法，下面对本课的重点内容进行小结：

（1）模型空间一般是用于进行图形绘制工作的空间，而图纸空间则是为绘制二维图形提供的"虚拟图纸"，主要用于在输出图形之前组织视图和模拟图纸真实打印效果。可以利用模型选项卡或布局选项卡或状态栏来切换模型空间和图纸空间。

（2）可以根据需要设置工作空间中的视口数量和布局方式，还可以使用"布局向导"来创建新的布局。

（3）要修改打印图形的外观，指定端点、连接和填充样式，或者获得一些特殊输出效果，必须创建和使用打印样式表。打印样式表主要分为与颜色相关的打印样式表和与命名相关的打印样式表。对于经常需要打印图纸的用户，应使用"打印样式管理器"来创建、编辑和存储打印样式文件。

（4）页面设置是打印设备和其他影响最终输出的外观和格式的设置的集合，可以修改这些设置并将其应用到其他布局中。

（5）具体打印前，还应在"打印"对话框中设置页面信息、选择打印机或绘图仪、指定打印区域、设置图纸尺寸、图纸放置图形的方式，还可以控制对象的打印方式。设置好相关信息后，最好先进行打印图形的预览，再进行打印输出。

（6）发布提供了一种简单的方法来创建图纸图形集或电子图形集，可以图纸图形集的形式、单个电子多页（DWF、DWFx或PDF）文件等形式轻松发布整个图纸集。此外，还可以将图纸发布为Web页，或者将其打包为电子传递包。

习题

选择题

（1）要模拟真实的图纸页面，提供直观的打印设置，需要在（　　　）空间环境下进行布局。

A. 模型　　　　　　B. 页面　　　　　　C. 图纸　　　　　　D. 预览

（2）单击状态栏下方的【快速查看布局】按钮，可打开当前所有布局的（　　　）。

A. 缩略图　　　　　B. 菜单　　　　　　C. 选项　　　　　　D. 视口

（3）除系统默认的布局外，还可以利用（　　　）来创建新的布局。

A. "新建布局"对话框　　　　　　　　B. "布局"下拉菜单

C. "布局"对话框　　　　　　　　　　D. 布局向导

（4）在图纸空间中使用mvsetup命令，可以对（　　　）进行控制和设置。

A. 页面　　　　　　B. 模型　　　　　　C. 布局　　　　　　D. 视图

（5）要修改打印图形的外观，指定端点、连接和填充样式，或者获得一些特殊输出效果，就必须创建和使用（　　　）。

A. 页面布局　　　　B. 页面格式　　　　C. 打印样式　　　　D. 打印样式表

（6）（　　　）是由Adobe开发的一种安全可靠的电子文档分发和交换的出版规范。

A. BMP　　　　　　B. PDF　　　　　　C. DWF　　　　　　D. DWFx

（7）电子传递功能用于将（　　　）打包为一个传递包文件，以便在Internet上传递。

A. 图形　　　　　　B. 图形文件　　　　C. 图形文件集　　　D. 图纸库

填空题

（1）使用图纸空间，可以将模型空间中绘制完成的图形对象_____，以便设置成不同的视图，还可以在其中添加上_____等内容。

（2）打印样式表用于_____。打印样式表主要分为与颜色相关的打印样式表和与命名相关的打印样式表。颜色相关打印样式表以_____为扩展名保存，命名打印样式表则以_____为扩展名保存。

（3）从菜单栏中选择【文件】|【打印样式管理器】命令，将出现_____文件夹窗口，该窗口实际上就是打印样式管理器。打印样式管理器列出了所有可用的打印样式，双击其中一种样式，将出现_____对话框。

（4）页面设置是_____和其他影响最终输出的外观和格式的设置的集合，可以修改这些设置并将其应用到其他布局中。

（5）"打印预览"窗口中隐藏了活动工具栏和工具选项板，并临时显示一个_____工具栏，其中提供打印、平移和缩放图形的按钮。

（6）发布提供了一种简单的方法来创建_____。

（7）要快速创建含DWF、DWFx、JPEG或PNG图像的格式化网页，可以使用AutoCAD提供的_____向导来实现。

简答题

（1）模型空间和图纸空间分别适用于哪些场合？如何切换这两种空间？

（2）什么情况下需要新建布局？如何创建新布局？

（3）如何创建打印样式表？

（4）"打印样式管理器"提供了哪些功能？

（5）如何进行打印设置？

（6）如何预览和打印输出图形？

（7）如何将图形发布为DWF或PDF文件？

（8）如何在网上发布图形？

（9）如何进行图形电子传递？

AutoCAD 2010行业应用范例

工程图样是工程信息的重要载体，用于准确地表达工程对象的形状、尺寸和技术要求，是生产过程中不可缺少的技术文件。设计者通过图样来表达设计对象；制造者通过图样来了解设计要求，并依据图样来制造机器；使用者也通过图样来了解机器的结构和使用性能；在各种技术交流活动中，图样也是不可缺少的。

不同的生产部门对图样有不同的要求，建筑工程中使用的图样称为建筑图样，机械制造业中使用的图样称为机械图样。任何工程技术人员都必须掌握绘图、识图技能。

为了使读者在掌握AutoCAD 2010的基本功能和基本操作的基础上，绘制出满足工程要求的图样，本篇将通过一系列范例，从不同的侧面详细讲解AutoCAD 2010的具体应用。通过这些范例的学习，读者既能进一步掌握AutoCAD 2010主要功能的应用技巧，又能熟悉这些功能在工程制图中的具体应用。

本篇的范例注重工程图样绘制过程，可以帮助读者循序渐进、全面地提升综合利用AutoCAD 2010的各种功能，完成具体制图工作的能力。本篇安排了以下两课内容：

    📖 AutoCAD 2010机械制图范例。

    📖 AutoCAD 2010建筑制图范例。

第10课　机械制图范例

机械制图是用图样确切表示机械的结构形状、尺寸大小、工作原理和技术要求的学科。在设计和绘制机械图样时，必须严格遵守国家标准《技术制图》、《机械制图》和有关的技术标准。表达机械结构形状的图形包括视图、剖视图和剖面图等。本课将通过以下4个范例来展示AutoCAD 2010在机械制图中的典型应用：

- 托架零件图的绘制。
- 泵盖零件图的绘制。
- 截止阀装配图的绘制。
- 连杆三维零件图的绘制。

范例1　绘制托架零件图

本例将使用AutoCAD 2010绘制如图10-1所示的托架零件图。主要绘制步骤如下：

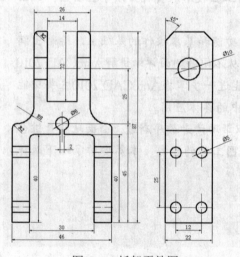

图10-1　托架零件图

1. 设置绘图环境

首先需要创建一个新的图形文件，并根据图纸的需要设置相应的绘图环境。

（1）启动AutoCAD 2010中文版，创建一个新的空白图形文件。

（2）在命令行中输入units命令（单击【应用程序】按钮，然后依次单击【图形实用工具】|【单位】选项。），在出现的"图形单位"对话框中设置图形的单位，其中将"长度"设置为"小数"，将角度的"类型"设置为"十进制度数"，将"精度"设置为"0.00"，其余参数采用默认值，如图10-2所示。

（3）在命令行中输入命令limits，将出现下面的提示：

```
命令: limits
重新设置模型空间界限:
```

（4）按下【Enter】键，出现"指定左下角点或 [开(ON)/关(OFF)] <0, 0>:"的提示后，按下【Enter】键，将绘图区左下角点的坐标设置为"0，0"。

（5）出现"指定右上角点 <420,297>: "的提示后，输入"297,210"并按下【Enter】键，将绘图区右上角点的坐标设置为"150，105"。

（6）在命令行中输入zoom命令，然后输入字符A并按下【Enter】键，将全部图形显示在绘图窗口中。

（7）按【Ctrl】＋【S】组合键保存图形。

2. 规划和设置图层

在命令行中输入layer命令，在出现的"图层特性管理器"选项板中，创建轮廓线、中心线、剖面线和标注等图层，并将其颜色分别设置为黑色、红色、绿色和蓝色等，图层设置效果如图10-3所示。

图10-2　设置图形单位

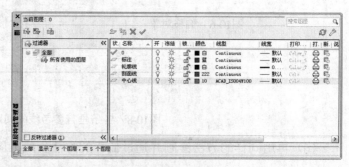

图10-3　图层设置情况

3. 绘制参考线

接下来绘制一系列水平和垂直参考线，将其作为绘图的基础。

（1）将"中心线"层设置为当前层，如图10-4所示。

（2）在命令行中输入line命令，绘制出基准线，效果如图10-5所示。

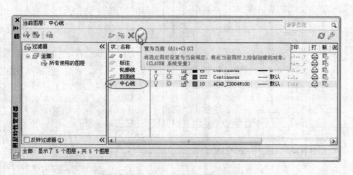

图10-4　设置当前图层

图10-5　绘制基准线

（3）在命令行中输入offset命令，出现"指定偏移距离或 [通过(T)/删除(E)/图层(L)] <通过>:"的提示后，输入60，然后按下【Enter】键。

（4）出现"选择要偏移的对象，或 [退出(E)/放弃(U)] <退出>:"的提示后，在绘图窗口中选择要偏移的参考线，在随后出现的"指定要偏移的那一侧上的点，或 [退出(E)/多个(M)/放弃(U)] <退出>:"的提示后，单击要偏移的一侧，即可将当前选择的参考线偏移60个单位，如图10-6所示。

（5）用同样的方法通过偏移产生一系列参考线，效果如图10-7所示。

提示　各条垂直参考线的间距如图10-8所示。

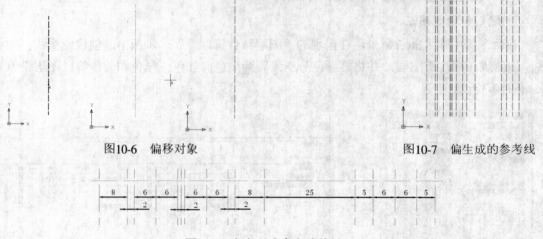

图10-6　偏移对象　　　　　　　　　图10-7　偏生成的参考线

图10-8　各条垂直参考线的间距

（6）再用同样的方法绘制并通过偏移的方法生成如图10-9所示的水平参考线。

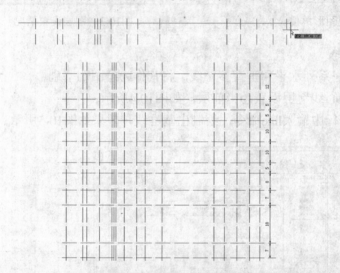

图10-9　水平参考线

4. 绘制轮廓线

创建好参考线后，便可以沿参考线绘制出零件图的轮廓。具体过程如下：

（1）开启"对象捕捉"功能。

（2）选择【直线】工具，捕捉如图10-10所示的交点作为起点。

（3）沿参考线绘制如图10-11所示的直线段。

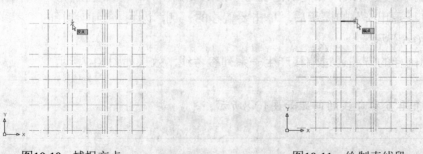

图10-10　捕捉交点　　　　　　　　　图10-11　绘制直线段

（4）用同样的方法绘制出如图10-12所示的直线段。

（5）再用同样的方法沿参考线绘制如图10-13所示的矩形。

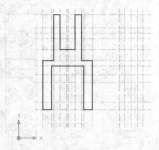

图10-12　绘制直线段

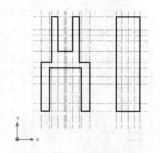

图10-13　绘制矩形

（6）再使用【直线】工具绘制如图10-14所示的直线段。

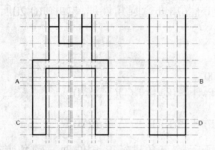

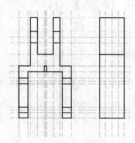

图10-14　绘制直线段

（7）选择【圆】工具，出现"指定圆的圆心或 [三点(3P)/两点(2P)/切点、切点、半径(T)]:"的提示后，捕捉如图10-15所示的点作为圆心。

（8）出现"指定圆的半径或 [直径(D)]:"的提示后，在命令行中输入3作为半径，绘制如图10-16所示的圆形。

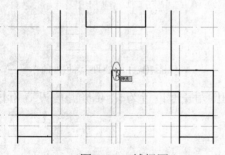

图10-15　捕捉圆心

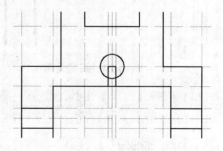

图10-16　绘制圆形

（9）选择【直线】工具，绘制如图10-17所示的直线段。

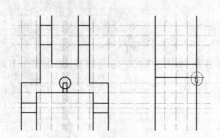

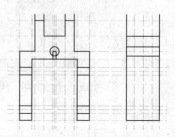

图10-17　绘制直线段

（10）选择【圆】工具，绘制如图10-18所示的圆形。

（11）用同样的方法绘制如图10-19所示的几个圆形。

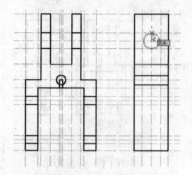

图10-18　绘制圆形

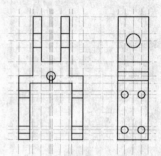

图10-19　绘制其他圆形

（12）选择【圆角】工具，对左上角的直角进行圆角处理，如图10-20所示。相应的命令序列如下：

```
命令:fillet
当前设置: 模式 = 修剪, 半径 = 0.00
选择第一个对象或 [放弃(U)/多段线(P)/半径(R)/修剪(T)/多个(M)]: r
指定圆角半径 <0.00>: 2
选择第一个对象或 [放弃(U)/多段线(P)/半径(R)/修剪(T)/多个(M)]:
```

（13）再用同样的方法对如图10-21所示的直角进行圆角处理，圆角半径均为2。

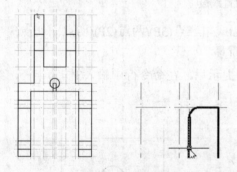

图10-20　圆角处理

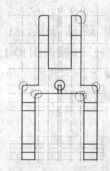

图10-21　处理其他圆角

（14）选择【倒角】工具，将第一条直线段的倒角长度设置为4，倒角角度设置为45度，效果如图10-22所示。相应的命令序列如下：

```
命令: chamfer
("修剪"模式) 当前倒角距离 1 = 0.00, 距离 2 = 0.00
选择第一条直线或 [放弃(U)/多段线(P)/距离(D)/角度(A)/修剪(T)/方式(E)/多个(M)]:  a
指定第一条直线的倒角长度 <0.00>: 4
指定第一条直线的倒角角度 <0>: 45
```

（15）用同样的方法对另一个角进行倒角处理，效果如图10-23所示。

（16）利用【修剪】工具对图形进行修剪，再删除不再需要的参考线，效果如图10-24所示。

（17）再对保留的参考线进行修剪，得到如图10-25所示的中心线。

5. 标注图形

最后，对图形尺寸进行标注。

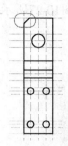

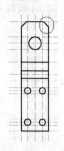

图10-22 倒角处理　　　　　　　　　　　　　　图10-23 对另一个角进行倒角处理

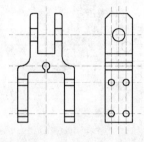

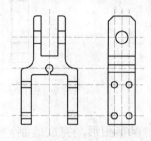

图10-24 删除不需要的参考线　　　　　　　　　　图10-25 修剪后的中心线

（1）切换到"注释"选项卡，单击"标注"组右下角的 ↘ 按钮，打开"修改标注样式"对话框。新建一个名为"机械制图"的标注样式。

（2）对机械制图的标注样式进行设置。如图10-26所示分为别其中主要参数的设置情况。

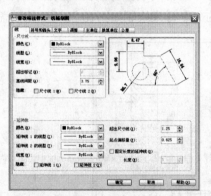

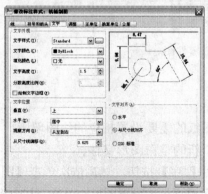

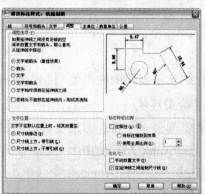

图10-26 标注样式参数设置

（3）利用机械制图标注样式，对图形进行标注，效果如图10-27所示。

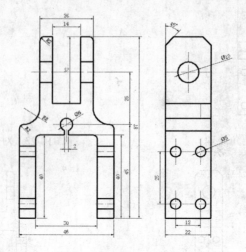

图10-27　图形标注效果

（4）保存图形，完成绘制。

范例2　绘制泵盖零件图

在机械制图中，常常用剖视图来表达物体的内部结构。其具体方法是：假想用剖切面剖开物体，将处在观察者和剖切面之间的部分移去，而将其余部分向投影面投射，所得到的图形便是剖视图。本例将主要使用AutoCAD 2010的命令行来绘制如图10-28所示的泵盖零件图。

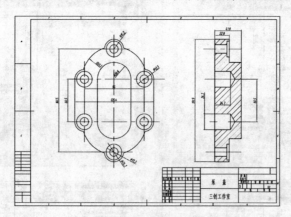

图10-28　泵盖零件图

下面介绍泵盖零件图的主要绘制步骤：

1. 设置绘图环境

首先需要创建一个新的图形文件，并根据图纸的需要设置相应的绘图环境。

（1）启动AutoCAD 2010中文版，创建一个新的空白图形文件。

（2）在命令行中输入units命令（单击【应用程序】按钮，然后依次单击【图形】|【实用工具】|【单位】选项），在出现的"图形单位"对话框中设置图形的单位，其中将"长度"设置为"小数"，将角度的"类型"设置为"十进制度数"，将"精度"设置为"0.00"，其余参数采用默认值。

（3）在命令行中输入命令limits，将出现下面的提示：

命令: Limits
重新设置模型空间界限:

（4）按下【Enter】键，出现"指定左下角点或 [开(ON)/关(OFF)] <0, 0>:"的提示后，按下【Enter】键，将绘图区左下角点的坐标设置为"0，0"。

（5）出现"指定右上角点 <420,297>: "的提示后，输入"1000，400"并按下【Enter】键，将绘图区右上角点的坐标设置为"1000，400"。

（6）在命令行中输入zoom命令，然后输入字符A并按下【Enter】键，将全部图形显示在绘图窗口中。

（7）按【Ctrl】+【S】组合键保存图形。

2. 规划和设置图层

在命令行中输入layer命令，在出现的"图层特性管理器"选项板中，创建轮廓线、点画线、剖面线和标注等图层，并将其颜色分别设置为白色、红色、绿色和蓝色等，图层设置效果如图10-29所示。

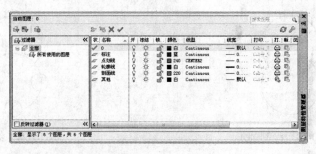

图10-29 图层设置

3. 绘制剖视图

接下来绘制剖视图部分：

（1）在"图层"面板的"图层"下拉列表中，将"点画线"层设置为当前层。

（2）在命令行中输入line命令，绘制如图10-30所示的第1条参考线。

（3）在命令行中输入offset命令，出现"指定偏移距离或 [通过(T)/删除(E)/图层(L)] <95.0000>: "的提示后，输入偏移距离47.5。

（4）出现"选择要偏移的对象，或 [退出(E)/放弃(U)] <退出>:"的提示后，选择如图10-31所示的直线段。

图10-30 绘制第1条参考线   图10-31 选择偏移对象

（5）出现"指定要偏移的那一侧上的点，或 [退出(E)/多个(M)/放弃(U)] <退出>:"的提示后，在已有的参考线的右侧单击鼠标，即可偏移生成一条参考线。

（6）用同样的方法绘制如图10-32所示的一系列水平参考线和垂直参考线。

图10-32　绘制参考线

（7）分别以如图10-33所示的A点和B点为圆心，绘制两个半径为51.3的圆形。

（8）再分别以如图10-34所示的A、B、C、D、E、F为圆心，绘制6个半径为15.2的圆形。

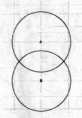

图10-33　绘制圆形

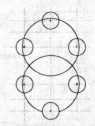

图10-34　绘制圆形

（9）选择【直线】工具，分别捕捉左侧两个圆的端点，绘制一条直线段，如图10-35所示。

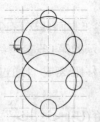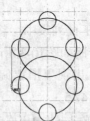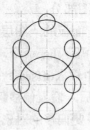

图10-35　绘制直线段

（10）用同样的方法绘制如图10-36所示的直线段。

（11）选择【修剪】工具，对图形进行修剪。

（12）选择【圆】工具，以如图10-37所示的交点为圆心，绘制一个半径为26.6的圆形，效果如图10-38所示。

（13）用同样的方法绘制另一个圆形，效果如图10-39所示。

（14）再选择【直线】工具，绘制如图10-40所示的两条直线段。

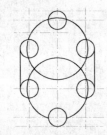

图10-36　绘制另一条直线段

（15）对图形进行修剪，修剪过程和效果如图10-41所示。

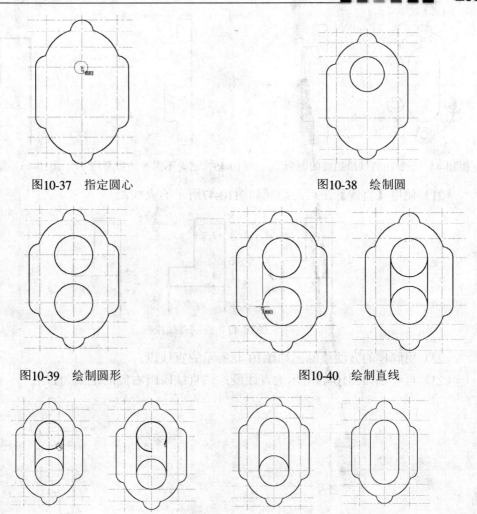

图10-37 指定圆心　　　　　　　　　图10-38 绘制圆

图10-39 绘制圆形　　　　　　　　　图10-40 绘制直线

图10-41 修剪图形

（16）以A点为圆心，绘制两个半径分别为6.65、12.35的圆形，如图10-42所示。

（17）再分别以C、D、E、F点为圆心，绘制同样大小的圆形，如图10-43所示。

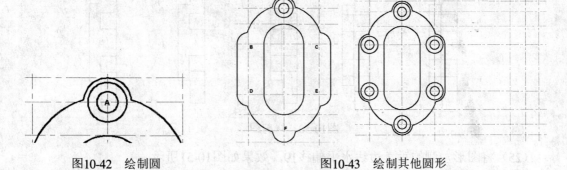

图10-42 绘制圆　　　　　　　　　　图10-43 绘制其他圆形

（18）在当前图形的右侧绘制如图10-44所示的图形。

（19）删除不需要的参考线，效果如图10-45所示。

（20）将第2条水平参考线向下偏移12.35，效果如图10-46所示。

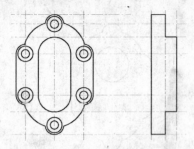  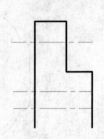

图10-44 绘制由直线段组成的图形　　　图10-45 删除不需要的参考线　　　图10-46 偏移参考线

（21）使用【直线】工具，绘制如图10-47所示的直线段。

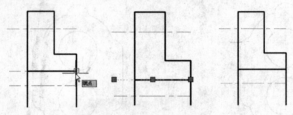

图10-47 绘制直线段

（22）用同样的方法绘制出如图10-48所示的直线段。

（23）再绘制如图10-49所示的直线段。该直线段距右侧的距离为17.1。

图10-48 绘制其他直线　　　　　　　　　　　图10-49 绘制直线

（24）对图形进行修剪，修剪过程和效果如图10-50所示。

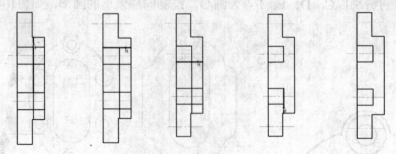

图10-50 修剪图形

（25）将图形左侧的垂直边线水平偏移19，效果如图10-51所示。

（26）再将顶端的直线垂直向下偏移2.85，8.55，21.85和27.55，效果如图10-52所示。

（27）对图形进行修剪，修剪过程和效果如图10-53所示。

（28）右击状态栏上的"对象捕捉"图标，从出现的快捷菜单中选择【设置】命令，打开"草图设置"对话框，参数设置如图10-54所示。

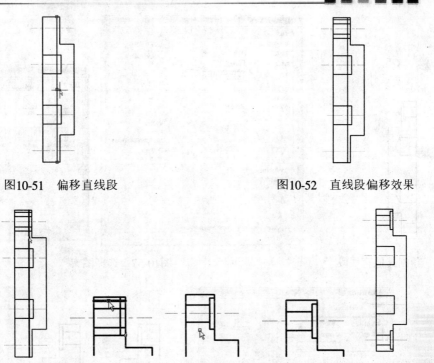

图10-51　偏移直线段　　　　　　　图10-52　直线段偏移效果

图10-53　修剪图形

（29）启用"对象捕捉追踪"功能，选择"直线"工具，绘制如图10-55所示的直线段。

（30）用同样的方法绘制类似的多条直线段，如图10-56所示。

（31）将"剖面线"层设置为当前层。

（32）选择"填充"工具，打开"图案填充和渐变色"对话框，单击"图案"后面的【浏览】按钮，打开"填充图案选项板"对话框。在【ANSI】选项卡中选择一各种图案，如图10-57所示。

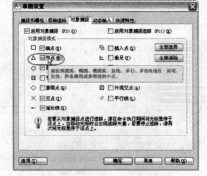

图10-54　设置对象捕捉参数

（33）单击【确定】按钮返回"图案填充和渐变色"对话框，再单击【添加:拾取点】按钮，在图形窗口中拾取要填充的区域，如图10-58所示。

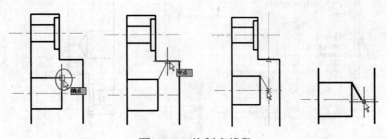

图10-55　绘制直线段

（34）拾取填充区域后，单击【确定】按钮，即可对选择的区域进行填充，效果如图10-59所示。

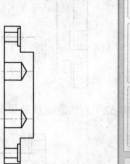

图10-56 绘制其他直线段　　　　　　　　　　图10-57 选择图案

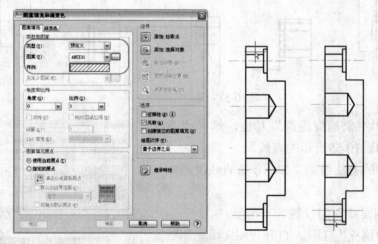

图10-58 拾取要填充的区域

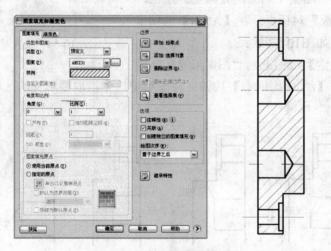

图10-59 填充效果

（35）新建一个标注样式，对标注参数进行设置。

（36）对图形进行标注，效果如图10-60所示。

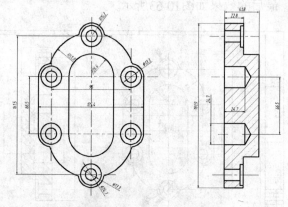

图10-60 图形标注效果

4. 绘制图框

最后，绘制一个标准图框，并将零件图移动到图框中。

（1）选择【矩形】工具，绘制一个420×297的矩形。

（2）根据需要添加图框的表格栏，如图10-61所示。

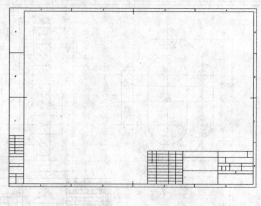

图10-61 绘制图框

（3）选中已绘制的零件图的全部对象。

（4）选择【移动】工具，将图形移动到图框中，如图10-62所示。

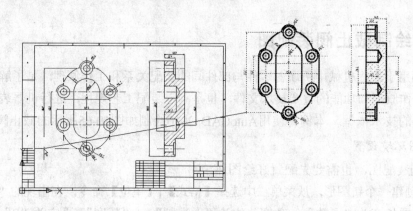

图10-62 移动对象

（5）确认移动，最后的效果如图10-63所示。

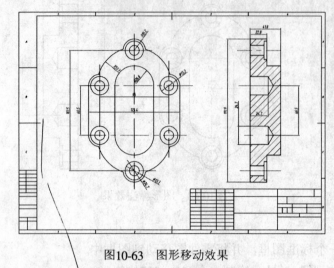

图10-63 图形移动效果

（6）选择【文本】工具，在图形中添加如图10-64所示的文字信息。

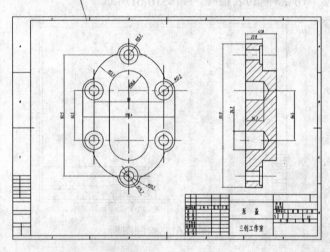

图10-64 添加文字信息

（7）保存图形，完成零件图的绘制。

范例3 绘制截止阀装配图

装配图用于表达机械中所属各零件与部件间的装配关系和工作原理，是了解机器结构、分析机器工作原理和功能的重要技术文件，也是制定装配工艺规程，进行机器装配、检查、安装和维修的技术依据。本例将使用AutoCAD 2010绘制如图10-65所示的截止阀装配图。

1. 绘图环境设置

要绘制装配图，也需要先配置好绘图环境。

（1）创建一个新图形，从菜单栏中选择【格式】|【单位】命令，在出现的"图形单位"对话框中设置长度为"小数"，角度单位为"十进制"，"精度"设定为"0"，其他参数均采用默认值。

（2）从菜单栏中选择【格式】|【图形界限】命令，或在命令行中输入limits（图形界限）命令，将出现"重新设置模型空间界限:"的提示。

（3）按下【Enter】键，在"指定左下角点或 [开(ON)/关(OFF)] <0, 0>:"的提示下按下【Enter】键，确定绘图区左下角点的坐标为"0, 0"。

（4）在"指定右上角点 <80,100>: "的提示下输入"420，297"，确定绘图区右上角点的坐标为"420，297"，表示按A4纸张的大小绘制图形。

（5）从菜单栏中选择【视图】|【缩放】|【全部】命令，将全部图形界限区域显示在绘图窗口中。

（6）单击功能区"常用"选项卡下的"图层"面板中的【图层特性】图标，在出现的"图层样式管理器"对话框中设置好绘制装配图所需的图层，本例的设置情况如图10-66所示。

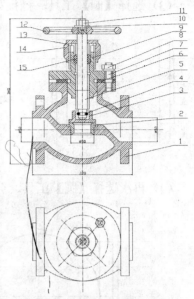

图10-65　截止阀装配图

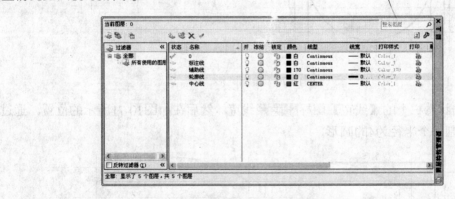

图10-66　图层设置情况

2. 绘制俯视图

绘图环境设置好后，最好先绘制出俯视图（或左视图），然后再绘制主视图。

（1）分别将当前图层设置为"辅助线"层和"中心线"层，使用【直线】和【圆】工具，再配合【移动】工具和【偏移】工具，绘制出俯视图所需的主要辅助线和中心线，具体参数设置参见图10-67。

（2）将"轮廓线"层设置为当前图层，使用【直线】工具，运用捕捉的方法，沿辅助线绘制出如图10-68所示的图形。

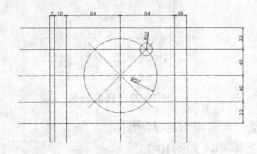

图10-67　绘制主要的辅助线和中心线

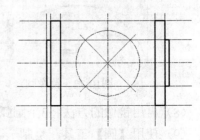

图10-68　绘制图形

（3）选择【圆】工具，捕捉如图10-69所示的圆心和端点，绘制一个圆形。

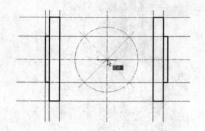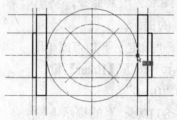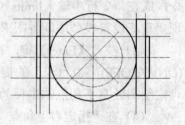

图10-69　绘制圆形

（4）再次选择【圆】工具，分别捕捉圆心点和象限点，绘制出如图10-70所示的图形。

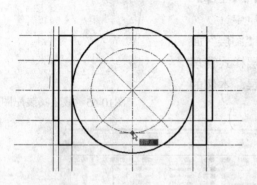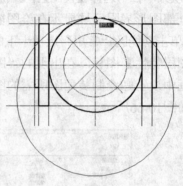

图10-70　绘制圆形

（5）单击状态栏上的【线宽】图标➕隐藏线宽，然后在如图10-71所示的位置，通过指定两个切点绘制一个半径为4的圆形。

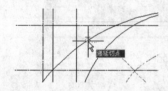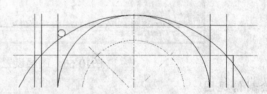

图10-71　绘制另一个圆形

（6）以如图10-72所示的两个交点为镜像线，在右侧镜像出一个圆形。

（7）使用【修剪】工具修剪图形，效果如图10-73所示。

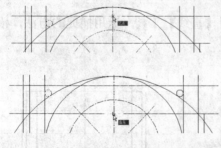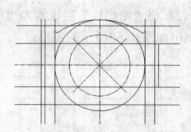

图10-72　镜像圆形　　　　　　　　　图10-73　修剪效果

（8）再用镜像的方法将3个圆弧镜像到下方，效果如图10-74所示。

（9）使用【圆】工具，绘制一个半径为30的圆形，如图10-75所示。

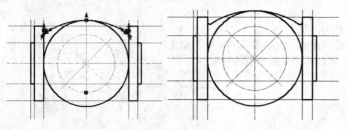

图10-74 镜像效果

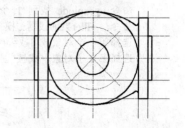

图10-75 绘制圆形

（10）选择【正多边形】工具，在命令行中按下面的参数绘制一个外切于圆的多边形，如图10-76所示。

> 命令: _polygon 输入边的数目 <4>: 6
> 指定正多边形的中心点或 [边(E)]:
> 输入选项 [内接于圆(I)/外切于圆(C)] <I>: c
> 指定圆的半径:

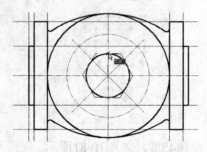

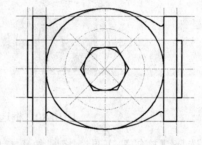

图10-76 绘制多边形

（11）再使用【圆】工具，分别绘制一个半径为15的圆形和一个半径为13的圆形，如图10-77所示。

（12）选择【正多边形】工具，在命令行中按下面的参数绘制一个边长为15的正方形（效果如图10-78所示）：

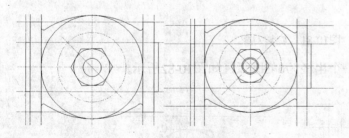

图10-77 绘制圆形

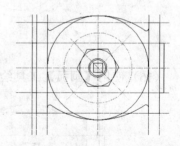

图10-78 绘制正方形

> 命令: _polygon 输入边的数目 <4>: 4
> 指定正多边形的中心点或 [边(E)]:
> 输入选项 [内接于圆(I)/外切于圆(C)] <C>: c
> 指定圆的半径: 7.5

（13）选定正方形，选择【分解】工具将其分解为线段，再使用【圆角】工具进行圆角处理，效果如图10-79所示。相应的命令序列如下：

命令: _explode 找到 1 个
命令: _fillet当前设置: 模式 = 修剪, 半径 = 4
选择第一个对象或 [放弃(U)/多段线(P)/半径(R)/修剪(T)/多个(M)]:
选择第二个对象, 或按住 Shift 键选择要应用角点的对象:

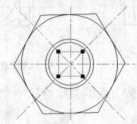
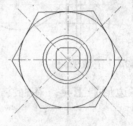

图10-79　分解并圆角处理正方形

（14）框选圆角处理后的正方形, 如图10-80所示。

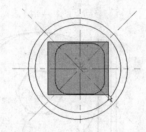
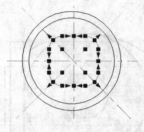

图10-80　框选圆角后的正方形

（15）选择【旋转】工具, 将圆角正方形旋转45度, 如图10-81所示。

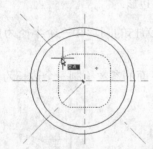

图10-81　旋转对象

（16）使用【圆弧】工具绘制一个半径为6的圆弧, 如图10-82所示。

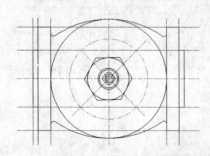
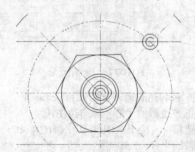

图10-82　绘制圆弧

（17）用同样的方法绘制出如图10-83所示的圆和圆弧, 其中圆的半径为10和6, 圆弧的半径为3。半径为10的圆形在"辅助线"层上绘制, 其他对象绘制在"轮廓线"层上。

（18）在半径为10的圆的外侧绘制一个正六边形，如图10-84所示。

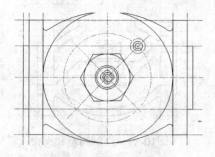

图10-83　绘制圆和圆弧

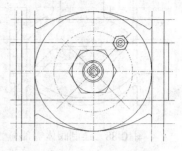

图10-84　绘制六边形

（19）隐藏辅助线，效果如图10-85所示。

（20）保存图形，完成俯视图的绘制。

3．主视图

俯视图绘制好后，可以依据俯视图的定位线，在其上方绘制出主视图。

（1）根据俯视图的尺寸，在主视图绘制出如图10-86所示的中心线和辅助线。

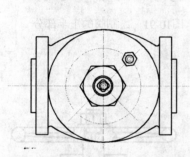

图10-85　隐藏辅助线的效果

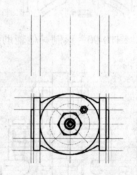

图10-86　绘制中心线和辅助线

（2）使用偏移或复制的方法绘制出距离如图10-87所示的多条辅助线。

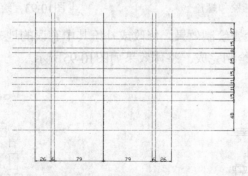

图10-87　绘制其他辅助线

（3）沿辅助线绘制出如图10-88所示的图形。

（4）再绘制出阀座、阀盘等部分，如图10-89所示。

（5）再使用偏移或复制的方法绘制出如图10-90所示的辅助线。

（6）沿辅助线绘制出如图10-91所示的部分。

（7）绘制一个螺栓和螺母，如图10-92所示。

（8）再沿辅助线绘制出手轮、压盖等部分，如图10-93所示。

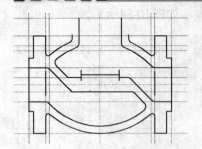

图10-88　绘制阀体等部分

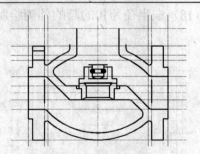

图10-89　绘制阀座和阀盘

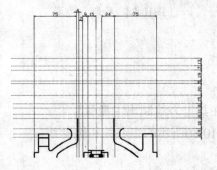

图10-90　绘制其他辅助线

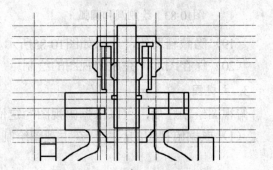

图10-91　绘制阀的上半部分

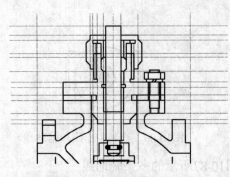

图10-92　绘制螺栓和螺母

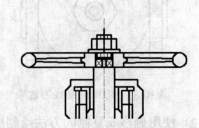

图10-93　绘制手轮、压盖等部分

（9）隐藏辅助线，检查绘制效果，修改或补绘其中有误的地方，效果如图10-94所示。至此，装配图的主体部分绘制完成，整体效果如图10-95所示。

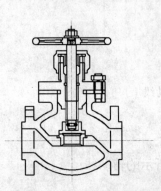

图10-94　主视图绘制效果

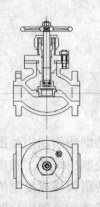

图10-95　绘制完成的截止阀

4. 填充剖面

主视图是一个剖面图，为了便于识别其中的零件和材料，应对其中的剖切部分进行填充。

（1）在功能区"常用"选项卡的"绘图"面板中选择【图案填充】工具，在出现的"图案填充和渐变色"对话框中单击【图案】按钮，在出现的"填充图案选项板"对话框中选择如图10-96所示的填充图样。

（2）单击【确定】按钮返回"图案填充和渐变色"对话框后单击【添加：拾取点】按钮，在图中拾取如图10-97所示的区域。

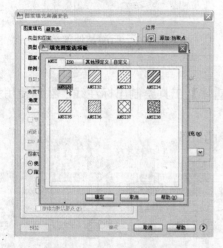

图10-96　选择填充图样

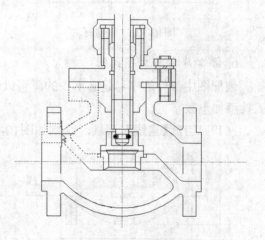

图10-97　拾取填充区域

（3）按【Enter】键返回"图案填充和渐变色"对话框，单击【预览】按钮，预览满意后单击【确定】按钮填充选定的区域，效果如图10-98所示。

（4）用同样的方法填充如图10-99所示的区域。

（5）在"图案填充和渐变色"对话框将角度设置为90度，对如图10-100所示的区域进行填充。

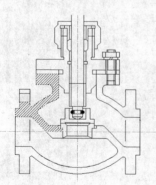

图10-98　填充效果

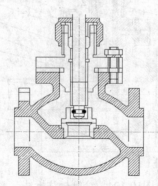

图10-99　填充区域

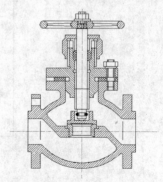

图10-100　旋转90度后填充其他区域

5. 标注

接下来，可以在图中标注上必要的尺寸。

（1）选择【线性标注】工具，先创建出如图10-101所示的标注。

（2）用同样的方法标注其他部分，如图10-102所示。

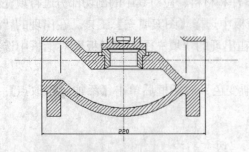 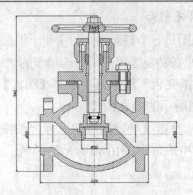

图10-101 创建标注 图10-102 标注其他部分

6. 添加序号和文字说明

装配图中部件的序号是必不少的，可以使用【直线】工具绘制出标注线，然后使用文字工具添加上数字。

（1）选择【直线】工具，绘制如图10-103所示的折线。

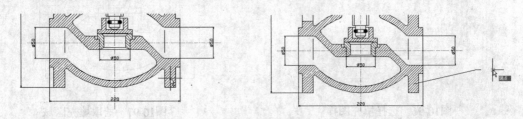

图10-103 绘制折线

（2）用同样的方法绘制其他用于标注零件序号的折线，如图10-104所示。

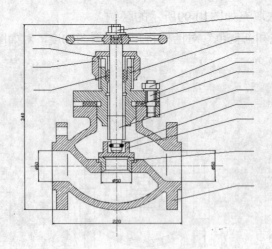

图10-104 绘制标注折线

（3）在折线上添加零件序号，如图10-105所示。

（4）在俯视图的下方添加如图10-106所示的说明文字。

7. 添加图框、标题栏、材料表和技术要求

最后，在绘图空间中添加上图框、标题栏、材料表等部分，还需要加上相应的技术要求。

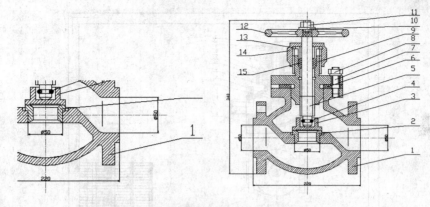

图10-105 添加零件序号

（1）绘制或导入如图10-107所示的图框。

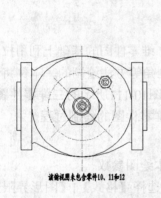

该简视图未包含零件10、11和12

图10-106 添加说明文字

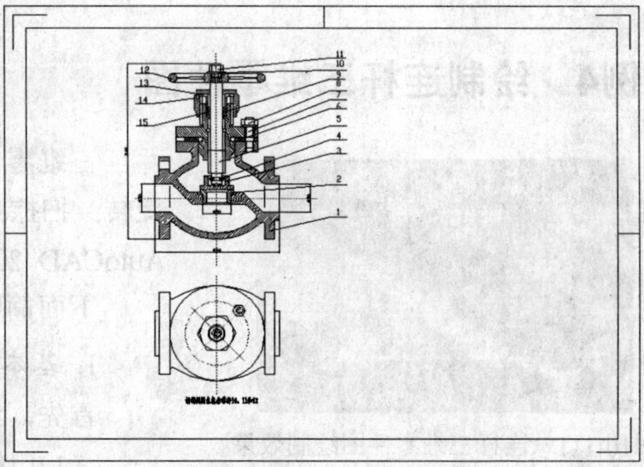

图10-107 绘制图框

（2）使用【表格】工具绘制如图10-108所示的标题栏和材料表，并添加上文字内容。

（3）选择【文字】工具，输入如图10-109所示的"技术要求"

15		阀杆	1				
14		垫圈螺母	1	QSn6.5-0.1			
13		压盖	1	QSn6.5-0.1			
12		手轮	1	HT150			
11		螺母M12	1				GB6170-86
10		垫圈12	1	Q235A			
9		阀盖	1	QSn6.5-0.1			
8		螺母M10	4				GB6170-86
7		螺栓M10X30	4				GB898-88
6		垫片	1	橡胶			
5		阀杆	1	H96			
4		垫圈	1	Q235			
3		阀盖	1	QSn6.5-0.1			
2		阀盖	1	QSn6.5-0.1			
1		阀体	1	QSn6.5-0.1			
序号	代号	名称	数量	材料	单件 重量	总计 重量	备注
制图				比例			
校核		截止阀装配图		重量			
设计		三创工作室		日期			

图10-108 添加标题栏和材料表

技术要求:

1.公称压力P=157X10^4 Pa

2.装配后应先进行水压试验和密封性试验

图10-109 输入技术要求

（4）将标题栏、材料表、技术要求和图形分别选定后移动到图框中合适的位置，效果如图10-110所示。

（5）保存图形，完成制作。

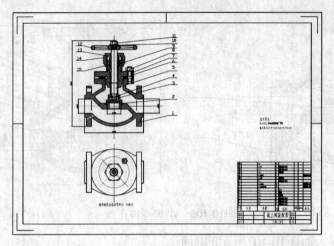

图10-110　添加上各种内容的图纸

范例4　绘制连杆三维零件图

图10-111　连杆三维零件图绘制效果

三维零件图是在二维零件图的基础上利用拉伸、旋转、扫掠、放样、倒角等方法绘制的。本例将使用AutoCAD 2010绘制如图10-111所示的三维零件图。

下面简要介绍三维零件图的绘制过程。

1. 基本参数设置

首先，设置好基本绘图参数。

（1）从菜单栏中选择【格式】|【图形界限】命令，出现"指定右上角点　<420,297>:"的提示后，输入新的坐标值（200，200），按下【Enter】键，以确定绘图界限。

（2）单击功能区"常用"选项卡下的"图层"面板中的【图层特性】图标，在出现的"图层样式管理器"对话框中新建一个"中心线"图层，其颜色设置为红色，线型为CENTER。

（3）从菜单栏中选择【视图】|【缩放】|【全部】命令，将全部图形界限区域显示在绘图窗口中。

（4）切换到"三维建模"工作空间，如图10-112所示。

2. 绘制旋转生成三维图形的二维图形

接下来，绘制一个用于旋转生成三维图形的二维图形。具体操作过程如下：

（1）选择【多段线】工具，依次输入各点的坐标（0，0）、（0，20）、（-5，25）、（-130，25）、（-130，20）、（-140，20）、（-140，30）、（-190，30）、（-190，20）、（-200，20）、（-200，17）、（-210，17）、（-210，19）、（-215，19）、（-215，0）、（0，0），效果如图10-113所示。具体命令序列如下：

```
命令: pline
指定起点: 0,0
当前线宽为  0.0000
```

指定下一个点或 [圆弧(A)/半宽(H)/长度(L)/放弃(U)/宽度(W)]: 0,20
指定下一点或 [圆弧(A)/闭合(C)/半宽(H)/长度(L)/放弃(U)/宽度(W)]: -5,25
指定下一点或 [圆弧(A)/闭合(C)/半宽(H)/长度(L)/放弃(U)/宽度(W)]: -130,25
指定下一点或 [圆弧(A)/闭合(C)/半宽(H)/长度(L)/放弃(U)/宽度(W)]: -130,20
指定下一点或 [圆弧(A)/闭合(C)/半宽(H)/长度(L)/放弃(U)/宽度(W)]: -140,20
指定下一点或 [圆弧(A)/闭合(C)/半宽(H)/长度(L)/放弃(U)/宽度(W)]: -140,30
指定下一点或 [圆弧(A)/闭合(C)/半宽(H)/长度(L)/放弃(U)/宽度(W)]: -190,30
指定下一点或 [圆弧(A)/闭合(C)/半宽(H)/长度(L)/放弃(U)/宽度(W)]: -190,20
指定下一点或 [圆弧(A)/闭合(C)/半宽(H)/长度(L)/放弃(U)/宽度(W)]: -200,20
指定下一点或 [圆弧(A)/闭合(C)/半宽(H)/长度(L)/放弃(U)/宽度(W)]: -200,17
指定下一点或 [圆弧(A)/闭合(C)/半宽(H)/长度(L)/放弃(U)/宽度(W)]: -210,17
指定下一点或 [圆弧(A)/闭合(C)/半宽(H)/长度(L)/放弃(U)/宽度(W)]: -210,19
指定下一点或 [圆弧(A)/闭合(C)/半宽(H)/长度(L)/放弃(U)/宽度(W)]: -215,19
指定下一点或 [圆弧(A)/闭合(C)/半宽(H)/长度(L)/放弃(U)/宽度(W)]: -215,0
指定下一点或 [圆弧(A)/闭合(C)/半宽(H)/长度(L)/放弃(U)/宽度(W)]: 0,0
指定下一点或 [圆弧(A)/闭合(C)/半宽(H)/长度(L)/放弃(U)/宽度(W)]:

图10-112·切换到"三维建模"工作空间

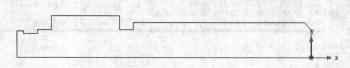

图10-113 绘制多段线

（2）再使用【多段线】工具，依次输入点坐标（0，0）、（-220，0）、（-220，30），绘制出如图10-114所示的多段线。

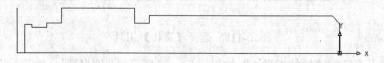

图10-114 继续绘制多段线

（3）选择【圆】工具，以A点为圆心，绘制一个半径为25的圆形，效果如图10-115所示。所绘制的圆形交直线于点B。

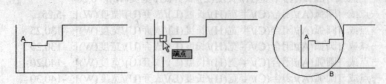

图10-115 绘制圆形

（4）用同样的方法，以B点为圆心，再绘制一个半径为25的圆形，如图10-116所示。

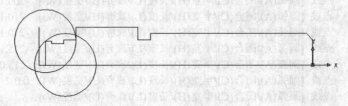

图10-116 再绘制一个圆形

（5）选择【修剪】工具，对图形进行修剪，修剪过程和效果如图10-117所示。

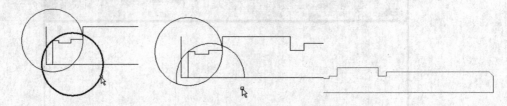

图10-117 修剪过程和效果

3. 旋转生成三维图形

接下来，对二维图形进行旋转，生成需要的三维图形。

（1）从"常用"选项卡中选择【旋转】工具，如图10-118所示。

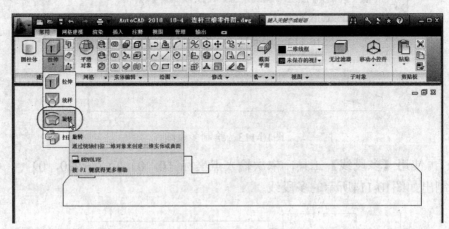

图10-118 选择【旋转】工具

（2）出现"选择要旋转的对象："的提示后，选择已绘制的图形，效果如图10-119所示。

（3）出现"指定轴起点或根据以下选项之一定义轴 [对象(O)/X/Y/Z] <对象>:"的提示后，捕捉如图10-120所示的旋转端点。

（4）出现"指定轴端点:"的提示后，再捕捉如图10-121所示的另一个端点。

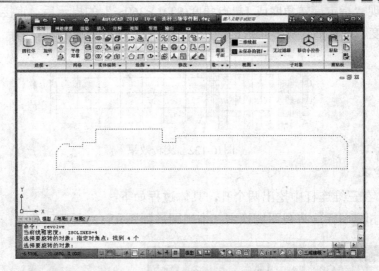

图10-119　选择要旋转的对象

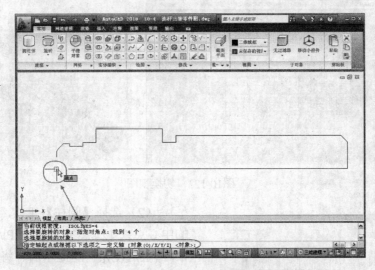

图10-120　捕捉旋转端点

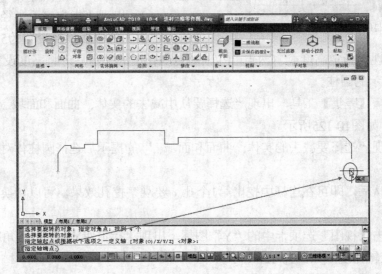

图10-121　捕捉另一个端点

（5）出现"指定旋转角度或 [起点角度(ST)] <360>:"的提示后，直接按【Enter】键，表示旋转360度。确认后，旋转生成的三维图形如图10-122所示。

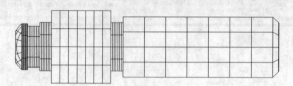

图10-122　旋转效果

4. 对象挖孔

接下来，在三维连杆中挖出两个孔，具体过程如下：

（1）单击 图标，将视图切换到三维视图，如图10-123所示。

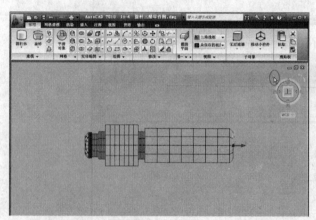
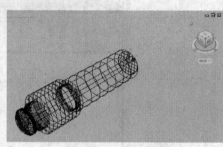

图10-123　切换视图

图10-124　绘制圆柱

（2）选择【圆柱】工具，出现"指定底面的中心点或 [三点(3P)/两点(2P)/切点、切点、半径(T)/椭圆(E)]:"的提示后，将底面的中心点设置为（－165, 0, －30）。

（3）出现"指定底面半径或 [直径(D)]:"的提示后，将底面半径设置为5。

（4）出现"指定高度或 [两点(2P)/轴端点(A)]:"的提示后，将高度设置为35，绘制出如图10-124所示的圆柱。

（5）选择【差集】工具，出现"选择要从中减去的实体、曲面和面域…"的提示后，选择连杆对象，如图10-125所示。

（6）出现"选择要减去的实体、曲面和面域…"的提示后选择圆柱体对象如图10-126所示。

（7）确认后，即可在连杆中挖出第1个孔。要观察挖孔效果，可以切换到如图10-127所示的视图。

（8）单击"视图"选项卡中的"Y"图标，出现"指定使Y轴旋转的角度"的提示后，输入90度的旋转角度，如图10-128所示。

（9）确认后，视图的效果如图10-129所示。

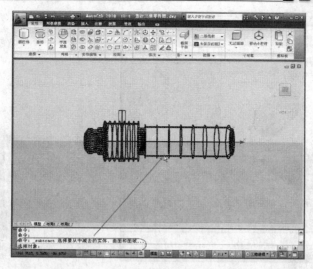

图10-125　选择要从中减去的实体

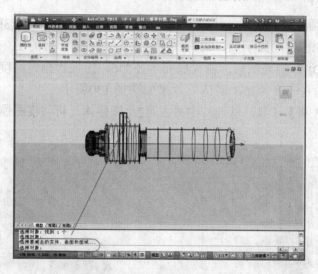

图10-126　选择要减去的实体

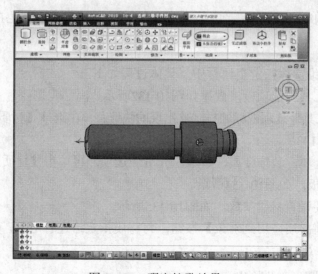

图10-127　观察挖孔效果

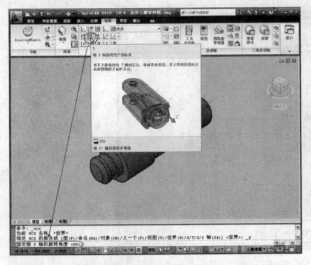

图10-128　设置坐标系旋转角度

图10-129　旋转坐标系角度的效果

（10）选择【圆柱体】工具，出现"指定底面的中心点或 [三点(3P)/两点(2P)/切点、切点、半径(T)/椭圆(E)]："的提示后，输入底面的中心点的坐标（0, 0, −230）；出现"指定底面半径或 [直径(D)]"的提示后，输入底面半径为6；出现"指定高度或 [两点(2P)/轴端点(A)]"的提示后，输入高度为16，确认后效果如图10-130所示。

（11）使用【差集】工具，从连杆中减去第2个圆柱体，再将视图模式改为轴测图模式，效果如图10-131所示。

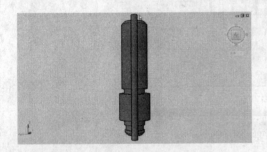

图10-130　绘制第2个用来挖孔的圆柱体

图10-131　挖孔效果

5. 配置材质

接下来，为三维实体指定金属材质。具体过程如下：

（1）打开"工具"选项板，效果如图10-132所示。

（2）右击"工具"选项板标题栏，从出现的快捷菜单中选择【材质】选项，再选择"金属"材质，如图10-133所示。

（3）单击"金属，装饰金属，黄铜，光滑"选项，再单击【材质】按钮，打开"图形中可用材质"选项板，如图10-134所示。

（4）根据需要设置材质参数，如图10-135所示。

（5）单击【将材质应用到对象】按钮，将材质指定给连杆对象，如图10-136所示。

6. 渲染输出对象

最后，将三维图形渲染输出。

图10-132　打开"工具"选项板

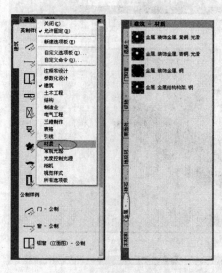

图10-133　选择材质

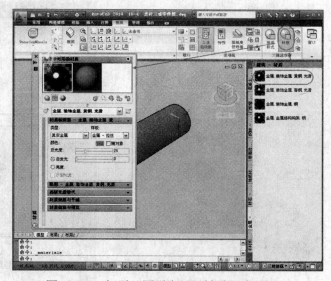

图10-134　打开"图形中可用材质"选项板

（1）从"视图"选项卡的"视图"下拉列表中选择【视图管理器】选项，如图10-137所示。

（2）在出现的"视图管理器"对话框中单击【新建】按钮，如图10-138所示。

（3）在打开的"新建视图/快照特性"对话框中输入视图名称，再从"背景"下拉列表中选择【渐变色】选项，如图10-139所示。

（4）在随后出现的"背景"对话框中分别指定顶部、中间和底部的颜色，单击【确定】按钮返回"新建视图/快照特性"对话框，如图10-140所示。

（5）单击【确定】按钮返回"视图管理器"对话框，效果如图10-141所示。

（6）单击【确定】按钮返回主界面，即可看到背景设置效果，如图10-142所示。

（7）切换到"渲染"选项卡，单击"渲染"面板中的【渲染】按钮，对三维图形进行渲染，效果如图10-143所示。

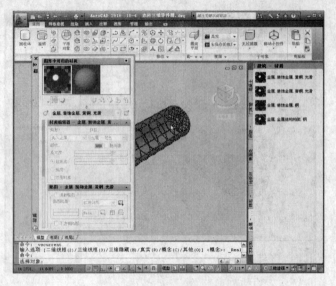

图10-135　设置材质参数

图10-136　为对象指定材质

图10-137　选择【视图管理器】选项

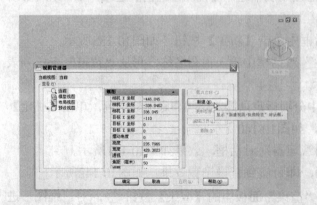

图10-138　单击【新建】按钮

图10-139　创建视图

图10-140 设置渐变背景色

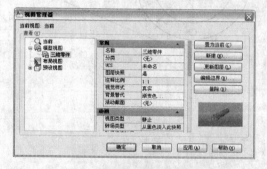

图10-141 视图创建效果

图10-142 背景设置效果

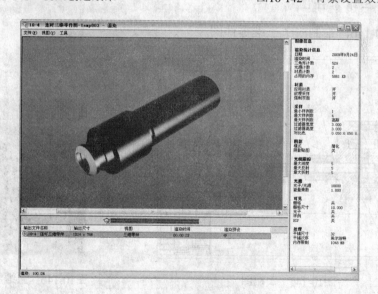

图10-143 渲染效果

（8）保存图形，完成三维图形的绘制操作。

举一反三训练

训练1　绘制零件图

参考图10-144，绘制相应的零件图。

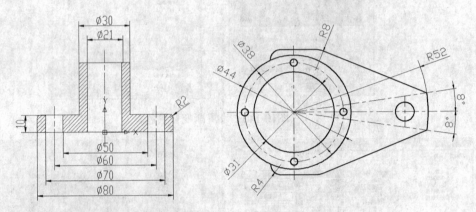

图10-144　零件图

训练2　绘制装配图

参考图10-145，绘制一幅装配图。

训练3　绘制三维零件图

参考图10-146，绘制一个三维零件图。

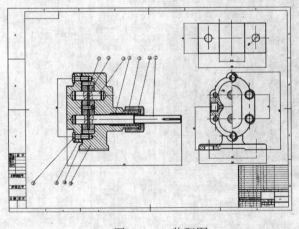

图10-145　装配图

图10-146　三维零件图

第11课　建筑制图范例

建筑施工图是表示建筑物的总体布局、外部造型、内部布置、细部构造、内外装饰以及一些固定设施和施工要求的图样，它所表达的建筑配件、材料、轴线和尺寸应和结构施工图、设备施工图相一致，并互相配合与协调。建筑施工图一般包括施工总说明、总平面图、门窗表、建筑平面图、建筑立面图、建筑剖面图和建筑详图等图纸。由于篇幅有限，本课将主要通过以下范例来驱动读者进一步掌握AutoCAD 2010的功能及其在建筑施工图设计中的应用：

- 建筑平面图的绘制。
- 总平面图的绘制。

范例1　绘制建筑平面图

建筑平面图是用水平剖切面通过门窗洞剖切房屋后形成的剖面图，该图是施工中放线、砌筑墙体、安装门窗、进行室内装修及编制预算、备料等的基本依据。建筑平面图包括底层平面图、标准层平面图、顶层平面图、屋顶平面图、地下层平面图、局部平面图等。本例将绘制如图11-1所示的住宅楼标准层平面图。

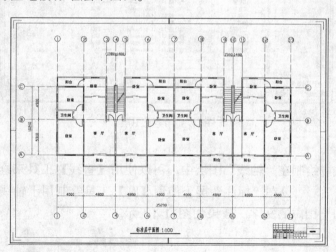

图11-1　住宅楼标准层平面图

下面，重点介绍绘制住宅楼标准层平面图的要点。

1. 设置绘图环境

首先，也需要对绘图单位、绘图界线、对象捕捉和图层等进行设置，主要参数选项设置如下：

（1）图形单位设置。将长度类型设置为"小数"，角度类型设置为"十进制"，"精度"设置为"0"，其他参数采用默认值。

（2）图形界限设置。左下角点的坐标使用默认值（0，0），右上角点的坐标设置为（60000，4500）。

（3）捕捉设置。从菜单栏中选择【工具】|【草图设置】命令，在出现的"草图设置"对话框的"捕捉和栅格"和"极轴追踪"选项卡中设置好如图11-2所示的参数。

图11-2　捕捉设置

（4）图层设置。本例中，图层包括轴线、墙体、门与窗、阳台、楼梯、文字标注、尺寸标注、图框和其他图层，其颜色、线型和线宽等参数设置如图11-3所示。

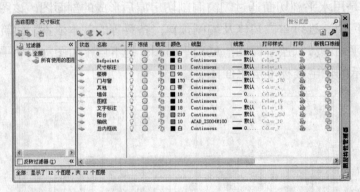

图11-3　设置图层

2. 绘制轴网

平面图的轴线应绘制在"轴线"图层中，可以使用【直线】工具来绘制垂直轴线和水平轴线。绘制好轴线后，可以在"标注"层上使用【圆】工具绘制用于轴线编号的圆，用【单行文字】工具添加上相应的文字，效果如图11-4所示。

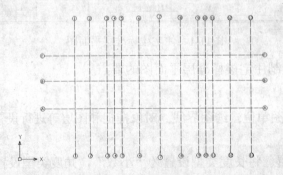

图11-4　轴网绘制效果

3. 绘制墙体

平面图的外墙采用180毫米的双线沿定位线绘制，内墙采用120毫米的双线沿定位线绘制，绘制好后再修剪不相通的墙体。绘制要点如下：

（1）在轴线的基础上，使用【偏移】工具或【移动】工具绘制出定位线，然后用【修剪】工具对定位线进行修剪，效果如图11-5所示。

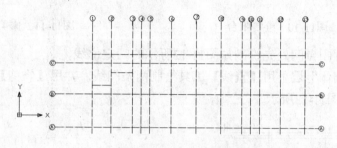

图11-5 绘制定位线

（2）在"墙体"层上使用【多线】工具绘制墙线（应注意在命令行中将多线比例设置为180），然后沿定位线和轴线拾取捕捉点，绘制出所需的承重墙的墙线，如图11-6所示。

（3）放大细部，选择【多线】工具，将多线比例从180更改为120，然后沿定位线绘制出如图11-7所示的非承重墙的墙线。

（4）使用【修剪】工具对墙线进行修剪，效果如图11-8所示。

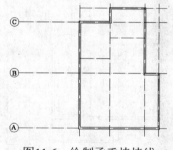
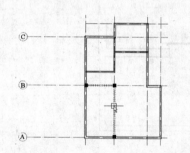
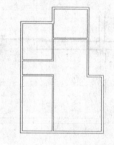

图11-6 绘制承重墙墙线　　　图11-7 绘制非承重墙的墙线　　　图11-8 墙线绘制效果

4. 绘制阳台

阳台也主要是用【多线】工具绘制的，绘制要点如下：

（1）先用【偏移】工具绘制出如图11-9所示的阳台定位线。

（2）在"阳台"层上用【多线】工具（多线比例为120），沿定位线绘制出两个阳台的阳台线，如图11-10所示。

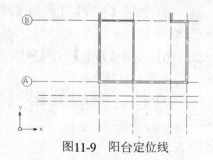

图11-9 阳台定位线

（3）用【修剪】工具对阳台进行修剪，效果如图11-11所示。

5. 绘制门

门洞可以使用【直线】工具连线后进行修剪，然后根据不同类型绘制出各扇门。绘制要点如下：

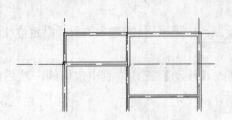

图11-10　绘制阳台

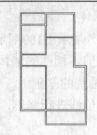

图11-11　修剪效果

（1）在客厅阳台门处先绘制如图11-12所示的门定位线。

（2）在"墙体"层上用【直线】工具绘制两条门线，并用【修剪】工具将多余的部分修剪掉，效果如图11-13所示。

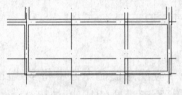

图11-12　绘制定位线

图11-13　绘制门线

（3）在"门窗"层使用【直线】工具绘制推拉门，如图11-14所示。

（4）用【直线】工具绘制两条直线作为门线，再用【修剪】工具进行修剪，效果如图11-15所示。

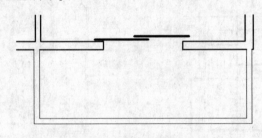

图11-14　推拉门绘制效果

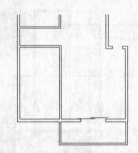

图11-15　绘制门线

（5）使用【直线】工具和【圆】工具绘制如图11-16所示的图形。

（6）再用【修剪】工具剪掉多余的部分，完成一道门的绘制，如图11-17所示。

（7）用类似的方法绘制其他各扇门，效果如图11-18所示。

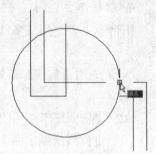

图11-16　绘制圆形

6. 绘制窗户

要绘制窗户，也需要先开出窗洞，然后利用【直线】工具来绘制。绘制要点如下：

（1）先用【直线】工具绘制出窗户的定位线，再用"修剪"工具修剪出窗框，如图11-19所示。

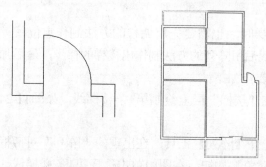

图11-17 修剪图形生成门

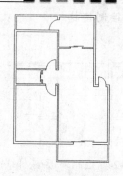

图11-18 绘制其他门

（2）在"门窗"层上用【直线】工具绘制出第1条窗线，再用【阵列】工具绘制出其他3条窗线，完成一个窗户的绘制，如图11-20所示。

（3）用类似的方法绘制其他窗户，效果如图11-21所示。

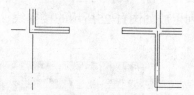

图11-19 修剪出窗框

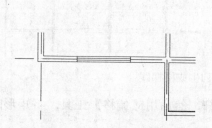

图11-20 绘制完成的一个窗户

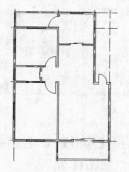

图11-21 窗户绘制效果

7. 镜像复制房间

一幢住宅同一楼层同一单元各房间的布局大体相似，可以使用镜像复制的方法来快速完成另一套住房的绘制。绘制要点如下：

（1）选中已绘制好的房间的全部对象，选择【镜像】工具镜像生成如图11-22所示的效果。

（2）使用【修剪】工具和【删除】工具删除相互重叠的线条，然后在两套住宅之间绘制如图11-23所示的定位线。

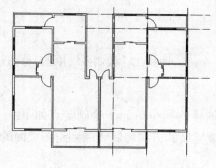

图11-22 镜像效果

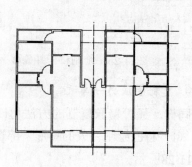

图11-23 绘制定位线

8. 绘制楼梯

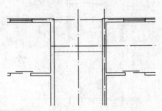

图11-24 绘制第1条楼梯线

绘制楼梯时，也需要先用偏移的方法制作定位线，再绘制一条直线后用阵列的方法制作出楼梯的梯步，最后加上扶手。绘制要点如下：

（1）在"楼梯"层上绘制第1条楼梯线，如图11-24所示。

（2）选择【阵列】工具，在出现的"阵列"对话框中单击【选择对象】按钮，在图中单击选择第1条楼梯线，然后将"行"设置为12、"列"设置为1、"行偏移"设置为-300，单击【确定】按钮，即可阵列生成如图11-25所示的楼梯线。

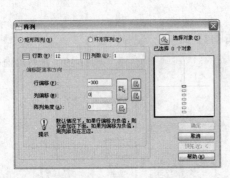
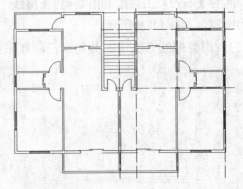

图11-25 阵列生成楼梯线

（3）用【矩形】工具绘制一个矩形作为栏杆，然后用【偏移】工具，将矩形向内侧偏移100毫米，如图11-26所示。

（4）用【多线】工具绘制一条多线，然后用【修剪】进行修剪，完成楼梯的绘制，如图11-27所示。

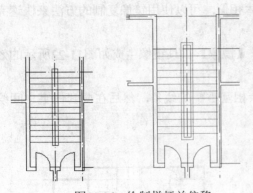
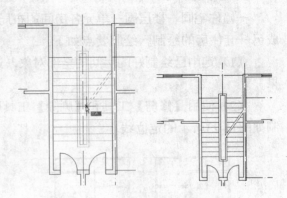

图11-26 绘制栏杆并偏移　　　　图11-27 绘制多线并进行修剪

9. 复制生成另一单元

同样，通过镜像复制的方法可以快速制作出该楼的另一单元。绘制要点如下：

（1）将已绘制完成的图形全部选中，使用镜像复制的方法将其复制到绘图页面的右侧，如图11-28所示。

（2）放大显示两个单元的中间部分，由于部分墙线变成了窗户，应将其一一删除，如图11-29所示。

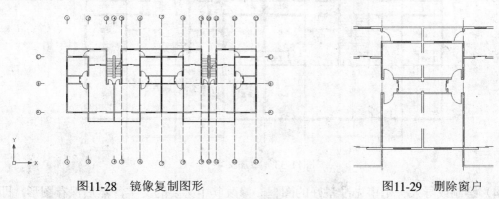

图11-28 镜像复制图形 　　　　　　　　　图11-29 删除窗户

（3）使用【多线】工具将窗洞补绘为墙线，然后使用【修剪】工具对其进行修剪，效果如图11-30所示。

（4）至此，平面图的主体部分绘制完成，全面检查各个细部，及时补绘或修改发现的问题，最后的效果如图11-31所示。

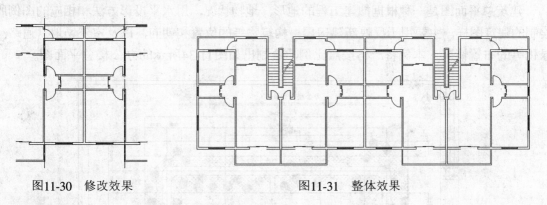

图11-30 修改效果 　　　　　　　　　图11-31 整体效果

10. 标注尺寸

接下来，在图中添加上必要的标注信息。添加标注和文字的要点如下：

（1）新建一个标注样式，分别设置其"直线"参数、"符号和箭头"参数、"文字"参数、"主单位"参数。

（2）综合使用各种标注工具，对平面图中的外墙尺寸和局部尺寸进行标注，效果如图11-32所示。

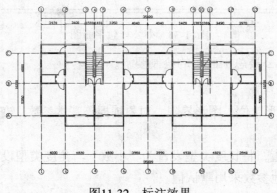

图11-32 标注效果

（3）使用文字工具在图形中添加上适当的文字，如图11-33所示。

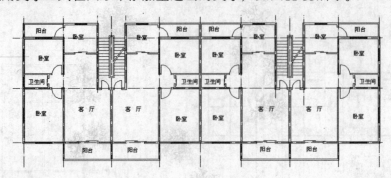

图11-33　添加文字

（4）绘制或导入一个事先准备好的图框，修改其中必要的文字，然后保存图形，即可完成标准层平面图的绘制。

范例2　绘制总平面图

建筑总平面图是一种根据拟建工程的地形、地物状况，用水平投影方法和相应的图例所绘制的建筑图样，主要用于反映新建房屋、构筑物等的位置和朝向，以及室外场地、道路、绿化等的布置情况。本例将严格按照比例，绘制出如图11-34所示的办公楼总平面图。

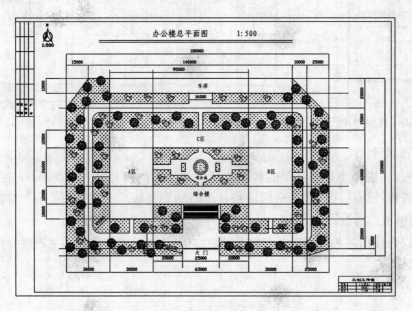

图11-34　办公楼总平面图

下面简要介绍该办公楼总平面图的绘制要点。

1. 设置绘图环境

首先，应设置好图形单位、图形界限、对象捕捉等基本参数。在本例中，根据建筑场地的大小，设置以下参数：

（1）图形单位设置。将长度类型设置为"小数"，角度类型设置为"十进制"，"精度"设置为"0"，其他参数采用默认值。

（2）图形界限设置。将左下角的点坐标设置为（0，0），右上角点的坐标设置为（9000，3000）。

（3）辅助工具设置。开启"捕捉"、"正交"、"对象捕捉"、"对象追踪"等辅助功能。

2. 设置图层

先对图形中可能涉及到的图层进行一个整体规划，然后打开"图层特性管理器"，对图层进行设置。本例的图层设置情况如图11-35所示。

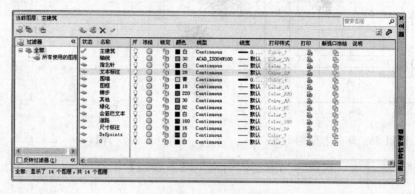

图11-35　图层设置情况

3. 绘制轴线

总平面图的轴线应根据图纸情况进行绘制，本例所需的轴线及尺寸如图11-36所示。绘制要点如下：

（1）先将"轴线"层置为当前图层后再进行绘制。

（2）绘制轴线的主要工具是【直线】工具，绘制时最好开启"正交"功能。

（3）绘制平行的轴线时，可以使用【偏移】工具来完成。

4. 绘制围墙

接下来，需要根据规划用地情况绘制出围墙，绘制效果及尺寸如图11-37所示。绘制要点如下：

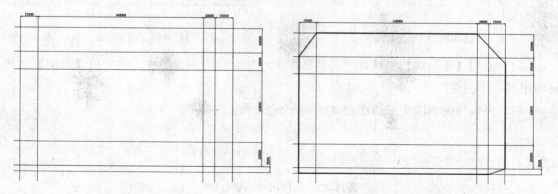

图11-36　绘制轴线　　　　　　　　　图11-37　绘制围墙

（1）先将"围墙"层置为当前层后再进行绘制。

（2）绘制"围墙"的工具主要是【多段线】工具。

5. 绘制建筑物外轮廓线

本例中，主建筑体由综合大楼和车库两个部分组成，绘制效果及尺寸如图11-38所示。绘制要点如下：

（1）为了快速而精确地绘制出建筑物外形，应先绘制出建筑物定位线。绘制时只需利用轴线进行偏移即可，定位线效果如图11-39所示。

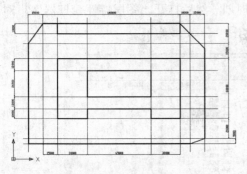 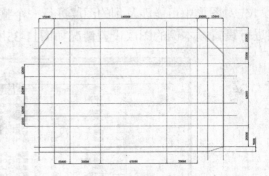

图11-38 综合大楼和车库   图11-39 定位线效果

（2）将"主建筑"层置为当前层，分别用【多段线】工具沿定位线绘制出综合楼和车库的平面图。

6. 绘制大门

大门由两个门柱和门体组成，其绘制效果及尺寸如图11-40所示。绘制要点如下：

（1）在"轴线"层上用【偏移】工具偏移出大门的定位线，如图11-41所示。

 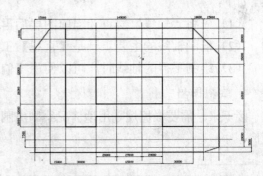

图11-40 大门效果及尺寸   图11-41 大门的定位线

（2）使用【多段线】工具在"其他"层上绘制大门的一个门柱，然后用【复制】工具复制出另一个门柱。

（3）用偏移的方法生成如图11-42所示的定位线。

图11-42 偏移出水平定位线

（4）在"其他"层上沿定位线绘制大门的开启部分和关闭部分，再填充关闭部分。

7. 绘制道路

主建筑的周围分布了多条行车道和人行道，绘制效果及尺寸如图11-43所示。绘制要点如下：

（1）在"道路"层上用【直线】工具绘制道路边线。

（2）用【多段线】工具沿定位线或轴线绘制车行道中心线，将道路中心线向两侧各偏移3000毫米，再删除道路中心线即可初步绘制出车行道，如图11-44所示。

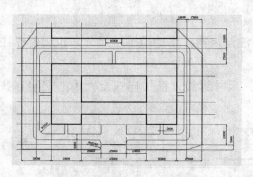

图11-43　道路绘制效果　　　　　　　　　图11-44　初步绘制出车行道

（3）用【分解】工具将道路边线分解为线段，再用【倒角】工具对道路边线进行倒角处理（圆角半径为5000），效果如图11-45所示。

（4）绘制人行道路的中心线，然后将其上下（或左右）各偏移1500毫米，最后删除中心线，人行道路绘制效果如图11-46所示。

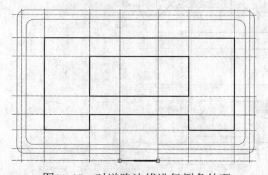 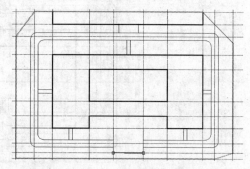

图11-45　对道路边线进行倒角处理　　　　　　图11-46　人行道路绘制效果

（5）用【圆】绘制大门两侧的圆弧道路边线，再用【修剪】工具将多余的线段修剪掉，如图11-47所示。

（6）用【打断】工具将大门下方的围墙线打断，然后删除该线段。

8. 绘制梯步

还需要在办公大楼的正门处绘制一个石阶梯，其绘制效果如图11-48所示。绘制要点如下：

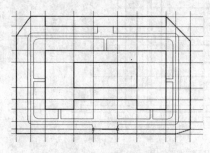 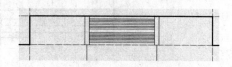

图11-47　绘制大门两侧的圆弧道路边线　　　　图11-48　石阶梯绘制效果

（1）在"梯步"层上用【多段线】工具绘制两个矩形作为阶梯护栏。

（2）用【直线】工具绘制最上一级阶梯。

（3）用【阵列】工具阵列其他阶梯线。

9. 标注尺寸

总平面图中有很多尺寸需要标注，既需要标注建筑物、用地范围的尺寸，也需要标注道路和其他细部的尺寸。具体标注要点如下：

（1）先创建一个标注样式，设置好尺寸线、尺寸界线、箭头样式及大小、文字参数、单位格式、精度等参数。

（2）用【快速标注】工具标注如图11-49所示的尺寸。

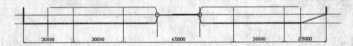

图11-49 第1组尺寸标注的效果

（3）再用【快速标注】工具分别标注其他线性的连续尺寸，如图11-50所示。

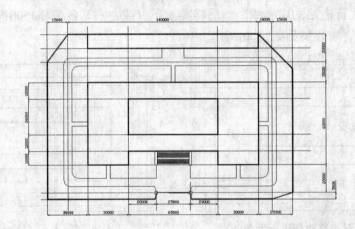

图11-50 用【快速标注】工具标注的尺寸

（4）用【线性标注】工具标注细部的线性尺寸，如图11-51所示。

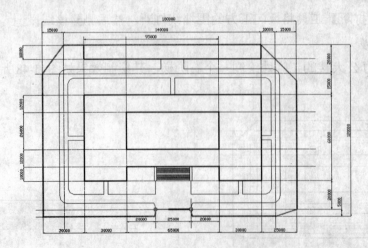

图11-51 细部线性尺寸的标注效果

（5）用【半径标注】工具标注圆弧，如图11-52所示。

（6）综合使用各种标注工具，标注出道路、道路转角等尺寸参数，效果如图11-53所示。

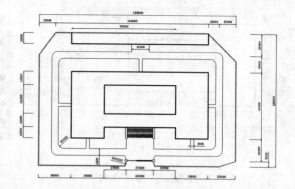

图11-52　标注半径

图11-53　标注效果

10. 绘制环境绿化带

总平面图中要大致反映出建筑的环境绿化情况。环境绿化带的绘制要点如下：

（1）先用【直线】、【圆】、【偏移】、【修剪】、【图案填充】等工具绘制出如图11-54所示的喷水池和花台。

（2）再用【图案填充】工具，填充图形中的绿化区，如图11-55所示。

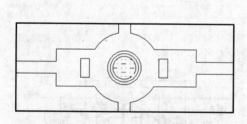

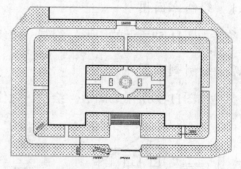

图11-54　绘制喷水池和花台

图11-55　填充绿化区

（3）在"设计中心"选项板中找到名为"树－落叶（平面）"和"树丛或灌木丛－（平面）"的块，再将它们拖入绘图区总平面图的右侧空白区域，用【缩放】工具调整好大小，最后用【复制】工具将其复制到绿化区中，效果如图11-56所示。

11. 添加文字及指北针

总平面图中需要一些必要的注释文字，以标明建筑物的名称和图名等，也需要添加一个指北针。绘制要点如下：

（1）使用【文字】工具在图中添加需要的文字内容。

（2）综合使用各种工具绘制一个指北针，将其放置到如图11-57所示的位置。

12. 绘制图框、标题栏和会签栏

最后，再为图纸添加上标准的图框和标题栏。绘制要点如下：

（1）综合使用【矩形】工具、【偏移】工具、【分解】工具、【修剪】工具等绘制出图框、标题栏。

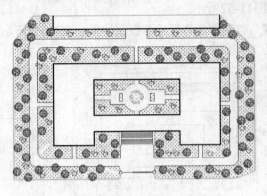

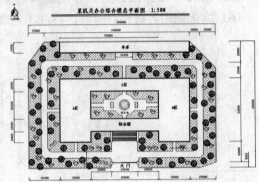

图11-56 放置绿化块　　　　　　　图11-57 添加图名和绘图比例

（2）在标题栏上输入相应的文字。

（3）用同样的方法绘制出会签栏，并将其移动到图纸的左上角，即可完成总平面图的绘制。

举一反三训练

训练1　绘制立面图

参考如图11-58所示的图形，绘制一幢住宅楼的立面图。

训练2　绘制剖面图

参考如图11-59所示的图形，绘制一幢住宅楼的某个剖面图。

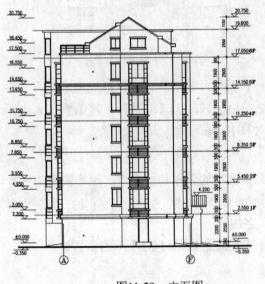

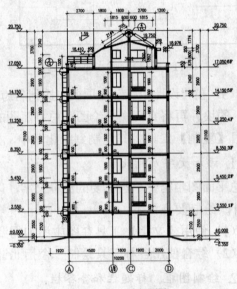

图11-58 立面图　　　　　　　　　图11-59 剖面图

AutoCAD 2010就业技能
实训指导

工程图样是表达和交流技术思想的重要工具，是工程技术部门的一项重要技术文件，被誉为"工程界的语言"。AutoCAD 2010的功能相当强大，工具、命令繁多，要真正掌握工程绘图的就业技能，必须通过一系列行之有效的实践训练，掌握正投影法的基本理论及其应用方法，培养空间几何问题的图解能力、空间想象力和空间分析能力，熟练掌握工程图形的作图方法。

本篇将配合第1篇所介绍的基础知识，安排多个实训项目。通过实际上机实训操作来掌握AutoCAD 2010的基本功能，加深对基本概念的理解，重点学会将软件知识点和工程实际结合起来，制作出规范、美观的工程图形。本篇的每个实训项目都设置有"实训目的"、"实训过程"、"实训总结"和"思考与练习"等环节。

在具体实训操作时，建议采用阶梯式和任务式的实训方式，先明确各个实训项目的目的，然后对实训内容进行分析，在参考实训过程的基础上尽可能独立完成实训，制作出完整的"作品"。此外，认真解答"思考与练习"中提出的针对性极强的问题也是十分必要的。

本篇主要安排了以下两课的内容：

📖 AutoCAD 2010基本操作实训。

📖 AutoCAD 2010综合应用实训。

第12课　AutoCAD 2010基本操作实训

要绘制出标准、规范、严谨的工程图形，必须要熟练掌握AutoCAD 2010基本操作。而AutoCAD 2010的绝大多数操作技能都需要通过行之有效的训练才能掌握。为此，本课结合AutoCAD 2010的主要知识点，重点安排了以下强化实训项目：

- AutoCAD 2010安装训练。
- AutoCAD 2010的基本操作训练。
- 二维图形绘制训练。
- 图层设置和应用训练。
- 图形编辑训练。
- 精确绘图训练。
- 尺寸标注训练。
- 块的应用训练。
- 三维图形绘制训练。
- 图形打印训练。

实训1　安装AutoCAD 2010

安装AutoCAD软件是进行工程绘图的前提，AutoCAD 2010提供了智能化的安装手段，其安装操作比较简单。

实训目标

本次上机实训将练习在系统中安装AutoCAD 2010并进行初始设置。具体实训目标是：

（1）了解AutoCAD 2010的主要功能和用途。

（2）掌握AutoCAD 2010的安装方法。

（3）初步掌握AutoCAD 2010的初始设置方法。

实训过程

具体实训操作时，可以参考下面的过程：

（1）运行AutoCAD 2010简体中文版安装光盘，出现如图12-1所示的初始安装页面。

（2）单击"安装产品（I）"链接，出现如图12-2所示的"选择要安装的产品"页面，可以根据需要选择要安装的组件。其中，AutoCAD 2010是必选组件，Autodesk Design Review 2010是一个用于浏览、打印、测量和注释AutoCAD图形的可选组件。

（3）单击【下一步】按钮，将对安装过程进行初始化设置，并出现如图12-3所示的初始化进程。

（4）初始化完成后，将出现如图12-4所示的"接受许可协议"页面，应选择"我接受"选项，才能继续安装过程。

图12-1 AutoCAD 2010的初始安装页面

图12-2 "选择要安装的产品"页面

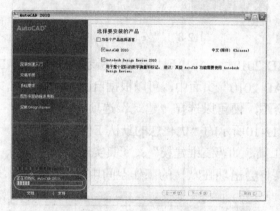

图12-3 初始化进程

图12-4 "接受许可协议"页面

（5）单击【下一步】按钮，出现如图12-5所示的"产品和用户信息"页面，应在其中输入正确的序列号、产品密钥和个人信息。

（6）单击【下一步】按钮，出现如图12-6所示的"查看-配置-安装"页面，其中列出了当前的基本安装配置信息，要修改配置，可先从下拉列表中选择要配置的组件，再单击【配置】按钮进行配置。

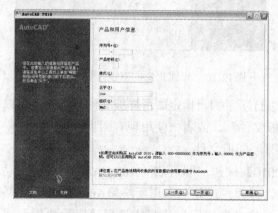

图12-5 "产品和用户信息"页面

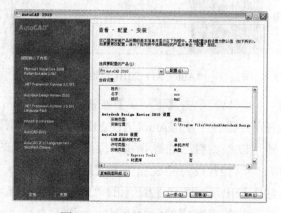

图12-6 "查看-配置-安装"页面

（7）配置完成后，单击【安装】按钮，即可开始进行安装，并出现如图12-7所示的安装内容列表和安装进度。

（8）列表中的全部内容安装完成后，将出现如图12-8所示的"安装完成"页面。只需单击【完成】按钮，即可完成AutoCAD 2010的安装。

图12-7　安装内容列表和安装进度　　　　图12-8　"安装完成"页面

（9）安装完成后，在第一次启动AutoCAD 2010时，将出现如图12-9所示的"AutoCAD 2010-初始设置"对话框，在"欢迎使用AutoCAD 2010"页面中，可以根据自己的工作领域，选择一种图形环境。比如，主要用途是建筑绘图，便可以选择"建筑"选项。

（10）单击【下一页】按钮，将进入如图12-10所示的"优化您的默认工作空间"页面。可以根据自己的需要从列表中选择经常使用的工具，如"三维建模"、"真实照片级渲染"、"检查和标记"和"图纸集"等，选择的工具将会出现在默认的工作空间中。

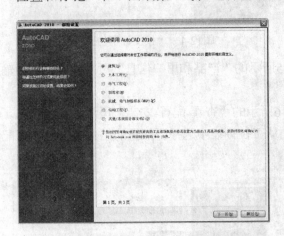

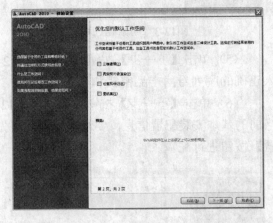

图12-9　"AutoCAD 2010-初始设置"对话框　　图12-10　"优化您的默认工作空间"页面

（11）单击【下一页】按钮，将出现如图12-11所示的"指定图形样板文件"页面，可以在其中选择"使用AutoCAD 2010的默认图形样板文件"，或者"使用现有图形样板文件"，还可以根据自己的行业和单位格式使用默认的图形样板文件。

（12）设置完成后单击【启动AutoCAD 2010】按钮，即可启动AutoCAD 2010。启动后，将出现如图12-12所示的"新功能专题研习"界面，这是一个用于学习AutoCAD 2010最新功能的交互式的学习工具。如果不查看"新功能专题研习"，只需选择"以后再说"或"不，不再显示此消息"选项后单击【确定】按钮，即可进入AutoCAD 2010的主界面。

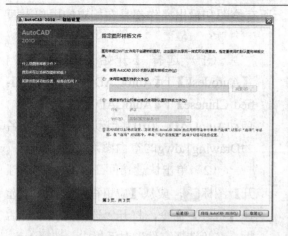 

图12-11 "指定图形样板文件"页面　　　　图12-12 "新功能专题研习"界面

实训总结

本次实训AutoCAD 2010的安装操作训练。通过实训，可以熟悉AutoCAD 2010的安装流程，初步掌握AutoCAD 2010的安装技巧。完成实训后，请认真总结实际操作过程中的经验和教训，并与其他同学交流。

思考与练习

以下问题请在实际动手上机操作的基础上回答。

（1）安装AutoCAD 2010时，如何选择图形环境？

（2）怎样优化默认工作空间？

（3）"新功能专题研习"提供了哪些信息？

实训2　AutoCAD 2010的基本操作

要掌握使用AutoCAD 2010绘制图形的技能，需要在了解AutoCAD 2010绘图界面的基础上进行必要的上机实训，逐步熟悉绘制图形的方法和技巧。

实训目标

本次上机实训的目标如下：

（1）了解AutoCAD图形的绘制过程。

（2）熟悉AutoCAD 2010的用户界面元素。

（3）掌握创建和设置图形文件的方法。

（4）熟悉命令行的用法和输入点的具体方法。

（5）初步了解绘图工具栏的用法和绘制图形边框线的方法。

实训过程

具体实训操作时，可以参考下面的过程。

1. AutoCAD 2010界面的操作

在AutoCAD的窗口界面中，将菜单、工具栏、选项板、功能区面板等部分进行了编组，并将这些部分组织成一个面向任务的绘图环境。所有绘图和输出操作都是在相应的用户界面中完成的。

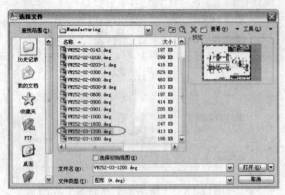

图12-13　选择要打开的文件

（1）选择【开始】|【程序】|【Autodesk】|【AutoCAD 2010-Simplified Chinese】|【AutoCAD 2010】命令，启动AutoCAD 2010并自动创建一个暂名为Drawing1.dwg的空白图形文件。

（2）单击快速访问工具栏中的【打开】图标，或从【应用程序】菜单中选择【打开】命令，打开"选择文件"对话框。在"选择文件"对话框中，选择Auto-CAD 2010安装文件夹下的Sample\Sheet Sets\Manufacturing\VW252-03-1200.dwg示例图形文件，如图12-13所示。

（3）单击【打开】按钮，即可在"二维草图与注释"工作空间中打开如图12-14所示的图形文件。

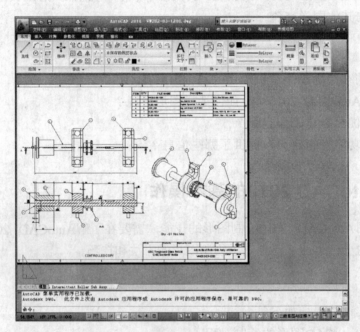

图12-14　示例图形文件打开效果

（4）单击【应用程序】按钮，将出现如图12-15所示的下拉菜单，试了解各个菜单项的子选项及其功能。

（5）默认情况下，快速访问工具栏中提供了【新建】、【打开】、【保存】、【放弃】、【重做】、【打印】等最常用的命令，请尝试并了解各个命令的功能。

（6）试根据需要在快速访问工具栏上添加、删除和重新定位部分命令。比如，要添加一个新命令，只需右击快速访问工具栏，从出现的快捷菜单中选择【自定义快速访问工具栏】命令，打开"自定义用户界面"对话框，从"命令"列表中选择要添加到快速访问工具栏上的命令，然后将其拖放到快速访问工具栏上即可。

（7）使用信息获取栏，可以搜索和接收AutoCAD 2010的相关信息。请分别尝试并了解搜索框、【速博应用中心】图标🔍、【通信中心】图标📡和【收藏夹】图标⭐的功能和基本用法。

（8）AutoCAD 2010的菜单栏中集成了【文件】、【编辑】、【视图】、【插入】、【格式】、【工具】、【绘图】、【标注】、【修改】、【参数】、【窗口】和【帮助】等菜单，请尝试并了解各个菜单的主要命令和基本功能。

（9）AutoCAD 2010的功能区中集中了与当前工作空间相关的操作命令。试尝试"常用"、"插入"、"注释"、"参数化"、"视图"、"管理"和"输出"等选项卡的主要面板中的典型功能图标的功能。

（10）在绘图窗口中任意进行一些简单的操作，观察"命令行"窗口中信息的变化情况。

（11）按下【F2】键，打开"文本"窗口，查看其中详细记录的AutoCAD已经执行的命令。

（12）了解状态栏各部分的功能，尝试使用其中的快捷工具。

（13）从状态栏的"工作空间"列表中选择"AutoCAD经典"选项，进入"AutoCAD经典"工作空间。比较其界面与"二维草图与注释"工作空间的区别。重点了解工具栏的种类和功能。

（14）选择【工具】|【选项板】命令，从出现的子菜单中选择要在窗口中显示的选项板（如图12-16所示），然后分别了解这些选项板的功能。

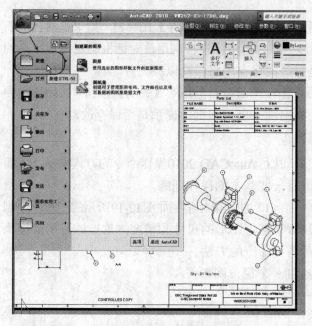

图12-15　【应用程序】菜单

图12-16　选项板菜单

2. 图形文件操作训练

AutoCAD 2010常用的文件操作命令包括创建新图形、打开图形、保存图形、关闭图形等。

（1）启动AutoCAD 2010，单击快速访问工具栏中的【新建】图标🗋，出现图12-17所示的"选择样本"对话框。选择一个样板后单击【打开】按钮，即可进入新图形的工作界面，开始新的绘图作业。

（2）在命令行中输入startup并按下【Enter】键，输入变量值1，然后按下【Enter】键。再在命令行中输入filedia并按下【Enter】键，输入变量值1，然后按下【Enter】键。设置完成后，单击快速访问工具栏中的【新建】图标□，出现的是如图12-18所示的"创建新图形"对话框，单击【从草图开始】图标将其选中。在"默认设置"选项下，选择"英制"或"公制"选项。单击【确定】按钮，即可创建一个新图形。

图12-17　"选择样本"对话框　　　　　　　图12-18　"创建新图形"对话框

（3）在"Windows资源管理器"中双击要打开的.dwg格式的图形文件，可以自动启动AutoCAD 2010并打开图形文件。

（4）要保存图形文件，只需单击快速访问工具栏中的【保存】图标█，如果是对当前所绘制的图形进行第一次保存，将出现"图形另存为"对话框。利用该对话框确定图形文件的存放位置、文件名和存放类型。如果不是第一次保存，将自动以原文件名存入磁盘。

（5）先同时打开多个图形文件，然后单击绘图窗口右上角的【关闭】按钮✕关闭不需要的图形，如果当前图形修改后没有保存，将出现一个询问框，提示是否保存改动。

3. AutoCAD命令执行训练

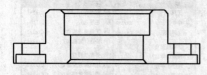

执行AutoCAD 2010操作命令的方式很多，下面进行一些基本的操作训练。

（1）使用鼠标绘制如图12-19所示的图形，绘制时暂不考虑图形的尺寸和精度，重点练习用鼠标执行各种命令的方法。

图12-19　一个由直线构成的图形

（2）在命令行中输入下面的命令，绘制一个简单图形。

```
命令: line
指定第一点: 200,300
指定下一点或 [放弃(U)]: @300,300
指定下一点或 [放弃(U)]: @200,0
指定下一点或 [闭合(C)/放弃(U)]: @100,-250
指定下一点或 [闭合(C)/放弃(U)]: @-200,-250
指定下一点或 [闭合(C)/放弃(U)]: c
```

4. 视图操作训练

使用AutoCAD 2010的视图工具，可以根据需要观察图形的局部区域。

（1）打开一幅图形，尝试用菜单栏中的【缩放】命令缩放视图。

（2）尝试使用功能区"常用"选项卡的"实用程序"面板中的【范围】工具来缩放视图。

（3）在命令行中输入zoom并按下【Enter】键，在命令行中出现"指定窗口的角点，输入比例因子（nX或nXP），或者[全部(A)/中心(C)/动态(D)/范围(E)/上一个(P)/比例(S)/窗口(W)/对象(O)] <实时>:"的提示后，尝试使用各个选项来缩放视图。

单击状态栏中的"平移"工具 ，或者在命令行中输入pan命令，平移当前视图。

实训总结

本次实训AutoCAD 2010的基本操作训练。通过实训，可以熟悉AutoCAD 2010的绘图环境和绘制图形的基本流程。完成实训后，请认真总结实际操作过程中的经验和教训，并与其他同学交流。

思考与练习

以下问题请在实际动手上机操作的基础上回答。

（1）如何展开面板的工具和控件？

（2）在命令行中执行AutoCAD命令时，应注意哪些事项？

（3）什么是透明命令？哪些情况下需要执行透明命令？如何执行透明命令？

实训3 绘制二维图形

二维图形是使用AutoCAD 2010绘制工程图形的基础，只有通过大量的上机实训，才能熟练掌握这些基本图元的绘制技能。本次上机实训将绘制如图12-20所示的图形，具体尺寸参数如图12-21所示。

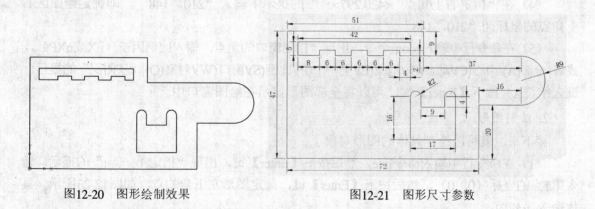

图12-20 图形绘制效果　　　　　　　　　图12-21 图形尺寸参数

实训目标

本次实训的目标如下：

（1）熟悉常用二维图形对象的绘制方法和技巧。

（2）重点掌握利用命令行绘制图形的方法。

实训过程

具体实训操作时，可以参考下面的绘制过程。

1. 设置绘图环境

首先需要设置绘图单位，然后再设置绘图界限，并将图形的视图放大到便于观察的程度。

（1）在命令行中输入units（单位）命令，在出现的"图形单位"对话框中设置长度为"小数"，角度为"十进制"，"精度"设定为"0"，其他参数均采用默认值，如图12-22所示。

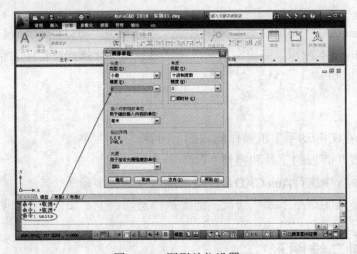

图12-22　图形单位设置

（2）在命令行中输入limits（图形界限）命令，系统提示"重新设置模型空间界限:"。

（3）在"指定左下角点或 [开(ON)/关(OFF)] <0, 0>:"的提示下按【Enter】键，确定绘图区左下角点的坐标为"0, 0"。

（4）在"指定右上角点 <420,297>: "的提示下输入"210，148"，即确定绘图区右上角点的坐标为"210，148"。

（5）在命令行中输入zoom命令，出现"指定窗口的角点，输入比例因子（nX或nXP），或者[全部(A)/中心(C)/动态(D)/范围(E)/上一个(P)/比例(S)/窗口(W)/对象(O)] <实时>:"的提示，键入字符A并按下【Enter】键，可以将全部图形显示在绘图窗口中。

2. 绘制图形

接下来，就可以绘制具体的图形对象了。

（1）在命令行中输入命令line，然后按下【Enter】键，出现"指定第一点:"的提示，输入第1点的坐标（0, 0），然后按下【Enter】键，确定图形左下角的点，如图12-23所示。具体命令序列为：

```
命令: line
指定第一点: 0, 0
```

（2）出现"指定下一点或 [放弃(U)]:"的提示后，输入第2点的相对坐标（@72, 0），按下【Enter】键，即可绘制出如图12-24所示的直线段，命令序列如下：

```
指定下一点或 [放弃(U)]: @72,0
```

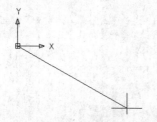

图12-23 指定第1点的坐标 图12-24 绘制直线段

（3）用同样的方法绘制出第2段和第3段直线，效果如图12-25所示，命令序列如下：

指定下一点或 [放弃(U)]: @0,20
指定下一点或 [闭合(C)/放弃(U)]: @16,0（输入后按【Enter】键）
指定下一点或 [闭合(C)/放弃(U)]:
命令:

（4）利用arc命令绘制如图12-26所示的圆弧，命令序列如下：

命令: arc
指定圆弧的起点或 [圆心(C)]: 88,20
指定圆弧的第二个点或 [圆心(C)/端点(E)]: e
指定圆弧的端点: 88,38
指定圆弧的圆心或 [角度(A)/方向(D)/半径(R)]: r
指定圆弧的半径: 9
命令:

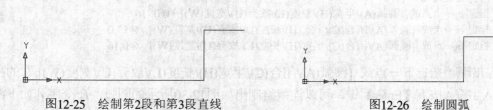

图12-25 绘制第2段和第3段直线 图12-26 绘制圆弧

（5）使用line命令绘制如图12-27所示的直线段，命令序列如下：

命令: line
指定第一点: 88,38
指定下一点或 [放弃(U)]: @-37,0
指定下一点或 [放弃(U)]: @0,9
指定下一点或 [闭合(C)/放弃(U)]: @-51,0
指定下一点或 [闭合(C)/放弃(U)]: 0,0
指定下一点或 [闭合(C)/放弃(U)]:
命令:

（6）再用line命令绘制如图12-28所示的直线段，命令序列如下：

命令: line
指定第一点: 4,38
指定下一点或 [放弃(U)]: @0,5
指定下一点或 [放弃(U)]: @42,0
指定下一点或 [闭合(C)/放弃(U)]: @0,-5
指定下一点或 [闭合(C)/放弃(U)]: @-4,0
指定下一点或 [闭合(C)/放弃(U)]: @0,2

指定下一点或 [闭合(C)/放弃(U)]: @-6,0
指定下一点或 [闭合(C)/放弃(U)]: @0,-2
指定下一点或 [闭合(C)/放弃(U)]: @-6,0
指定下一点或 [闭合(C)/放弃(U)]: @0,2
指定下一点或 [闭合(C)/放弃(U)]: @-6,0
指定下一点或 [闭合(C)/放弃(U)]: @0,-2
指定下一点或 [闭合(C)/放弃(U)]: @-6,0
指定下一点或 [闭合(C)/放弃(U)]: @0,2
指定下一点或 [闭合(C)/放弃(U)]: @-6,0
指定下一点或 [闭合(C)/放弃(U)]: @0,-2
指定下一点或 [闭合(C)/放弃(U)]: c
命令:

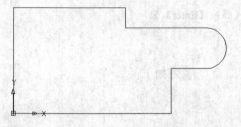

图12-27　绘制其他直线段

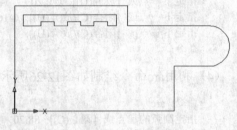

图12-28　绘制直线段

（7）使用pline命令绘制如图12-29所示的多段线，命令序列如下：

命令: pline
指定起点: 46,23
当前线宽为 0
指定下一个点或 [圆弧(A)/半宽(H)/长度(L)/放弃(U)/宽度(W)]: @0,-16
指定下一点或 [圆弧(A)/闭合(C)/半宽(H)/长度(L)/放弃(U)/宽度(W)]: @17,0
指定下一点或 [圆弧(A)/闭合(C)/半宽(H)/长度(L)/放弃(U)/宽度(W)]: @0,16

（8）出现"指定下一点或 [圆弧(A)/闭合(C)/半宽(H)/长度(L)/放弃(U)/宽度(W)]:"的提示后，输入字符A按下【Enter】键，可以连续绘制出如图12-30所示的圆弧，命令序列如下：

指定下一点或 [圆弧(A)/闭合(C)/半宽(H)/长度(L)/放弃(U)/宽度(W)]: a
指定圆弧的端点或
[角度(A)/圆心(CE)/闭合(CL)/方向(D)/半宽(H)/直线(L)/半径(R)/第二个点(S)/放弃(U)/宽度(W)]: r
指定圆弧的半径: 2
指定圆弧的端点或 [角度(A)]: 59,23

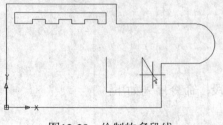

图12-29　绘制的多段线

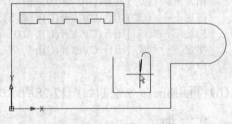

图12-30　绘制圆弧

（9）出现"指定圆弧的端点或[角度(A)/圆心(CE)/闭合(CL)/方向(D)/半宽(H)/直线(L)/半径(R)/第二个点(S)/放弃(U)/宽度(W)]:"的提示后，输入字符L并按下【Enter】键，然后继续绘制如图12-31所示的直线段，命令序列如下：

指定圆弧的端点或
[角度(A)/圆心(CE)/闭合(CL)/方向(D)/半宽(H)/直线(L)/半径(R)/第二个点(S)/放弃(U)/宽度(W)]: l
指定下一点或 [圆弧(A)/闭合(C)/半宽(H)/长度(L)/放弃(U)/宽度(W)]: @0,-4
指定下一点或 [圆弧(A)/闭合(C)/半宽(H)/长度(L)/放弃(U)/宽度(W)]: @-9,0
指定下一点或 [圆弧(A)/闭合(C)/半宽(H)/长度(L)/放弃(U)/宽度(W)]: @0,4

（10） 出现"指定下一点或 [圆弧(A)/闭合(C)/半宽(H)/长度(L)/放弃(U)/宽度(W)]:"的提示后，输入字符A按下【Enter】键，可以连续绘制出如图12-32所示的圆弧，命令序列如下：

指定下一点或 [圆弧(A)/闭合(C)/半宽(H)/长度(L)/放弃(U)/宽度(W)]: a
指定圆弧的端点或
[角度(A)/圆心(CE)/闭合(CL)/方向(D)/半宽(H)/直线(L)/半径(R)/第二个点(S)/放弃(U)/宽度(W)]: r
指定圆弧的半径: 2
指定圆弧的端点或 [角度(A)]: 46,23
指定圆弧的端点或
[角度(A)/圆心(CE)/闭合(CL)/方向(D)/半宽(H)/直线(L)/半径(R)/第二个点(S)/放弃(U)/宽度(W)]:
命令:

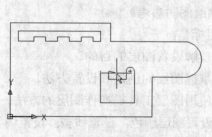

图12-31 绘制直线段

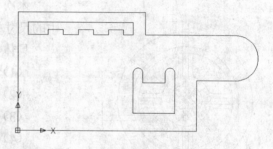

图12-32 绘制圆弧

（11）在命令行中输入save命令并按下【Enter】键，出现"图形另存为"对话框，设置好如图12-33所示的参数后单击【保存】按钮，即可保存图形。

图12-33 "图形另存为"对话框

实训总结

本次实训通过一个简单图形的绘制，进行了二维图形绘制的操作训练。通过实训，可以较系统地掌握二维图形的绘制方法，并学会一些基本绘图技巧。完成实训后，请认真总结实际操作过程中的经验和教训，并与其他同学交流。

思考与练习

以下问题请在实际动手上机操作的基础上回答。

（1）选择绘图命令的方法有哪些？

（2）绘制图形时，在命令行中可能出现哪些信息？如何充分利用这些信息进行操作？

（3）多段线命令和直线命令有何异同点？

实训4　使用图层

实际绘制工程图纸时，由于图纸都比较复杂，必须事先进行图层、颜色、线型和线宽的设置。

实训目标

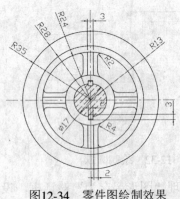

图12-34　零件图绘制效果

本次上机实训将绘制如图12-34所示的零件图（图中的尺寸标注供绘图时参考）。

具体实训目标是：

（1）深刻理解设置图层的目的。

（2）熟练掌握图层的创建和设置方法。

（3）熟悉使用图层工具栏操作图层的方法。

（4）掌握设置图层颜色、设置线型、设置线型比例的方法。

（5）进一步掌握二维对象绘制命令的使用方法和技巧。

实训过程

具体实训操作时，可以参考下面的绘制过程。

1. 创建新图形文件并设置绘图环境

绘制图形时，需要新建一个图形文件，并对AutoCAD进行一些必要的设置，包括图形的尺寸单位、角度单位、角度测量、角度方向以及绘图区域等参数。

（1）启动AutoCAD 2010中文版，创建一个新图形文件。

（2）在命令行中输入units命令，在出现的"图形单位"对话框中设置长度为"小数"，角度为"十进制"，"精度"设定为"0"，其他参数均采用默认值。

（3）在命令行中输入limits（图形界限）命令，系统提示"重新设置模型空间界限："。

（4）在"指定左下角点或 [开(ON)/关(OFF)] <0，0>:"的提示下按【Enter】键，确定绘图区左下角点的坐标为"0，0"。

（5）在"指定右上角点 <29700,21000>>: "的提示下输入"120，100"，即确定绘图区右上角的点坐标为"120，100"。

（6）从菜单栏中选择【视图】|【缩放】|【全部】命令，这时可以将全部图形显示在绘图窗口中，结束绘图环境的设置。

2. 图层管理

本例中，需要将不同类型的对象放置在不同的图层中，具体设置过程如下：

（1）单击功能区"常用"选项卡的"图层"面板下的"图层特性"工具，打开"图层特性管理器"对话框，如图12-35所示。

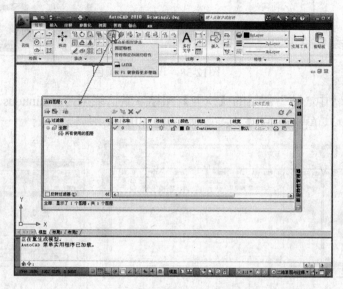

图12-35 打开"图层特性管理器"对话框

（2）在"图层特性管理器"对话框中单击【新建】按钮，创建一个默认名称为"图层1"的图层，如图12-36所示。

图12-36 新建图形

（3）将默认名称"图层1"更改为"中心线"，如图12-37所示。

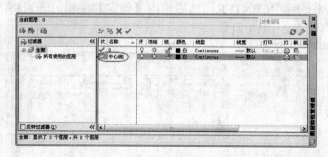

图12-37 设置图层名称

（4）单击"中心线"图层的【颜色】图标，在出现的"选择颜色"对话框中选择如图12-38所示的颜色作为该图层的颜色。

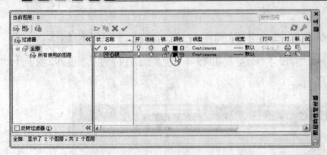 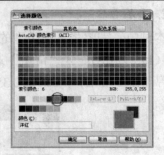

图12-38 设置图层颜色

（5）单击"中心线"图层的【线型】图标（默认线型为continuous），在出现的"选择线型"对话框中，单击【加载】按钮，如图12-39所示。

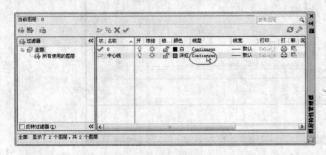 

图12-39 打开"选择线型"对话框

（6）在出现的"加载或重载对话框"中选择需要的线型，然后单击【确定】按钮返回"选择线型"对话框，如图12-40所示。

图12-40 加载线型

（7）选中新加载的线型CENTER，然后单击【确定】按钮，即可将"中心线"图层的线型修改为CENTER，效果如图12-41所示。

图12-41 线型修改效果

（8）用同样的方法，依次单击【新建】按钮，分别创建"标注"图层、"轮廓线"图层、"剖面线"图层，然后分别设置各个图层的颜色，如图12-42所示。

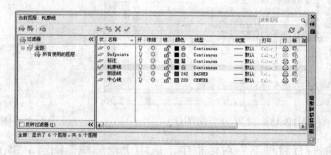

图12-42 创建其他图层

（9）单击"轮廓线"层的【线宽】图标，打开"线宽"对话框，将轮廓线的线宽设置为0.3mm，如图12-43所示。

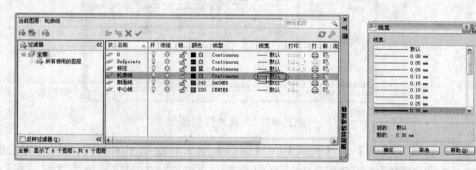

图12-43 设置"轮廓线"图层的线宽

（10）单击【确定】按钮，即可完成线宽的设置，效果如图12-44所示。

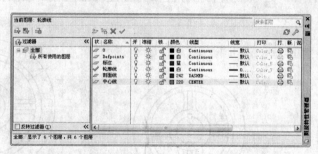

图12-44 线宽设置效果

3. 绘制中心线

接下来，绘制出图形的中心线。

（1）在"图层特性管理器"对话框中，选中"中心线"图层，单击【置为当前】按钮 ✔ 将其设置为当前图层，如图12-45所示。

（2）从功能区"常用"选项卡的"绘图"面板中选择【直线】工具 ／，绘制如图12-46所示的中心线。

4. 绘制轮廓线

接下来绘制出图形的轮廓线，具体方法如下：

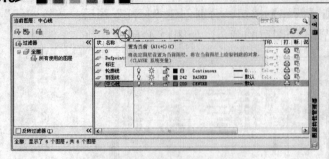

图12-45 设置为当前图层   图12-46 绘制中心线

（1）在"图层特性管理器"对话框中，选中"轮廓线"图层，单击【置为当前】按钮 ✓ 将其设置为当前图层，如图12-47所示。

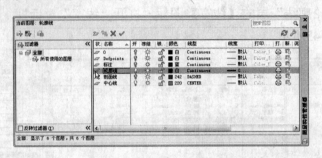

图12-47 设置为当前图层

（2）综合使用【圆】、【直线】、【圆弧】等工具绘制出如图12-48所示的轮廓线。

（3）在"图层特性管理器"对话框中，选中"剖面线"图层，单击【置为当前】按钮 ✓ 将其设置为当前图层。然后利用填充工具，在中心圆中绘制出如图12-49所示的剖面线。

（4）切换到"注释"选项卡，利用标注工具标注图形尺寸，效果如图12-50所示。

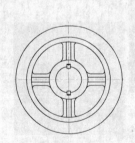 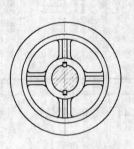 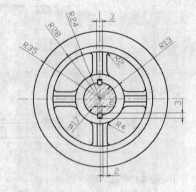

图12-48 轮廓线绘制效果   图12-49 绘制剖面线   图12-50 图形标注效果

（5）保存图形，完成实训。

实训总结

本次实训通过一个零件图的绘制，重点进行了图层设置的操作训练。通过实训，可以了解图层的重要性及创建图层的基本方法。完成实训后，请认真总结实际操作过程中的经验和教训，并与其他同学交流。

思考与练习

以下问题请在实际动手上机操作的基础上回答。

（1）如何为一个图形规划所需的图层？试举例说明。

（2）图层的颜色、线型和线宽设置的基本原则是什么？

（3）如果"选择线型"对话框中没有需要的线型，如何自定义一种特殊的线型？

（4）打开一幅图形后，如何查看各个对象安排在哪些图层上？

实训5 图形编辑

图形编辑是绘图工作中经常性的操作。只有通过大量的实训，才能熟练掌握图形编辑技巧。

实训目标

本次上机实训将绘制如图12-51所示的零件图（图中的尺寸标注供绘图时参考）。

具体的实训目标是：

（1）熟练掌握二维图形常用的编辑命令的功能和用法。

（2）进一步掌握图层设置的方法和技巧。

（3）进一步掌握"对象捕捉"和"自动追踪"的用法。

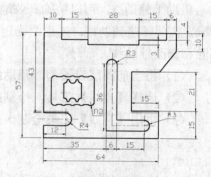

图12-51 零件图

实训过程

具体实训操作时，可以参考下面的绘制过程。

1. 设置绘图环境

先需要设置绘图单位，然后再设置绘图界限，并将图形的视图放大到便于观察的程度。

（1）从菜单栏中选择【格式】|【单位】命令，在出现的"图形单位"对话框中设置长度为"小数"，角度为"十进制"，"精度"设定为"0"，其他参数均采用默认值。

（2）从菜单栏中选择【格式】|【图形界限】命令，或在命令行中输入limits（图形界限）命令，系统提示"重新设置模型空间界限:"。

（3）在"指定左下角点或 [开(ON)/关(OFF)] <0, 0>:"的提示下按【Enter】键，确定绘图区左下角点的坐标为"0, 0"。

（4）在"指定右上角点 <420,297>: "的提示下输入"150，80"，确定绘图区右上角点的坐标为"150，80"。

（5）从菜单栏中选择【视图】|【缩放】|【全部】命令，这时可以将全部图形显示在绘图窗口中。

2. 创建图层

接下来设置本例所需的各个图层。

（1）单击功能区"常用"选项卡的"图层"面板下的"图层特性"工具，或在命令行输入"layer（图层）"命令，打开"图层特性管理器"对话框。

（2）在"图层特性管理器"对话框中设置本例所需的图层，设置效果如图12-52所示。

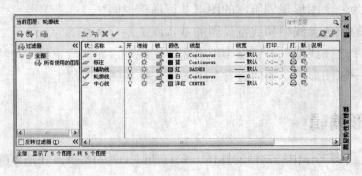

图12-52　图层设置情况

3. 绘制辅助线

借助于辅助线，可以精确高效地绘制出各种图形。绘制辅助线前，应认真分析图形，初步确定需要哪些辅助线，还需要确定各条辅助线的尺寸和位置，在绘图过程中还可以增加、删除和修改辅助线。

（1）将当前图层设置为"辅助线"图层。

（2）选择【直线】工具，绘制如图12-53所示的第1条水平辅助线。

（3）再用【直线】工具绘制出如图12-54所示的垂直辅助线。

图12-53　绘制第1条辅助线　　　　　　　　图12-54　绘制第2条辅助线

（4）选择【偏移】工具，出现"指定偏移距离或 [通过(T)/删除(E)/图层(L)]"的提示后输入偏移距离10，按下【Enter】键，出现"选择要偏移的对象，或 [退出(E)/放弃(U)] <退出>:"的提示，在绘图窗口中单击要偏移的辅助线，如图12-55所示。

（5）选择偏移的辅助线后，又将出现"指定要偏移的那一侧上的点，或 [退出(E)/多个(M)/放弃(U)] <退出>:"的提示，在要偏移一侧单击鼠标，即可将选定的对象向指定方向偏移10个单位，如图12-56所示。

图12-55·选择偏移的辅助线　　　　　　　　图12-56　偏移辅助线

（6）开启"对象捕捉"功能，选择如图12-57所示的辅助线。

（7）单击【复制】工具，出现"指定基点或 [位移(D)/模式(O)] <位移>："的提示，捕捉如图12-58所示的点作为复制的基点。

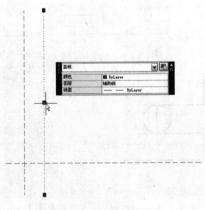

图12-57　选择辅助线

图12-58　指定基点

（8）出现"指定第二个点或 <使用第一个点作为位移>："的提示后，输入数字2，按下【Enter】键，即可复制出一条距离第1条辅助线2个单位的辅助线，如图12-59所示。

（9）用同样的方法复制出如图12-60所示的一系列垂直辅助线。其中的尺寸标注供参考。

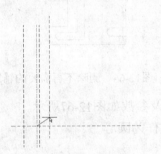

图12-59　复制效果

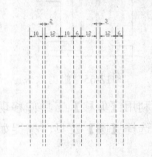

图12-60　复制出其他垂直辅助线

（10）使用【偏移】和【复制】工具，绘制出如图12-61所示的一系列水平辅助线。

4. 绘制图形轮廓线

辅助线绘制好后，就可以沿辅助线绘制图形的轮廓线。具体过程如下：

（1）将"轮廓线"图层设置为当前图层。

（2）选择【直线】工具或【多段线】工具，绘制如图12-62所示的由直线段组成的图形。

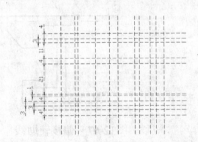

图12-61　绘制其他水平辅助线

（3）选择【圆】工具，绘制出如图12-63所示的3个圆形。

（4）选择【修剪】工具，出现"选择对象或 <全部选择>："的提示后，直接按下【Enter】键，表示选择全部对象。

（5）出现"选择要修剪的对象，或按住Shift键选择要延伸的对象，或[栏选(F)/窗交(C)/投影(P)/边(E)/删除(R)/放弃(U)]："的提示后，用鼠标单击要修剪的对象，即可将指定对象剪掉，如图12-64所示。

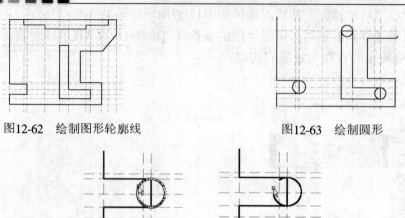

图12-62　绘制图形轮廓线　　　　　　　图12-63　绘制圆形

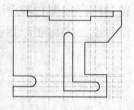 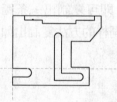

图12-64　剪掉一段弧线

（6）继续选择要修剪的其他对象，效果如图12-65所示。

（7）删除多余的辅助线，仅保留如图12-66所示的两条辅助线。

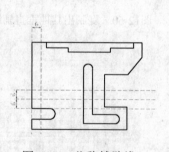 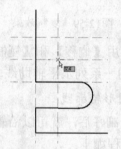

图12-65　修剪效果　　　　　　　　图12-66　删除不再需要的辅助线

（8）利用【偏移】工具偏移现有的辅助线，效果及参数如图12-67所示。

（9）选择【圆】工具，捕捉如图12-68所示的交点作为圆心。

图12-67　偏移辅助线　　　　　　　　图12-68　捕捉圆心

（10）绘制一个半径为2的圆，效果如图12-69所示。

（11）选中刚绘制的圆形，选择"常用"选项卡的"修改"组中的【阵列】工具，出现"阵列"对话框。将阵列类型设置为"矩形阵列"，将行数设置为1，列数设置为5，行偏移量设置为1，列偏移量设置为5，阵列角度设置为0，如图12-70所示。

（12）单击【确定】按钮，即可阵列出如图12-71所示的5个圆形。

（13）将当前图层设置为"辅助线"图层，利用【偏移】和【复制】工具绘制如图12-72所示的辅助线。

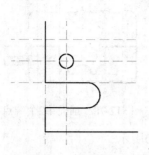

图12-69　绘制圆

图12-70　阵列参数设置

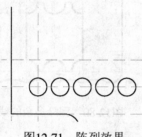

图12-71　阵列效果

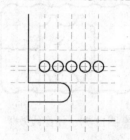

图12-72　绘制辅助线

（14）将当前图层设置为"轮廓线"图层，选择【直线】工具，绘制出如图12-73所示的直线段。

（15）再用同样的方法沿辅助线绘制出如图12-74所示的多条直线段。

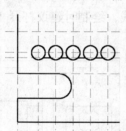

图12-73　绘制直线段

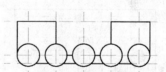

图12-74　绘制其他直线段

（16）选择【修剪】工具，对图形进行修剪，效果如图12-75所示。

（17）选择如图12-76所示的对象。

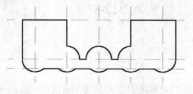

图12-75　图形修剪效果

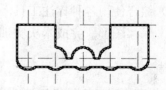

图12-76　选择对象

（18）选择【镜像】工具，出现"指定镜像线的第一点:"的提示后，捕捉如图12-77所示的端点。

（19）出现"指定镜像线的第二点:"的提示后，捕捉如图12-78所示的另一个端点。

（20）出现"要删除源对象吗？[是(Y)/否(N)] <N>:"的提示后，直接按下【Enter】键，表示不删除源对象，镜像后的效果如图12-79所示。

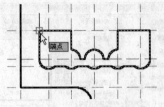

图12-77　捕捉第1个端点

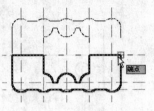

图12-78　捕捉第2个端点

（21）删除图形中的两条水平线段，效果如图12-80所示。

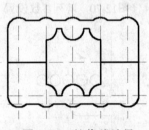

图12-79　镜像线效果

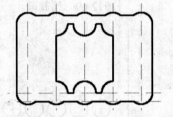

图12-80　删除多余的线段

（22）隐藏"辅助线"图形，效果如图12-81所示。

5. 绘制中心线并添加标注

最后，在图形中绘制出中心线并添加上必要的标注。具体过程如下：

（1）将当前图层设置为"中心线"图层。

（2）使用【直线】工具绘制出如图12-82所示的辅助线。绘制时建议打开"对象捕捉"和"极轴追踪"功能。

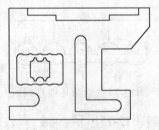

图12-81　隐藏"辅助线"图形

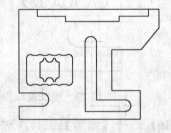

图12-82　绘制中心线

（3）综合使用各种标注工具，对图形进行标注，效果如图12-83所示。

（4）保存图形，完成本次实训。

实训总结

　　本次实训通过一个轴类零件图的绘制，重点进行了图形编辑的操作训练。通过实训，可以熟悉AutoCAD 2010常用的编辑命令及其具体使用方法。完成实训后，请认真总结实际操作过程中的经验和教训，并与其他同学交流。

思考与练习

　　以下问题请在实际动手上机操作的基础上回答。

　　（1）AutoCAD 2010提供了哪些常用的编辑命令？如何选择这些命令？

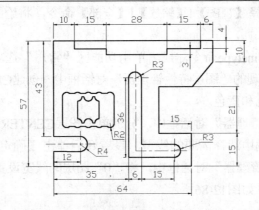

图12-83 标注图形

（2）镜像和阵列的区别是什么？

（3）什么情况下需要修剪图形？如何才能快速准确地进行图形修剪？

（4）复制图形的方法有哪些？如何将图形精确复制到指定位置？

（5）缩放图形和缩放视图有何本质区别？

实训6 精确绘图

使用动态输入、目标捕捉、栅格捕捉、自动追踪和正交绘图等精确手段，能极大地提高绘图效率和质量。本次实训将绘制如图12-84所示的平面图（图中的尺寸标注供绘图时参考）。在绘制该图形的过程中，将用到对象捕捉等精确绘图功能。

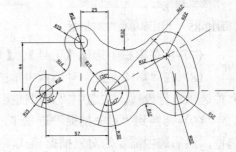

图12-84 最终效果

实训目标

本次实训的目标如下：

（1）进一步巩固常用绘图和编辑命令的用法。

（2）熟悉对象捕捉功能的设置和使用方法。

（3）初步掌握动态输入、栅格捕捉、自动追踪和正交绘图等功能的用法。

（4）熟练掌握修剪功能的用法。

实训过程

具体实训操作时，可以参考下面的绘制过程。

1. 设置绘图环境和图层

首先也需要进行必要的绘图环境和图层设置。

（1）从菜单栏中选择【格式】|【单位】命令，在出现的"图形单位"对话框中，设置好如图12-85所示的参数。

（2）从菜单栏中选择【格式】|【图形界限】命令，在命令行中将图形界限左下角的坐标设置为（0.00，0.00），右上角的坐标设置为（420.00，297.00）。

（3）从菜单栏中选择【视图】|【缩放】|【全部】命令，将绘图界限设定区域放大至最大。

（4）在命令行输入linetype命令，或者单击功能区"常用"选项卡的"图层"面板下的"图层特性"工具，在出现的"图层特性管理器"对话框中，创建CENTER图层和Dim图层，并将颜色分别设置为红色和蓝色。

（5）在"图层特性管理器"对话框中，分别单击图层CENTER和Dim对应的线型，从出现的"选择线型"对话框中选择需要的线型，设置好后单击【确定】按钮。

（6）在"图层特性管理器"对话框中，将"0"图层的线宽设置为0.3，其他线型保持默认设置。图层的设置效果如图12-86所示。

图12-85　"图形单位"对话框

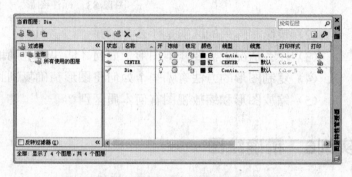

图12-86　利用"图层特性管理器"创建图层

（7）从菜单栏中选择【工具】|【草图设置】命令，出现"草图设置"对话框。

（8）在"草图设置"对话框中单击"捕捉和栅格"选项卡，按照如图12-87所示对捕捉有关选项进行设置，并选中"启用捕捉"复选框。

（9）切换到"对象捕捉"选项卡，选中"启用对象捕捉"和"启用对象捕捉追踪"复选框，然后选中需要的对象捕捉模式，如图12-88所示。

图12-87　捕捉和栅格参数设置

图12-88　对象捕捉参数设置

2. 绘制基本圆形

接下来，绘制图形中的基本图形。

（1）在图层下拉列表中，将"0"层设置为当前层。

（2）从功能区"常用"选项卡的"绘图"面板中选择【圆】工具 ⊙。

（3）在出现"指定圆的圆心或 [三点(3P)/两点(2P)/相切、相切、半径(T)]:"的提示后输入圆心的坐标（105.9，123.31）。

（4）从功能区"常用"选项卡的"实用程序"面板中选择【实时缩放】工具，在出现"指定窗口角点，输入比例因子（nX或nXP），或[全部(A)/中心点(C)/动态(D)/范围(E)/上一个(P)/比例(S)/窗口(W)] <实时>:"的提示后缩放显示比例。

（5）单击状态栏的【平移】图标，调整窗口视图，使对象能完整显示出来。

（6）在命令行中输入pdsize命令，进行变量设置，确定点对象的尺寸，在提示行中出现"输入PDSIZE的新值 <3.00>:"之后输入数字3并按下【Enter】键。

（7）再在命令行中输入pint命令，在出现"指定点: <对象捕捉开>"的提示后用鼠标在绘图窗口中进行中心点捕捉，将圆心捕捉为中心点。

（8）接下来，在水平方向距离前一个圆心左侧57mm处绘制一个半径为6mm的圆，并将新绘制的圆形按120°的倾角复制到距离第一个圆心左侧25mm的位置。

（9）在出现"指定基点或位移，或者 [重复(M)]:"的提示后拾取中心点。

（10）在出现"指定位移的第二点或 <用第一点作位移>:"的提示后，输入"@57<180"利用极坐标方式确定第二个圆心的位置。

（11）在出现"指定位移的第二点或 <用第一点作位移>:"的提示后，输入"@57<180"并按下【Enter】键。

（12）在出现"指定第二个点或 [退出(E)/放弃(U)] <退出>:"的提示后，输入"@50.61<120"并按下【Enter】键，利用极坐标方式确定第三个圆心的位置。

（13）从功能区"常用"选项卡的"绘图"面板中选择【圆】工具。

（14）在出现"指定圆的圆心或 [三点(3P)/两点(2P)/相切、相切、半径(T)]: <对象捕捉开>"的提示后，捕捉圆心。

（15）在出现"指定圆的半径或 [19.00]:"的提示后输入6并按下【Enter】键，绘制一个半径为6的圆。

（16）从功能区"常用"选项卡的"绘图"面板中选择【圆】工具，在出现"指定圆的圆心或 [三点(3P)/两点(2P)/相切、相切、半径(T)]:"的提示后捕捉圆心。

（17）在出现"指定圆的半径或 [6.00]:"的提示后输入字符D并按下【Enter】键。

（18）在出现"指定圆的直径<12.00>:"的提示后输入12并按下【Enter】键，绘制一个半径为12的圆。

（19）接下来，在水平的相反方向，距离第一个圆心右侧62mm的位置绘制一个直径为24mm的圆，然后将该圆以30°的倾角复制到距离第一个圆心62mm处。

（20）单击功能区"常用"选项卡的"修改"面板中的【复制】工具，在出现"选择对象:"的提示后选择第一个圆心。

（21）在出现"选择对象: <对象捕捉开>"的提示后选择中心点捕捉。

（22）在出现"指定位移的第二点或 <用第一点作位移>:"的提示后输入"@62<0"，以确定圆心的位置。

（23）在出现"指定第二个点或 [退出(E)/放弃(U)] <退出>:"的提示后输入"@62<30"。

（24）从功能区"常用"选项卡的"绘图"面板中选择【圆】工具，在出现"指定圆的圆心或 [三点(3P)/两点(2P)/相切、相切、半径(T)]:"的提示后按下【Enter】键。

（25）在出现"指定圆的半径或[直径] <6.00>:"的提示后输入D并按下【Enter】键。

（26）在出现"指定圆的直径<12.00>:"的提示后输入24并按下【Enter】键，绘制一个直径为24的圆。

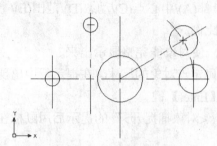

图12-89　绘制基本圆形

（27）从功能区"常用"选项卡的"绘图"面板中选择【圆】工具⊘，在出现"指定圆的圆心或[三点(3P)/两点(2P)/相切、相切、半径(T)]:"的提示后按下【Enter】键。

（28）在出现"指定圆的半径或[直径] <6.00>:"的提示后输入字符D并按下【Enter】键。

（29）在出现"指定圆的直径<12.00>:"的提示后输入24并按下【Enter】键，再绘制一个直径为24的圆。经过上面的操作，绘制出如图12-89所示的图形。

3. 绘制并修剪圆弧

下面绘制连接各个基本图形的圆弧，并进行图形修剪。

（1）从功能区"常用"选项卡的"绘图"面板中选择【圆弧】工具⌒。

（2）在出现"指定圆弧的起点或 [圆心(C)]:"的提示后输入字符C，选择中心点捕捉模式。

（3）在出现"指定圆弧的圆心:"的提示后捕捉O点作为圆弧的圆心。

（4）在出现"指定圆弧的起点:"的提示后设置交点捕捉模式捕捉B点作为圆弧的起点。

（5）在出现"指定圆弧的端点或 [角度(A)/弦长(L)]:"的提示后捕捉C点，画出BC圆弧。

（6）从功能区"常用"选项卡的"绘图"面板中选择【圆弧】工具⌒。

（7）在出现"指定圆弧的起点或 [圆心(C)]:"的提示后输入字符C，选择中心点捕捉模式。

（8）在出现"指定圆弧的圆心:"的提示后捕捉O点作为圆弧的圆心。

（9）在出现"指定圆弧的起点:"的提示后设置交点捕捉模式捕捉D点。

（10）在出现"指定圆弧的端点或 [角度(A)/弦长(L)]: "的提示后捕捉E点，绘制出圆弧DE。进行上面的操作后，绘图效果如图12-90所示。

（11）下面对多余圆弧进行修剪，先从功能区"常用"选项卡的"修改"面板中选择【修剪】工具⊢。

（12）在出现"选择剪切边..."的提示后选择圆弧BC，再选择DE圆弧。

（13）按下【Enter】键结束对象选择。此时，将出现"的提示选择要修剪的对象，按住Shift键选择要延伸的对象，或 [投影(P)/边(E)/放弃(U)]:"的提示，先选择BD内圆弧，再选择CE内圆弧，选择后按下【Enter】键结束修剪，效果如图12-91所示。

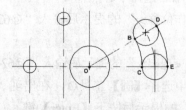

图12-90　绘制圆弧

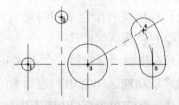

图12-91　圆弧修剪效果

（14）接下来，在图中确定的圆心1、2、3、4、5处分别绘制5个半径为15mm、15mm、32mm、22mm、22mm的辅助圆，效果如图12-92所示。

（15）再绘制半径为14的辅助圆，并与圆1和圆2相切，效果如图12-93所示。

（16）修剪图中不需要的圆弧，效果如图12-94所示。

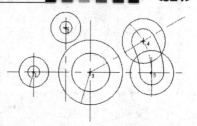

图12-92 绘制辅助圆

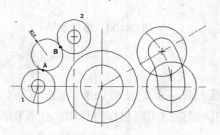

图12-93 绘制外切圆1、2

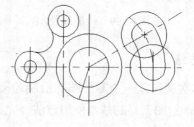

图12-94 修剪多余圆弧

（17）用同样的方法绘制如图12-95所示的外切圆3、4，并修剪掉其中不需要的圆弧，如图12-96所示。

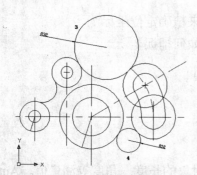

图12-95 绘制外切圆3、4

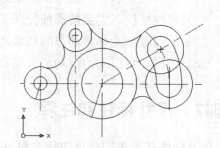

图12-96 修剪多余圆弧

（18）绘制如图12-23所示的圆弧CD，效果如图12-97所示。

（19）修剪多余的圆弧，效果如图12-98所示。

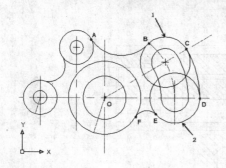

图12-97 绘制外切圆弧CD

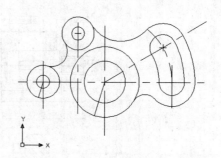

图12-98 修剪多余圆弧

（20）最后绘制如图12-99所示的线段AB，然后修剪多余的圆弧，最终的效果如图12-100所示。

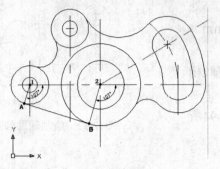

图12-99 绘制线段AB

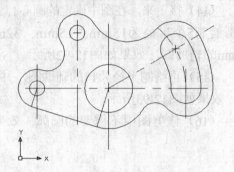

图12-100 修剪效果

实训总结

本次实训以一个零件图的绘制为例，进行了精确绘图工具的使用训练。通过实训，可以熟悉精确绘图工具的基本使用方法。完成实训后，请认真总结实际操作过程中的经验和教训，并与其他同学交流。

思考与练习

以下问题请在实际动手上机操作的基础上回答。

（1）在本次实训中，能否使用动态输入的方法来精确定位坐标？

（2）哪些情况下需要精确捕捉图形中的对象？如何捕捉？

（3）如何限制光标移动方向和距离？

（4）怎样利用自动追踪功能来精确绘图？

实训7 尺寸标注和注释

尺寸标注是图形的测量注释，可以测量和显示对象的长度、角度等测量值。AutoCAD 2007提供了多种标注样式和多种设置标注格式的方法，可以满足建筑、机械、电子等大多数应用领域的要求。本次实训将完成如图12-101所示的全部标注，其中包含文字注释和尺寸标注两部分内容。在尺寸标注中又有线性标注、基线标注和形位公差标注之分。

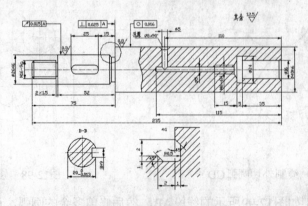

图12-101 零件图标注效果

实训目标

本次实训的目标如下：

（1）掌握标注样式的设置方法。

（2）熟练掌握线性尺寸、角度尺寸、连续尺寸、基线尺寸、对齐尺寸、半径尺寸、直径尺寸、快速引线、尺寸公差和形位公差等尺寸标注的具体方法。

（3）初步掌握尺寸标注的编辑方法。

（4）熟悉特殊字符的输入方法。

进行尺寸标注时，要把握好"正确、完整、清晰"的原则。"正确"是指找准每一个图形要素的特性点，合理选用标注工具；"完整"是指所有图形对象的位置、形状尺寸都不能缺少；"清晰"是指尺寸布局合理，排列美观，便于阅读。

实训过程

具体实训操作时，可以参考下面的过程。

具体进行标注操作时，可以参考下面的方法。下面的方法主要是利用标注命令来实现尺寸标注和编辑的，还可以使用标注工具栏中的工具来进行标注。

（1）打开如图12-102所示的要标注的图形，并调整好显示比例和显示位置。

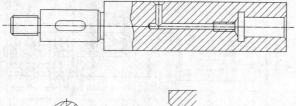

图12-102　要标注的图形

（2）参考下面的命令序列，标注出主视图水平方向的尺寸，如图12-103所示。

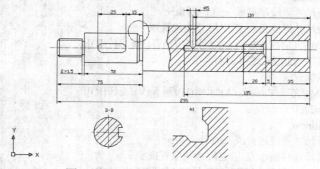

图12-103　主视图水平方向的尺寸

命令：_dimlinear
指定第一条尺寸界线起点或 <选择对象>：
指定第二条尺寸界线起点：指定尺寸线位置或
[多行文字(M)/文字(T)/角度(A)/水平(H)/垂直(V)/旋转(R)]：t

输入标注文字 <24>: %%c5

指定尺寸线位置或

[多行文字(M)/文字(T)/角度(A)/水平(H)/垂直(V)/旋转(R)]:

标注文字 =24

命令: _dimlinear

指定第一条尺寸界线起点或 <选择对象>:

指定第二条尺寸界线起点:指定尺寸线位置或

[多行文字(M)/文字(T)/角度(A)/水平(H)/垂直(V)/旋转(R)]:t

输入标注文字 <24>: 75

指定尺寸线位置或

[多行文字(M)/文字(T)/角度(A)/水平(H)/垂直(V)/旋转(R)]:

标注文字 =75

命令: _dimlinear

指定第一条尺寸界线起点或 <选择对象>: <对象捕捉开>

指定第二条尺寸界线起点:指定尺寸线位置或

[多行文字(M)/文字(T)/角度(A)/水平(H)/垂直(V)/旋转(R)]:

标注文字 =20

命令: _dimcontinue

指定第二条尺寸界线起点或 [放弃(U)/选择(S)] <选择>:

标注文字 =40

指定第二条尺寸界线起点或 [放弃(U)/选择(S)] <选择>:

选择连续标注:

（3）参考下面的命令序列，标注出主视图垂直方向的尺寸，如图12-104所示。

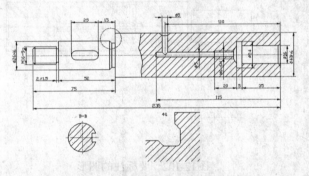

图12-104   主视图垂直方向的尺寸

命令: _dimlinear

指定第一条尺寸界线起点或 <选择对象>:

指定第二条尺寸界线起点:指定尺寸线位置或

[多行文字(M)/文字(T)/角度(A)/水平(H)/垂直(V)/旋转(R)]:t

输入标注文字 <24.3>: %%c24

指定尺寸线位置或

[多行文字(M)/文字(T)/角度(A)/水平(H)/垂直(V)/旋转(R)]:

标注文字 =24.3

命令: _dimlinear

指定第一条尺寸界线起点或 <选择对象>:

指定第二条尺寸界线起点:指定尺寸线位置或

[多行文字(M)/文字(T)/角度(A)/水平(H)/垂直(V)/旋转(R)]:t

输入标注文字 <24>: M6-6h

指定尺寸线位置或

[多行文字(M)/文字(T)/角度(A)/水平(H)/垂直(V)/旋转(R)]:

标注文字 =24

（4）局部放大图形，参考下面的命令序列标注出如图12-105所示的细部尺寸。

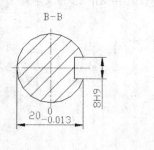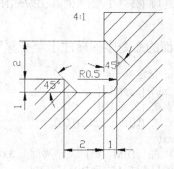

图12-105 标注细部尺寸

命令: _dimlinear
指定第一条尺寸界线原点或 <选择对象>:
指定第二条尺寸界线原点:
指定尺寸线位置或
[多行文字(M)/文字(T)/角度(A)/水平(H)/垂直(V)/旋转(R)]: m
指定尺寸线位置或
[多行文字(M)/文字(T)/角度(A)/水平(H)/垂直(V)/旋转(R)]:
[多行文字(M)/文字(T)/角度(A)/水平(H)/垂直(V)/旋转(R)]:
命令: _dimangular
选择圆弧、圆、直线或 <指定顶点>:
选择第二条直线:
指定标注弧线位置或 [多行文字(M)/文字(T)/角度(A)]:
标注文字 = 45
命令: _dimradius
选择圆弧或圆:
标注文字 = 3.1
指定尺寸线位置或 [多行文字(M)/文字(T)/角度(A)]:t
输入标注文字 <3.1>: 0.5
指定尺寸线位置或 [多行文字(M)/文字(T)/角度(A)]

（5）参考下面的命令序列标注出公差，形位公差参数设置和标注效果如图12-106所示。

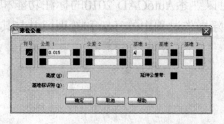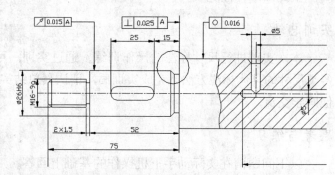

图12-106 形位公差参数设置和标注效果

命令: _Leader
指定引线起点:
指定下一点:
指定下一点或 [注释(A)/格式(F)/放弃(U)] <注释>:
指定下一点或 [注释(A)/格式(F)/放弃(U)] <注释>: a

输入注释文字的第一行或 <选项>:
输入注释选项 [公差(T)/副本(C)/块(B)/无(N)/多行文字(M)] <多行文字>: T
命令:

（6）参考下面的命令序列标注出"孔深"尺寸。

命令: _line 指定第一点:
指定下一点或 [放弃(U)]:
指定下一点或 [放弃(U)]: <正交 关>
指定下一点或 [闭合(C)/放弃(U)]:
命令: _dtext
当前文字样式: DIM 当前文字高度: 3.0000
指定文字的起点或 [对正(J)/样式(S)]:
指定高度 <3.0000>:
指定文字的旋转角度 <0>:

（7）使用【直线】工具绘制出一个"粗糙度"符号，然后将其创建为块，设置好其属性，在合适位置插入"粗糙度"图块，效果如图12-107所示。

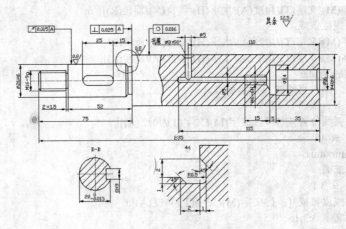

图12-107 添加"粗糙度"符号

至此图形标注完成。

实训总结

本次实训进行尺寸标注的操作训练。通过实训，可以熟悉AutoCAD 2010的标注功能和各类尺寸的具体标注方法。完成实训后，请认真总结实际操作过程中的经验和教训，并与其他同学交流。

思考与练习

以下问题请在实际动手上机操作的基础上回答。

（1）为什么要单独设置一个标注层？

（2）线性标注和对齐标注的区别是什么？各适用于什么场合？

（3）什么情况下会自动打开在位文字编辑器？该编辑器提供了哪些文字编辑功能？

（4）在进行形位公差标注时应掌握哪些技巧？

实训8 应用图块

实践表明，图块等功能是提高绘图效率的有效途径。这些功能也需要通过一定的强化训练，方能得心应手。

实训目标

本次实训将绘制如图12-108所示的工艺流程图。在绘制该图形中的阀门的过程中，将用到图块功能来提高绘图效率。

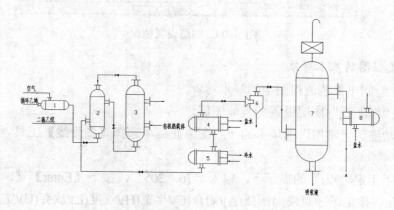

图12-108 工艺流程图

本次实训的具体目标是：

（1）进一步熟悉绘制工程图形的方法。

（2）熟练掌握AutoCAD的绘图功能和编辑操作。

（3）掌握图块的定义和应用方法。

（4）熟悉图形对象布局的基本要领。

实训过程

具体实训操作时，可以参考下面的过程。

1. 初始设置

首先进行必要的初始设置。

（1）从菜单栏中选择【格式】|【单位】命令，在出现的"图形单位"对话框中将长度设置为"小数"，角度设置为"十进制"，"精度"设置为"0"。

（2）从菜单栏中选择【格式】|【图形界限】命令，在命令行中提示"指定左下角点或[开(ON)/关(OFF)] <0, 0>:"时，按下【Enter】键，指定绘图区左下角点的坐标为"0, 0"。

（3）在出现"指定右上角点 <420,290>: "的提示后，输入"700，550"，指定绘图区右上角点的坐标为"700，550"。

（4）从菜单栏中选择【视图】|【缩放】|【全部】命令，将所绘制的全部图形显示在绘图窗口中。

（5）单击功能区"常用"选项卡的"图层"面板下的"图层特性"工具，在出现的"图层特性管理器"对话框中设置好如图12-109所示的图层。

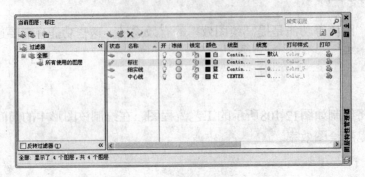

图12-109　图层设置情况

2．绘制流程图的基本对象

接下来，绘制出工艺流程图中的基本对象。

（1）将"细实线"图层设置为当前图层。

（2）从功能区"常用"选项卡的"绘图"面板中选择【多段线】工具，调用多段线命令。

（3）在"指定起点："的提示下，输入"76，305"，按下【Enter】键，确定起点A。

（4）在"指定下一点或 [圆弧(A)/闭合(C)/半宽(H)/长度(L)/放弃(U)/宽度(W)]："的提示下输入"@123<0"，按下【Enter】键，确定B点，绘制出AB线段。

（5）在"指定下一点或 [圆弧(A)/闭合(C)/半宽(H)/长度(L)/放弃(U)/宽度(W)]： "的提示下输入"A"，表示将选用"圆弧"选项绘制圆弧。

（6）在"指定圆弧的端点或[角度(A)/圆心(CE)/闭合(CL)/方向(D)/半宽(H)/直线(L)/半径(R)/第二点(S)/放弃(U)/宽度(W)]："的提示下，输入"A"，表示选择"角度"方式来确定圆弧。

（7）在"指定包含角："的提示下输入"-180"。

（8）在"指定圆弧的端点或 [圆心(CE)/半径(R)]："的提示在输入"@60<-90"，按下【Enter】键，确定C点，并绘制出BC圆弧。

（9）在"指定圆弧的端点或[角度(A)/圆心(CE)/闭合(CL)/方向(D)/半宽(H)/直线(L)/半径(R)/第二点(S)/放弃(U)/宽度(W)]： "的提示下，输入"L"，表示接下来将绘制直线。

（10）按下【Enter】键，在"指定下一点或 [圆弧(A)/闭合(C)/半宽(H)/长度(L)/放弃(U)/宽度(W)]： "的提示下，输入"@123<180"，按下【Enter】键，确定D点，并绘制出CD线段。

（11）在"指定下一点或 [圆弧(A)/闭合(C)/半宽(H)/长度(L)/放弃(U)/宽度(W)]："的提示下输入"A"，表示再选择"圆弧"选项，绘制另一段圆弧DA。

（12）按下【Enter】键，在"指定圆弧的端点或[角度(A)/圆心(CE)/闭合(CL)/方向(D)/半宽(H)/直线(L)/半径(R)/第二点(S)/放弃(U)/宽度(W)]："的提示下输入"CL"，完成图形绘制，效果如图12-110所示。

（13）从功能区"常用"选项卡的"绘图"面板中选择【直线】工具，绘制如图12-111所示的图形。

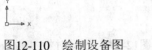

图12-110 绘制设备图   图12-111 绘制直线

（14）从功能区"常用"选项卡的"修改"面板中选择【旋转】工具 ，调用"旋转"命令。

（15）出现"选择对象:"的提示后，用鼠标在绘图窗口中选择要旋转的设备示意图，按下【Enter】键结束对象选择，如图12-112所示虚线即为选中的对象。

（16）出现"指定基点:"的提示后，用鼠标拾取设图12-113中的B点作为"基点"。

图12-112 选择旋转对象   图12-113 拾取基点

（17）出现"指定旋转角度，或 [复制(C)/参照(R)] <0>:"的提示后，输入C，并按下【Enter】键。

（18）出现"指定旋转角度，或 [复制(C)/参照(R)] <0>:"的提示后，输入90，按下【Enter】键，将图形以B点为基点沿逆时针方向复制并旋转90度，如图12-114所示。

（19）从功能区"常用"选项卡的"修改"面板中选择【移动】工具 ，调用"移动"命令。

（20）出现"选择对象:"的提示后，选择要移动的对象，按下【Enter】键确认选择，如图12-115所示。

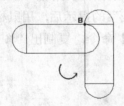

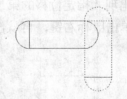

图12-114 复制并旋转对象   图12-115 选择移动对象

（21）出现"指定基点或 [位移(D)] <位移>:"的提示后，用鼠标拾取图12-116中的B点作为基点，单击鼠标左键。

（22）出现"指定基点或 [位移(D)] <位移>: 指定第二个点或 <使用第一个点作为位移>:"的提示后，输入"@423<0"，并按下【Enter】键，效果如图12-117所示。

（23）用同样的方法绘制出其他设备图形，效果如图12-118所示。

（24）从功能区"常用"选项卡的"修改"面板中选择【复制】工具 ，调用"复制"命令。

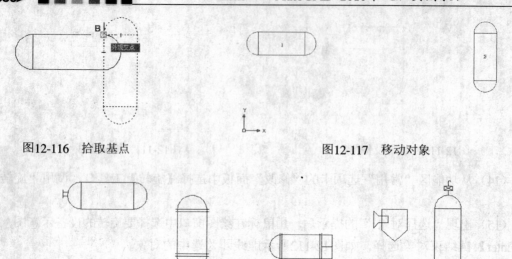

图12-116 拾取基点   图12-117 移动对象

图12-118 绘制其他设备

（25）出现"选择对象："的提示后，拾取图12-119中的"图形1"，并按下【Enter】键。

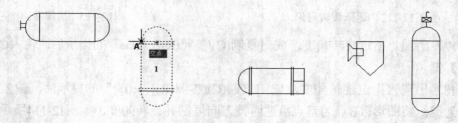

图12-119 拾取基点

（26）出现"指定基点或位移，或者 [重复(M)]:"的提示后，输入M，按下【Enter】键确认重复复制操作。

（27）出现"指定基点："的提示后，单击A点作为复制操作的基点。

（28）出现"指定位移的第二点或 <用第一点作位移>:"的提示后，用鼠标在适当位置拾取一点，单击鼠标右键，再从出现的菜单中选择【确认】命令，复制出"图形2"，如图12-120所示。

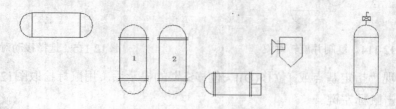

图12-120 复制对象

（29）用同样的方法复制出其他的设备，效果如图12-121所示。

（30）从功能区"常用"选项卡的"修改"面板中选择【缩放】工具，调用"缩放"命令。

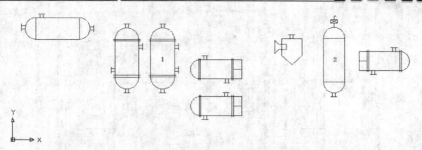

图12-121 复制出其他设备

（31）出现"选择对象:"的提示后，选择图12-122中的"设备1"，按下【Enter】键结束对象选择。

（32）出现"指定基点:"的提示后，用鼠标拾取"设备1"上A点作为基点。

（33）出现"指定比例因子或 [参照(R)]: "的提示后，输入R，按下【Enter】键，确认采用"参照"方式放大图形。

（34）出现"指定参考长度 <1>:"和"指定第二点:"的提示后，先后用鼠标拾取表示原图形长度方向上的两个点。

（35）出现"指定新长度:"的提示后，拖动缩放图形到所需尺寸，单击鼠标左键确认，完成放大设备图形的操作，效果如图12-123所示。

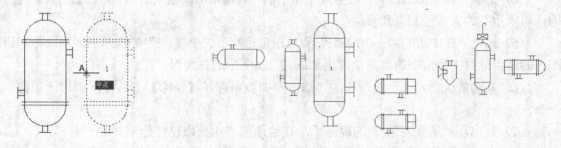

图12-122 拾取基点　　　　　　　　　　　　图12-123 放大"设备1"的效果

（36）用同样的方法，将"设备2"放大为如图12-124所示图形。

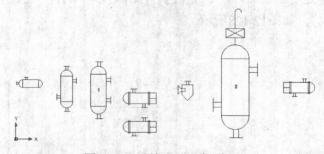

图12-124 放大"设备2"

（37）接下来绘制管路线。先将"0"图层设置为当前图层。

（38）使用【移动】工具，将已绘制好的各个设备图形拖至合适的位置。

（39）选择【直线】绘制命令，依次绘制好管路流程线，效果如图12-125所示。

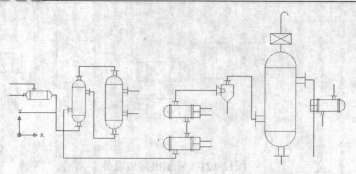

图12-125　绘制流程线

3. 绘制阀门并定义块

阀门符号是管线图中用得较多的一种图形符号，下面通过定义块的方法来快速绘制多个阀门。

（1）将"细实线"图层设置为当前图层。

（2）从功能区"常用"选项卡的"绘图"面板中选择【多边形】工具⬠，调用"多边形"命令。

（3）出现"输入边的数目 <4>:"的提示后，输入3，按下【Enter】键，表示绘制正三角形。

（4）出现"指定多边形的中心点或 [边(E)]: "的提示后，输入E，再按下【Enter】键，确认用"边"的方式绘制三角形。

（5）出现"指定边的第一个端点:"和"指定边的第二个端点:"的提示后，用鼠标在绘图区的适当位置先后拾取两点，绘制出如图12-126所示的三角形。

（6）从功能区"常用"选项卡的"修改"面板中选择【镜像】工具⬧，调用"镜像"命令。

（7）在出现"选择对象:"的提示后，在绘图窗口中拾取已经绘制好的三角形。

（8）在出现"指定镜像线的第一点: "和"指定镜像线的第二点:"的提示后，分别捕捉A点及其相临点，如图12-127所示。

（9）在出现"是否删除源对象？[是(Y)/否(N)] <N>:"的提示后，按下【Enter】键，自动绘出图形右半部分，如图12-128所示。

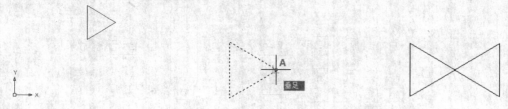

图12-126　绘制三角形　　　　图12-127　拾取基点　　　　图12-128　绘制阀门符号

（10）从功能区"常用"选项卡的"修改"面板中选择【图案填充】工具▨，出现如图12-129所示的"图案填充和渐变色"对话框。

（11）在"图案填充和渐变色"对话框中，单击▭按钮，从"填充图案选项板"里选择"SOLID"图案，如图12-130所示。

图12-129　"图案填充和渐变色"对话框

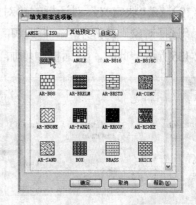

图12-130　选择"SOLID"图案

（12）单击"图案填充和渐变色"对话框中的【添加：拾取点】按钮，返回到绘图窗口。

（13）在出现"选择内部点"的提示后，用鼠标拾取需要填充图形的三角形区域，并单击左键确定，如图12-131所示。

（14）分别单击"图案填充和渐变色"对话框中的【预览】和【确定】按钮，完成阀门符号的图案的填充，效果如图12-132所示。

图12-131　选择内部点

图12-132　填充图案

（15）创建"阀门"块，以便以插入块的方式来复制生成相同尺寸和相同形状的阀门符号。为了创建块，先在管路流程线上复制一个阀门符号，并调整其尺寸大小，如图12-133所示。

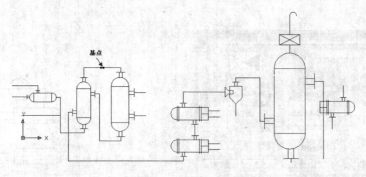

图12-133　在管路流程线上确定阀门符号的尺寸大小

（16）从功能区"块和参照"选项卡的"块"面板中选择【块】工具，出现如图12-134所示的"块定义"对话框。

（17）在"块定义"对话框的"名称"下拉列表框中输入"阀门"，作为新定义的图块名称。

（18）在"块定义"对话框的"基点"选项组中，单击【拾取点】按钮图，返回绘图窗口，在出现"指定插入基点:"的提示后，用"交点"捕捉模式捕捉已绘制好的阀门基点，作为"阀门"块的插入点。

（19）在"块定义"对话框的"对象"选项组中单击【选择对象】按钮，返回绘图窗口，在出现"选择对象"的提示后，框选阀门对象，按下【Enter】键，再次出现"块定义"对话框，如图12-135所示。此时，对话框中增加了一些新的内容，并显示出"阀门"块的预览图标。

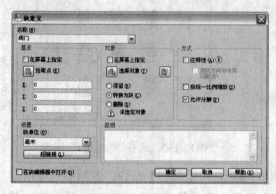

图12-134 "块定义"对话框

图12-135 确定基点和对象
的块定义对话框

（20）在"块定义"对话框的"对象"选项组中选中"转换为块"单选框，使所选择的阀门图形转换成所定义的图块。单击【确定】按钮，完成定义"阀门"块的操作。

（21）定义"阀门"块后，便可以利用"插入块"命令在管路流程线中快速复制生成余下的阀门符号。先使用zoom和pan命令将图形调整到合适的位置。

（22）从功能区"块和参照"选项卡的"块"面板中选择【插入点】工具，出现"插入"对话框，如图12-136所示。

（23）在"插入"对话框的"名称"下拉列表框中选择"阀门"块，单击【确定】按钮。

（24）在出现"指定插入点或 [比例(S)/X/Y/Z/旋转(R)/预览比例(PS)/PX/PY/PZ/预览旋转(PR)]: "的提示后，将阀门符号拖放到如图12-137所示的位置，单击鼠标左键，完成插入"阀门"块的操作。

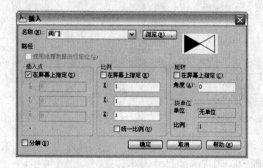

图12-136 "插入"对话框

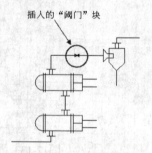

图12-137 插入"阀门"块

（25）重复执行"插入块"命令，将定义好的"阀门"图块插入到如图12-138所示的管路流程线中。

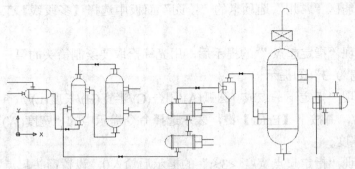

图12-138　插入其他的"阀门"块

（26）部分"阀门"是垂直放置的，在插入块时，可以在"插入"对话框中将旋转的角度设置为90，操作过程和效果如图12-139所示。

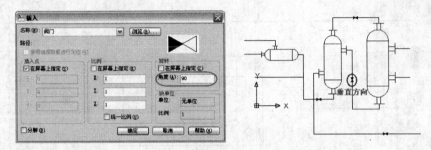

图12-139　插入垂直方向的"阀门"块

（27）由于插入"阀门"块后会出现如图12-140所示的多余线段，需要利用trim（修剪）命令去掉不需要的线段，修剪效果如图12-141所示。

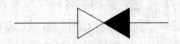

图12-140　阀门符号中的多余线段　　　　　　图12-141　修剪多余线段后的阀门

（28）用同样的方法修剪掉其他设备图形中多余的线段，效果如图12-142所示。

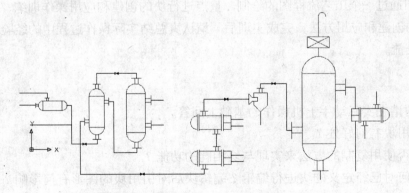

图12-142　修剪掉其他设备图形中多余的线段

4. 箭头和文字标注

用"pline（多段线）"命令绘制管路流程线上的箭头。操作过程如下：

（1）从功能区"常用"选项卡的"绘图"面板中选择【多段线】工具，调用多段线命令。

（2）在出现"指定起点:"的提示后，用光标拾取要绘制箭头的第一点，这时命令行将出现"当前线宽为 3"的提示。

（3）在出现"指定下一点或 [圆弧(A)/闭合(C)/半宽(H)/长度(L)/放弃(U)/宽度(W)]:"的提示后，输入W，并按下【Enter】键，表示选择命令提示中的"宽度(W)"选项，为绘制的箭头设置起点宽度。

（4）在出现"指定起点宽度 <3>:"的提示后输入0，设置箭头起点宽度为0。

（5）在出现"指定端点宽度 <0>:"的提示后输入3，按下【Enter】键，设置箭头末端宽度为3个单位。同时拖动鼠标移动箭头到合适位置。

（6）用同样方法绘制图中的所有箭头，效果如图12-143所示。

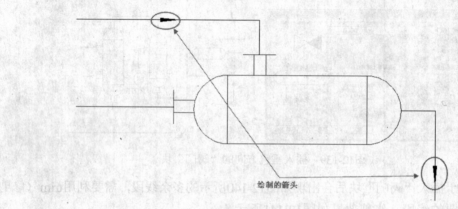

图12-143 绘制箭头

（7）工艺管路图的各种文字标注内容较多，如设备位号、规格；流程线上的物料名称、物料来源；表示控制点的符号；仪表功能代号，以及其他说明性文字。可以使用"多行文字"和"单行文字"的标注方法来完成标注。

实训总结

本次实训通过一个工艺流程图的绘制，重点进行块的创建和应用操作训练。通过实训，可以熟悉块的创建和应用方法。完成实训后，请认真总结实际操作过程中的经验和教训，并与其他同学交流。

思考与练习

以下问题请在实际动手上机操作的基础上回答。

（1）使用块有何好处？

（2）能否使用复制的方法来实现与块相同的功能？

（3）如何对已经定义的块进行编辑？编辑块后对引用块的图形有何影响？

（4）如何插入在其他图形中定义的块？

实训9 绘制三维图形

使用AutoCAD 2010的三维空间，可以绘制出各种三维立体图形，以提高图形的表现力。

图12-144 三维实体模型

实训目标

本次实训将绘制完成如图12-144所示的三维图形。通过实训，可以驱动读者熟悉常用三维绘图命令和三维编辑命令的使用方法和与技巧。

具体实训目标如下：

（1）了解三维坐标、三维视点的基本知识，理解三维空间概念。

（2）熟悉三维绘图环境的特点。

（3）熟练掌握用基本实体创建对象方法生成基本实体模型。

（4）熟练掌握用拉伸、旋转及布尔运算等命令绘制复杂三维图形。

（5）初步掌握三维图形的渲染方法。

实训过程

具体绘制时，可以参考下面的过程。

1. 设置绘图环境

和绘制平面图形一样，绘制三维图形前，也应设置好绘图环境。

（1）从菜单栏中选择【格式】|【单位】命令，在"图形单位"对话框中设置长度为"小数"，角度为"十进制"，"精度"设定为"0"，其他参数采用默认设置。

（2）从菜单栏中选择【格式】|【图层】命令，打开"图层特性管理器"对话框，设置"中心线"图层为红色、线型为CENTER。

（3）从菜单栏中选择【格式】|【图形界限】命令，或在命令行中输入"limits（图形界限）"命令。将左下角点设置"0，0"，将右上角点设置为"200，100"。

（4）从菜单栏中选择【视图】|【缩放】|【全部】命令，将所绘制的全部图形显示在绘图窗口中。

2. 绘制用于拉伸的平面图形

接下来，先绘制一个平面图形，然后用拉伸的方法来生成三维实体。

（1）将当前图层设置为"中心线"层，使用【直线】工具，绘制出中心线，如图12-145所示。

（2）选择【圆】工具，分别拾取A、B、C三点作为圆心，绘制3个直径分别为10、16和10的圆，如图12-146所示。

（3）在状态栏上开启"极轴追踪"、"对象捕捉追踪"、"对象捕捉"等功能。

（4）选择【多段线】工具，或在命令行中输入pline命令。

（5）出现"指定起点:"的提示后，输入起点坐标（60，103），按【Enter】键，确定D点。

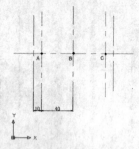

图12-145 绘制中心线

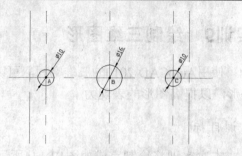

图12-146 绘制3个圆形

（6）在"指定下一个点或 [圆弧(A)/半宽(H)/长度(L)/放弃(U)/宽度(W)]:"的提示下，输入"@40<90"，按【Enter】键，确定E点。

（7）在"指定下一点或 [圆弧(A)/闭合(C)/半宽(H)/长度(L)/放弃(U)/宽度(W)]:"的提示下，输入"@30<0"，按【Enter】键，确定F点。

（8）在"指定下一点或 [圆弧(A)/闭合(C)/半宽(H)/长度(L)/放弃(U)/宽度(W)]:"的提示下，输入"@40<-90"，按【Enter】键，确定G点。

（9）在"指定下一点或 [圆弧(A)/闭合(C)/半宽(H)/长度(L)/放弃(U)/宽度(W)]:"的提示下，输入"A"，按【Enter】键。然后在"[角度(A)/圆心(CE)/闭合(CL)/方向(D)/半宽(H)/直线(L)/半径(R)/第二个点(S)/放弃(U)/宽度(W)]:"的提示下，用鼠标捕捉到D点，单击鼠标左键，完成多段线的绘制，如图12-147所示。

（10）用同样的方法绘制其他轮廓线，效果如图12-148所示。

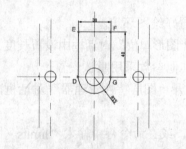

图12-147 绘制的多段线

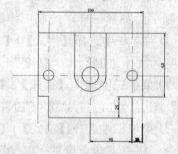

图12-148 绘制其他轮廓线

（11）选择【圆角】工具，在"选择第一个对象或 [放弃(U)/多段线(P)/半径(R)/修剪(T)/多个(M)]:"的提示下，输入"R"，按【Enter】键。

（12）在"指定圆角半径 <0>:"的提示下，输入"2"，按【Enter】键，用鼠标分别单击要倒圆角的两条线段，单击鼠标右键即可完成倒圆角操作，效果如图12-149所示。

3. 拉伸生成三维实体

接下来使用拉伸的方法将二维图形拉伸为三维实体。

（1）从菜单栏中选择【绘图】|【建模】|【拉伸】命令，或在命令行中输入extrude命令，执行"拉伸"命令。

（2）在"当前线框密度: ISOLINES=4"选择对象:"的提示下，用鼠标拾取需要拉伸的圆1、2以及外轮廓线3。

（3）在"指定拉伸高度或 [路径(P)]:"的提示下，输入"20"，按【Enter】键，表示拉伸高度为20mm。

（4）在"指定拉伸的倾斜角度 <0>:"的提示下，按【Enter】键，结束拉伸操作。

（5）用同样的方法将圆5以及多段线4拉伸50个单位。

（6）从菜单栏中选择【视图】|【三维视图】|【西南等轴测】命令，通过变换视图就能观察到拉伸结果，如图12-150所示。

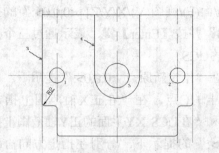

图12-149 圆角处理

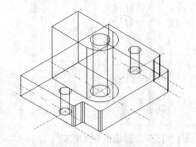

图12-150 变换三维视图的效果

4. 生成孔洞

接下来使用布尔运算的方法生成孔洞。

（1）从菜单栏中选择【修改】|【实体编辑】|【差集】命令，或在命令行输入"subtract"，执行【差集】命令。

（2）在"选择要从中删除的实体或面域 .."的提示下，用鼠标拾取较大的外轮廓实体，然后按【Enter】键。

（3）在"选择要删除的实体或面域 .."的提示下，用鼠标拾取内圆，然后按【Enter】键完成差集操作。

（4）从菜单栏中选择【视图】|【消隐】命令，或直接在命令行输入"hide"，执行"消隐"命令，消隐效果如图12-151所示。

（5）从菜单栏中选择【修改】|【实体编辑】|【并集】命令，或在命令行输入"union"，执行"并集"命令。

（6）在"选择对象:"的提示下，用鼠标分别拾取较低与较高的外轮廓实体，然后按【Enter】键完成差集运算。

（7）从菜单栏中选择【视图】|【消隐】命令，或直接在命令行输入"hide"，执行"消隐"命令，效果如图12-152所示。

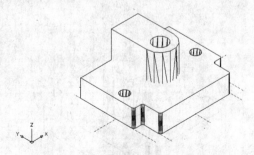

图12-151 "差集"运算并消隐后的效果

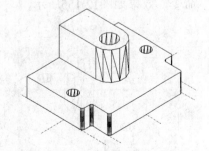

图12-152 "并集"运算并消隐后的效果

（8）从菜单栏中选择【工具】|【新建UCS】命令，或在命令行中直接输入"UCS"，按【Enter】键。

（9）在"输入选项[新建(N)/移动(M)/正交(G)/上一个(P)/恢复(R)/保存(S)/删除(D)/应用(A)/?/世界(W)] <世界>:"的提示下，输入"N"并按【Enter】键，表示重新创建一个与原方向和位置不同的坐标系。

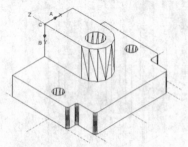

图12-153　创建新的UCS

（10）在"指定新UCS的原点或[Z轴(ZA)/三点(3)/对象(OB)/面(F)/视图(V)/X/Y/Z] <0,0,0>:"的提示下，输入"3"并按【Enter】键，表示通过三个点方式来创建新的UCS。

（11）在"指定新原点 <0,0,0>:"提示下，用鼠标捕捉实体上的C点，在"在正X轴范围上指定点 <60,56,0>:"和"在UCS XY平面的正Y轴范围上指定点 <59,57,0>:"的提示下，分别在指定方向拾取一点，即A边方向为X方向，B边方向为Y方向，效果如图12-153所示。

（12）从菜单栏中选择【绘图】|【建模】|【圆柱体】命令，或在命令行输入"cylinder"，按【Enter】键。

（13）在"当前线框密度：ISOLINES=8指定圆柱体底面的中心点或 [椭圆(E)] <0,0,0>:"的提示下，输入"15, 15,-55"，按【Enter】键，确定圆柱体底面圆中心点。

（14）在"指定圆柱体底面的半径或 [直径(D)]:"的提示下，输入"D"，按【Enter】键。

（15）在"指定圆柱体底面的直径:"的提示下，输入"6"，按【Enter】键，表示以6mm的直径绘制垂直的小圆柱体。

（16）在"指定圆柱体高度或 [另一个圆心(C)]:"的提示下，输入"7"，按【Enter】键，表示小圆柱体的高度为7mm，绘制效果如图12-154所示。

（17）从菜单栏中选择【修改】|【实体编辑】|【差集】命令，或在命令行输入"subtract"，执行"差集"命令。

（18）在"选择要从中删除的实体或面域 .."的提示下，用鼠标拾取外轮廓实体，然后按【Enter】键。

（19）在"选择要删除的实体或面域 .."的提示下，用鼠标拾取垂直的小圆柱体，然后按【Enter】键，完成差集运算。

（20）从菜单栏中选择【视图】|【消隐】命令，或直接在命令行输入"hide"，执行"消隐"命令，效果如图12-155所示。

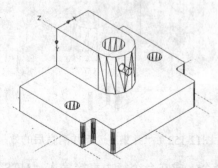

图12-154　绘制垂直小圆柱体

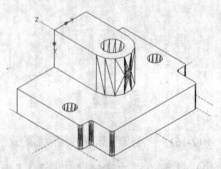

图12-155　消隐后的小孔

5. 绘制连接头

接下来，绘制如图12-156所示的连接头。

（1）在命令行输入"ucs"，按【Enter】键。

（2）将坐标系改变为如图12-157所示的方向。

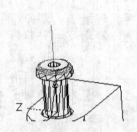

图12-156　连接头

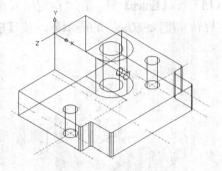

图12-157　改变UCS

（3）再次执行ucs命令，在"输入选项[新建(N)/移动(M)/正交(G)/上一个(P)/恢复(R)/保存(S)/删除(D)/应用(A)/?/世界(W)] <世界>:"的提示下，输入"M"并按【Enter】键，表示采用移动方式改变坐标系位置。

（4）在"指定新原点或 [Z向深度(Z)] <0,0,0>:"的提示下，用鼠标在新原点位置拾取一点，结束移动坐标系的操作。然后使用【直线】工具，绘制一条中心线，如图12-158所示。

（5）打开"极轴追踪"、"对象捕捉追踪"、"对象捕捉"功能。选择【多段线】工具，在"指定起点:"的提示下，输入"3，0"并按【Enter】键。

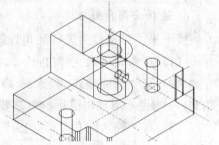

图12-158　绘制中心线

（6）在"当前线宽为0指定下一点或 [圆弧(A)/闭合(C)/半宽(H)/长度(L)/放弃(U)/宽度(W)]:"的提示下，沿Y轴正方向移动鼠标，输入"25"，按【Enter】键。

（7）在"指定下一点或 [圆弧(A)/闭合(C)/半宽(H)/长度(L)/放弃(U)/宽度(W)]:"的提示下，沿X轴正方向移动鼠标，输入"6"，按【Enter】键。

（8）在"指定下一点或 [圆弧(A)/闭合(C)/半宽(H)/长度(L)/放弃(U)/宽度(W)]:"的提示下，沿Y轴负方向移动鼠标，输入"5"，按【Enter】键

（9）在"指定下一点或 [圆弧(A)/闭合(C)/半宽(H)/长度(L)/放弃(U)/宽度(W)]:"的提示下，沿X轴负方向移动鼠标，输入"3"，按【Enter】键。

（10）在"指定下一点或 [圆弧(A)/闭合(C)/半宽(H)/长度(L)/放弃(U)/宽度(W)]:"的提示下，沿Y轴负方向移动鼠标，输入"20"　按【Enter】键。

（11）在"指定下一点或 [圆弧(A)/闭合(C)/半宽(H)/长度(L)/放弃(U)/宽度(W)]:"的提示下，输入"C"，按【Enter】键闭合多段线。绘制效果如图12-159所示。

（12）从菜单栏中选择【绘图】|【建模】|【旋转】命令，或直接在命令行输入"revolve"，执行"旋转"命令。

（13）在"当前线框密度： ISOLINES=2 选择对象:"的提示下，用鼠标拾取用多段线绘制的截面图形。

（14）按【Enter】键，在"指定旋转轴的起点或定义轴依照 [对象(O)/X轴(X)/Y轴(Y)]:"的提示下，用鼠标拾取轴线的一端。

（15）按【Enter】键，在"指定轴端点:"的提示下，用鼠标拾取轴线的另一端，之后在"指定旋转角度 <360>:"的提示下，按【Enter】键，结束旋转操作，效果如图12-160所示。

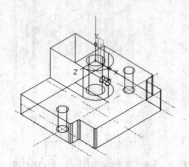
图12-159 绘制完成的截面

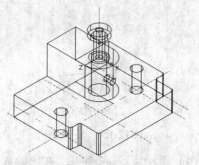
图12-160 旋转截面生成连接头实体

（16）从菜单栏中选择【视图】|【消隐】命令，消隐效果如图12-161所示。

6. 连接头圆角处理

接下来，对连接头进行圆角处理。

（1）在命令行输入"fillet"，执行【圆角】命令。

（2）在"当前模式: 模式 = 修剪，半径 = 1 选择第一个对象或 [多段线(P)/半径(R)/修剪(T)]:"的提示下，用鼠标拾取需要圆角处理的轮廓线。

（3）在"输入圆角半径 <1>:"的提示下，输入"2"，按【Enter】键，表示圆角半径为2mm。

（4）在"选择边或 [链(C)/半径(R)]:"的提示下，用鼠标拾取圆角的边，按【Enter】键，结束圆角命令，效果如图12-162所示。

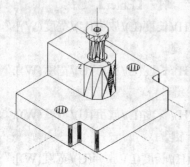
图12-161 消隐后的连接头实体图

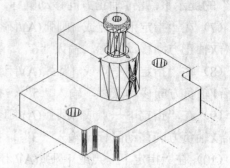
图12-162 连接头顶端圆角处理效果

7. 渲染实体图形

为了使实体图形具有真实感，可以利用系统提供的渲染工具进行处理。

（1）从菜单栏中选择【工具】|【工作空间】|【三维建模】命令，将工作空间切换到"三维建模"环境。

（2）切换到"可视化"选项卡，单击"光源"面板中的【点】图标，然后在绘图中单击鼠标确定光源位置，如图12-163所示。

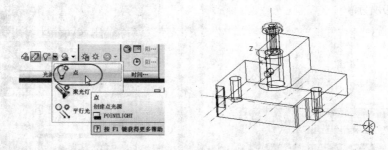

图12-163　放置点光源

（3）单击"工具选项板"左下角的折叠标签，从出现的菜单中选择"金属-材质库"，打开"金属-材质库"选项板，选择其中的"金属结构架构.钢"材质，如图12-164所示。

（4）在绘图区中单击需要指定"钢"材质的对象上单击鼠标，即可为其指定材质，如图12-165所示。

图12-164　选择材质

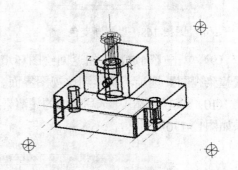

图12-165　指定材质

（5）用同样的方法为连接头指定一种"铜"材质。

（6）从视图列表中选择【视图管理器】选项，在出现的"视图管理器"对话框中单击【新建】按钮，如图12-166所示。

（7）在随后出现的"新建视图/快照特性"输入视图的名称，再从"背景"下拉列表中选择"渐变色"选项，如图12-167所示。

图12-166　单击【新建】按钮

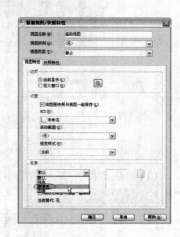

图12-167　新建视图/快照特性

（8）单击【确定】按钮，出现"背景"对话框，在其中设置渐变色的顶部、中间和底部颜色，如图12-168所示。设置后单击【确定】按钮返回"新建视图/快照特性"对话框，效果如图12-169所示。

图12-168　设置渐变色

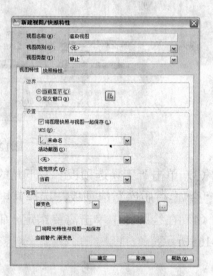

图12-169　渐变色设置效果

（9）单击【确定】按钮返回绘图环境，再在"默认"选项卡的"视图"面板中选择选择【渲染视图】选项，切换到该视图界面。

（10）单击"输出"选项卡中的【渲染】图标，出现"渲染"对话框，对场景进行渲染，效果如图12-170所示。

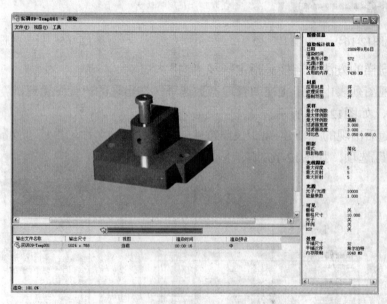

图12-170　渲染效果

（11）在"渲染"对话框中选择【文件】|【保存】命令，保存渲染效果图，再关闭"渲染"对话框。

（12）在主界面中保存图形，完成制作。

实训总结

本次实训进行了一个三维实体模型的创建和渲染训练。通过实训，可以了解三维实体的创建和编辑处理过程。完成实训后，请认真总结实际操作过程中的经验和教训，并与其他同学交流。

思考与练习

以下问题请在实际动手上机操作的基础上回答。

（1）有哪些方法可以将二维图形变成三维实体？

（2）如何选择和变换三维视图？

（3）【消隐】命令的功能是什么？如何消隐图形？

（4）哪些情况下需要新建UCS？

实训10　打印图形

图形打印输出是一种经常性的操作，在打印图形前，应完成一系列设置。下面主要通过在模型空间中打印输出图形和在图纸空间中打印输出标准图纸的具体操作来进行训练。

实训目标

本次实训的具体目标是：

（1）熟悉进行打印设置的基本方法。

（2）熟悉打印输出的基本方法。

（3）初步掌握根据图纸输出需求进行整体设置的方法。

实训过程

具体实训操作时，可以参考下面的过程。

（1）打开要打印的图形，如图12-171所示。

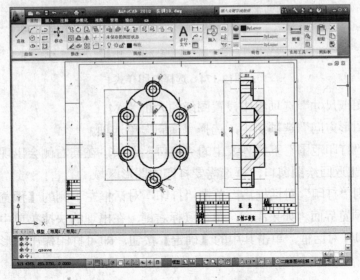

图12-171　打开要打印的图形

（2）单击快速访问工具栏上的【打印】按钮，出现 "打印-模型" 对话框，如图12-172所示。

（3）从 "打印机/绘图仪" 选项组中选择所需的打印机名称，如图12-173所示。

图12-172 "打印-模型" 对话框   图12-173 选择打印机

（4）单击 "打印-模型" 对话框右下角的⊙按钮，展开 "打印样式表" 选项组。单击 "名称" 右侧的下拉按钮，从中选择需要使用的打印样式acad.ctb，如图12-174所示。

图12-174 选择打印样式

（5）在 "图纸尺寸" 选项组中设置图纸的大小为A4。

（6）在 "图形方向" 选项组中，选择 "横向" 单选项。

（7）选择 "打印范围" 下拉列表中的 "窗口" 选项，在其右侧会出现【窗口】按钮。单击【窗口】按钮返回绘图窗口，框选需要打印的图形区域。

（8）返回到 "打印" 对话框后，单击 "打印" 对话框左下侧的【预览】按钮，出现如图12-175所示的预览界面。如果满意，单击鼠标右键，在出现的快捷菜单中选择【退出】命令，回到 "打印" 对话框，单击其中的【确定】按钮，即可打印输出图形。

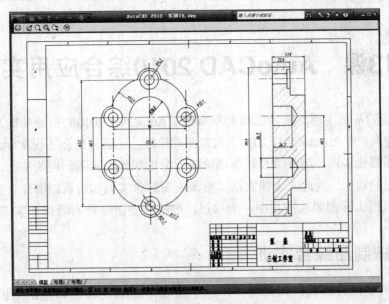

图12-175　预览界面

实训总结

　　本次实训进行了图形打印操作的训练。通过实训，可以熟悉图形打印设置和实际打印输出的基本方法。完成实训后，请认真总结实际操作过程中的经验和教训，并与其他同学交流。

思考与练习

　　以下问题请在实际动手上机操作的基础上回答。

　　（1）如何在图纸空间中进行打印设置和打印输出？

　　（2）如果一批图纸的打印要求相同，如何快速设置其打印选项？

　　（3）图形发布和打印有何不同？什么情况下需要发布图形？

第13课　AutoCAD 2010综合应用实训

通过第12课的基础实训，读者已经初步掌握了AutoCAD 2010的主要功能及其操作使用方法。但是，要真正掌握AutoCAD 2010工程绘图的技能，还必须结合工程实际，进行完整、规范的工程制图强化实训，培养综合运用理论知识分析和解决实际问题的能力，实现由理论知识向操作技能的转化。为此，本课安排了机械制图综合实训和建筑制图综合实训两部分内容，读者可以根据实际需要选择其中一个项目，严格按要求进行实际操作实训。

项目1　机械制图综合实训

要提高机械图样的绘制和阅读能力，除了需要掌握必要的机械基础知识基本原理和AutoCAD 2010的绘图方法外，还必须进行机械部件测绘的技能训练。通过机械部件的测绘，既可以理论联系实际，也是综合运用AutoCAD 2010各项功能的重要实践环节。

实训目的

机械部件测绘实训的主要目的如下：

（1）熟练掌握部件测绘的基本方法和步骤。

（2）进一步提高零件图和装配图的表达方法和绘图的技能。

（3）进一步提高零件图的上尺寸标注、公差配合及形位公差标注的能力，了解有关机械结构方面的知识。

（4）学会正确使用技术资料、手册、标准、图表和相关规范文件。

（5）培养独立分析和解决实际问题的能力，综合各种理论知识分析零部件，选择合适的表达方案，并用AutoCAD 2010精确绘制出装配图和零件工作图。

实训要求

机械部件测绘实训的重点是培养独立分析问题和解决问题的能力，要求保质、保量、按时完成部件测绘任务，具体要求如下：

（1）测绘前必须明确测绘的目的、要求、内容、方法和步骤。

（2）做好测量工具、绘图工具、资料、手册、仪器用品等准备工作。

（3）查阅相关技术资料，熟悉视图表达和尺寸测量方法，熟读常用标准件与常用件的零件图与装配图等图纸。

（4）要确保图纸质量，做到正确、完整、清晰、整洁。

（5）零件图要做到图形正确、比例匀称、表达清楚、尺寸齐全清晰、线型分明，要能准确地表达零件的结构形状，尺寸标注也应正确、齐全、清晰合理，有完整的技术要求标注。

（6）装配图能正确、完整、清楚地表达部件的工作原理、各零件之间的相对位置、装配关系及工作情况，简图符号必须符合国家标准规定。

（7）实训过程中要独立思考，一丝不苟，有错必改，

实训内容

可以根据实际条件选择对以下机械部件之一进行测绘：

- 减速器。
- 铣刀头。
- 圆钻模。
- 台虎钳。
- 齿轮泵。
- 千斤顶。
- 柱塞泵。
- 各种阀。

实训过程

机械部件测绘实训主要是对已有的部件和零件进行测量，根据实际结构和尺寸绘出测绘部件的装配图及零件图的。实训时，可以参考下面的过程。

1. 分析测绘对象

首先要对部件进行全面的分析研究，通过观察、研究、分析部件的结构和工作情况，再通过查阅有关资料，了解部件的功用、性能、工作原理、装配关系和工作情况。

2. 准备测绘工具

主要的测绘工具包括：

- 测量工具：游标卡尺、内外卡尺、钢板尺等量具，测量曲线、曲面的铅丝或印泥等用具，测量特殊结构的量具，如螺纹规等。
- 拆卸工具：扳手、榔头、木棒等。

3. 拆卸部件

了解部件的基本结构后，可以使用工具依次拆卸各零件，进一步弄清测绘部件中各零件的装配关系、结构和作用，以及零件间的配合关系和配合性质。拆卸部件时，应注意以下问题：

- 拆卸前应先测量一些必要的尺寸数据，如某些零件间的相对位置、运动件极限位置的尺寸、装配间隙等，以作为测绘中校核图样的参考。
- 要先制作周密的拆卸方案，划分出部件的各组成部分，合理地选用工具和正确的拆卸方法，按一定顺序拆卸，严禁乱敲打。
- 对于精度较高的配合部位或过盈配合，应尽量少拆或不拆，以免降低精度或损坏零件。
- 拆下的零件要注意分类和分组，并对所有零件进行编号登记，零件实物对应地拴上标签，有秩序地放置，防止碰伤、变形、生锈或丢失，以便再装配时，能保证部件的性能和要求。
- 拆卸时要认真研究每个零件的作用、结构特点及零件间的装配关系，正确判别配合性质和加工要求。

4. 绘制装配示意图

装配示意图是在部件拆卸过程中所画的记录图样，其作用是避免由于零件拆卸后可能产生错乱而给重新装配带来困难，它是通过目测，徒手用简单的线条示意性地画出部件的图样，主要表达部件的结构、装配关系、工作原理、传动路线等，而不是整个部件的详细结构和各个零件的形状。

装配示意图应在拆卸过程中边拆边画，虽然装配示意图只要求用简单的线条画出零件的大致轮廓，但也必须按国家标准规定的简图符号，以示意的方法表示零件之间的相对位置、装配关系和工作情况。图形画好后，应编上零件序号或名称。 同时，标准件应及时确定其尺寸规格。

5. 绘制零件草图

零件草图是目测比例，徒手画出的零件图，它是实测零件的第一手资料，也是整理装配图与零件工作图的主要依据。绘制零件草图应注意以下几点：

- 除标准件外，其余零件都应画出零件草图。
- 先从主要零件和大零件着手，按装配关系依次画出各零件草图，以便随时校核和协调零件的相关尺寸。
- 两零件的配合尺寸和结合面的尺寸测量后，应及时填写在各自的零件草图中，以免发生矛盾。
- 零件草图所采用的表达方法、内容和要求与零件工作图一致。
- 表达完整、线型分明、投影关系正确、字体工整、图面整洁。
- 零件的制造缺陷，如刀痕、砂眼、气孔，以及长期使用造成的磨损，不必画出。
- 零件上因制造、装配需要的工艺结构，如倒角、倒园、退刀槽、铸造园角、凸台、凹坑等，必须画出。

6. 绘制零件图

根据已经徒手绘制的装配示意图和零件草，使用AutoCAD 2010绘制出主要零件图。具体过程如下：

（1）先根据零件的复杂程度和尺寸大小，确定绘图比例。

（2）根据表达方案及所选定的比例，估计各图形布置所占的面积，对所需标注的尺寸留有余地，选择合理的图幅。

（3）绘制出各视图的基准线，然后再绘制配件图的各个部分。

（4）对所绘制的图形进行核查。

（5）标注图形尺寸。

（6）添加技术要求，绘制并填写标题栏。

7. 绘制装配图

根据已经徒手绘制的装配示意图和零件草图，使用AutoCAD 2010绘制出正式的装配图，具体过程如下：

（1）先拟定一个表达方案。可以根据特征原则和工作位置原则确定主视图，其投影方向应该是最能反映部件的工作原理、传动系统、零件间主要的装配关系和主要结构的方向，并按部件工作位置放置。

（2）进行图形初步布局。

（3）选定绘图比例、确定图幅、绘制出图框线。并预留出标题栏、明细表的位置。

（4）根据表达方案布置图形，绘制出基准线。

（5）由主视图入手，配合其他视图，按照主要装配路线，由里向外或由外向里绘制各零件，完成装配图的底稿。

（6）对底稿进行校核，整理其图线，绘制出剖面线，并进行标注尺寸。

（7）编注序号、填写标题栏、明细表和技术要求。

实训报告要求

完成部件测绘实训后，应认真完成综合实训报告，全面总结实训工作，全面反映在综合实训过程中所做的主要工作及取得的主要成果，以及实训的体会。

机械部件测绘实训报告主要内容包括：

（1）测绘实训目的。

（2）测绘实训涉及的设备、工具和零件。

（3）测绘过程。

（4）测绘结果（包括相关数据并附装配示意图、零件草图、正式配件图、正式零件图）。

（5）测绘心得体会。

项目2　建筑制图综合实训

建筑制图是研究用正投影法绘制建筑工程图样和解决空间几何问题的一门学科。要提高建筑施工图样的绘制和阅读能力，也必须在掌握建筑基础知识基本原理和AutoCAD 2010的绘图方法的基础上，进行建筑物的测量、绘制和建筑施工图的阅读的强化训练。

实训目的

通过本次实训，加强理论知识与实践相结合，提高使用技术资料和AutoCAD制图的能力，锻炼绘制建筑平、立、剖面图和建筑详图的方法和步骤，了解从建筑物到施工图纸的过程，从而理解由图纸到事物的设计思想，以培养建筑综合绘图能力。

具体目的如下：

（1）观察了解典型建筑物，掌握有关的房屋构造知识，提高读图和绘图能力。

（2）了解建筑工程图的建筑施工图的形成、内容和图示特点。

（3）初步掌握绘制和阅读建筑专业图样的方法，全面提高绘图和识图的能力。

（4）掌握建筑工程图样的图示特点和表达方法。

（5）熟悉"建筑制图标准"中符号、图样画法、尺寸标注等有关规定。

（6）提高综合运用AutoCAD绘制工程图形的能力。

（7）提高将图纸和实际建设项目相结合进行思考分析的能力。

实训要求

进行建筑施工图综合实训的重点是培养独立分析问题和解决问题的能力，具体要求如下：

(1) 仔细阅读并领会有关技术资料。

(2) 充分发挥主观能动性，熟悉建筑图形的画法，严格遵循相关标准。

(3) 能正确使用AutoCAD绘制工程图样，图样要做到线条清晰，粗度符合规范，投影关系正确，构造基本合理，尺寸标注符合建筑施工图的要求，图面整洁，布局合理，线型准确，轴线编号完整、准确、规范。

(4) 能系统理解样图内容，养成认真负责、严谨细致的工作习惯。

(5) 要把握好墙轴间距、投影关系、规定图例及线型的设置。

实训内容

建筑施工图综合实训的主要内容包括测绘、读图和绘图等内容。

1. 测绘训练

对一个较简单的建筑物进行实地测量，绘制出平、立、剖面草图，并在草图中标出需要标注尺寸的位置。

2. 读图训练

选择一套完整的建筑施工图，如办公楼建筑施工图、宿舍楼建筑施工图、工业厂房建筑施工图、教学楼建筑施工图、实验楼建筑施工图等。

3. 绘图训练

使用AutoCAD绘制一套多层住宅楼建筑的施工图，包括平面图、立面图、剖面图和建筑详图（楼梯详图及建筑节点图）。

实训过程

实训时，可以参考以下过程。

1. 测绘阶段

先充分了解绘制建筑施工图的国家标准、图示特点和所需数据，然后重点进行下面的训练：

(1) 绘制出建筑物的平、立、剖面草图，并在草图中标出需要标注尺寸的位置。

(2) 按草图中所需尺寸的位置，对建筑物进行实地测量，将测量量尺寸标注在草图上。

(3) 整理各种测量数据，使数据符合建筑规范的要求。

2. 读图训练阶段

仔细阅读相关图纸，重点进行下面的读图训练：

(1) 仔细阅读图纸的标题栏及图纸目录，了解工程名称、项目内容、设计日期等信息。

(2) 认真查阅设计总说明，了解建设规模、经济技术指标，室内外的装修标准等信息。

(3) 阅读总平面图。通过阅读总平面图，了解建筑单体与周边建筑环境的关系，如四周的用地功能、建筑类型与规模；周边自然地形或人工改造地形与建筑单体的关系；周边道路与建筑单体的关系；建筑各入口与周边道路的关系；建筑景观；有关建筑经济指标，如绿地率、建筑密度、容积率、日照或退缩间距等。

(4) 阅读立面图，先了解建筑整体形象、层数规模和外墙装饰做法，再重点根据观察方位，对照相应楼层平面图，了解建筑的外形；了解屋顶的形式以及门窗、阳台、台阶、檐口等的形状与位置；了解建筑各部位外立面的装修做法、材料、色彩以及了解建筑物的总高度和各部位的标高。

（5）阅读各层平面图，先了解各层平面布局、房间的分割等内容，然后重点阅读底层平面图、标准层平面图、顶部各层平面图和地下室各层平面图。

（6）阅读剖面图，先了解各层层高、建筑总高、各楼层关系、是否有地下室及其深度等，然后重点对照相应楼层平面图，了解各楼层结构的关系、建筑空间关系、功能关系；详细了解层高、总高、室内外高差、门窗阳台栏杆等高度、吊顶及其他空间尺度与标高。

（7）阅读建筑详图。一般先通过目录了解工程图纸包含哪些详图，然后逐一阅读，并注意同时查阅与该详图有关的图纸。

> 阅读建筑施工图，除应了解建筑施工图的特点和制图标准之外，还应按照一定的顺序进行阅读，才能够比较全面而系统地读懂图纸。建筑施工所包含的内容比较多，图纸往往有很多张，在阅读一套建筑施工图时，应该从宏观到微观，从整体到局部，然后再回到整体。

3. 绘图训练阶段

在充分了解绘制建筑施工图的国家标准、图示特点和所需数据的基础上，重点进行下面的实训工作：

（1）按1：100的比例绘制建筑平面图。

（2）按1：100的比例绘制建筑立面图。要注意建筑立面图是按不同投影方向绘制的房屋立面外形图。立面图一般包括正立面图、背立面图、左侧立面图和右侧立面图。建筑制图的绘图原则是先平面图后立面图，可在已绘制平面图的基础上，绘制出建筑立面图。

（3）按1：100的比例绘制建筑剖面图。

（4）自定比例绘制楼梯剖面详图，包括楼梯平面图、剖面图及扶手、踏步详图，主要表达楼梯间的平面及竖向布置和连接情况。

（5）自定比例绘制建筑详图，将建筑的细部结构、配件的形状、大小、使用材料和做法绘制出来。

以绘制建筑平面图为例，主要绘制步骤如下：

（1）设置绘图环境。

（2）规划和创建图层。

（3）绘制轴线，包括柱定位轴线，墙体定位轴线等。

（4）绘制墙体，注意区分承重墙体与非承重墙体的厚度。

（5）绘制各种柱体。

（6）绘制门和窗洞。

（7）创建门、窗图块，然后将其插入门窗洞中。

（8）绘制各种孔道、楼梯、电梯和台阶等。

（9）进行尺寸标注和文本标注。

（10）根据出图比例，精确绘制图框线及标题栏。

（11）保存图形。

（12）打印输出图纸。

实训报告要求

完成建筑施工图综合实训后，应认真完成综合实训报告，全面总结实训工作，全面反映在综合实训过程中所做的主要工作及取得的主要成果，以及实训的体会。报告的主要内容包括：

（1）综合实训目的。

（2）综合实训的对象描述。

（3）综合实训过程。

（4）综合实训结果（包括相关数据和一套完整的施工图）。

（5）实训的心得体会。

附录A　部分习题参考答案

第1章　AutoCAD 2010轻松上手

选择题

(1) C　　　　(2) D　　　　(3) B　　　　(4) D　　　　(5) A　　　　(6) C

填空题

(1) 初始化安装

(2) "二维草图与注释"，"AutoCAD 经典"

(3) 快速访问工具栏，信息获取栏，"命令行"与"文本"窗口

(4) 坐标系形式和坐标方向，世界坐标系（WCS）

(5) 选项板

(6) 接受命令

(7) 透明，单引号

(8) 鸟瞰视图

第2章　绘制二维图形

选择题

(1) A　　　　(2) D　　　　(3) B　　　　(4) D　　　　(5) C　　　　(6) C　　　　(7) C

填空题

(1) 绝对坐标（或相对坐标），指定（或捕捉）

(2) L<Θ

(3) 矩形在三维空间内的某个面的高度

(4) 多条平行直线，建筑绘图

(5) 圆环，椭圆弧，样条曲线

(6) 填充

(7) 物理特性，面积

(8) 无限延伸，辅助线

(9) 连续圆弧

第3章　使用精确绘图工具辅助绘图

选择题

(1) B　　　　(2) A　　　　(3) D　　　　(4) C　　　　(5) B

填空题

(1) "指定点"，对象捕捉

(2) 端点

（3）标记，捕捉的提示

（4）对象捕捉，其他追踪线或已有对象

（5）对象之间的距离

（6）位置和角度

（7）动态坐标信息

（8）表达式

（9）XY平面中的倾角，X/Y/Z方向的增量

（10）圆、椭圆、多段线、多边形、面域

第4章　图形的编辑和填充

选择题

（1）D　　　（2）A　　　（3）B　　　（4）C　　　（5）D

填空题

（1）选定，特性

（2）窗交选择法

（3）一个矩形方阵或环形方阵

（4）将图形中某些对象的一部分从图形中"剪掉"

（5）与原实体相似

（6）旋转，镜像

（7）填充方式和填充内容，"渐变色"

第5章　图层和对象特性设置

选择题

（1）D　　　（2）C　　　（3）B　　　（4）A　　　（5）C　　　（6）D　　　（7）B

填空题

（1）互不影响，图形对象

（2）颜色、线型、线宽

（3）0层，Defpoints层

（4）几何，附加

（5）基于过滤条件的选择集

（6）显示，打印

（7）1.0，设置线型比例

（8）"特性"

（9）"快速文字"

第6章 尺寸和文字标注

选择题

(1) A (2) A (3) C (4) D (5) B (6) B

填空题

(1) 大小和相互位置关系，设计思想

(2) 尺寸界线，尺寸箭头

(3) 垂直线性，基线，对齐，角度

(4) 换算单位

(5) 圆心标记和直线

(6) 坐标

(7) 形位公差

(8) 外观，字体，行距

(9) 对角点，宽度，文字量

第7章 提高绘图效率的捷径

选择题

(1) C (2) A (3) D (4) B

填空题

(1) 单个实体

(2) 角度，比例，块单位

(3) 功能区和选项板

(4) 外部参照

(5) 树状图，内容区

第8章 三维建模

选择题

(1) D (2) C (3) A (4) B (5) A (6) B

填空题

(1) 点、线、面、体

(2) 右手

(3) 三维线框

(4) 当前方向

(5) SteeringWheels

(6) 平行投影法

(7) 向上或向下被拉伸

(8) 拉伸，旋转

（9）横截面

（10）固定的轴

（11）一条路径

（12）布尔

（13）设置、管理和编辑

（14）点光源，聚光灯

（15）光源、材质和环境

第9章　输出图形

选择题

（1）C　　　　（2）A　　　　（3）D　　　　（4）D　　　　（5）D　　　　（6）B　　　　（7）C

填空题

（1）进行重新分布，图纸边框、注释、标题块和尺寸标注

（2）定义打印样式，.ctb，.stb

（3）"Plot Styles"，"打印样式表编辑器"

（4）打印设备

（5）"预览"

（6）图纸图形集或电子图形集

（7）"网上发布"

反侵权盗版声明

电子工业出版社依法对本作品享有专有出版权。任何未经权利人书面许可，复制、销售或通过信息网络传播本作品的行为；歪曲、篡改、剽窃本作品的行为，均违反《中华人民共和国著作权法》，其行为人应承担相应的民事责任和行政责任，构成犯罪的，将被依法追究刑事责任。

为了维护市场秩序，保护权利人的合法权益，我社将依法查处和打击侵权盗版的单位和个人。欢迎社会各界人士积极举报侵权盗版行为，本社将奖励举报有功人员，并保证举报人的信息不被泄露。

举报电话：（010）88254396；（010）88258888

传　　真：（010）88254397

E-mail：dbqq@phei.com.cn

通信地址：北京万寿路173信箱

　　　　　电子工业出版社总编办公室

邮　　编：100036

欢迎与我们联系

为了方便与我们联系，我们已开通了网站（www.medias.com.cn）。您可以在本网站上了解我们的新书介绍，并可通过读者留言簿直接与我们沟通，欢迎您向我们提出您的想法和建议。也可以通过电话与我们联系：

电话号码：（010）68252397

邮件地址：webmaster@medias.com.cn